黄土地的女儿

尘城公主

[德] 莫尼卡·封·鲍里斯伯爵夫人 著

杜文棠 李士勋 译

中国社会科学出版社

**图书在版编目(CIP)数据**

黄土地的女儿——金城公主/〔德〕莫尼卡·封·鲍里斯伯爵夫人著;杜文棠、李士勋译.—北京:中国社会科学出版社,2011.4
ISBN 978-7-5004-8581-0

Ⅰ.①黄… Ⅱ.①莫…②杜…③李… Ⅲ.①传记文学—德国—现代 Ⅳ.①I712.55

中国版本图书馆 CIP 数据核字(2010)第 039167 号

图字:01-2011-0445 号

| | |
|---|---|
| 书名题字 | 赵宝煦 |
| 责任编辑 | 张 林 |
| 责任校对 | 李 春 |
| 封面设计 | 顾 斌 |
| 技术编辑 | 戴 宽 |

出版发行　　中国社会科学出版社
社　　址　北京鼓楼西大街甲 158 号　　邮　编　100720
电　　话　010—84029450(邮购)
网　　址　http://www.csspw.cn
经　　销　新华书店
印　　刷　北京君升印刷有限公司　　装　订　广增装订厂
版　　次　2011 年 4 月第 1 版　　印　次　2011 年 4 月第 1 次印刷
开　　本　710×1000　1/16
印　　张　21.25　　插　页　2
字　　数　286 千字
定　　价　38.00 元

*Monika Gräfin von Borries*

德国多纳斯贝格德中友好协会主席莫尼卡·封·鲍里斯伯爵夫人

# 中国人民对外友好协会
## THE CHINESE PEOPLE'S ASSOCIATION FOR
## FRIENDSHIP WITH FOREIGN COUNTRIES

致：德国莱法州德中友协

尊敬的波利斯伯爵夫人：

　　欣闻贵会将于2008年9月2日举办成立20周年庆典活动，我谨代表中国人民对外友好协会并以我个人的名义向您及贵会的全体成员表示衷心的祝贺。

　　在过去的20年中，贵会秉承促进德中两国人民友谊的宗旨，无论顺境还是逆境，始终如一地辛勤耕耘，完成了许多内容丰富、形成多样的项目，取得了丰硕的成果，为双边关系的发展做出了贡献，我会为有贵会这样一个合作伙伴而倍感骄傲。

　　祝愿贵会不断取得新的成就！

　　致以友好的问候！

陈吴苏　会长

二〇〇八年八月二十五日

莫尼卡在为她授勋的宴会上

莫尼卡和她的中国孩子们

莫尼卡和她的中国朋友们

《黄土地的女儿——金城公主》德文版书影

大昭寺内松赞干布和文成公主像

金成公主进藏图（局部·殿内东壁）

文成公主进藏图（厅北壁东侧）

金成公主进藏图（殿内东壁）

布达拉宫

桑耶寺

# 前　言

　　玉树当卡寺长老是一位活佛，他在我郑重地将我的小说《白度母——中国公主和西藏女王》（以下简称《白度母》）赠送给他之后问我，是否同意他的看法，这部小说照理说应当由一位藏族人来写。我倒乐意认可这一点。然而，我不得不向长老说明，迄今为止，没有哪个藏族人或其他什么人研究过西藏历史上这位最著名的女性，另外，我认为自己的任务在于用我们的语言，按照我们的理解向西方社会介绍这位伟大的和平缔造者。

　　西藏的史书往往和佛教典籍交织在一起，和历史事实相比较更着重于宗教训诫。对我来说，重要的在于尽最大可能将历史的真实内容加工组织，仅仅把缺少史料的部分以创作推理的手法将事

D 1

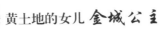

情联系在一起。我着重于欣赏价值而不在于弘扬教化，或事件的真实过程。这位高僧意味深长地笑道："谁知道，你前世有什么来历呢？"

所有激励我动笔的因素都将我引回到雅砻王朝，这是公元前2世纪直到公元842年之间的、西藏史中被冷漠了的历史阶段。在我撰写《白度母》的过程中一再遇到第二位中国公主，她像文成公主一样作为和平使者，被送往西藏以便成为赞普的王妃。

文成公主的丈夫是第一位被西藏人尊称为大王的赞普，他在位统治期始于公元632年。由于战功赫赫他终于使得大唐天子允嫁文成公主给他为妃。这一成功先例，遂令其后的藏人一再为其国王争取一位中国女性为妻。

大约七十年后，又一位大唐天子勉强答应了强悍的西藏对手的联姻请求，把金城公主，也就是这部历史小说的女主人公送往世界屋脊。我在西藏旅游时一再听人谈起文成公主的名字，她是许

多中国传说中的主角、或西藏的女神。然而，对
金城公主，无论是藏文或中文的文献中都很少提
及。关于她虽然也有少量传说，但从未将她奉为
女神或主角。少数几位欧洲人对西藏过往史中的
这一部分表现了兴趣。因此，我其实是偶然地觅
得若干"零砖碎瓦"，用它们最终聚合成一位令人
兴味无穷的人物形象。

　　西藏国王身边的妇女们令我无限着迷。当赞
普们在他们崎岖的山地领兵打仗以巩固政权时，
这些妇女和她们所属的部族掌握着国家的命运。
金城公主便是她们中间的一个。她的生活，她耐
心地寻求各族人民的和平使我确信，她对我们今
天仍有教益。至于文成缘何取得那样的成功，她
至今仍被所有西藏人崇奉为慈悲的白度母，与之
相比，金城虽然做出了不相上下的努力却更多地
被视为一个"对立面"，正是这样一个扣人心弦的
问题促使我以极大的耐心让金城的形象拂去蒙受
数百年之久的"灰尘"而重见天日。

　　当十三岁的金成公主于公元710年抵达拉萨吉曲河畔时，她带去了的竟然是一个死者。刚刚迎接到公主不久，年轻的王储就被箭射死了。这样一来，这位未婚新娘已经派不上用场了，有用的倒是她的嫁妆——黄河岸边一大片肥沃的土地。不无难堪的是，人们早已欣然占领了这片边境土地。亡故的未婚夫的王祖母可敦·没庐氏是吐蕃首次经推选产生的女君主，此刻没有了主意。她经过多年努力才得到的这位公主无疑是一项巨大的财富，怎能轻易退回呢？女君主该如何办才好呢？

　　金城公主在西藏生活了三十年，这期间充满了激烈的争执、王朝内部的权力争斗。巨大的政治和宗教变革，连绵不绝的战争，当然也有短暂的和平时期。

　　她没有留下煊赫的事迹，然而，她的历史意义恰好在于永不放弃，通过她的努力为西藏历史上第二位伟大的国王打下了根基，这位国王就是她

的儿子赤松德赞，他将要完成父母的计划，使佛教最终在西藏扎下根来。

通向这个目标的道路决不是平顺的，但是，他相信必须这么做，为了实现母亲梦寐以求的梦想："我盼望化干戈为玉帛。"

# 向中国读者致意

你们用"中国"这个词来表述自己的国家，她的文献浩如烟海。我说起这个词，往往用一种深情的语调，就像说出我的亲密友人的名字。这是一个我的许多朋友生活的国家。我在许多次访问时结识了他们，和他们心连着心。

对我们欧洲人来说，这也是一个有许多宝藏尚未开掘出来的国家。

就我个人而言，属于这些宝藏的有历史、童话、传说和神话。毫无疑问，这些宝藏中也包含着大唐公主文成和金城的或多或少的记载，这是往昔那个动荡岁月里的两个光辉的形象。当时，世界因几大宗教的兴起而改变，也要求某些人奋不顾身地承担起极大的历史责任。

我们欧洲人想起西藏时，往往想象那是一个完整无损的原初的世界，是喜马拉雅群山峻岭中的一片人间净土：香格里拉。在那里，人们可以升华自己的灵魂。令人惊奇的是，通过和许多中国朋

D

友、尤其是年轻人的谈话，我确定他们心目中的西藏在一定程度上是美化了的，和现实少有一致之处。

我们对藏传佛教兴盛之前的西藏人的历史就更少了解了。经历过无数代传承的雅砻王朝，它的历史在很大程度上仍处于暗影之中，远远没有被开掘出来。这也正是一种理由，促进我下定决心把到1991年为止的研究成果汇集起来，写成历史小说，通过活生生的人物和画面将其展示出来。

我很清楚，我这么做只能是以一个外国人的眼光，自然不会奢望写出一部"学术著作"。这两本书使用了到出版时为止所有有关两位公主的以及她们所处时代的已知材料——我还希望它们具有可读性。这肯定只能是投向雅砻王朝历史幽谷里的一道小小的、最初的光亮，希望以此激起异议或进一步的探索研究。

我们生活在一个谋利欲望日益盛行的世界上，这时，如能回过头来，把目光投向那些历史人物，他们曾以公认的成就推动世界，这对于当今世人总会有益吧！那些人物，甘愿献身，为国献力，在很大程度上放弃了自身的幸福，然而未必能得到善终，像好莱坞程式那样以皆大欢喜而告终。这些人无畏地、谦卑地走着自己选定的人生道路，为了让世界变得更加祥和，或者如金城所期盼的那样，终于实现"化干戈为玉帛"，或者像千手千眼的慈悲女神文成那样把无量的悲悯施向人间。

许多朋友帮助过我，陪伴着我，为我提供资料，为我翻译，我每写一页，我心中的爱和尊敬都在增长，不仅是对你们国家的历史，也是对你们极其生动和扣人心弦的现实和未来。

莫尼卡·封·鲍里斯伯爵夫人

# 书中主要人物表

| | |
|---|---|
| 金城 | 唐朝中宗皇帝选派的和亲公主，后为吐蕃王妃 |
| 李守礼 | 金城的父亲，李贤之子，高宗和武曌之孙 |
| 武曌 | 中国女皇，金城之曾祖母、高宗皇后 |
| 高宗（李治） | 唐朝皇帝，金城曾祖父、唐太宗之子、文成之父 |
| 文成 | 唐朝公主，先于金城七十年赴吐蕃，被称为"白度母"，藏王松赞干布之妻（国内部分学者称她为"绿度母"） |
| 松赞干布 | 吐蕃第三十二代赞普 |
| 中宗（李显） | 唐朝皇帝，武曌之子，金城的叔祖父，立金城为公主后又以叔侄相称 |
| 睿宗（李旦） | 唐朝皇帝，高宗之子 |
| 玄宗（李隆基） | 唐朝皇帝，亦称唐明皇 |
| 上官 | 金城之姑母，以博学见称 |
| 苏发严 | 佛僧，金城之顾问 |
| 高力士 | 唐朝权势显赫之太监 |
| 郭元振 | 唐代著名文士和外交家 |
| 李祎 | 朔方总督，高宗之曾孙，信安王 |

| 麦阿充 | 赤德祖赞，吐蕃第三十七代赞普，金城公主的丈夫 |
| 没庐氏·赤玛伦 | 吐蕃女君主，麦阿充之祖母 |
| 没庐氏·尚赞咄 | 吐蕃大臣，赤玛伦之兄弟 |
| 琛氏·赞姆多 | 麦阿充之母 |
| 绛妃 | 赤都松之妻，江擦拉温之母，赤都松为金城之第一位未婚夫 |
| 江擦拉温 | 赤都松和绛妃之子，江擦是金城的亡故的第二位未婚夫 |
| 那囊氏·玛香 | 赤都松之妻，后为其子麦阿充之妻 |
| 尚·穷桑 | 吐蕃国王麦阿充之大相 |
| 卓玛类 | 尚·穷桑之女儿，穷桑之另一女儿赤玛类的姐姐 |
| 巴·赛囊 | 吐蕃大臣 |
| 佩玛 | 金城之藏族侍女 |
| 桑希 | 麦阿充之游伴，金城之小友 |

# 目　录

D

1

# 拉萨 吉曲河畔

藏历铁狗年十一月

公元 710 年

**天**光刚刚破晓，从吉曲河南岸便传来一声拖长的喊叫声，由于穿过不停翻滚的云团，声音显得低沉，也不像往常那样从山的岩壁上传来响亮的回声，但这声音几个月来已印入吐蕃人和大唐人的脑海，都知道这是那位迎亲首领发出的喊声，他在黄河岸边受命接待迎亲队伍，自那以后就引导着大队人马，经历了不少艰险。人们遵从他的命令，下马步行，这样大家都感到松了一口气，因为前方看不清晰，人和牲畜都有些犹疑不安，两山夹峙间河流宛延流淌，他们走近河边的砂砾路时，地面松软，牲口的蹄子往下陷，直陷到蹄冠，发出吱吱的声响，骑在马上的人们穿过茂密的柳树林时，不得不在潮湿的枝桠下弯下身来。

他们到此便难以前进了，一心盼着到达摆渡的地方。

这一行有着共同命运的人们七个月来共同经历了许许多多的困厄，如今停立在宽阔的河岸边，沉默无言，瑟瑟发抖。这是一个灰黯的十一月的黎明，他们呆在一起的最后的日子，这使所有的人心头都蒙上了阴影。他们不止一次地设想过他们在吐蕃王国的首府将受到怎样令人沮丧的接待，但谁也不曾料到如今会面对这样令人惊

**D**

1

怵的场面，这种场面大大地超过了他们的种种担心，周遭一片沉寂，就连他们的坐骑也都惊疑不安，只有河水的呜咽声和从那模糊一片、虬结的老柳树那边传来的寒鸦的聒噪声间或打破这令人压抑的寂静。那些寒鸦的羽毛被雾打得湿漉漉的，它们蹲在树枝上，紧靠在一起。

这决非是一个给人带来幸福的日子啊！决不像当年在洛阳皇宫里星相家为讨好金城公主所预言的那样，刚好相反，这是一个阴霾过早地布满天空、面临永远黯淡无光的日子。当强悍无敌的吐蕃大军出现在眼前，要求大唐天子武曌女皇兑现允婚承诺之时，有谁敢于不识相，做出不吉利的预言呢？在经历了西部边境战争屡遭败绩之后，联姻不失为一个良策，一个和平的抵押，一种玄机，即借此把危险的敌人牢靠地拴在帝国一边。对于吐蕃人来说，也曾有过这类政治联合的成功先例。这是指当年文成公主的事，她是金城的曾祖父唐高宗的妹妹，她远嫁西藏为大唐吐蕃的和平献身，可谓英名赫赫。这种命运已无法再现，对未来的美好梦想都已化为无边的苦难。

有些随行人员偷偷打量金城，她外表看来纹丝不动，身上包裹着层层衣物，目光死盯着眼前的一片雾气，大家不由得对她心生怜悯之情，这一天，尤其是对她说来，是多么可怕啊！尽管遭遇到痛苦、恐惧和挫折，她的举止还是那么镇定，因此愈发引起人们对她的敬重。正是由于她的坚忍不拔才使得大家留在一起。不管有多少艰难困苦和阴谋破坏，她都没有半途而废，历时七个月抵达吐蕃首府拉萨。但是，抵达这里又当如何呢？

公主的头几乎难以觉察地动了一下，美丽的樱桃小口露出一丝苦笑。她的思绪惊奇地回到那久已逝去的美梦之中，这些梦赋予她幼稚的心以力量，使她义无反顾地告别了大唐天子的宫殿，用五光十色的遐想打消了任何疑虑。她当年憧憬的华美画面中就有这样一幅：吉曲河上一只被鲜花装饰的彩船载着新娘，当空阳光明媚，两

岸是欢呼的人群，一对新人穿着华美鲜艳的服装，凯旋般驶向雪白耀眼的吐蕃王国的宫殿。

金城还不由得想起她那满腹经纶的姑姑上官，她当年在家乡的宫中花厅里向一群耽于幻想的女孩们绘声绘色地描述七十多年前文成公主作为新娘在西藏受到隆重欢迎的情景。她对如今这幅不祥的场面又该如何描述呢？在金城眼前浮现出那位天才讲述者的样子。她总是不得空闲，因为她得不停地学习，以便用渊博的知识为曾祖母武曌服务。金城记起，自己曾一再要求她抛开其他故事专门向她讲述文成的故事，讲她为"开土封疆"所作的奉献。这个词通常用来表示大唐去占有新疆土。人们还让这个对文成事迹心向往之的小女孩牢记，文成那时太宗皇帝每当公主和亲远嫁送她们上路时的嘱托："要做黄土地的好女儿。"上官还故意压低声音摹仿至尊的太宗陛下，充满了神秘感，这样做是为了增强教育效果。这些训诫之词特别令金城感动，听话时的某种预感，彷佛是命运的使者，已经向她暗示，她有朝一日将像文成那样踏上一条为大唐保障和平的漫漫长路。

当最终选定她做未来的雪域高原的王妃时，金城感到多么自豪和快乐啊！当她六岁时，武曌女皇就选定她去登上吐蕃的王位，赐给雍王李守礼的女儿、女皇本人的曾孙女以"金城公主"的名号，这是兰州附近的一个总督府治的名字，同时赐给她各种应有的荣誉和特权。女皇对她的这种浩荡天恩，她当时并不全懂，她也不懂得女皇这么做也使自己亲生的女儿太平躲过了远嫁吐蕃的命运。由于吐蕃赞普赤都松突然去世，吐蕃请婚的事被搁置下来，金城得以留在大唐的公主群里再生活了一段时间。六年之后，迫于交战失利的窘境人们这才又想起了她。兑现诺言，把她远嫁给赤都松的儿子、吐蕃未来的赞普江擦拉温为妃。当时又有谁会谈起这一前景不佳的先兆呢？所有人都来祝贺她的锦绣前程。正如在她之前走上这条道路的文成姑姑那样，她置身于众星拱月的中心，她无比地激动和快乐，她要去建立丰功伟业，成为受人爱戴的一国之母，她要向世人表明，她不仅仅是备受宠爱的令世人羡慕的皇上的侄女。她恨不得早日摆脱故国的宫殿。这里的种种限制、极度的繁荣、以及在雕龙画凤的屋顶下进行的阴谋诡计和时时存在的无法躲避的恐惧感都令人窒息。她内心充溢着快乐和从事冒险的乐趣，充满了拯救祖国的献身精神，要做文成公主生平事业的继承者，她做梦也不曾想到如今必须经受的噩梦。

"花团锦簇的迎亲队伍，哟……"伴着一丝苦笑，这句话竟脱口而出。她不由得打了一个寒颤，莫非自己真的这么说了吗？她还迅速环顾了一下四周，所有的人都目不转睛地盯住几名男人用肩膀扛过来的装着年轻王子的木棺。棺木其实很简陋，是一个急着搬运匆忙做成的一个匣子。人们细心地在匣子外面蒙上厚重的丝绸，然而对于所运送的尊贵之躯而言仍有几分不敬。金城的两名侍从来到她身边保护她，登上刚刚驶过来的打造得十分简陋的木船，这条船更像在水上漂游的棺材，一般可容六匹马。这个硕大的渡船的船头唯一的标志是那儿竖着一根笔直的木桩，顶端装着一个很大的令人生畏的鬼怪般狞恶的木雕马头，雕法粗陋，饰有五颜六色的三角旗，由于没有风，这些彩旗无精打采。一行人神情淡漠地从船的一侧登舟，围挤在棺木四周，然后大家在船上分散而立。金城神态僵硬地站在几个随从人员中间。她的目光死死盯住装着亡故者的木匣，两个月来，她在穿过无尽头的连绵荒山时一直伴随着它。而如今，在这里她将最终与她的未婚夫告别，从现在起，逝者就不再属于她了。

"我答应过你，把你带回家，到你的亲人那里。"她轻轻地对他说。她但愿能大哭一场，然而种种刺激加上严寒使她木然。要到对岸去了，这个念头实在可怕，对岸逐渐退去的雾气后边已清晰地显现出王室扈从队伍的轮廓。

眼前的这幅景象静止不动，然而，却愈来愈大愈清晰，没有招手致意也悄无声息。这时突然起了一阵微风，雾气散去，起初只显现出河道里长着稀疏灌木的沙滩，然后，彷佛一只神奇的手拨开了丝绒的布幔，云开雾散，展现在人们眼前的是一派壮观的自然风光。八座"幸福山"直接出现在一行人的面前。这八座山环围着一座山顶城堡。那儿傲然耸立着一座多层建筑，周身雪白，有三个红色的门，城堡的屋顶都镀上黄金，见到这座宫殿，远行而归的西藏人不顾中间抬着棺木，都匍匐在地。他们没有心情欢呼，但他们默默流泪，表明他们是多么激动，暗暗感谢神灵，保佑他们平安回到了家乡。

这些迎亲的藏人们在路上曾向新来者渲染他们在拉萨将看到一个宜人的山谷，那里有肥美的田野和山丘，然而令人遗憾的是，呈现在眼前的河岸边却是黄褐色的灌木丛和枯萎的杨柳，土地贫瘠，视野开阔，在光秃秃的苍山前面，点缀着驳杂的卵石和砂砾。面前清澈的河流缓缓流淌，亲切地漫过沙滩。河面洁白如玉，这种景色同宫殿后面的湛蓝的天空，天上的云彩以及苍黄的群山交相辉映，仿佛肥沃的山坡一样，隆起的红山呈现在人们眼前，环卫着山顶上雄伟的城堡，他们正在朝那儿进发。这些迎亲的藏民以急迫的心情走近城堡，终于看见了他们心中的骄傲，那镀金的起伏的屋顶，下面正是全吐蕃王国最大的宫殿。浓雾使外来的远客失去了任何希望，但见到这座神奇的城堡还是打动了新来者的心，使他们稍感宽慰，而这正是他们目前最迫切需要的。他们已感到成百双眼睛在盯着他们。他们惴惴不安地一言不发地看着船靠到岸边，王子的棺木被卸下。人们小心翼翼地把棺木抬向挤在一起的一群人那儿，这些人一动不动，像一堵墙那样满怀疑惧地静静地矗立在岸边。人们把棺木抬向人群前面的一群妇女，这是王室的女性成员，她们又和两位悲伤的女人保持着距离，以示尊敬。金城从高大挺直的身躯上认出了尚赞咄，他是吐蕃大臣、求亲诏书的持有者、迎亲队伍的首领，是他把金城由洛阳迎来的。站在他身旁的只能是他的姐姐，俩

5

人的身材十分相像。像他一样，她也盯住棺木，目光令人敬畏。她这个习惯使人感到事态严重。这位正是王祖母赤玛伦。在来西藏的路上，围着篝火，金城常常听人夹杂着畏惧、佩服和赞叹谈到这个名字，她听时又好奇又有几分畏惧。

当简陋的棺木放在女首领脚前时，所有在场的人都满怀敬畏地匍匐下跪。只有女王的高贵的身躯纹丝不动，由于她全身绷直，显得更高了，只有一双手不知所措，伸入黑色的丝绸蒙面的贵重皮袍里，流露出她是那么激动。由于气候的缘故，她的皮肤多褶，呈赭红色，血管清晰可见，像用重笔刻画出的一个面颊宽阔的头像，饰有无数长辫，这是一张高贵的面孔，上面铭刻着生活的清晰烙印。金城公主不由得拿她和曾祖母武曌相比较，曾祖母直到晚年都工于化妆，肯定会对她这种比农夫还黑的皮肤大加嘲笑。

唉，武曌皇帝啊！金城对于想起这类不合时宜的念头心里很烦。她不是宁可把这类事置诸脑后吗？虽然说赤玛伦头颅高扬，举止高傲，但她的内心要求依旧明白无误地表明，是谁在主宰着这个可怖的政权。莫非自己，作为一个举目无亲的外来者，作为一位"不再被需要的未婚妻"将孤立无援地任她处置吗？

金城阴郁的念头被打断了。因为尚赞咄用一个威严的手势要求大家安静听赤玛伦讲话。此刻，所有的人都屏息静听这位女君主清晰而有力的声音。由于讲的是方言土语，金城又难以集中精神，所以听得很吃力。赤玛伦表示迎接她的不幸去世的孙子重返家园，对他的新娘中国公主及其所有随行人员表示欢迎。

在这种情况下，每句话都字斟句酌，要是有人进行准确的翻译就好了。在场的大唐驻藏代表站在一旁却毫无反应。两位随行大臣要是像事先预定那样和她一起到拉萨来就好了。杨桂衡、严昆，这两位送亲大臣都是大唐天子的心腹，都打了退堂鼓，撇下这支庞大的送亲队伍，他们若是在这里，正可以为她出主意。当金城的叔父中宗皇帝遇害身亡的噩耗传到队伍中来后，他俩立即返回长安去了。大唐驻藏使节的脸上一副傲慢和拒人于千里之外的表情，金城试着从他的脸上找出一点理解和让人稍感慰藉的东西，可是，她看不出任何表情。他已经和这位不幸者拉开了距离，她遭受的是双重的不幸，她既是一位亡故者的新娘，又是一位被谋杀的皇帝的侄女儿。当人们把王室的诸位成员逐一介绍给金城时，这位驻藏使节不经意地点了点头，难道不应该把这解读为对她的冷淡吗？当然，她也可能错怪了他。他静静地伫立一旁，可能是和内心的悲伤以及相关的礼仪相符的。人们正是满怀敬畏之心一路伴送着亡故者的棺木而来。痛苦让一切都变得无关轻重了，每个人都陷入无言的伤痛之中。

突然之间一声刺耳的呼喊打破了四周的寂静，王妃绛氏像疯了一样，感情完全失控，扑向灵柩。她大声悲嚎，绞着双手，撕扯着自己的头发，一而再，再而三地扑向灵柩。十三岁的金城在一旁看着，不知道该做什么。在这种情形之下，谁也不敢出面对绝望的王妃表示关切，金城终于强压下内心的恐惧，走到江擦的母亲身旁，她惶恐地拿起王妃的手，向她表示同情。由于藏语知识十分有限，她难以找出恰当的语言安慰王妃。绛妃用她那可怕的狂乱的眼睛看了金城一眼，很快明白，金城把装有她儿子护身符的小盒子放在她的手中。自从未婚夫去世，这是她最心爱的珍贵之物，常常使她得到慰藉。如今，金城把这宝物交到她手中，希望她能从中得到同样的安慰。王妃先是对她抛出一些含混不清的句子，直到金城清楚地听懂了下面这句话："你没有权利拿我儿子的护身符。"同时她把这个小银盒子从金城的手中抢走了。

# 拉萨 小昭寺
## 铁狗年十一月
## 公元710年

"**请**原谅，尊贵的公主……"侍女鼓足勇气，大胆地试着引起公主注意，这次像以前一样未被理会。新主人金城对这个陌生人的不当之举也毫无反应，在一位中国公主面前，主人不发话是不允许随便开腔的，这是都知道的规矩。在这种特殊情况下，侍女感到这是向这个无动于衷的柔弱小女孩表示同情的唯一办法，公主的眼睛痴痴地盯视着不可知的远方，侍女看到自己不合礼仪的做法并未收到效果，不知如何是好，遂怯生生地、小心翼翼地开始为公主卸去头饰。在这特殊的日子里，公主的头饰较之通常要简单得多。这个吐蕃侍女非常灵巧，似乎她一直都在侍奉大唐的公主们。

这位像孩子似的公主既没有表现出厌烦，也没有显得轻松。公主头上的丝质小帽压在无数根玉石发针和有光泽的木梳上面，卸除时想必是疼痛的。更不要说那两根特别长的看起来有点吓人的银针了。这两根银针是侍女们为避免渡河时头饰滑脱而插进头发里去的。的确如此，头饰精雕细镂，顶端是一对凤凰，刚好在丝帽外面，尽管侍女非常细心，把它卸除下来却十分困难。金城承受着侍女拉扯她的浓密的黑色的长发，直到所有这些折磨人的饰物全部除

掉，始终一言不发。

对于她的新住所她甚至不屑一顾，她的思绪深陷于内心，总在回忆那些可怕的情景，她的身体只靠在一个垫子上心不在焉地移动，稍作配合以减轻侍女的困难。金城全身只能看得见那苍白不动的手关节，而这双手紧紧抓住一方羊毛围巾，似乎是在抵御由体内生出的严寒。金城依然感觉到绛妃的喊叫给她带来的痛苦，她手背上原先挂护身符的地方还在一阵阵火辣辣的灼痛。更糟糕的是，她被人拒斥，仿佛她应对王子暴死负有罪责似的。

"我没有害死你的儿子！"金城突然以意想不到的力量向着新住所的白色墙壁喊道。侍女为这一突兀的感情爆发大吃一惊，眼见这位女孩在和一个深渊抗争，那里有着她凶险的记忆。她受到了怎样的伤害啊！她多么幼小！还正处在豆蔻年华呐！侍女佩玛用大唐的富于形象的语言想到这些。对于加诸她身上的这些东西，她显得过于稚嫩和脆弱啊！侍女想，公主像一只小鸟，过早地从巢中坠落下来，这个孩子的遭遇激起了侍女的母性本能。天空有时在最阴暗的日子里也会射出一缕阳光。她又可以照顾一个孩子了！侍女想，同时又故意引起公主的注意，清了清喉咙，留神察看公主苍白瘦削的脸上的表情，公主漆黑的杏仁眼上双眉被细心地描出大胆无畏的弯弓状。"公主啊，您的披肩，裹在您身上用来抵御十一月寒风的披肩可以拿掉了吧！"由于公主的心思还完全陷在过去那些可怕的事情里，也可能没有听清侍女说些什么，公主解开披肩，生硬地说："给我拿些开水来！"公主用家乡话提出这个要求，然后焦急地等着，侍女不久端着冒热气的铁盆回来。公主再次用疑惑的口气问道："为什么我的那些侍女都不在这里？"

"公主，她们都累坏了，所以让她们都去休息了！"侍女用地道的大唐话回答。

"你们会说我们的话吗？"问话中流露出惊讶和难以置信。

"正是这样，公主！"侍女极为谦卑地回答，以免引起其他不快。侍女不好意思地很快退出，把煮水盆放在铁炉上，转眼的工夫就把一碗热气腾腾的奶茶捧到公主手上。金城捧起盛着金黄色饮料的瓷碗，冻僵的双手感到很暖和。她已学会了喝这种奶茶，起初她对这牛奶的味道很恶心，后来感到喝下它很舒服，很顶饿，也很提神。

"你叫什么？"她仍用孩子般的声音问道。她不喜欢年纪大的侍女，因为她们老是要当长辈，婆婆妈妈的。金城用不怎么友好的目光从碗边上面往下观察这位西藏侍女，一面用慢得急人的速度小口小口地喝奶茶。身材高大的西藏侍女态度极为谦卑地蹲跪在一旁，护着膝盖的双手骨节粗大，在金城的审视下仿佛更显得粗大无比。侍女感到被公主轻视难以忍受，觉得自己对公主恐怕要愈来愈不礼貌了。她勉强克制住自己拒绝回答公主询问的情绪，正如她不想去碰那个尚未提出的问题，这牵涉她生活的秘密，要设法讲清楚这一切谈何容易啊。

"我叫佩玛！"侍女沉吟片刻后终于打破了沉默。虽说公主没有再问什么，但为了赢得公主的信任，以免她重又陷入抑郁的思绪之中而忘记她的存在，侍女很快地说："我的主人啊！是您的姑母文成公主赐给我的这个名字。"

"什么？大唐公主文成、伟大的吐蕃国王松赞干布的妻子是你们的主人，你们撒谎，这是过去的事，不可能！"佩玛把双手绞在一起，克服内心的激动。"老天在上！老天有眼！"佩玛一面发誓，一面低下她那梳着一百零八根发辫的头，额头顶地，用当地流行的风俗表示自己忠诚无欺。"您的先辈文成公主收留了我。我母亲就是在这个宫殿里去世的。现在这是您的宫殿，当年这里还有一个由伟大的公主建立的医院。当时我大约五岁。因为我没有其他亲戚，没有人收留我，我被准许在小昭寺留下来。公主常来，对我总是很好。后来人们把我带到宫里去，因为我从医生和佛僧那儿很快就学

会了你们的话，人们希望我能使情绪低落的公主开朗起来，公主喜欢孩子，我呆在她身旁真的使她很高兴。我十岁那年公主去世了。"

金城心里算了一下，文成于680年去世，这么说，她的新侍女佩玛现在大约是四十岁了。"文成去世后你们这里的情况怎样？"

佩玛松了一口气，她们之间的不信任已经化解开了。公主将会放弃她的高傲态度，认识到在当时的条件下这侍女可以派上特殊的用场。

"正如您知道的，王祖母、吐蕃女君主赤玛伦许多年以来决定着这个国家的命运，"侍女情绪平稳下来后继续说，"芒松芒赞国王的遗孀、也就是您的姑父松赞干布的孙媳，在芒松去世之后，把我接到她的宫里，这事发生在文成公主去世前四年，由于孙子去世，文成一直深陷在极度悲伤之中，恢复不过来。对她而言，芒松永远是未能得到的儿子，他也十分敬爱公主。芒松和赤玛伦的儿子叫赤都松，他父亲去世时他年仅四岁。文成公主曾试着承担起对他的培养教育，但由于伤心过度，身体虚弱。两位夫人想，如果我能陪他玩耍，再把你们的语言教给他，倒也不是一件坏事。文成公主还在去世的前一年派人去洛阳，为赤都松王子请婚，遭到您曾祖母武曌的拒绝。后来，赤玛伦大概在702年吧，再一次请婚，这次武曌点头了，大概是迫于政局的压力，她才抑制住自大自尊，应允此事。这次是打算让您下嫁给我们英勇无畏的赤都松国王。但是老天只让他活了二十八岁。"

佩玛谈及赤都松时稍作停顿，然后接着说："赤玛伦继续文成公主的未竟事业，和在长安和洛阳的唐宫廷不断沟通，她从未忘记为吐蕃请婚。这次是为她的长孙江擦，江擦是赤都松的长妃、出身于绛氏家族的绛妃生的儿子，他和您的年龄相当。普天下的人都为他倾倒，因为他生下来就是鼻子隆正，前额宽阔，人们满怀骄傲地为他起名为江擦拉温。这个名字既标明了他母亲绛妃出身为绛氏家族，又表明他是天神的侄子。女王对这个王孙宠爱备至，她一直强调将来一定要为他娶一个特别美、特别有教养的媳妇，就像当年伟大的松赞干布那样娶一位中国公主。这个建议完全合乎赤玛伦的心意。并非所有人都赞同这个主张，但是所有那些没有忘记您的先辈文成公主的善行的人都热烈拥护这个建议。

"人们这时要求我侍候这个年仅四岁的小宝贝，教他学说你们的话，向他讲述你们那儿的风俗习惯，为将来迎娶中国公主做好准备。大约二十年后，也就是木蛇年吧，终于从洛阳传来喜讯，您的曾祖母大唐皇帝武曌去世了，您的叔父中宗皇帝表示允婚。我们等候您已经许多年了。在您来的路上修了官道和驿站，而如今，您，您带给我们的却是一个死人。"

金城为自己开头怀疑侍女的那些愚蠢念头感到惭愧，她很后悔自己不该如此。她想拥抱这个哭泣着的女人，但中间又停了下来，这倒并非因为地位优越的虚荣心阻挡了她，而是她突然怀疑这种安慰是否会被接受，绛妃的形象重又浮现在眼前，重又感觉到当自己试着去接近未婚夫的悲痛欲绝的母亲时遭到猛烈拒斥时的痛苦，因为没有一个人想起，死者对金城本人是何等的珍贵。

金城全身颤抖地离开哭泣着的佩玛，急促地冲到屋外，来到清冽寒冷的夜色之中，在这里，她的呼吸畅快一些，她置身的这座庭院被两排居室和一个神殿环绕，前面是一个门楼，人们给这个有四堵高墙围起来的建筑取名为"小昭寺"，意为"围墙大院"。

"这就是我的宫殿，"当她环视一下这座涂上白灰的低矮建筑时，不禁露出一丝苦笑，人们对于她在其中长大的那个宫殿该叫什么呢？武曌，她的曾祖母，尽管身上有那么多自相矛盾的地方，但是她真爱艺术，懂得如何享受生活。在她由侍妾通往女皇的路上，她曾把无数的人，比如合法的皇后娘娘、皇上的爱妃以及她自己的小女儿送往阴曹地府，如今她以为自己看到这一个个冤魂怨鬼在"大明宫"里来回游荡，使她不得安宁，这才是她大肆扩建洛阳宫殿的真正原因，以至后来高宗皇帝决定把上朝理政的宫廷移到洛阳山谷间新建的豪华宫殿中。

洛阳城三江汇流，气候适宜，绿树红花，景色宜人。皇家苑林中牡丹誉满天下，最美的要属白马寺中的牡丹，同时呈现出浅红和深红颜色。如今想起那天香国色，金城心中依然感到伤心。她在四月中旬牡丹花会之前就不得不登程远行。虽然说，她来西藏的路上也见到过大片龙胆草和低矮的开满鲜花的翠菊以及她叫不出名字的一些花卉，但她还是止不住怀念家乡繁茂的绿草如茵的景色。到了拉萨之后，在这个气候较佳的河谷之中，才生长着灌木和树木，首先是文成公主当年亲自栽种的垂柳，这里也有花，但却种在专门的园桶里，在白垩色的围墙前面几个栽花用的桶中可以看到几株干枯的枝条，不免凄凉。但不管怎么说，人们还是想借此来使宫殿显得更美。这令她感到宽慰。另外，人们终归是修了防护围墙。她在长达七个月之久、夜夜住帐篷的长途跋涉之后，明白眼下的状况来之不易。她必须学会不去怨天尤人。她的楷模文成在简陋得多的条件下在这里站住了脚跟，并且首先把这里的帐篷之城扩建为这个宫殿。在这里她觉得和文成更靠近些，并且感受到她的保护，文成仿佛对她说："我当时也是前途未卜啊！"

"我真听到这种声音了吗？"金城吓了一跳，很快环视四周。唔，我在胡思乱想。我就是太累了，受的刺激太多了，或者是她有意借此驱逐心中的恐惧，此刻恐惧是非常有害的。就在此时，当她进入院子，置身于佛堂入口处之前，她内心涌起一种冲动，一种难以遏止的愿望，她想，看来没有人监视我，此刻正是天赐良机，实现她的迫切愿望，她要查看一下，那尊充满神话般迷离色彩的等身佛、作为文成公主陪嫁带来的神佛雕像莫非仍在这个宫中。她在洛阳老家时听人说，文成公主去世后，人们把这尊佛像搬进了这个寺中。在来藏的路上，她不知多少次向随行人员打听此事，但听到的

**D** 13

都是吞吞吐吐的闪烁其词的回答，说是不明白她说的什么。围绕着这尊佛像有哪些秘密呢？人们都说这尊等身佛有一种法力，可以保佑周围的一切，金城对此深信不疑，认定他也是自己的救星，她还认定必须尽快找到他，跪倒在这位神奇的尊神脚下，恳求保佑。有关这尊佛像有一段奇妙的故事。据说，这尊雕像是仿照十二岁的活佛铸造的，特别珍贵。印度的玛伽达王特意制作出来作为礼品赠送给大唐天子太宗。不久之后，这尊沉重无比的雕像又作为陪嫁随文成踏上了艰辛的旅程，而这次是前往拉萨。许多故事都围绕着这个事实展开，即，这尊雕像经过千山万水都安然无恙，毫无损伤，并且以巧妙的方式为公主和她的随行队伍提供了安全和慰籍。

金城对这种种传说都了然于心，故而渴望能向这位崇高的圣像顶礼膜拜，求得他的保护。眼下，她确信圣像就在咫尺，心情愈加急迫，以致她驱散了自己对笼罩在这茫茫夜色中的佛殿的恐惧感，怯生生地走近殿门。门上挂着厚重的毛毡，她把毡子推开，这时，一股强烈的令人窒息的气味扑面而来。这股气味混杂着潮霉的毛皮和腐臭的奶酪以及烧过的草药灰的气味。在室外，虽然夜色浓黑，但还有依稀的月光和星辉，而在佛堂内却是一片令人恐惧的暗黑。只有一缕微弱的光线表明在很深处燃着酥油灯。金城步履踉跄地试探着前行，心怦怦直跳，光线渐渐变亮，她终于到达那个首要的圣地，一个深处的神坛，坛前燃着无数盏酥油灯。她想，这儿就是我的目标，是菩萨之所在，为了见到他我长久以来梦寐以求。她怀着无比虔敬之心跪了下去，长久地、长久地，不敢抬头仰视。

啊，多么可怕的景象！她惊恐万状地跳了起来，想逃离此地，但步履不稳，双腿不听使唤，像瘫痪了一样，眼前出现一个巨大的、令人恐惧的形象，占满神殿的整个一面墙。在她以为是等身佛像那儿竟赫然站立着阎罗王、地狱的主宰，所有亡故者的裁判官，从上往下盯着她。金城在来西藏的路上已经见过这位尊神吓人的样子，但从没有这样巨大，也不是这种环境气氛。阎罗王的头尤显巨

大，怒气冲冲，周围环绕着大片酥油灯，脖子上挂着一串骷髅，在灯光里跳动，令人触目惊心。阎王的一双巨足下踩踏着人的身体，仿佛患了昏热症，金城觉得她看到江擦的身体就在其中，被撕扯得粉碎。

奇怪的是，这幅景象好像迷住了她，迫使她目不转睛，而且，她盯着看得越久，她心中的恐惧感反而消失了。在恍惚之中，她感到从这幅景象中发出一种难以名状的神奇力量。她的心静了下来，恢复了正常的搏动。她感到自己被提升、被慰藉、被护佑。这令人不寒而栗的厅室怎么会对她产生这种作用呢？甚至使她产生了一种自我宽解的念头，不管怎么说，她历经艰险、长途跋涉，总算是平安到达了。她周身有一种信心和温暖散布开来，化解了僵直、恐惧，摆脱了她自己规定的各种规矩，她泪流满面，得到了情感的有益的抒发。她一整天都跟着棺木穿过城市，被污秽的人群围得水泄不通，他们极不情愿地让出通向大昭寺的道路。曾经多少次，她梦想有朝一日能站在这座充满传奇色彩的建筑物面前，文成公主为建筑这座宫殿出过大力，它的美丽为众人交口称赞。如今，到了大昭寺面前，她却不敢抬头观望，只在一瞥中看到了宫殿那像在家乡见过的巨大的镀金屋顶。她周围那些哀哭的人群令她胆战心惊。她仅从自己眼角胆怯的一瞥中就足以从无数张阴沉的面孔上看出，人们把王子的夭折全都归罪于她了。

她感到自己与其说属于活人，不如说更近乎属于死人，她站在这位死者之神的脚下才又感到温暖。自从她踏进这座城市，还没有任何一个人对她说过一句友好的话。只在来藏之初陪伴过她的大臣尚赞咄对她表示过同情，说这种接待肯定会令她难受，由于大家太爱王子，所以在这无比悲痛的时刻谁也不会想到她的感受冷暖。因此人们完全理解在长途旅行之后她打算先在小昭寺落脚的原因。他把这些耳语讲给大唐驻藏使节听，那位仁兄神情麻木地靠在金城的脚边，听了这些话依旧惶惶然地一言不发。令大臣惊讶的是金城公

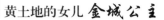
主用不大灵便的藏语对他说："我已经会说一点你们的话，您离开我们之后，我就用心学藏语，我多谢您对我的关心，我确实感到不太舒服。"

金城原先有点怕这位大臣，他身材高大，脸上长满了毛茸茸乱蓬蓬的黑胡须，由于岁月风霜其中有的已经变成灰白。他的眼睛由于很深的皱纹压成了一条缝，但是没有蒙古人常有的那种下垂线条。他的鼻子很大，而且很厚实，而嘴唇却很薄。由于气候缘故，他的前额两边往后面缩，双眉则高高隆起。他长长的发辫里编进了牦牛和马的鬃毛，搭在左肩上，这表明他是吐蕃古老宗教"苯教"的信徒，他的部分长发绾成一个发髻，用一段布巾扎紧，过去见到他时他总戴着贝壳做的耳坠，当他在一旁骑马伴行时，扎在双耳上的贝壳叮铃作响。如今，为表示他内心的悲伤，他取下了耳坠，正像妇女们为了表示哀悼去掉腰间的围裙一样，根据藏族的风俗，只有死者是身居高位的大臣或国王才这么做。

金城已经看惯了尚赞咄彪悍的样子，她心里明白，他其实是一个友善的，有自己一定之规的聪明人。尽管如此，江擦死后，一个女仆偷偷告诉她，人们曾围在熊熊的篝火旁议论，没有了当皇帝的新郎，要当皇后的新娘该怎么处置呢？听了这话，金城不禁大吃一惊，她还听一个人说，已经没有办法把她退回去，因为吐蕃军队已经占领作为她的陪嫁的那片土地。另外一个插嘴说，这样的话，尚赞咄本人非娶她不可了。大家听了哈哈大笑。公主本人为了让侍女高兴也跟着大伙儿笑了起来，并且说："大臣本人不会同意。"她仔细一想，她自己在这个国家前途未卜，她倒也拿不准，宫里是否真的也曾考虑过这一解决办法。她又看他一眼，想从中探究出他的想法，然而，他已看向别处。公主还要遭遇到一些什么事啊！难道说，她还得为得到他的求婚而感到庆幸吗？说不定，在他身边她也会感受到像站在这令人惊怖的阎罗王近旁那种奇异的幸福吧！她是

否对这一切有点神志迷乱了！

"等身佛祖像当年保佑过文成，他也会保佑你的，小公主！"这个突然闯进她思绪的声音仿佛一道闪电击中了她，恐怖感又一次袭向她，好似画像动了起来并开口对她说话。黑暗中有个人躬身俯向她，她想跳起身来，但是一位年迈的僧人用手往下捺住她，他就站在她身边，很友善地向下望着她。

"您是什么人？"她结结巴巴地脱口问道。

"我是苏发严，我和你一样是从大唐来的。"

这时金城断定自己肯定神志错乱了。因为苏发严是文成公主的著名的老师，这个人说自己是文成的宗教顾问，那他只能是阴曹地府之中的一员。看到公主心惊肉跳的样子，老僧抱歉自己吓着公主了。

"不要害怕。我不是那位伟大的年迈的僧人的鬼魂。我叫这个著名的名字是借用文成当年老师的美名，出于对这位垂范后世的大师的敬仰。我从他身上学到很多东西，正如同您从文成公主那儿受益良多那样。我说的对吗？"

"您能看透人的内心吗？"她松了一口气，半信半疑地问道。

"不能，我和您并无不同。但多想想别人的情况，有些所谓疑团也不难猜破。比如说您吧，尽管您的未婚夫半路上亡故了，而且您也无法知晓在这边的命运如何，但您还是没有停顿，继续往前，完成了您的长途跋涉。如果这时想一想究竟是什么力量鼓舞您这么做呢？这样就可以猜到您的心是怎么想的了。"

"那您猜我是怎么想的呢？"金城的好奇心被对话勾了起来。

僧人在她身旁坐下，开口说："我猜是这样，您崇拜文成，而您对她的崇敬之心使您要学她的榜样，您当年也急切地希望能做到化敌为友，化干戈为玉帛，您像文成那样怀抱着崇高的理想，希望继承文成的事业，把新的教义传布到这片土地上来。"

"要是还有其他次要原因呢？"她心酸地脱口问道。

"您讲话的语气让我明白，您到这儿来是寻求帮助、安慰和减轻心灵负担，难道不是这样吗？"

"我到这个吓人的神像脚下来寻找轻松吗？我是希望，能找到文成带来的佛祖神像！"金城吃力地讲述她充满矛盾的感情。

"您能对我解释，为什么在本该摆放那令人崇敬的神像的地方却出现这个凶神恶煞的像呢？而这个像却以一种奇怪的方式使我着迷，这又是为什么呢？"

"世上的事有时候和表面的情形并不一致，想必有人对您这么说过。"僧人冷然一笑说："您看来非常敏感，而且已经追查到了那个神秘的蛛丝马迹。这件事我也许能对您透露一二，如果您能先对我吐露真言的话。既然为您选定的夫婿已经亡故，那您为什么还要决定继续往前走呢？"

"那么，好吧！我们既然已经开了头，"金城感到可以信任苏发严，于是便接着说道："我曾对江擦承诺，要护送他回家，回到他亲人身边。然而，这仅仅是事情堂而皇之的一面，如今，这已不是什么秘密，我的叔祖父、我的恩人、天性温厚的中宗皇帝被人谋杀了。这位爱我如同亲生女的大唐皇帝是被他的皇后韦氏杀害的。她很可能是利用皇上不在京城的机会施展毒计的。临来时，皇上亲自送我到唐蕃边界，挥泪而别。之后不久他就不幸身亡。临别时我当然明白会分别很久，重逢无期，我万万不曾预料到竟成永诀。他想必也有一种类似的思绪，并坦然吐露内心的忧戚。他甚至为我们分手的地方赐名，把那个小城称作'怆别县'。宫里的人都说，心地善良的人往往是懦弱的统治者。对这件突然事变大家并不感到特别意外。因为韦氏在一切方面都热衷于效仿她的婆母武曌。因此，善良的中宗获得皇位后心中依旧常怀恐惧，担心有人要谋害他。我自幼就有这种恐惧感。我和宫里所有人一样，一看见那些武士就心惊胆战，甚至一听到他们的脚步声和他们佩戴的武器碰击声就止不住浑身发抖。每个布幔后面都隐藏着杀机，每件衣服下面都可能藏着匕首，每吃一口东西，里面都可能含有毒药。今天我才明白，处在我的地位，我当年提心吊胆是没有根据的。人们派给我的用场是充当新娘，正因如此，人家把我和我哥哥从远在长安的我父亲的宫殿请到洛阳宫中来，为的是培养教育我们。我的曾祖母武曌女皇、后来她的儿媳韦后在宫中施行的杀戮屡见不鲜。而且，由于她们和她们的心腹担心害怕别人报复打击，又进行新的杀戮。我很难相信我恩人的后继者会容忍韦氏像当年的武曌那样登上皇帝的宝座。让我重返那里，岂非自投罗网？您想想，如果我落到这位嗜杀成性的姑奶奶手中，如果她看到她一手策划的和吐蕃和解的计划落空，她会对我如何处置。众所周知，想当初，大唐天子中宗接见前去呈送'黄金诏书'的吐蕃使臣时，韦后就坐在皇上身后，隔着一层丝屏风对皇上耳语，告诉他如何应对。于是皇上按照耳语所示说道：'如果真如你所言，王子俊美强壮，我在吐蕃就有了一位佳女婿，和我们的美丽、健康而又极有教养的公主相匹配。这样我就不必再担心受到吐蕃王的攻击了。'"

"好可怜的孩子啊！"老僧不禁失口喊了出来。因为他突然看明白了，当人们为赤都松求亲时，这个小姑娘五年来成了为权利斗争的工具被人踢来踢去。她在武氏宫中遭受过多少痛苦啊！早年经历多，让这个小孩子早早变得成熟，然而这种成熟有害于身心，她必定为此吃尽了苦头，就像夏季里过早成熟的果实那样。此刻出现在他面前的这个年仅十三岁的小女孩像成年人的老成样子，令他感到心疼。这使他决心帮助她，想方设法安慰她。

"您将看到，这里确实存在一个目标值得您去争取。"老僧人接着对她说："已故的赤都松国王生前曾设法从世界各地召来僧侣，为这个国家带来新的教义。赤都松的母亲赤玛伦和他的兄弟，也就是去迎接您来藏的现大臣尚赞咄和他们所属的没庐氏家族都是苯教信徒，他们容忍佛教教义，但不想促进它的传播。一旦在这个地区各氏族成员之间出现信仰争端，他们并不出面干预。他们容纳佛教与其说是出于信仰的原因，不如说是出自政治考量。如今的首领是芒松芒赞的妃子，而芒松自幼受到文成公主的影响。赤玛伦从来不曾真正热心信奉过佛教，她只不过从中看到了一种益处，她看到佛教可以带来无可估量的有用知识，通过联姻同大唐结盟也有极大的好处。人们希望从大唐来的公主能像文成那样成为人们尊敬的顾问。只是，对这种态度也不应全然信赖，像这样一个国家里，天气变化也很快。赤玛伦和尚赞咄所属的苯教信众，原本位于和大唐相邻的地区，苯教信仰的影响决定着这里的政治气候，或是阴雨连绵，或是阳光灿烂。这种不稳定的状态正是这儿僧人们从心底里盼望您到来的原因。这儿的僧人人数有限，守护仍然存在的寺庙。不仅能保障我们的生存，也使佛教赖以传播。我们需要您，希望得到您的支持。"

苏发严略作停顿，又深思熟虑地接着说道："一方面看，有人对您态度不友善，但不正是赤玛伦派人迎请您，并细心安排，使您一路上感到安适吗？人们不是为您修整道路，像铺开地毯那样，使您一路顺畅无阻吗？您不是仅仅用七个月的时间就走完了文成用了整整两年时间才走完的路程吗？人们不是在山上建立了专属于您的宫殿吗？"

"这是为未来的国王和他的妻子建的，不是为我建的！好像两位国王的死都和我有关，这使我变得像麻疯病人一样令人憎恶。这里只有一个年幼的孩子，只有他可能成为我的丈夫。我不知道这是否可行，因为我不了解这里的规矩。我在两个民族之间的交往中究竟还有什么价值呢？因为我最有力的保护神我的叔祖父中宗已经死了，苏发严啊！我真的不知道，自己未来的命运如何，但我知道，王子的死不是我的过错，至于王子的父王之死，大唐天子的死更不是我的过错。我将变成什么呢？所有的人都把我看成魔鬼，看成一文不值的无用之人，都想把我除掉了事。请您为我已故的未婚夫祈祷吧！我多么情愿和他共度一生，您也为我祈祷吧，让我的心获得安宁。"

说话之间，她屈身在僧人膝前，他略为迟疑了一下，轻轻地拍了一下她的肩膀，劝慰她道："这您就要向他求救了。"他面带微笑指着阎王像，这位尊神在酥油灯摇曳的烛光中，嘴里往外流血，面目狰狞，自上往下看着她。"您说什么，阎王！"她恼怒地跳起身来，苏发严料到了她会吃惊，把手放在她肩上安慰她。

"我不是对您说过吗，有些事只是表面幻象，如果您能克服心中的反感，把阎王奉为保护神，您就可以放心地认为，他会施展力量，使您摆脱心中的诸种烦恼忧愁。您只应把阎王神像看作阴间的警长，引导您走向正确的道路。他肯定会帮您，您应当学会看透假象，认识它背后的事物。"

看到公主并没有听懂他的话，他稍事停顿又接着说："请您原谅，我原来本不打算和您讨论这些伤神的问题，将来我们还有足够的时间！今天就谈到这里吧！我说我信任您，就是说，我可以放心地把我心中的秘密告诉您。"老僧人用锐利的目光又审视了公主一番，他确信无疑，说出秘密对她是一个极大的安慰，而她正肩负着吐蕃佛教僧众的希望，如果不是这样，他对于吐露真情将是十分犹豫不决的。

于是他决定向公主道出秘密，在一般情况下，即使别人对他严刑拷问他也不会吐露真情。"您觉得他是藏在这里，完全正确，外表这么吓人的阎王像不仅是一位理想的保护神，实际上也正是文成公主当初珍藏的佛祖等身像的守护者。"

"这我不明白……"金城喃喃自语道。

"这么跟您说吧！在这幅令您惊吓的画像后面，正是被人砌进墙内的佛祖像。我也是一年前才发现的。虽然说我在这座寺庙中已供职多年。真是做得巧妙啊！您不觉得吗？有谁会想到在这个苯教的狰恶而巨大无比的神像挡着的墙壁里面去寻找什么呢？"

D

21

慢慢地，金城醒悟过来了，她接着问："为什么要把佛祖像砌进墙里面去呢？"

"文成死后，人们担心大唐会派兵到拉萨来，把无价的珍宝佛祖像再运回大唐去，所以把它砌进墙内保护起来。人们把这事忘了吗？不！"苏发严收敛起笑容，他要让金城明白如今处境的艰难。

"不，人们并没有忘记，放在这儿更保险些。主要不是防备敌军的破坏，主要是怕某些苯教信徒们，他们直到今天还把佛祖像看成是外来势力的象征，因此，您得把这个秘密藏在心里，不要向外人泄露。"

金城听懂了苏发严的意思，进一步考虑时，思路又被苏发严的话打断。

"我不是已经对您说了吗，这里有值得您做的事。有朝一日您能够让佛像重归他在大昭寺的位置。您能帮助我们在这里传播圣者的教导。虽然说眼下您见到的都是不好的一面，但您对双方来说都是无价的珍宝。至于谁在大唐当皇帝，这一点不受影响。您是大唐公主。因此，下一步如何安排您是一件很难的事。然而到头来总会找出一位做您的夫君，使您得以施展您的才华。您要相信他！"说到这里，他把目光投向墙壁，朝一个业已铺好的垫子躬身跪下。"就说到这里吧，您已经非常劳累了，今天就讲到这儿为止，您可以凭借着想象，看到这墙壁后面，引起您恐惧的画像后面的东西。然后就让我和您一道向隐身在那里的可敬的人祈求帮助，让我们一起在他面前双膝跪下，开始祷告，这会使您重获心灵的安宁。"

第二天，一顶轿子准备停当，要把公主送进宫去。王祖母赤玛伦邀请她去做一次家庭内聚谈，使者这样禀告。金城忐忑不安地很快穿好衣裳。这位严厉的老妇人会向她作何要求呢？关于她的未来老人家已有所考虑了吗？说到头来，对一位来自大唐的公主来说，若没有合法妻子的名份在这里是难以停留的。另外一点，也不会有谁想把她带来的珍贵的赠品再退回大唐去。固然还有一位王子，名叫麦阿充，但他还不满六岁。他是否可能被立为王储，甚至定为她的未婚夫呢？公主身边的人也曾对此议论纷纷。当众人关于她的命运你一言我一语大声喧闹时，她走了出去，避而不听。有一次当她的一位顾问开始絮叨时，她不得不捂上耳朵，以免心烦。江擦和皇叔的逝世对她来说真是痛苦无比。如今，如果人们向她提出令人不快的建议迫使她接受，她该怎么办呢？她内心十分痛苦，急切地盼着不要考虑她的前途如何，因为还不是时候啊！

她刚把一个念头压下去，新的想法随即又冒了出来。她是否要和王室的全体成员会面呢？其中就有对她满怀敌意的绛妃，她肯定会控诉自己，人们肯定要从她嘴里听到解释，王子是在什么情况下丧命的。金城但愿能逃回到苏发严老人的身边，就连那曾引起她极大恐慌的阎王画像此时也显得可以忍受了。金城面无表情地迈开僵硬的步子走进轿里，把披在身上的围巾外套裹得更严实一些。秋天清晨凉意逼人，所以她身边的侍从们没有觉察出她其实是以此来掩饰她内心的不安。对于那些当面指责她害死了王子的人，她倒并不害怕，因为有足够的证人可以证明她的清白。可怕的是人们背地里指责她把灾祸带到这里。她在来藏的路上已经感受到了，这里习惯于把一切看得黑白分明，要么是天堂般的善，要么是地狱般的恶。有些时候，她的存在就意味着灾难。比如有些人见了她就吓得退了回去，有时候她走近牲畜，主人就表示抗拒，女人们见了她把自己的孩子拉到一边以免受到她的伤害。她觉得人们把她看成天花病一般。她特别害怕人们在她背后恶意诅咒，有时声音很大，她听得清清楚楚。在这些有时非常幼稚蒙昧的头脑中，是否会为王子的死产生找她复仇的念头呢？这个国家里有高贵身份的人是保护她不受侵害，或是把这次不幸的意外事件视为天赐良机，正好把这位不祥之人清除了事呢？她还能指望从长安方面得到保护吗？如果再派一位比她合适的人到雪域高原来充当和平使者是否也不失为一种考虑呢？

侍女佩玛忙着寻找适合这次会见的服饰，然后静立在一旁，随时听候吩咐。金城的侍女们都不加掩饰地表示，做这样重要的事情，佩玛显然太粗笨，没有灵气。金城瑟缩地坐在轿子里，佩玛认为该自己来效力的时候到了，就在轿门关上之前的一霎那，她把一件皮袍子塞进轿里，把公主裹了起来。

"您不用害怕！"她小声对公主说，"我会一路陪着您，您的侍女们为您梳高髻宫妆可能比我在行，但是我了解这里的王室成员，我会出更好的主意。说到头来，人们虽然悲伤，但还是为了您能到拉萨来感到荣耀。绛妃由于心里难过态度不好，但她很快就会认识到，您在她儿子遭遇不幸之后不仅没有返回长安，而且还关心护送他回来，这非常了不起。"

佩玛由于所知有限对事态的全貌固然无法正确估量，但她的意见还是让金城感到有所依靠。金城想起，当佩玛主动帮助她时，自己对她的态度是多么不公平啊！佩玛感到，这是文成公主把一件宝贝留下来赠送给自己，并且慧眼预见到有朝一日会有一位晚辈迫切需要自己帮助，使她得以在这个陌生的地方安身立命。然而，这样一位侍女对事物的进展到底有多大影响呢？尽管如此，佩玛对事物的单纯看法还是表明，人们有可能以善心来看待她的不幸遭遇。裹着厚厚的衣裳，金城试着把情绪集中到眼前的事情上来，皮衣穿着很暖和，令人舒服，她留神观察这个陌生城市里大街小巷的人们如何生活。她记起在家乡时听到过的一句格言："忧愁固难免，勿使留心间。"

金城不时推开轿子上的挡风帘，察看周围的情景，她总能见到佩玛就在轿旁，随护左右，侍女们都神情专注地随轿而行，狂风有时卷起尘埃，她们偶尔要绕开路上的积水、垃圾，和坑坑洼洼的路面，有时四周人群太拥挤，难以通行，她们便紧随轿夫跟着轿子前行。金城对轿外的人们看不分明，只见黑压压的人群，暗赭色的皮袍和各式皮帽子连成一片，其中间或也能见到妇女们彩色的衣服点缀其间。人们见了轿子都恭敬地让开路。街上的人们有的在缝制鞋靴，有的梳理羊毛，有的在钉马掌，有人在做生意，如买卖铜壶、牛羊肉、药材或是打火石，所有人看见轿子过来，全都停了下来，四个轿夫肩抬着这顶红色彩轿所到之处，没有人欢呼招手，呈现出一幅所有的日常活动仿佛都凝固了的画面。

到了大昭寺，人群更加拥挤，轿夫们只好吹起螺号开路。拥挤的人群把金城的到来看成莫大的威胁，他们全都屏住了呼吸。空气中弥漫着烧过的长青树和刺柏树枝的烟雾，和刺鼻的溶化了的热牦牛奶油味混在一起，令人无法忍受。这些奶油都放在硕大无比的容器里，由那些没有能力或者不情愿为死去的王子献出牲畜的人们贡献出来，而那些愿意为这个神圣祭祀供奉的人们则把牲口拴在插好的木桩上。那些被当作供品的牲畜由于靠近了死者，感到已临近死亡，它们本身发出的气味更加刺鼻。从寺庙的屋顶上传过来的令人不寒而栗的号角声，加上牲畜的哀嚎声，交织在一起，更加叫人受不了。这声响向众神宣告王子即将来临。抬着轿子穿过这些人群前行十分困难，人们从很远的地方来到这里，为的是向他们的神勇的王子作最后的道别。

金城把自己尽可能紧地裹在皮袍子里，找出随身携带的有香味的丝巾，挡住阵阵袭来的恶臭。她再也不敢从帘子缝里往外看，时时担心会有人袭击她。冷汗黏在她身上令她极不舒服，而且也使她随身携带的经常使用的牡丹香水失去了作用。

轿子终于把宫殿山脚下小湖边熙熙攘攘的人群抛到了后边。从这儿开始可以转一个弯，金城第一次看到红山毫无遮挡地耸立在眼前，山顶上正是布达拉宫。这个城堡有高大的白色围墙和两个红色塔楼。山脚下则是一座三层的白垩色的长方形的卫城。这是王室官

**D**

员们的居留之所，屋顶平坦，四角有奇形怪状的神像在警戒守护。在涂成红色的门洞入口上面饰有象征最高和谐、带来幸福的太阳神和月亮神，底座是硕大无比的牦牛角，用来阻挡一切凶神恶煞。窗框和门框都涂上了暗绿色，在雕饰精美的阳台上飘扬着一层层折叠得整整齐齐的布边。五光十色的饰物同白色宫墙上面铺展开来的湛蓝的天空交相辉映，乳白色的云团飘浮在碧空之上，仿佛群童嬉戏，把倒影投入湖中。

好一幅美景啊！金城想道。然而眼前的一切并不能使人忘却这是一个戒备森严的建筑，它孤高傲世，远离尘寰。只有长长的阶梯和陡直的道路可以通达顶上。难道这些王室成员真的必须和臣民们隔离开来，对臣民们如此严加防范吗？金城被抬过尘土飞扬的小巷，两边的墙上规整地贴满了当燃料用的牦牛粪饼。金城由此想到山下那些粗犷强悍的人们，她本打算为他们做很多有益的事，可是又时时感受到他们的威胁，念及于此，不禁心酸。她对这些人太不了解了，还在来这里的路上，她已经体会到了这一点。

在他们以及他们的严酷世界里，她深感自愧不如。这里只看重人的生存能力。人的全部聪明才智都是为了能够存活下来。这里的男男女女都受到过生存的锤炼。在她看来，他们的宗教以及他们日常的各种努力，说到底其目的无非是为了生存，同或善或恶的力量进行较量。自己能为他们带来什么呢？不过是一种脆弱的和平，一种温和的宗教。在宗教方面，她希望使这种宗教重新复活。她带来的实实在在的嫁妆是一片土地，这片土地想必已经归入西藏的版图，虽然说她还没有成婚。这里的人们到底是否知道他们的统治者为什么急巴巴地要这么做呢？他们对于法则之类的事又知道多少？对于她为这里带来的珍贵的儒家经典会持什么态度呢？这些书籍在这个游牧民族的日常生活中有什么用？而这个民族保存的却是另外一种有价值的知识。诚然，在她的六百多名随护人员中有几位手工

工匠和艺术家，但他们有什么本事，迄今还没有机会证实。随队医生的医术虽然高明，却未能挽救江擦的性命。他的唯一令人凉叹的能耐是，他有办法保存尸体长达两个多月，可以随队运回来。在上路之初，还有那些杂耍演员和乐士们表演节目，或者说些笑话逗人开心。不幸发生后，她制止了这类事。她要带来的是文化和百科知识，然而，她带给他们的却是一个死者。人们为此至今还在恨她。

她多么幼稚！关于政治她又懂得什么，关于现实生活里的种种艰难困苦她又知道多少？她喜欢文学，喜欢艺术，这两样东西是她在这个冷漠世界里的避风港。很早她就听人教导，如果想要远避灾祸保全性命，与其关心政治，不如在名家经典上多下苦功。如今她已陷入这样一个世界，这里被一种陌生的因而带有威胁性的法则统治着。要看透这一切谈何容易。她必须得多多学习，小心谨慎才行。这还得看人们究竟是否让她留下来，她不敢再往下想了，因为人们的确有一种可能，即设法除掉她。双方都可以把她的死归罪于对方，在当前情势下，她的死可能对双方都不失为一个高明的解决办法。

她正在考虑，大唐驻藏代表临了是否会受韦氏的委托，把一条白绫交给她让她自裁。就在此刻，轿夫们气喘吁吁地把轿子抬到一个很开阔的方方正正的院子里停了下来。院子的主建筑为四层，两侧有门楼，旁边的平房紧靠着厚厚的院墙。一架巨大的木梯通向主楼，梯子旁边有两条卷毛大狗狂吠着要挣脱铁链。

几位男子出现在金城面前，大唐使节从中走了出来。他和佩玛一起扶公主下轿。使节利用这个机会，用沙哑的声音对公主耳语，说这次会见仅仅是礼节性的拜会，还不是正式的接见，因此，他尽量保持距离，因为人们无法相信，对大唐公主的接见就以这种不郑重的家庭拜会敷衍了事。他建议，为她着想，她还是和大唐官方代表一同采取有保留的态度为好。因为，尽管他多次请示询问，至今尚未接到如何处理此事的通知。他也没有接到长安来的新指示。因

**D**

27

此，最好是不要急于表态。

他的慌乱不安的动作、他的态度显示出他和金城的恐惧感不无相似之处。他这些举止也透露出他对金城的某种不满，看来他想把眼前所有这些尴尬事的责任都推到她身上。他的这些忠告只能令金城更加跼促不安。因此，看到尚赞咄朝她走过来感到很高兴，她无需再听中方代表的唠叨了。尚赞咄大相现在又像当年在长安宫殿上那样衣着整饬。这一次他没有戴黑色棉布帽，而是戴一顶宽大的狐皮帽，帽顶上还缝上了一条狐狸尾巴，来回摆动。他穿的皮袍用墨绿色绸缎蒙面，缝有豹子皮做的领子，腰间挂一把银制的精工细做的刀。如果他不留样子难看的胡子的话，金城说不定会把他看成一个漂亮的蛮族男子呢。她家乡那些讲究的男人们往往留几绺可怜巴巴的细长胡须，不是为了好看，而是为了显示年龄和智慧，肯定还不满五十岁的尚赞咄为什么非得让人看起来显得又老又丑呢？

尚赞咄向金城介绍在场的官员，就体格而言，他和这些人同样强壮，但他们都没有留这样的胡须。尚赞咄向金城伸出手臂，说出各位大臣的名字，他们全是来欢迎她的。

"这位是朋友，还是敌人，"金城试着在这些纹丝不动的面孔后面看出个究竟，同时努力记住这些人陌生的名字。从这些由于气候的影响而呈现黄褐色的面孔后面，她找不出答案。他们全都十分谦恭，低着头，口中喃喃自语，做出手势给她指路，陪她踏上木制阶梯，路愈来愈陡，光线愈来愈暗，不久，窄道便变为令人望而生畏的陡梯。由于陪行者的友善态度，她克服了心头的恐惧。每过一个绊腿的地方都提醒她要分外小心。上面，台阶口上有侍从们列队迎候，他们唯一的职责就是不让很低的房顶碰坏了公主的头饰。穿过红漆门洞进入防卫森严的大厅，大门神奇地打开和关闭，最后走上一个宽敞的阳光灿烂的屋顶平台。

金城在一顶遮阳伞下面停留片刻，以便适应刺眼的阳光。金城朝铺展在眼前的整个拉萨河谷望去，非常兴奋，她远眺八圣山、吉曲河，也就是藏语的幸福河，以及大昭寺熠熠生辉的金顶，它就座落在错落而拥挤的民居当中。从这里的高处往下看，这大片的房舍杂乱无章，仿佛一堆堆色彩斑驳的柴草。见到藏人这座神圣的殿堂使金城又想起自己尴尬的处境。她刚从那远处的扰攘纷乱中摆脱出来。主人以为她一言不发是因为赞叹眼前的美景。她带着几分高兴接受邀请步入一间厅堂，墙壁极厚，阳光都无法射进来。金城尚不适应昏暗的光线，只好试探着在这间潮湿阴冷的房间里缓步前行。她又想起这个国度内种种剧烈冲突。屋里屋外，没有两样。她推想，由于这里人们生活在离天更近的地方，光线和空气并不令人舒服，也许用厚厚的墙把屋子封起来，里面光线幽暗反而使人舒服。

黑白相间的牦牛皮、任意搭配的杂色方垫子铺在高低不同的凳子上，这些就是屋内的陈设。"这就是王室议事厅，"佩玛轻声对公主说。她神色庄重地搀扶着公主向前，走向女王对面一个稍高的座位，并告诉公主说："您没有看见四面木墙上和顶部都画上了彩绘吗？每幅画都是描述我们国家的一段历史。开头讲的是猿猴和岩女结合形成了西藏人，往后一直讲到文成公主的故事。这些画详细地描写文成公主一路上的艰险，讲魔女如何捣乱，还讲大昭寺的兴建，等等等等，还有许多。所有历史上的事都画出来了，这样，连不识字的人也都能明白我们的历史。"

金城轻声对自己说，也许大多数人，至少国内的孩子们都有机会进入这间华丽的大厅以这种方式接受教育吧！她的眼睛已适应了厅内暗弱的光线，她看清了在浅绿色的底子上画出的镀了金粉的小幅图画。整个大厅的墙壁都用彩绘装饰，和幽暗的木雕顶棚、红色的柱子、浅红色的打磨石的地板，形成了美观而又强烈的对比。文成公主和松赞干布时代留下的各种珍宝引起了金城极大的兴趣，尽管她不由自主地仍在东想西想。

她正想细细打量每幅绘画，却被王祖母的出现突然打断了，她由她的兄弟尚赞咄搀扶着步入大厅，接着另有两位妇女自门内出来，金城特别仔细地打量她们，这两位是已故国王赤都松的遗孀琛氏赞姆多和那囊·玛香。琛氏体型微胖，态度友好，显然很善良，从年龄上看，不难判定她就是小王子的母亲。而那囊氏尽管面带悲戚，却比所有妇女都化妆得更厉害，也明显地更年轻。金城暗中猜想她大约十九岁的样子，那囊发现金城在看她，便投过去轻蔑的一瞥。紧随其后进来了另外一些家族成员，她们好奇地打量金城，然后在宝座两侧或远或近各依其地位和年龄之不同分别在高矮不同的地毯上落座。金城逐步弄明白了，一共分为三层或九层不同的地毯坐垫，这取决于各人的重要程度。金城作为客人坐在女王的对面，大唐驻藏使节则坐在金城身后左侧。可惜金城没有来得及数一下自己坐的垫子有几层，但很明显要比赤玛伦的坐垫低，这样她就只能从下往上仰着脸看她。

赤玛伦对她的一番评价倒也没有令她多么不安，与之相比，大唐驻藏使节的态度就差多了。他公然拒绝支持她。金城很想把他当成依靠，因为，不管怎么说，他还是大唐的代表，但他却有意扮演一个死不开口的影子角色。在这种困难场合他是唯一可以给她出点主意的人，至少能够对这种接见仪式的惯例作点介绍。而他把她看作是一个惹麻烦的未成年的孩子，正是由于她的举止不成熟，使他在外交礼仪上陷于如此困难的地步。他心神不宁地用一块手绢扇风，揉搓着、拉扯着这块手绢，或者是用它去擦掉苍白的脸庞上黄豆大的汗珠。他显然已经心力交瘁，难以胜任。在当前这种不明朗的政治局面下，他的态度并不奇怪，因为他还不知道谁会是他的主子。金城用眼角的余光看到佩玛就在自己身后，气定神闲，跪蹲在地上。有佩玛在身边她稍觉心安，有什么为难之事，佩玛既能当翻译，又能为她讲情说话。

金城低低地埋下头去，行磕头礼，她训练有素，正好利用这个机会观察周围的环境。她前额贴近地面，仔细观看没庐氏家族的姐弟二人。尚赞咄显得比赤玛伦年轻。女王头上的发辫和佩玛相似，也是一百零八根，这是藏人的吉祥数字。佩玛可能比她小二十岁的样子，而她的头发由于岁月沧桑却已变得稀疏花白。难道赤玛伦像武曌女皇一样使用了药剂，染了头发？她兄弟尚赞咄很为自己的相貌粗犷彪悍而得意，赤玛伦则与之相反，更注重外表的漂亮，金城在观察中没有看到更多的东西。

尚赞咄友好地对金城介绍说："没庐氏赤玛伦、伟大的国王芒松芒赞的遗孀，我们国王赤都松的母后，由我国各位大臣和议会推举的君主，我荣幸地作为她的兄弟，您已经认识，无需介绍。女王谨向您致意！"赤玛伦略微欠身，很克制地微微一笑。

看到威严的女王赤玛伦脸上严厉的表情变得和蔼，金城放下心来，她还看到赤玛伦从黑色的镶着水獭皮边的绸缎衣袖中伸出的一双有力的大手，用修长的手指不停地温柔地抚爱着一条小黑狗，这个好玩的小家伙，毛色漆黑，有一对警觉的尖耳朵，眼睛聪明又明亮，它接受女主人的宠爱已习以为常，事实上女主人也许完全是下意识地这么做，完全忘记了她在爱抚谁。这样一个人难道会凶残吗？金城想到，武曌难道会容忍一个动物坐在她那价值昂贵的丝绸衣服上吗？她从未见到过女皇那双精心保养的手抚摸过花朵之外的其他东西。

看来，金城的信任感已经有所增强，坐在女王右侧的琛氏感到气氛悄悄地起了变化，为此而感到高兴，这有利于她实行自己的计划。现在轮到尚赞咄介绍她了，于是她便开朗坦率地把她那张善良的圆圆的面孔转向金城，并讨人喜欢地向她点头致意。她甚至说出一句好不容易才学会的、听起来有几分可笑的话："我是麦阿充的老母。"金城听后费了不少劲才终于明白，她想说的是，她是六岁的王子麦阿充的母亲。在场的几位对这句话偷偷地笑出声来。另外

**D**

31

一些人想，她费这么大的劲儿说这话必有缘故。

金城感动地低下头去，不难看出，这位母亲是在为自己的儿子争取好感。金城用家乡话对她表示感谢，并且试图打听，见面的人当中有没有小王子在场，没有人对此做出回答，而且她也没有发现江擦的母亲绛妃。也不知尚赞咄是否发现了她的疑惑，正在此时，他向金城表示歉意，说绛妃由于心情不好未能到这里来欢迎公主。金城心里稍感宽慰，那囊氏调皮地弹了一下指头向她打招呼，她也坦然接受了。这种冒失的举动在场的人并不赞同。金城已练就了一种本领，能够迅速分清楚各种情绪变化，她知道，王室的这些贵夫人们对绛妃的态度并不赞许，至少不应做得这样明显。也许那囊氏是个例外。而那囊氏的态度对其人来说算不了什么。金城已不觉得像开头那么紧张了。


尚赞咄代表他的国家、他的家族、以及王妃们对于金城来到拉萨表示感谢。大唐天子去世的噩耗使他必须赶回拉萨来，所以，他没能陪同他们从青海湖继续往前走。他抱怨自己，悔恨交加。

"也许我本来可以阻止这场轻率的意外不幸发生……"说到这里，他看着自己一双有力的大手，做出一种万般无奈的表情，他那高大的身躯和浓密的胡须都在颤抖，表明他内心是多么强烈地痛苦。

金城突然恼怒起来，她觉得"轻率"一词是攻击她。这种谴责、勉强压下去的控诉，虽然从未这么明显的说出来，但转弯抹角已多次有所表露。幽暗的大厅里突然静了下来。只能听到某人身上令人不舒服的丝巾的窸窣声。这是一种令人窒息的沉默，众人的目光低垂，盯着自己的手或望着地板，最终一切都归为一个问题：这些陌生人对这种责怪将作何反应？他们觉得这话也是说给他们听的吗？他们是否明白，本来就有人对唐朝心存猜忌。虽然说，一般情形下都是先在自己的队伍里寻找责任人，他们是否知道，谁都对这种解释不满意。这真是一场残酷的意外事故吗？几乎这里所有的人都自以为知道，这既不是一场事故，也不是什么所谓的轻率事件。

谁也不敢吭声。从根本上说，只有两种可能：要么是尚赞咄本人出来平息紧张气氛，要么是大唐的使节拍案而起，这本来就是他们的职责所在，他至少要使大唐公主和她的送亲队伍免除所谓举止轻率的怀疑。然而，事态的进展却并非如此，反倒给江擦的伤心欲绝的舅父、绛氏家族的王爷一个表态的机会，他是来安慰绛妃的，正是他当年给江擦授予响亮的名号"江擦拉温"，意思是"神武的外甥"。

这位舅父暴跳如雷，质问金城："您为什么纵容这种轻率的行为，难道您真的需要证明，江擦和您这位大唐公主是般配的、适合做您未来的夫婿吗？"

金城也不禁动怒，她看了一眼这位情绪失控的舅父，然后把目光转向大唐使节，而他却只顾伤心地呆呆地望着前方，金城又把目光移向尚赞咄，寻求他的帮助。他必定清楚她目前的处境。而尚赞咄根本就不看她，却气鼓鼓地盯着绛族的王爷。为什么他不呆在绛妃身边或保持沉默呢？对于一个仅有纳贡义务的下属贵族来说，这么做才不失体统。莫非他真以为由于和王室有姻亲关系就可以享受特权吗？转念一想，尚赞咄又冷静下来，人们能为此责怪他吗？他确实对他的外甥万分宠爱呀！另外，外甥的亡故也使他在拉萨王室家族内失去了影响力。说到底，他的情感大爆发对其实现自己的打算却相当有利，尚赞咄想到这里，也就顿觉释然了。

他当然感觉得到金城在看着自己，但他避开了她的目光。他真想帮助她的话，此刻却不能站出来为她说话。做到这一点并不轻松，因为金城的目光里绝望中含着责备，仿佛在大声对他喊道："您认识我已非一日，从您在洛阳宫中呈奉'黄金诏书'的时候起，我们就认识，一起长途跋涉，您应当能够做出判断，我丝毫没有想过什么'轻率'的勇气试验。我对这场联姻多么由衷地高兴，从来

**D**

**33**

没有考虑过许给我的夫君和我是否般配。"

金城的确想了许多诸如此类的话。她不再盯着尚赞咄。这里真的没有人出面帮助她，那么，只好自己来保护自己吧，说不定在这个小范围里把话说清楚还比较有利呢。她怎么知道，人们会不会再听她本人解释呢？现在说总比听任别人在背后散布有关她的胡编乱造的故事强吧！虽然这么想，看到大家都袖手旁观，她心中还是忿忿不平。

于是她转向佩玛说："你愿意到前面来为我当翻译吗？因为我的藏语说的还不够好。"对她在这里发号施令人们感到惊讶，大家议论纷纷，这乱哄哄的场面使她心烦生气，但正是这种愤怒赋予了她从来都不曾有过的勇气。

"尊敬的赤玛伦女王，您的令名广受您治下的人民的崇敬。"厅内鸦雀无声，她的话听起来无比镇定自若，就像此前练习过许多次那样。金城抬高嗓门说道："尊敬的女王、王室的诸位成员、可敬的各位顾问，请允许我向诸位陈述。我对于你们王子的去世同样感到悲痛。你们把他许给我做夫君，而他的亡故使我的美好前程化为泡影。虽然江擦和我本来打算生活在一起，但命运做出了别样的安排。江擦的舅父，他心里难过，这我明白，但他对我的无端指责我必须断然拒绝。我们不需要任何测试。从见面的那一刻起，我们就感谢上天做出这么幸运的奇妙的安排，我们高高兴兴地情愿共度一生。"

讲到这里，金城的声音变得温柔，有时显得脆弱，仿佛喃喃自语。"在意外事故发生后那些担惊受怕的日子里，描绘我们共同的未来是我们唯一的安慰。我们自从在你们叫做蓝湖的那个神奇美丽的湖边第一次相遇，便开始梦想共同生活，我们很高兴！……"金城有点羞涩地寻找着合适的句子，她的声音越来越低，以致有人得往她身边凑过来才能听见。要怎样才能向这些老迈的男女解释清楚，使他们明白，只要时光能够倒流让不幸的悲剧不要发生，产生了爱情的人会不惜贡献一切。她必须向他们详加描述，为自己洗刷罪名。回忆往事对金城来说实在极其吃力。从外表上看不出什么，她的一双小手紧握在一起，从丝袍的很长的袖子里露出白皙的手指关节，双手对在一处放在胸前，仿佛在寻求某种支撑。

她最后克服了羞怯，继续往下说："所有的人都和我们同喜同乐。人们举行了一次盛大的节日活动，开始几天举行各式各样的游戏竞赛，最后举行婚礼。和每个游牧民族进行的游戏一样，并非什么'新婚测试'！刚开始时，大家欢天喜地，唱歌、跳舞、比赛举石头、掷石头、摔跤。我带来的杂技演员表演轻功、说笑话逗大家乐。演奏的乐工们尤其擅长于模仿动物的各种声音，比如鸟鸣和马蹄声，马的嘶鸣声和鸟类啼叫声常引得大家阵阵欢呼。周围的牧民都从四面赶来，搭起帐篷，把他们自制的酒送给我们，也就是青稞酒和酸奶。在节日进行中，各种角力经常进行，越来越多，最后通过骑术比赛选出最勇敢的英雄。我们全都穿上最好的衣裳，聚在赛场周围。王子看上去英俊无比。在不用马鞍进行的赛跑中，他一马当先，跑得最快，在射箭比赛时，他箭无虚发，比谁都射得准，在自由骑术比赛中，骑手们要把草堆上的山羊皮捡起来，放到下一个草堆上。对于骑手来说，骑着飞奔的骏马弯腰从地上捡起羊皮，有从马上滑下的危险。不少参赛者中途就被淘汰了。而江擦，"回想起这个场面，金城的脸上闪现出光彩，"他从未失手，从未从马鞍上滑下。于是，就有人想出了那个致人死命的游戏……"

说到这里，金城停下来，用衣袖拭去眼泪，深深吸了一口气，开始讲故事最沉痛的一章。"江擦要骑着马，手不扶鞍，将我从我的马鞍上抱到他的马上，把我作为奖赏，然后奔向事先布置好的蒙古包里，节日就这样在高潮中结束。我曾试着叫他不要这么做。我对他说，我虽然已经看见过他是多么灵巧，但我毕竟不是一只羊，而且我的胆子也很小。江擦兴奋得满面通红，十分热衷于这个想法。我不是他挑选出来当他妻子的吗？作为妻子就要顺从他的每一个愿望。难道我可以拒绝他吗？所以，我就同意了。谁也不曾料到这个无情的比赛会这样收场。我想顶多也不过摔点轻伤，身上留下几块紫癜罢了。我期待的幸福就是成为他的妻子。为了这个梦想，我梳妆打扮，用去了许多时光。于是，我按照约定骑上马，不用任何东西系住身体，向对面骑在一匹白马上的江擦招手，他立即把双臂向后伸，大家看得清清楚楚，他以这个姿势飞奔过来。像大家预料的那样，十分灵巧矫捷，围着我骑的马四周打转，以便把我抱过去放在他的坐骑上。周围的人屏住呼吸观看这惊险的一幕，同时爆发出欢呼声。就在这一刻，我的马突然立起了前蹄，以至江擦的马受惊后奔向相反的方向。那边恰好有王子的密友正在进行射箭比赛，互不相让，赛到了最后一轮，一支飞出的箭呼啸着破空而来奔向目标，箭从侧面深深地射中江擦的身体，箭从另一侧露出头来，一声钝响，我们两人双双坠地，身上血流如注。起初，我不知道血是从谁身上流出的。虽然箭从我身边擦身而过，但完全可能射中我，我但愿射中的是我而不是他。为什么只有他而不是我血溅草地？"

　　金城讲到这里，声音低得几乎听不见了，她停了下来。厅内某个晦暗的角落里已响起啜泣声。佩玛好不容易把话翻译完，接着就用围裙蒙在脸上放声大哭起来。金城的泪水则是默默地顺着她那细嫩的面颊上流淌下来，她拿绸巾拭去，以便继续往下讲。"你们这里的阿姆奇和玛雅纳，还有我们这儿跟药王孙思邈学习过的御医，固然有本事把箭从体内拔出，把血止住，但伤口医不好。他就在这里，他可以证实我们如何为救治王子而努力。一切都无济于事。就连苯教大师的祷告、我的祈祷和献祭，甚至御医从一个尸体上培育出的菌类都没有用，本来这种菌用来救治外伤是十分灵验的。江擦王子发烧不退，十分痛苦。他催促我们赶快上路，他要回家乡。他相信，回到家乡他就会痊愈。他催促我们竭尽全力往前走，任何劝说都没有用，尽管我们举出的唯一理由是要他多加保重，那也无济于事。我们这一行人，无论是藏人或是大唐人全都情愿听从他，他忍受着疼痛，表现得坚强勇敢。大家都在暗中为他落泪。我们用一副担架抬着他疾速前进，直到我们抵达玉树。在这里，必须查看驼队的马匹，部分需要替换。我们必须备足食物和粮草。我想不需要向你们讲述，像我们这么大的一队人马长期走过荒无人烟的高原之后，总需要补充些什么吧。你们的王子在这过程中病情很不好，以至他感到将不久于人世，就是在这种情况下，他也无法静下心来，他又一次振作精神，有一个唯一的愿望，再赶一天路程，到文成公主庙去。他求我和少数几个人同他一道先去那里。他想着无论如何要看看这个地方，关于这个地方我们谈论得很多，也相互介绍有关这个地方的各种各样的故事。你们听说过有关此地的相互矛盾的传说。比如说，文成公主在这里埋葬过一个孩子。我们还曾嬉戏地谈论这则故事，不知埋的是文成的亲生还是领养的孩子。但有一点我们完全一致，那就是这块地方必定很美。文成公主庙建在扎曲河风景如画的小河谷里，背倚一块山岩，小溪流过一片树木葱笼的繁花似锦的草地。可惜地点比较偏僻，实际状况相当破败。我们刚踏进庙门，天下起了雨，我们在墙根避雨。我们把王子的担架安放在一尊破损严重的佛像脚边，置身于文成公主当年曾经付出爱心的地方，内心十分激动。我开始祈祷，但愿我们的命运从此能向好的方向转变。我一心祝告上苍，不经意间未曾发觉王子握着我的手。我心里一惊，朝他望去。他的面孔表情奇异，不像往常，他严肃地看着我，把跟我们一道来的几个人召到一起，要我当着他的面发誓，不论发生什么事，都要继续往拉萨走，一定要带上他一块儿去。他想安葬在琼结河谷，就像他已故的先人那样。他的父辈们就像早期那些老国王那样，从这里由神仙用神索接走，只有从这里才能登上天国。他一定要埋在他父亲的身旁。"

金城讲这段话时，流利完整，毫无遗漏，许多句子她都在路上

**D**

**37**

斟酌过，一再复述，甚至倒背如流，因为她担心有朝一日当她面对王室成员时会张口结舌说不上来。现在她重又回忆起来。眼前重又浮现出当时的情景。发着高烧的王子像是妖魔附体，说着呓语，只有当地的萨满神师才有本事为他驱除妖魔。金城弯下腰去，把绸巾放在他额上帮他降温，最后，他终于安静下来，头脑又清醒过来并且夸奖她。不管他要什么金城都依着他。她看到他面带微笑，这笑容渐渐消退，最终消失，安安静静的，没有任何戏剧性的场面。虽说她一段时间里始终被死神包围着，但她还从未亲眼见到一个人如何死去。每当她记起这一幕，她都感到惊异，死亡竟然是这样无声无息、毫无意义。

好了，所有的话都已讲出，她感到如释重负，她可以听任感情冲破堤坝放声大哭了。她垂下头，用袖子掩面。她确信已无需提防，事情的真相会令大家信服，她无需再感到愧疚，人们都已认识到了她的无辜。

厅里悄无声息，谁都不敢抢在女王和尚赞咄前面发言。只有人们的低咳声和耳语清楚地表明，他们细心地听了并深受感动。赤玛伦面色凝重，既显不出激动也没有流泪。只是她那抚摸着小狗的手突然不动了。她的思绪仿佛飞向那无人知晓的广阔无边的荒原。她这一生曾经一而再，再而三地经受痛苦，这使她变得坚强，但心却未曾冷酷。有多少次她不得不伫立在拉萨河边，迎候人们把死者抬上岸来，其中有他的丈夫、儿子、兄弟、孙子。

和赤玛伦不动声色相比，尚赞咄却显得情绪激动。他不由得想起江擦和金城在唐蕃边境初次见面的情景。王子神情庄重地纵马驰向那娇小的童稚般的未婚妻，把马靠在金城坐骑的旁边，并瞥越过边境。这真是天造地设的美妙的一对啊！这在政治性的联合中是极其少有的，他们几乎可以说是一见钟情。当时所有在场的人都觉得这是一目了然的。一对年轻人大大方方地手拉手，仿佛他们早就心

心相印，令陪同的人无不为之动容。

　　尚赞咄感到歉意，因为自己曾经这样要求公主，但他实在是出于无奈，面对着围绕江擦之死流传一时的种种谣言，除了让公主公开说明，他想不出别的更好的办法。看来业已奏效。只是起初他对大唐使节很生气，认为他太窝囊，竟然逼得公主自己出面保护自己。继而他又想明白了，使节也许是出于和自己同样的考虑，要让金城本人对情况进行叙述来打动与会的众人。她以既谦逊又勇敢的方式出色地做到了。她这么做，因为她事后多少有些自责，也全怪自己的命不好，应该认命。那是她的信念，信念说服她，她有糟糕的因果报应。尚赞咄当然明白，佛门弟子之所以毫无怨尤地忍受命运的安排，那是为了赎前世的罪过。

　　尚赞咄认为自己对在场人们的不同感受了如指掌。在场的人中，有不少人要控告，已在私下里窃喜。他只要看一下这些人的脸，就能看出他们心里在想什么：要是人们对自己的子孙们期望过高，就会看到有怎样的下场。在本国内不是有足够多的漂亮公主供江擦挑选吗？众神把恼怒显灵在和一个女佛教徒联姻者的头上。和大唐的关系反正是搞不好的，净是些不痛快的事。……有谁说得准，那支致江擦于死命的毒箭不是从中国的箭筒里抽出来的呢？这样的话和诸如此类的疑问就在这个或那个人的头脑里作祟。有些人甚至想，王子的朋友是故意的或者是受人指使而杀害了他。在背后叽叽喳喳的人倒是愈来愈少了，有人则公然强调，谋害王子是琛氏家族干的，为的是把他们的儿子麦阿充扶上王位。人们不应忘记，在赤都松去世后，为争抢王位曾经爆发过一场斗争。如果事关一个家族如何做有利于夺取王位继承的大事，人们是不会客气的。绛氏家族的成员则指出了一位负有罪责者，并要求谴责该家族的首领，因他曾提出要把自己的女儿献给王室，结果遭到了拒绝。

　　金城本人在讲完这一番话之后，的确如释重负。但为了预防某些诬蔑之词，她先不讲更多的话。此时此刻，需要王室做出表示，正因如此，尚赞咄悄悄地向王姐进言，赤玛伦点点头表示同意，她慢慢地郑重其事地立起身来，这时她忽视了怀里的小狗，小狗漫不经心地从她腿上跳了下来，接着这小家伙便奔向金城，模样儿十分滑稽有趣。跑到金城身边并往上跳，表示真诚的要求，金城把这个软乎乎的小圆球抱起来。小狗舔她的两手，在场的人全都被这个小家伙的动作逗得开怀大笑起来。坚冰被打破了，赤玛伦走到金城身边，把她的爱犬从金城手里接过来。

"动物常常比人更懂事。小狗已经赶在我们前面对您表示欢迎了。"虽然她就站在金城身边，却还是含着温情，用传遍大厅的声音讲出这番话，她是讲给大家听的。"原谅我们吧！把您的手伸给我，以便我向您道谢。亲爱的孩子，您能来到这里，特别是您对我的孙子表现出的爱，还有您在他死后也没有离开他，您出席这个庄严的集会，向我们讲述您的亡故的未婚夫婿的故事，这已经证明了您的勇敢无畏。上天有眼，他知道，您有资格来当我们的王妃。我多么希望能够在这里欢迎您这位勇敢无畏的女人做我孙儿的新娘啊！"赤玛伦讲到最后几句话时，情绪激动，她为了强抑住悲情，垂下目光，望着公主的手，她不由得想到，这双手多么小巧、多么温柔啊！这双手在我心爱的孙儿亡故时曾紧紧抱着他。

金城感受到，江擦的这位祖母为了保护她不受别人的伤害，尽了多大的克制力啊！她也懂得了人们为什么对老人家如此尊重和景仰。同时，她也为自己的冒失行为深感羞愧。因为她心里害怕，讲话时难免言词失当，不够得体，人们至多出于慎重不予计较，老人家居然称赞她，实出意外，但她这么做也取得了意想不到的成功，以她的谦和性格来说，本来是不会这么做的。听到赤玛伦的感激之词，她羞愧地低下头去，希望别人不要注意到她满面羞惭的样子。

就在金城极力寻找适当的语言来进一步改善关系时，大唐使节看到会见的气氛业已和缓，正可趁机进言。"根据大唐公主就发生

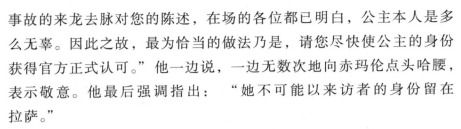

事故的来龙去脉对您的陈述,在场的各位都已明白,公主本人是多么无辜。因此之故,最为恰当的做法乃是,请您尽快使公主的身份获得官方正式认可。"他一边说,一边无数次地向赤玛伦点头哈腰,表示敬意。他最后强调指出: "她不可能以来访者的身份留在拉萨。"

扫兴之至!看到温馨和解的宝贵气氛遭到破坏,赤玛伦松开了金城的手,坐直了身子,转向使节说: "您也许会了解,在王子被安葬以前,在贵国皇位继承一事解决之前,我们将不会做出任何决定。"她说完此话便向客人告别,同时要求大臣继续留下,不要离开,为即将举行的大典做准备。

金城有几分尴尬地留在原地,不知如何是好。尚赞咄看出了公主的心情,便挽起金城的手臂,友好地对她说: "我请求您留在小昭寺,一直等到安葬大典完成,希望您能够理解。这里的民众因王子去世产生了思想混乱。我们不愿意您遇到什么事儿。"讲到这里,他作了一个较长的停顿,见公主没有表示反对,便接着说: "然后,我们会找到解决的办法。"金城依然没有做声,只是含蓄地点了点头,表示她已明白。尚赞咄把话题转向一般性的事务: "您对您眼下的临时住处还满意吗?对佩玛还满意吗?您的陪同人员都安排好了吗?过一段时间您会非常忙,您要管好您的六百人的宫中成员。您的皇叔父中宗的不幸结局引起了若干混乱,您肯定为他的去世非常悲伤。"

金城对他所有的问题只是心不在焉地回答,她又能够重新露出微笑了。尚赞咄允诺有事需要帮助可以随时找他,金城对此表示感谢。当红漆大门在他们身后关上,金城这才真正感到了一阵轻松。她感到此刻她才真正卸下了一个过于沉重的包袱。她重又回想起某些大臣们、包括她自己国家的使节,想起他们一个个的面孔,知道自己正迈向未来,而在这未来中,她还要背负起这个或那个沉重的包袱来。

留在大厅里的人们发觉公主一行人已经走远，听不到他们的讲话声，便一下子大声嚷嚷起来。尚赞咄必须拿出首席大臣的权威，以便让大家停止喧哗，这样才能进行理性的对话。他要求一位最狂热者再说一遍他有什么道理，让大家都能听见。

被指定发言的那人并没有安静一些，相反，他以为绝妙的机会来了，他喊叫道："您，您本人必须娶公主！小王子实在是太小，刚刚六岁。人们还不知道，他究竟是否能当王储，而且，还得没完没了地等下去，直到有一天可以兑现公主的陪嫁。我们需要黄河岸边那片肥沃的'黄河九曲'草场。等到十年之后，王子到了成婚的年龄才举行婚礼，这是无稽之谈。您如今在国内地位最高，人们费尽九牛二虎之力才逮住了黄金小鸟，我们总不能让这小鸟再飞回去吧！"

"跟着退回去的还有那份可观的陪嫁。"一位在场者玩世不恭地插了一句，而他的话又被另一位迄今为止对这种热烈争论并不热衷的人所打断，"有谁想过这么一个问题，公主随身带来一大批随从人员，在她出嫁之前该怎么处置？那些极有价值的地产继续归唐朝管辖。关于大唐我们并不知道它的下一个统治者是谁。下一场宫廷暴乱业已露出端倪。据说，这位嗜杀成性的韦后当年曾赞成过两国联姻，但谁都不相信她会信守诺言。下一个统治者会对我们友好吗？有谁知道呢？处在目前这种危急的状况下，唯一的出路是造成一个事实，也就是速战速决，做出决定，使局面不能逆转。"

"是啊！"有一个人兴高采烈地喊道，他赞成第一个讲话者的意见："尚赞咄！您就娶了她，照我看这也不是坏事，对吧！"

对上述各位的高见，尚赞咄都曾经想过，包括自荐为新郎。他必须承认，如果能够把这个听话的温柔的小东西抱在怀里的确是一件令人动心的事。公主肯定会抗拒他的求婚，即令她因为和西藏王室解除了姻亲关系而降低了身价也照样会抗拒。这一点他看得很清楚，甚至由于大唐朝廷的逼迫让她这么做，为了满足皇上的愿望，

她有义务服从了，但要她爱上尚赞咄，这永远办不到。这就意味着，他必须使用暴力做这类事，他觉得自己年岁已经太大了。他不愿遭到众人的嘲弄和讥笑。因此，他小心谨慎地回答大家："我们国家有不少更年轻的部族首领。"

他的话立刻招致一片围攻。"那会是谁呢？有哪一位能够做到通过这桩婚事取得前所未有的权力而又不会走上歧途呢？你们知道有这样的人吗？想想噶尔的事吧！他因为有文成做后台在国内行使过无限的权力，到最后，我们勇敢的赤都松国王只好借助于英雄的超自然的力量才把他的势力铲除。"

大家茫然，沉默了一阵子。这时有一位讲道："大唐送给我们的这件礼物给国家带来的灾祸还少吗？想想吧！虽说她刚才表现出异常的勇敢，但她差不多还是一个孩子，会对一个成年的老练的丈夫百依百顺，而不会像文成教导您的丈夫芒松芒赞那样，成为一位居高临下的女王。"说话时，他不大好意思地朝赤玛伦那边望去，而她却看着自己眼前的某处，看看怀里的小狗，仿佛这场前所未有的关于国家大事的讨论和她毫不相干。

尚赞咄也和大家一样看看表面上不露声色的女王。他心里一阵懊悔和同情。这个女人已经勇敢地承受了许多许多，而他不可避免地要给王室家族和在座这些显然毫不知情的大臣们带来新的打击了。

经过一番踌躇，他认识到迟早要触及这件难堪之事。他说道："这个，我不得不告诉诸位，公主的陪嫁，唐朝人说的'黄河九曲'地方，也就是可可诺尔南边那几块肥沃的草地和牧场，我们已经占领了，当我听说王子去世后我便下令给我们的骑兵去占领了。"

全场愕然，一片寂静。对大唐来说，这不啻为一个闻所未闻的政治挑战。

"这就更糟糕了！"赤玛伦有了反应，开始思索这个令人不舒服的消息。"我承认你们讲的有理。"她对刚才讲话的两位大臣说，语调有些缺乏决断。"这迫使我得更快地作决断。我曾希望再过一段，等安葬的事办完了再说。现在看来时间紧迫，如果唐朝知道出现了这次欺骗，那就要靠老天爷保佑我们了。"

"母亲，请您允许我对此说几句好吗？"琛氏平生第一次要求在这样的会议上发言，她在婆母的注视下忐忑不安地讲了下去。她自然不是什么政治家，但事关她儿子的福祉，又迫于本家族对她的压力，她不得不采取行动。"我想，我们不应该把事情弄复杂了，然后去解决。解决的办法其实很简单。虽然说麦阿充才六岁，七年后才登上王位，但您已经以您丈夫的名义，以您儿子的名义管理国家这么久，反正您会继续这么做下去，直到王位继承人到了年龄从您手中接过权力，一切都不会有什么变化。对大唐我们可以解释说，由于全国举哀，婚礼不可能提前举行。至于说金城，她可以算作是麦阿充的未婚妻。"

赤玛伦当然也想到过这种解决办法，而且也承认这是最聪明的建议。但是令人为难的是，她要做出有悖于本家族的最终决断。让权力落入琛氏家族人手中。没庐族和琛氏家族以相互为敌而闻名。可以预料，这两个家族间会斗得更凶，甚至会危及麦阿充的生命。当她想到，江擦死后就应该让麦阿充登上王位，这一事实她觉得难以适应。她不了解麦阿充的秉性，他尚在年幼时期，不爱讲话，性格内向、羞怯。当她想到自己的儿子赤都松，感到更是难以置信，这样一位被人称颂为具有神奇力量的勇士，竟然会有这么一个性格内向的儿子。

这个孩子是他的英雄父亲去世之后几天出生的。没有人相信，在诸位王子中他是可以追随这位伟大国王步伐的人。想当初，江擦被推选出来做王储的时候，经历过一场流血冲突。在传来江擦亡故的意外事件后，她便感到国务会议重又陷入一筹莫展的困境。尽管并没有其他后人可供选择，但人们对于由麦阿充作王储的决定仍然

疑虑重重。她本人是由御前会议做出决定任命为君主的，这一职位
不容她在国家面前有所偏私。难道她应该克制自己作为祖母的感
情，不顾自己的怀疑而参与有利于她非常器重并喜爱的兄弟造反
吗？尽管这种解决办法在许多方面都使她更加乐意。但这么一来，
不就把上天定下的秩序搞得一团糟、和这种天条直接对抗吗？如果
绕开她选定的合法继承人另作安排岂不是对王朝的犯罪吗？对这些
复杂的关系她一时理不出头绪。也许对于领导国家大事来说她已经
太老，头脑过于简单了。她需要时间来考虑这些事。但同时她也需
要迅速行动，因为看到她儿子当年去世之后出现了权力真空，以致
绛氏家族领地里她的某个王孙为此丢了性命。

　　人们要求她做出明确的决定，坚决贯彻，毫不动摇。她只有这
么做，才能继续保持国家的秩序和安定。她感到心力交瘁，于是，
便威严地提高了声音宣布，请大家暂停争论。"我们多少还有点时
间。考虑到我们的亲人江擦去世，鉴于大唐天子遇害，我们可以推
后一段日子再说。琛妃，我感谢您刚才讲的那番话。但我想，您肯
定也同意我的意见，最好不要在心情激动的情况下采取进一步的
措施。"

　　琛妃又一次鼓起勇气要求发言，试图全力阻止人们做出不利于
她儿子的仓促决定。"不要激怒无比热爱江擦的民众，庄重地进行
全国举哀，遵守我们的丧葬礼仪，考虑如何办好临近的最后安葬大
典，在眼下岂不是更重要的事吗？根据我们的历法，这要在下一个
冬季才能进行。如果举行婚礼，我们如何接待那些来参加婚礼的外
国人，目前，他们来只会进行干扰，由于他们不了解我们的风俗，
他们会觉得惊讶并非常反感。他们对我们敬奉苯教神灵的习俗一无
所知。现在的当务之急是在琼结山谷，靠近赤都松国王的墓旁选定
建冢的地点，选定献祭时使用的马匹。还有要紧的是，一定要选出
执行安葬大典的宣教师和苯教大师。如果我现在要在宫中操办婚

**45**

事，怎么能够专心致志地去办理上面说的这么许多事呢？这么做民众也会想不通的。"

赤玛伦对琛妃说的这些道理可谓洞若观火，她自然也希望赢得时间。虽说如此，她仍怀疑大唐方面是否会听任旷日持久地拖延下去。大唐固然尊重异邦的风俗，但在目前这种特殊情况下会如何反应也难以断定。她不想让任何人彻底失望，于是便颤巍巍地站起身来，并宣布会议到此结束。

# 拉萨　大昭寺

*藏历猪年正月*

*711 年*

赤玛伦在大昭寺内为她备好的坐垫上缓缓落座，她做双盘莲花式样的坐姿感到益发困难了。浑身的关节越来越僵硬，她还得用手托着心爱的小狗，让它安稳地坐在胸前的皮袍上面，更显得力不从心。她不能放开它，不然的话，它会跳起来，到处去追逐这宫里的耗子。宫里在一月还是很冷的，小狗坐在赤玛伦怀里感到暖和，不再想追逐的游戏。自从六年前她儿子去世以来，她就和这小黑狗形影不离。如果有一天她不在了，这个小东西会怎么样呢？她已经度过了六十二个冬天，她时常觉得胃痛，加上关节老化，这些都告诉她，大限之期逐渐临近。有时候连吃饭都困难，因而逐渐消瘦了，这是油尽灯灭、精力耗尽的征兆。她在一些老年人身上看到过这种情形。照理说，她该找医生看看，但她担心别让谁看出她的虚弱。在这乱纷纷的时刻，千万不能示人以弱。

酥油灯的火苗在跳动，灯光在昏暗冰冷的宫殿里闪耀，照亮那些涂上金色的神像，这位西藏女君主在神像前坐了下来。她只能向那些久已进入阴曹冥界的人们吐露胸臆。她很少到这个寺庙里来，这座著名的寺庙是由她丈夫的祖父和他那两位外国王妃共同建造

D 47

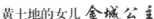

的。在这里供奉的诸神本非她所信仰，文成和松赞干布对这里供奉的神非常虔敬。她亲眼见过文成公主本人，松赞干布在她的记忆里永世长存。文成还尽心尽力使吐蕃人民和子孙后代永远铭记松赞干布国王的业绩。于是，她坐在这两位先祖像的脚下，仰视他们鎏金的塑像，然后满怀敬畏之情垂下头去。

"尊贵的先辈啊！"赤玛伦轻声说道："我，赤玛伦，登上吐蕃王位的女君主，无须向任何人和任何势力低头的吐蕃最强有力的女人，谨向您们呼喊致敬。我多少年来引导着这个国家，决定着它的命运，俯首恳请您们以大智大慧，指给我一条道路！"

然后，她抬起头来，目光掠过松赞干布和他的尼泊尔王妃赤尊公主的塑像，最后把目光集中到中国公主文成身上。

"我仍然能像从前那样听取您的指教吗？"赤玛伦轻声叹道："正是您当年向武曌女皇请求派一位公主到这里来，起初是为我的丈夫芒松芒赞，我丈夫去世之后，是为我的儿子赤都松。因为您没有生育后代，您这么做是为了选一个接班人，去继承您的平生事业，您致力于唐蕃和平的伟大工作。而我，则是致力于使您播下的种子生根发芽。我通过坚持不懈的努力，和几经风雨变化的长安和洛阳的宫廷不断联络，终于获准选派一位公主来，如今，公主到达了这里，而我们却没有娶她为后的新郎。"

说到这里，她为失去亲爱的孙儿以及化为泡影的有关未来的噩梦而伤心，但她已流不出眼泪，她坚强有力地直起身子。必须做出决断，不能沉溺于情感的纠葛之中！人们恐怕不会给她时间去悲悼自己的孙子。大唐使节不断催逼她就金城的事做出决定。这位使者的焦躁不安有点奇怪。据手下的探子报告，每天都有人向这位使节送来急报，大唐宫里肯定发生了什么不同寻常的变故。

赤玛伦在这里往往感到凉气逼人，此刻又是一阵凉意袭来，她心头一阵恐惧不安，她并不是文成带来的新教义的信徒，虽然她十分看重新教义主张的生活方式，并且深信，一个佛教盛行的国家，更容易使人民团结，也易于统治，但她本人接受的教育是敬畏老的神灵。尽管她在自己的生活中已逐渐远离了古老的教义，但完全摆脱，她还做不到。她感受的这种恐惧也是惧怕恶鬼，这些恶鬼就在这宫殿下面的一个湖里，由于身临恶鬼附近，加上有关那个可怖的、漂在脚下的湖水表面的魔镜，可以毁掉胆敢往里看的一切人，想到这些，她心里愈加局促不安。然而，有什么别的地方比这里更能亲切地感受到文成呢？人们都说，只有在这里文成的精神才生动流布，许多人，包括那些既不倾向大唐也不亲近佛教的人也都来到这个神秘的地方，在文成像前匍匐跪倒，向她祈求训教说明。大家都相信，文成公主一生做了大量善事，后来变成了神，有许多双眼睛，能洞察人世间的种种苦难。①

"请赐我以您的高见！"赤玛伦提高声音喊了出来，同时自己也吃了一惊，因为她喊时送出的气息像一阵薄雾。酥油灯的火苗突然猛地向右方倾斜。一阵气流传来，这是有人打开了寺庙的大门，风几乎把微弱的灯光扑灭。赤玛伦肃然谛听向她身边传来的脚步声。

她事先已吩咐过女侍从，在门外守卫，她要一人独处，以免别人偷听她说些什么。莫非老侍女还是悄悄地跟进来了？不会，这位老妇走路的声音她听得出来。赤玛伦心想，我无需担心，不管来人是谁，都听不懂我的自问自答。只是我得控制住自己不要再自言自语了。恰恰这一点她做起来有困难，仿佛那些话如骨鲠在喉，直往上涌，要冲向寺庙里这片茫茫黑暗之中。

"您怎么想啊？"赤玛伦费力地继续心灵的对话，尽管她清楚地感觉到背后有人在窥伺着她的一举一动。"我真的要支持这个刚满六岁的孩子，让他当金城的未婚夫吗？你知道这会有什么后果。琛氏家族会把大权抓到手上。有我在一天，各个家族会相安无事。他们大家把我推到女君主这个位置上。"赤玛伦又感觉到需要强忍着

---

① 文成在西藏后期因具神力，被尊为至高无上的女神"白度母"。参见莫尼卡·封·鲍里斯《白度母》，1999 年，美因茨。

大声道出心中所想的那种冲动。

"你知道，当年我说服赤都松确立亲爱的江擦为王位继承人并没有费太大周折。这一决定使他控制住了绛氏家族的领地，和其他家族也无需多费口舌。赤都松在世时，顺理成章地立江擦为太子，并推荐他为大唐的女婿。他的形象威武俊秀、光彩照人，所有的人都为他倾倒。大臣会议也庆幸能拥立这样一位王子，还有一位中国公主当新娘，对于西藏来说，这预示着一个光辉灿烂的前程。这个局面真是再好不过了。而如今，我们却陷入了走投无路的困境。如果我支持金城和麦阿充订婚，就意味着我确认了仇视我的琛氏家族将大权在握。如果让金城嫁给我的兄弟尚赞咄，也许对受到普遍尊重的没庐氏家族有利，可以确保许多年内国内局势平稳，但这违背上天的旨意，也有悖于我作为公推的女君主的职责，更谈不到我作为祖母的个人感情了。

"大臣会议对做出让麦阿充继承王位的决定会心事重重，满怀疑虑。虽说这可以避免国内的动乱。一旦若干年后麦阿充长大成人，接手政权，各个家族之间的争斗将势不可免。事态的发展严重到甚或危及他的生命。

"一旦琛氏家族通过麦阿充主宰了国家命运，到那时，我将无法长久地保护他，尚赞咄也很可能被罢官削职。要是没庐氏家族能有一个继承王位的人该多好啊！"

她一时间心乱如麻，又要强忍着不说出声来，于是，她把目光从文成的像上移开，转向躺在她胸前皮袍上面呜呜哼叽着的心爱的小狗，用手轻轻地抚慰着小狗的毛茸茸的颈项。她又想到麦阿充，他常常到她身边来，每当遇到什么不高兴的事，便投入她的臂弯里，寻求安慰。这是一个依恋人的孩子啊！这很讨祖母的喜欢，但很难想象他能胜任一个大国的君主，而且这个国家又是内忧外患，连绵不绝。她的儿子，像他这个年纪完全是另外的样子。很难想象这个单薄秀气的孩子会变成另外一种气质的人。她该怎样决定才好呢？她从各个方面进行权衡，一再把目光投向文成的像，祈求她的帮助，最终仍得不出结论。她期待文成的座像对她说些什么呢？

"你和我从来都只能依靠自己，我们俩人必须永远保持坚强。"赤玛伦向文成颔首示意，同时忆起文成对她说过的一句话，这句话常常使她的心灵得到抚慰。"你自身已做出了正确的决断。就这么做！"

"敬爱的文成公主啊！您一直是我的榜样，又是母亲和朋友！也许有些时候您会做出和我不同的决定，但您始终尊重我的意愿，站在我的一边，从旁相助。就是今天，您也不把任何决定强加于我，而是鼓励我要相信自己，对此，我对您无比感激。"有点急促地、也有点笨重地，赤玛伦站起身来。她可以离开这个阴郁的地方了，心里感到高兴。她心情沉重地再次看了一眼文成的雕像，向她告别，文成的形象是这般真切，栩栩如生。当大家都离开一个人，那么这个人也就是该离开的时候了。不久前她对老辈人这个说法还不相信。如今，在江擦去世后，她经常想到这句话，是啊！是到了踏上最后一段人生旅途的时候了。但在这么做之前，她必须对后面的事做出安排，理出头绪。这对于一位女君主而言并非轻而易举的事。她虽然已经感觉到，正确的决定正在她心里形成，但依然未能拍板定案。

那个神秘的访客感到高兴，因为他可以离开他在梁柱后面的藏身之地了。经过守在寺外的侍女和卫士身边进入寺内并没有遇到什么麻烦，他又神不知鬼不觉地从里面溜了出来。为小心计，他把头上戴的皮帽往下压得很低，以防被人认出。虽说卫士们有几次拦住他盘问，但他只需露出染黑了的舌头，表明他是苯教巫师，就获准通过，因为女君主的卫士们谁都没有胆量拦阻一位具有神奇魔力的巫师。

**D**

51

他这次在寺中看了个够，若在平时，他对于异国的神灵和魔法是刻意回避的。尽管寺内有一种和他所信奉的神灵相反的力量存在，他还是试着让赤玛伦顺从于他的意志大声说出心中所想之事。令他丧气的是他的法力在这个特殊的地方不起作用。然而，没有这种法力，也不难看出赤玛伦的态度。赤玛伦心神不定，向文成寻求指点。这岂不是已经表明她决心和苯教作对了吗？为了阻止她同异教结盟，他才对她紧追不放，并试图施展法力对她施加影响。但赤玛伦抗拒这一点，拒不松口，以至于他最终也说不准她究竟做出了怎样的决定。看来，她已找出了解决办法，显得神情轻松和坚决，她从地上立起身来，微笑着向雕像致意，然后迈出有力的步子离开了寺庙。他思忖，如果魔法不灵，保险的办法是在别人行动之前、在赤玛伦做出策划之前采取行动，决不能像文成掌权时那样，让大唐在这里重新得势。永远不行，为此，他豁出性命也在所不惜。

# 拉萨　布达拉宫

藏历猪年三月

711 年

早上，尚赞咄好不容易醒了过来。三月里明晃晃的阳光从窗外射入，照在他尚未睁开的眼睛上，天亮大概很久了。头痛得要命，嘴里很苦，舌头仿佛肿了起来。他不胜懊恼地算了一下喝下了多少酒。实在记不起来了。但总觉得有些异样，通宵宴饮后感觉头痛，这种经历已不止一次。这一次感觉非比寻常。头痛得厉害，再去回忆昨晚的事岂不更加难受。他强咽下一口唾液，并把睡着时滑掉的笨重的皮被子围在身上。被子里发出一股异香，一种细软的布料滑过他胸前。

一个女人？多么美的一个梦啊！他很乐于美梦重温。他果真昨天晚上把一个女人带进卧室里来了吗？昨晚本来纯粹是男人们的聚会呀？大家玩得很痛快。他仔细回忆那一幕幕赏心快意的场面。他想起人们说的那些淫猥的笑话。只是聚会是怎么结束的，他想不清了，奇怪的是，他不晓得自己是怎样上床的。他渐渐地情绪骚动起来，不由自主地想把握住那个散发出香味的梦中女人。但当他睁开眼睛，胸前的细软的丝巾旋即消失得无影无踪。他躲开耀眼的日光，屏住呼吸探寻着抚摸着厚重而光滑的毛发，从他那骨节粗壮的手指间轻轻飘落下去一绺带着香味的分明是女人的长发，他吃惊地睁开了双眼，果然，躺在他那硕大身体旁边的是一个女人，小巧的头，而他正用手指向她穿的丝光闪亮的衣服下面摸索着。

一觉醒来，发现身边有一个女人，他看到这个纤巧的女人躺在他的皮袍里，面色苍白，昏睡如死，不禁大惊失色，这在他倒是非同寻常的。这个女孩并非随便什么人，并非是他偶尔带回家来、同他欢娱一番，完事后就无需多加思量的女人，也不是通宵宴饮后人们偷偷送到他卧室里来的某个跳舞女郎，这类玩笑也时不时地发生过。他不敢再往下细想了，这位女孩居然是大唐的公主。像她这种身份的女人决不会利用一个男人喝醉了酒，偷偷溜到他床上来。决不可能有这种事发生。也许是他理会错了她的心思。他不是曾经向她送过秋波？这目光是有诱惑力的、由衷的，甚至可以说是挑逗性的。对此不是可以做出种种安排吗？

打从一开始，一见她的面，他就心情激动，虽然她是这般幼小而且可望而不可及，或者正因如此他才这么激动吧！仅仅是年龄差距，就令他从无非份之想。在他内心慌乱的时刻，长安发生了弑君事件，这使他有了一个正当的理由和那位送亲的大唐使节一样半路上离开送亲队伍。一方面他为这一对年轻人的挚爱所感动，另一方面，他也很难控制自己的感情。倾慕和嫉妒使他心烦意乱，忽冷忽热。如今，他所有梦想中最大胆的梦就近在身旁，裹在温柔的隐约可见的衣裳之中，致使这位通常情况下聪明而又深思熟虑的男子，整个心思都充满了宛如脱缰野马般的欲念。为什么还去前思后想呢？她就在这儿，在他的床上，这就是说，她要他，就在此时此地，他决心要满足自己对这个小美人的欲望。他浑身颤抖着爬近她，小心翼翼，唯恐惊醒她，别让什么事破坏了眼前的美景，别出声，别再犹豫。他细心地把盖在她身上的被子和碍事的衣服推在一边。他轻轻地分开她的大腿，同时解开她短小的绸衫，露出粉红色的花蕾，他已完全失去了理智。他心中充满了欲念，小心地趴在公主的身上。他的嘴贴在玫瑰花蕾上，快乐无比，头晕目眩，为这眼前的欢乐而陶醉。恰在这时他听到一声悦耳的拖长的呼喊："啊，江擦！江擦！"

他大吃一惊，顿时清醒，不知所措，他掩盖上自己赤裸的身体，这无疑暴露了他的企图，他一下子从她躺的地方跳开。这些慌乱的动作终于把昏睡如死的公主惊醒了。她睡眼惺忪地盯着半裸的尚赞咄，不明白眼前是怎么一回事，而尚赞咄又在她发问之前问道："您到我床上来干什么？"她来不及回答，捂着剧烈疼痛的头又倒在枕头上。尚赞咄走近她，要抓她的手，想扶住她。她张开口，要发出一声惊恐的喊叫。尚赞咄连忙用他的大手捂住她的小嘴，以防他们两人的处境弄得尽人皆知。

金城误解了他的动作，以为他要杀害她，于是拼命反抗。当她在挣扎过程中明白了尚赞咄是警告她莫要声张，否则会让仆人们发觉她在这里，她这才停下来听他解说："我不知道您怎么会到我的床上来，我以为您是自愿来的。"

她一下子完全静了下来。然后生气地说："自愿的，您怎么会这么想，您是个不起眼的、长着一把难看胡须的老家伙！您真以为，我走这么远的路，就是为了投入您的怀抱吗？我永远也不会让您碰我。"

听到这些责骂，尚赞咄倒如释重负，因为她并没有觉察到他对她的动情。接着他心中的欲念之火又重新燃起，他暴怒地反问她："然而，您不是允许江擦像您说的碰您吗？"金城苍白的脸霎时泛起羞红。她恼怒地转向一直抓住她的尚赞咄，为防止他做出什么蠢事她怒吼道："这和您毫无关系！"

"有关系。"尚赞咄仿佛又恢复了自信，觉得自己是这里的主人。"您趁我喝醉了酒，溜到我房间里来，也许您对我下了毒。如果您不想让我把事情说出去，但您至少要把您的秘密告诉我。那样我就可以帮助您从这儿出去，而且决不会对任何人讲你我之间发生

**D**

55

的这件事。"

"真可笑！快放开我！这我得想一想。"她突然意识到，倒有可能不是尚赞咄在勾引她，而是有人故意害她。只记得她是像往常一样上床睡觉的。想必有人在她睡着的时候用什么药使她昏迷不醒，这种迷幻药令人头痛欲裂，而且嘴里的味道很苦涩。如果尚赞咄确实是无辜的，真如他所说的那样被人下了药，那他必然会有相同的症兆。于是她问："您也头痛得要命吧?!"尚赞咄点头证实了这一点，然后问她："您想避而不答吗？"

"那倒不是，我只是在想，是否应该相信您。"尚赞咄显然跟不上金城的思路，他仍然使劲抓住她，防备万一她再喊叫，就捂住她的嘴。

"您别怕，我不会跑开，"她非常平静地说。"您细想一下，如果我被人下了药，然后被拖到这里来，结果是我的头很痛，口中很苦，那么可以设想，您会有同样的感觉，有人在您昨晚喝的饮料中放进了同样的药，为的是造成我们是一对情侣的假相。那么，剩下的事就在于我去揭穿这个极其恶毒的计划，这件事并没有完。"

金城公主自幼就受到教育，如何及时识破阴谋诡计，躲避危险的处境。金城此刻不禁感到害怕了。这是一个精心设计的陷阱，必须及早脱身，越快越好！

想必有人打算使他们两人陷于狼狈不堪的境地，结果只好赶快结婚。金城考虑到这一点，便问尚赞咄："强迫我和您成婚，这会对谁有利呢？换句话来说，您娶我为妻又对谁有好处呢？当然啦，这样问的前提是，您只是这场阴谋的牺牲品，像我一样。"

"牺牲品，是啊！"尚赞咄露出一丝笑意说："我倒很乐意成为这样的牺牲品！但我已经看出来，我不适合做您的丈夫。我把握不住您，您口才好，我对答不上来，也许我的年纪也太老了。"

金城羞涩地垂下目光："不做丈夫，但我愿意您做我的朋友。

开头我有点怕您，但是，一路上您对我非常友善，引起我对您的好感。您是我在这个宫中唯一的朋友。我把您想歪了，这要请您原谅。但是，我所处的境况实在叫人羞死了。为了表示信任您，我把我和江擦之间的秘密告诉您。我还不曾对任何人讲过这件事。是的，我对他的强烈要求让步了。这也是我同意他参加竞赛游戏的原因。我害怕怀孕，因此认为最好是尽快同他成婚。可惜，老天爷不让他在世上留下一个儿子。"

由于逼着金城说出这段感人的故事，尚赞咄十分惭愧，这种巨大的信任又令他感动不已。他神情庄严地说："如今我们有这么多共同的秘密，我们确实已成了朋友。现在该是我兑现诺言，帮您离开这里的时候了。"他不好意思地把自己的几件衣服扔给她，一来是避免看见她的样子又重新激动起来，另外，他们所处的境况十分危险，不容迟延。他们同在一张床上的事只有当被人发觉才算数。因此，他得尽快设法把她弄出去，不能被人看见。

究竟什么人是这个阴谋事件的幕后策划者，在此紧急时刻反倒显得不重要了。必须估计到，策划者一开始就封锁了外逃的道路。因此，依靠换衣服乔妆打扮已不顶用。究竟怎样才能摆脱困境呢？他们小声地商议，想出各种可能的做法，但都不合适。最后还是金城想出一个解决办法，但这取决于尚赞咄能否取得赤玛伦的信任。时间紧迫，不允许仔细讨论，金城直截了当地问尚赞咄，他和赤玛伦的关系是否可靠。尚赞咄安慰她说："这个宫里数她最值得信任。您瞧，好人还不止一个。"于是，他们商定，金城先躲起来，尚赞咄叫来护卫，让他立即向女王通报他突患重病。女王来到后，设法取得女王的信任，只有女王本人有能力设法为金城安排一条逃出去的道路。

赤玛伦好生不快，因为这个过早的来访者打乱了她早上同心爱的人进行精神上的对话。这次的对话对象是她的儿子。她想把自己

**D**

**57**

关于接班人问题的想法告诉他。老侍女的出现使得她未能就此事向他问出答案。她当然知道，这不过是她的内心对话罢了。她家里那些男人们在世的时候，她也曾和他们对话，这和如今的"对话"有什么不同吗？有多少次，他们都让她就难以决断的大事独自处理。现在她可以指望得到自己兄弟的支持。说到底，这与尚赞咄本人也息息相关啊！

自打她进入红宫以后，情况也历来如此。很快，她丈夫芒松芒赞就把她一个人留在宫里，因为他要和大臣葛尔一道前往大唐控制的领地去。由于和周边邻国始终处于对立和竞争状态，他不停地往来于那难以通行的荒野之地，这使得他远离她和首都。要么是置身于某场大战之中，要么是在某个夏季或冬季驻地处理某些重大事务，难以脱身。每年两次他和大臣葛尔要在各地举行联席会议。他们带上用兽皮和毛毡制成的活动的蒙古包上路，这种帐篷可以随处迅速搭建起来，可容纳百人。这种逐水草而居的游牧生活常常令赤玛伦叹惋不已。

虽然，对首都负责的重担并不是由她一人承担，还有四位可靠的大臣共理此事。这四位大臣通过特殊的盟誓效忠于王室。他们在隆重的仪式上，每年举行一次小誓，三年一大誓，这种誓言不容违拗。这四位重臣还通过一种特殊的誓约成为同生共死的盟友。誓言之一是，若国王亡故，他们追随而去，直到松赞干布当政这一信条仍旧盛行。伟大的国王松赞干布力排众议，废止了这一残忍的恶俗。如果依旧保留这种死亡威胁，后来的葛尔家族成员会以不同的方式行事吗？如果还能像从前那样信任大臣们，她的生活该会是另外一种情况，她身上的沉重负担也可以免除了吧！在她丈夫当政时期，没有必要通过这种可憎的誓言对大臣进行约束。别忘了那时候还有文成公主在，尽管她从来不公开干预国家公务，但她具有权威，在她面前，没有任何人胆敢反对国王和王室。文成对国王夫妇帮助极大，是赤玛伦的良师。在那段日子里，芒松可以放心大胆地专注于外交事务，把王国扩建为前所未有的大国。当他在 676 年，也就是藏历火兔年去世时，原来的属地羊同、党项和诸羌都已并入王国疆域，从岷江直达印度边界，尼泊尔则为属国，在西藏的北部和西部，沿着丝绸之路设有四个驻地，辖区一直延伸到土耳其边界。

她四岁的儿子赤都松接手的是一份庞大的遗产。他在芒松芒赞死后立即登上王位。人们还把传奇人物葛尔的儿子派给他当摄政，为他效力，像其父辅佐芒松那样。这一可靠的家族联盟受到文成的特别支持。文成和大臣葛尔的关系尤为亲密，自从他到长安去迎接她时就已如此。大家对这位年高望重的伟大女性满怀无比敬仰之情。她向四周传布着信任和安宁。就这样过了四年，文成亡故，情况陡然生变，和大唐的和平顷刻瓦解，不再受两国姻亲关系的约束，葛尔家族的新一代大举入侵唐朝。

赤玛伦多年来同高宗皇帝，其后同武曌女皇直接联系，正如文成所交代的那样，如今，赤玛伦同大唐的这种亲密关系已不复存在。她遣人送去的信函没有回音。许多年之后她才明白，外交家们玩弄的种种权谋也可以在唐朝内部找出印证。令人担心的是，不久又会有巧舌如簧、工于诏媚的谈判者出来挑起一场劳民伤财的战争。当年在虎峪峡①，他们玩的把戏失手了。吐蕃人把唐朝的军队打得片甲不存，以致那个地方被称作"唐军的坟墓"。人们心生悲悯，但武曌女皇无意终止这场流血的战争，拒绝一切和谈建议。当时，在长安学习过文化的年轻的葛尔亲自赶赴洛阳，向唐朝提出建议，吐蕃军队撤出中亚，将西域诸属国合理划分，分属唐蕃所有。西藏人认为这是一项慷慨大度的建议。但武曌则专听郭元振一人的，这是个文人！他主张："我们只需要重新占领吐谷浑，这样即可保西部边境。另外，则可通过馈赠、选派公主前去联姻、以及其

---

① 此处指公元 696 年在临洮和兰州之间的虎峪峡进行的战争。

他示好之举，即可使其产生得寸进尺的想法，因而更加倒向大唐。"因此唐朝拒绝和平协议。据这位善于舞文弄墨的大师认为："这会引起对葛尔的不信任，这样正可削弱吐蕃。"郭元振播下的这棵种子果真于不知不觉间产生了后患。

而她的儿子，年轻的吐蕃王此时正醉心于成为伟大的战争英雄，他几乎从不在拉萨停留，外交事务乐得由大臣们代他处理，只是当和他同样年轻的西土耳其领袖阿史那·默啜来访时，才使得这位十八岁的国王突然醒悟到，在国内人们压根儿没有拿他当回事。这两位年轻领导人一见倾心，影响到政局，后来竟联手入侵中亚的费尔加纳。赤都松还娶了一位土耳其公主为妻，这位公主名叫伽丹·阿刺阿伽，在拉萨默默无闻，两年前悄然去世。

年轻的葛尔最后不得不承认，他在长安的使命以失败而告终，他让人通报，出乎他的意料，人们驱逐了郭元振，因为他举不出像样的理由就同意了吐蕃方面提出的各项条件，不仅如此，还赞成由赤玛伦提出的为赤都松延聘一位大唐公主为妻的请求。赤玛伦得知大唐允亲的消息是多么高兴啊！她心里盘算，大唐方面选的和亲公主可能是金城，不过，那一年金城才刚刚出生啊！年轻葛尔的成功终于让年轻的国王开了眼界。他突然之间看清楚了，大臣们在国内执掌着权柄。而他自己对于大臣们假借他的名义在国内什么地方弄权行事竟然毫不知情。更糟的是，他们不听他的号令自行其是。他必须挺身而出了，于是，在699年对他们进行了无情反击。他假借邀请他们一同狩猎，将他们诱至埋伏处，一举全歼。这么做是对是错也许永远也弄不清楚。有一点是确定无疑的，那就是从今往后再不允许有任何大臣拥有这么大的权力。这种认识一下子改变了她的全部人生。因为，人们推举她、国王的母亲、一个女人，作为国家的女君主。"你还记得当年人们讽刺葛尔家族传唱的歌吗？"赤玛伦心里还在想过去的事，顺便问年长的侍女，侍女一面把为主人准备好的黑绸袍子用手抚平整，苍老多皱的脸上浮现出笑容，不待主人

再发话，一面帮主人穿衣，喃喃地哼唱了起来：

> 在古时候，一切刚刚开头，
> 蓝色的天空永不会垂到地面，
> 大地也永不会冲向蓝天。
> 我们处在新的年月，
> 这时人们看到一件怪事，
> 虫子和蚂蚁要做飞鸟的事。
> 不管他们多么想飞，
> 却无法振翅飞翔。
> 不管他们把翅膀张得多大……
> 天太高，他们永远够不着云彩。
> 一个臣子想当王，一只癞蛤蟆想飞翔。
> 无论如何，这些人都是白日做梦，
> 明天、明天、明天，
> 大臣永远休想统治国王，
> 马不能骑在骑手身上。①

"这首歌你还记得这么好！"赤玛伦感到很高兴。

"嗨，在葛尔家族当政的时候，唱这首歌是会招惹麻烦的。我们都是偷偷地唱。人们把唱这首歌的快乐都藏在心里。那是什么年月啊！我们心里真是害怕。特别是为我们年轻的赞普、为我们的英雄担心。直到今天我还看得见他当时冒险出发的情形。此事务必机密从事，但我看得出，他心里想什么。他终于下决心要对葛尔一伙实行反击了。这伙人看起来多么可怕，因此，谁也没有预料到他们会在国王的讨伐下投降，他们的家族首领自杀身亡。他们是那样的

---

①　这段歌词由本书作者译自《古代西藏》一书，第237页。

不可一世，大家都担心他们会除掉我们的国王。小王子年幼时，我抱过他，当他长出牙齿时，我把他抱在怀里，安慰他，后来他和小伙伴们打架受了伤，我为他处理伤口，我……"说到这里，一串串泪水流过了她那苍老的风吹日晒的脸庞，然后，她才为主人打开了觐见大厅的门。

"看来，你比我更适合当他的母亲。"赤玛伦低声说道。"但你的眼泪并没有把他带回来，不仅是他，另外所有的人都未能回来。"

赤玛伦心里还在回想唐朝有意制造不和，葛尔家族是否当了牺牲品呢？此刻，厅里的来访者已立起身来，一躬到地，极其谦恭，他为自己这么早来打扰深表歉意。他这种谦卑态度并没有使赤玛伦露出微笑。赤玛伦十分了解这位涂了黑舌头者的急性子，像他这样的人一大早为某件紧要事务把君主叫醒，那肯定没有什么好事。不过，她要求自己保持友好态度。因为此人善于施展魔法，这固然不足以令她害怕，但还是小心为妙。

"那么，您有什么急事要向我通报呢？"

来客对于赤玛伦勉强装出来的友好态度并不感到鼓舞，他做出一种万般无奈的手势，看着自己身上破旧的皮袍，长吁短叹，然后这才开口："从何说起呢？这很难开始，今天的事变得十分紧迫，这说来话长了。只能耐着性子重头说起。我无权干涉您的内部事务，向您建言，向您指一条出路。但是，您看来左右为难，下不了决心做出正确的选择来……为中国公主成婚，琛氏家族的支持……谁都知道，做出决定，对您来说有多难。我们和您的家族一样，认为对于这一职位而言，麦阿充太弱、太年轻了。不幸的是，您做出的决定又取决于这个中国女人，因为只有王位继承人才有权娶她。另外，她的政治身价也下降了。她自己的那个家族已被唐朝的两位女皇所铲除。这样的家族真够受的！她的祖父、高宗的第六子先是被流放，而后又被强令自尽。您知道吗？他真正的母亲其实是武曌女皇的亲妹妹。武把她妹妹带到自己丈夫的床上。"

来客确信，他的话对赤玛伦产生了作用，他狡黠地向她瞥了一眼。在这个国家里人们在道德方面要求比较宽松，但正因如此，王族家庭试着树立良好的榜样，防止丑闻发生。上面这番话并未把女君主吓住，她反而有点不耐烦。于是，访者面呈尴尬之色，继续往下讲："是啊，您肯定也听说了，她的恩人、也就是她祖父的兄长中宗皇帝被他的妻子韦氏下毒害死。姑且不说应如何评价这件事，人们由此可以看到，政权落入不当之手会有怎样的结果。"他一面不停地讲，一面来回转动目光，十分做作。"您必定还记得，您儿子重新夺回大权有多难呀！像文成掌权时，大唐的影响那么大，这种事断不能再次发生。至于说麦阿充，恕我直言，他和他的美名远扬的父亲大不一样啊！关于这位英主，人们都说，他赤手空拳打死过大公猪和野牦牛，能抓住老虎的耳朵把它擒获。赤都松，那是位英雄好汉，是权威，那些黑头国的人、甚至四邻各国的国君都说，他不愧是神奇之王……"

听到这里，赤玛伦颇为不悦地打断了他："您大约也知道，这一切要首先归功于严格的秩序。人们第一次对士兵们登记造册，制定了用突厥文和西藏文书写的条令。如果人们说他'驯服了牦牛'，这是指他使文明和文化得以发展，使贸易和农业兴盛繁荣。许多人由于发现了盐矿而发了财。然而，他却留在绛氏领地的战场上了，他被送回家来，靠近他的父亲，安葬在琼结山谷，不久，我心爱的孙儿也将长眠在那儿，想到这些，我头顶上的天空一片空虚。将来有一天，我们能再得到一位光芒四射的君主吗？"

"比如说，您兄弟就是。他固然算不上光芒四射的大英雄。但他具有年长者的智慧。因此，他的话和所作所为有更重的份量。他有影响力而且有足够的聪明才智，不至于被这个中国女人和她带来的庞大的后宫队伍所左右，被引入歧途。至于说，这位小娃娃，难

道不会像皮球一样，被各种势力踢来踢去吗？站在麦阿充后面的都是什么人呢？并不是像您、赤玛伦这样坚强有力的君主，而是琛氏赞姆多和她的那个家族。您能对此负责吗？我至今记忆犹新，在扳倒葛尔家族后，人们产生了普遍怀疑，不愿让大臣掌控实权，这才一致明确地推举您出任摄政君主。从来还没有过任何女人像您这样大权在握，虽然说大家都对您佩服得五体投地，自从木蛇年（指公元705年——原注）以来，是您在操控一切。值得深思的是，做出这样的决定，不免会产生合理的疑惧。让两个家族联合执政总归不好。"

赤玛伦以讥讽的口气紧接着这位苯教巫师的长篇大论，说道："您对唐朝的历史这么熟悉，我可不可以问您，是否可拿武曌女皇作为例子来说明问题呢？一个女人可以临朝执政，处理应对反对者的麻烦事儿，首先，她完全有能力不靠外力，独立思考。"赤玛伦如此拒绝他的意见，是为了逼迫这位来访者言归正题，她清楚地感觉到他还没有说到关键的地方。"另外，别忘了，正是我本人费了九牛二虎之力，经过和唐朝宫廷的谈判才争得了一位大唐公主和一份不薄的陪嫁。我家族的人把她从家乡的皇宫里迎到这里来。可叹老天爷不开恩，不让江擦坐到这个位置上。但我还在，我还会受中央和各地首领的国务会议的委任继续治理国家，受到诸位大臣的拥戴，而且，很快就会以麦阿充的名义行事。不要忘记这一点。我们有什么权力假借祖先的名义胡思乱想。而您，一位整天把上天的旨意挂在嘴上的人，偏偏要拒绝赤都松的儿子、我的孙子继承王位的权利呢？这岂不是在和我孙子作对吗？仔细回想一下吧，当赤都松被确立为王子，继承王位时，也才刚刚四岁，当时人们也无法知道他以后怎样发展。我会把首席大臣的权力交给我的兄弟尚赞咄，没庐氏家族从来都是国王的忠诚护卫者。国王将会具备足够的权威，去对付敢于挑战的琛氏家族。"

"这么做不无风险，让舅爷方面的人担任首席大臣，即大相，那会引起争斗。如果我们绕过麦阿充，让尚赞咄生一个儿子来岂不更好，他还没有超过生育年龄。"

赤玛伦一下子跳了起来，吼叫道："您怎么敢，生出这样令人作呕的念头来？"

"不是念头，重要的是要造成某种既成事实。"

这位来访者情绪激动起来，满脸通红，跳起来坚持己见："事实，您应当聪明地利用事实，我的主人……"

赤玛伦怒火中烧，两眼闪闪发亮，她怀中的小狗也跟着发出威吓的声音。

"快说吧！您想说什么？"

"您会在您兄弟的卧室里看到中国公主。"他急不可耐地脱口说出，他竟然用这种话去影响赤玛伦，实在令人生气。

赤玛伦一时没了主意，跌坐在皮袍上，然后轻声地、然而又是怒不可遏地说："您这是说，您安排了这件事，这真是胆大妄为。我该把您交给卫兵！快滚出去，永远别让我再看见您。别让任何人听到这件事。不然的话，我会亲自动手把您的乌黑的舌头从您的臭嘴里割下来。面对着国家和我的愤怒，您那些魔法全都没有用。"暴怒使得赤玛伦十分疲累，浑身无力，想回房间里休息，整理一下思路，考虑下一步该怎么办。在回房间去的路上正好和尚赞咄派来报信的仆人相遇。他说主人得了急病，想要姐姐前去看望。未等仆人说完，她就哼了一声"知道了"。然后像个年轻姑娘一样，敏捷地旋转靴跟，带上她的汪汪叫着的心爱的小狗和惊疑不定的侍从们径直向她兄弟的卧室走去。

尚赞咄的卧室隐蔽在对面一处弯曲的走廊尽头。在卧室门前她停住了脚步，气喘吁吁地命令所有仆从们把全部窗户打开，放一切恶鬼逃离。然后全体人员尽量往远处退，退到安全的地方，到魔鬼的气息和阴影都达不到的地方去。只有她一个人留在原地，因为她佩戴着护身符，不怕所有的恶鬼。仆从们果然听命令逃开了，因为他们睁大了眼睛，恍若看见小狗在尚赞咄的床底下果真发现了一个特可怕的恶鬼。

眼前的政治事件令她不免迟疑不定，但她的过人之处就在于身处困境时能保持头脑冷静，迅速采取行动。如今，她也立即想出了解救公主的招数来，仿佛训练有素，导演出一幕戏剧。她朝着一些胆子较大、站在不远处的仆人们喊叫，要她那个年长的侍女过来。她故意大声地叫她，其实这个侍女听力极佳。她不顾赤玛伦原先的警告，一直如影随形般跟在赤玛伦身边。赤玛伦轻声对这位侍女说，她应尽快把佩玛和一个中国来的侍女叫到这儿来，这个侍女要套上金城的衣服，和佩玛以及公主的医生一道，快到尚赞咄的卧室里来。赤玛伦对年长侍女挤了一下眼睛，大声喊道："快点！去叫公主和她的医生到这里来，我们请医生来商议一下，我兄弟的病情很不好。"

这一幕滑稽剧结束后，皆大欢喜。在女王的房间里，仆人们都退了出去，仅剩下公主和赤玛伦。她们长时间地相对无言。赤玛伦看了看金城，她正满脸通红，低垂着头坐在她对面。因为赤玛伦不愿让金城跪在自己脚下。这时，外面传来狂怒的犬吠声，原来是一队驮货的毛驴走了过来。毛驴在坚硬不平的石头路上行走艰难，通往山顶城堡的路越来越陡，愈加难走，赶牲口的商贩们的吆喝声也越来越大。外面的嘈杂声转移了两位妇女的注意力。

在外边稀薄的空气里，他们这样干活儿该有多难呀！金城不由得这么想，同时稍稍抬高了目光。先是往赤玛伦的胸前看去，小狗像往常一样坐着那里，它正惊奇地听着外面的声音。接着，金城的目光移向赤玛伦高高的颧骨和很长的鼻子。赤玛伦此刻正在闭目养神，金城可以细细地打量她那被闪烁的火光照亮的脸。这光亮来自她脚边一个小小的煤火炉子，此外，这里没有取暖的设备了。在矮

桌上已摆好饭菜，小号的碗，饭菜快要放凉了。

两个女人就这么相对无言地坐着，各自想心事，年长的这位心里想，有太多的事要对年轻的这位说，但不知应从何说起。而后者，则感到万分羞愧，无地自容。这时，小狗早就对桌上的食物急得要命，还没等运货的驼队完全走远，就忽地一下子跳到地上，又从地上跳到金城的怀里，它的目的是让女主人别再老坐在那里想心事。

"看来，小狗喜欢您啊！日后我不在了，您会管它吗？您也会照顾我的孙儿麦阿充吧！因为我感觉到我的力量快用尽了。"

赤玛伦就这么直截了当地说出这番话，其中包含着对金城的重托。金城听了此话不胜惊讶，她虽然估计，老人家会对她进行指责、教训、警戒、指示，然而，她却听到……她心绪纷乱不安地抚摸着小狗光溜溜的皮毛，照她看到的赤玛伦的做法那样。

"您，您把您心中的宝贝托付给我这个外来人吗？而我，不停地给您带来麻烦事。您有一切理由对我发火。我请求您相信我的话，我不是自愿跑到您兄弟的房间里去的。请您原谅我，但我不知道事情怎么会弄成这样。出了这种丑事我还怎么活下去。我的不幸怎么就没完没了呢？对于像我这样一个招灾惹祸的乌鸦，您竟然提出这样慈悲大度的嘱托吗？这是多大的信任啊！"

赤玛伦清了清喉咙，当前的情况的确严重，因此她必须字斟句酌："我的孩子，我相信不会看错你，你是被卷入一种你无能为力的不幸之中了。即令在这种情况下，需要请求原谅的不是你，而是我们。不过，首先要请你原谅我的不周，没有请你一道进餐。"

赤玛伦对她的称呼由正式的"您"改为"你"，使她感到温暖。

"我们要听从你的随护医生的安排，他提醒你要增加营养，多喝稀的，这样可以化解你身上的毒。"赤玛伦又指着碗里的食物告诉金城，碗里盛的是甜果，伴有杏仁、栗子和葡萄干。和炖排骨相

**D** **67**

比，金城更喜欢吃米饭，她希望借此吸掉胃里的毒素，因为她仍然感到头痛和口里发苦，赤玛伦则用一把很快的刀把肉从骨头上剔下来，她把一根骨头扔给眼巴巴地等在身边的小狗，它立即衔着扔给它的骨头溜到角落里去了。

赤玛伦稍微进食之后，又给小狗扔去一根骨头，这才终于说出金城遭人暗算的细节。"有人也对佩玛下了毒。她的状况很不好，所以，无法到这里来。我希望您的两位侍女和随护医生不要对外多嘴。"

金城把吃了一半的饭碗推到一边，吃惊地说："可怜的佩玛！对我的侍女们，请不要担心。经过几个月的长途跋涉，人们相互都非常熟悉。如果没有他们的悉心照料，我坚持不下来。我的医生为救江擦尽了最大的努力。"公主又伤心流泪，无法自持，因此用衣袖遮住了脸。

赤玛伦决定不再对金城讲那天夜里在小昭寺里还发生了什么可怕的事，这可以让别人来说。如果公主不太累还能支持的话，她愿意利用两人单独在一起的宝贵时间和她讨论更重要的事。赤玛伦但愿能不对她谈下面的事，怀着怜悯之情站立起来，慈爱地用手臂挽住这个无助的孩子。

"尽管发生谋害您的事已经十分可憎，但我却不得不向您透露另一件刻不容缓的不愉快的消息。"金城在赤玛伦的臂弯里感到一些安慰，已经很长时间没有被人慈爱地揽在怀里了。于是，她不再顾忌是否得体、是否合乎礼仪，也不再强忍着不落泪，而是任凭泪水落在赤玛伦镶着皮边的藏袍上。她曾经多么畏惧这位伟大的年长的女性啊，而如今，她的力量令人心里好过，令人产生依赖。停了片刻，她重新把头从保护着她的藏袍里抬了起来。

"祖母啊！您还要让我知道什么令人担心的事！杯子已经满得不能再满了。"

这一声称呼令赤玛伦十分感动，她用温柔的声音说："亲爱的孩子，我担心，对于我要说的事，你还太弱小了。"

下定决心再接受一次命运的打击，金城勇敢地看着赤玛伦的脸，脸上没有强悍，只有忧虑。赤玛伦把身子稍稍挪开，留出合适的距离，以便金城万一晕倒时好扶住她。

"我们从您的家乡得到了未经证实的消息，您的叔父临缁王隆基和一些上层人士合伙推翻了您婶母韦氏皇后。详情尚不十分清楚，据说，他把她本人连同包括婴儿在内的整个家族全部杀死了。"

金城那双好看的狭长的眼睛不自然地瞪得很圆，不过，看不出来她内心的震动。赤玛伦接着往下讲："这意味着，这位王子很可能就是新天子。眼下，我估计，像你一样，谁也不知道，这对于我们意味着什么。对你来说，我估计，要返回大唐恐怕更不可能了。另一方面看，如果你打算留下来，只有尽快结婚，我才可以保证你的安全。唯一可能的王位继承人年龄还小，要等他长到可以成婚的年龄，要等很多年。但照我看来，这是唯一可能做到的事。"

金城心不在焉地点了点头，彷佛一个人听到了一个非同寻常的消息，却无法把发生的事情同自身联系到一起。

"我们需要尽快使关系明确起来。"赤玛伦接着说："这样就会避免昨晚发生的阴谋伎俩再重复出现。人们想强迫您嫁给尚赞咄，免得您日后站在一个软弱的孩子身后，发挥的影响太大，人们打算通过这样的婚姻来加强我本人的家族势力。但是，我不能违背作为君主的使命，也不能做对不住我孙儿的事。您不用怕我强迫您去和一个像您说的'长胡子的老头'结婚。我还想，我们没有必要让这件婚事刺激大唐政府，不管谁在那儿掌权。"

赤玛伦依旧心事重重地看着金城，这位公主对长安发生的事究竟知道多少呢？人们是否根本就没有向她通报这件事呢？根本看不出她在想什么。金城两眼发呆，面无表情。关于她的陪嫁那件尴尬事也要从赤玛伦口中说出来吗？赤玛伦清理了一下嗓子。讲出那样一桩难以启齿的事，声音不应当是含糊不清少气乏力的。"您知道吗？尚赞咄已经同意，占领'黄河九曲'那片地方。"

金城仿佛没有听懂这件非同小可的事，她有气无力地说："关于皇宫里发生的叛乱，我只是模糊地感觉到了，觉得迟早会那样。我也听人说起过，已经占领了给我作陪嫁的那块地方。迟早都要被吐蕃王朝占领，早一天晚一天有什么区别吗？"

想不到金城这么幼稚，赤玛伦于是教训她说："这始终还归您所有。在您的国内完全可以把这件事看成是挑衅。因为我们这一方还没有履行协议，你还没有进入我们家庭。直到如今，唐朝庭也许还没有发觉这一点，或者是还没有来得及做出反应。值得担心的是，一旦那边宫里的局势稳定下来，就会发现这种过分着急的做法。因此，您打算怎么办，还是早作定夺为好。比如说，您先订婚，这就不会有麻烦了，而且也不会妨碍对江擦的悼念活动。"

金城又陷入内心的沉思，虽然她也在听着赤玛伦讲话。她心里明白这么办的理由，也明白相反的理由，她对解决的办法和她内心的抗拒，早已掂量过不止一次。如今，她疲惫不堪，因此没有精力把唐朝宫廷里所发生的事，以及由此而产生的各种错综复杂的事同其他种种问题联系起来加以考虑。赤玛伦显然注意到了这一点。"我现在把您的侍女们叫来，您回去休息，仔细考虑一下，但是，别忘了，我们需要您尽快做出回答。"

满脑子里都是沉重的念头，坐在轿子里又被颠得昏天黑地，而金城居然睡着了一小会儿。当这一行人到达小昭寺门前时，她却被哭喊声惊醒了。金城的侍女们带着哭腔冲到轿前喊道："公主啊！我们赶快走吧！这里到处都是不开化的强盗和杀人凶手，这里不安全，救救你自己，也救救我们吧！"

金城以为侍女们的怨恨是冲着佩玛的，她惊恐地想到，佩玛说不定已经死了。金城迅速挣脱了这群哭喊着的侍女，以便去看个究竟。她发现佩玛的脸色煞白，昏睡在金城卧室旁边的卧榻上，她的样子和断断续续的呼吸声说明她身体状况很不好。然而，这也不能原谅她手下人这么乱哄哄地吵闹。金城气恼地想，这些人从来不把佩玛放在心上，往往轻视她，认为她长得太粗笨，叫人看不上眼。金城弯下腰去查看了一下佩玛的脉搏，这一刻，她深感自己的心是向着她的。佩玛被碰醒了，睁开眼睛，打算起来，金城用力止住她。

"赞美老天爷，公主您好好的没出什么事！"

"我没事，我希望您也没出事。"

"他们给我用了相当多的毒，以便把您拐走，我事后听人这么说。"

"是这样，人们也给我和尚赞咄下了毒，为的是……"她没法再讲下去，因为事情叫人实在难堪。但又必须把秘密如实告诉佩玛，所以，虽然难于启齿，也只得有点结巴地继续往下说："为的是把我们俩放在他屋子里的床上。"

佩玛听了这话非常生气，以至于完全忘记了自己的身份，也忘记了自己的病，问道："您总不至于和尚赞咄……有云雨之事……？"

看到金城羞得低下小小的脑袋，佩玛明白自己的行为过于放肆了，赶紧说："请您宽恕我，我竟忘了……"

金城拿起佩玛的手并紧紧握住，对她说："我从没有过像您这样忠实地关心我的仆人，有您在，这是老天的恩赐，我感谢您。您可以放心，在那个房间里什么事也没有发生。是女君主巧妙地救了我。等您身体好了，我把全部故事告诉您，其中有些事还蛮可笑的。"

"公主啊！我只不过是一个普通的女人，从心里很喜欢您，正因为这样，我得提醒您，千万可别看轻了这桩阴谋，那些老的、有势力的人特别担心您在这里产生大的影响，因此，使出全部力量挡您的路。他们认为让您和尚赞咄大人成婚，就可以使您变得对他们

**D**

71

无害。另外一种……"

"那就是把我除掉啦！"金城补充上佩玛没说完的话。"您不是也像其他侍女一样，认为我留在这儿不安全吗？"

"呸！这些长舌妇们，关于这儿的事她们懂什么？"

望着佩玛头上一百零八根辫子，不管外界怎么伤害她却始终整整齐齐，就像往常一样，金城大声说："我们首先要做到让宫里的人不要多嘴多舌。"

佩玛深思地摇摇头，看来公主对这场阴谋的规模还缺少认识，只得勉为其难地把不幸的消息全都告诉她："并不那么容易。那些劫持您的人对卫队进行了血腥屠杀。卫队长和他的妻子以及您另外一个卫兵遇害身亡。卫士长夫妇的小儿子逃到了庙里，躲在神像后面。后来苏发严发现了他，并向上面报告发生了什么事。苏发严打算收留这个孩子。警戒加强了。女君主打算再多派一些可靠的卫士参加警戒。然而，您的对手们是既狡猾又强大的一股人。"

"是桑希！"金城惊呼出这个孩子的名字。在这个名字里浓缩了她对这场灾难的全部恐惧。桑希啊！她脑海里一再闪过这孩子的模样。这个高高兴兴的孩子，从洛阳陪她一路走来，他父母十分疼爱他，因此不愿把他一人留下。这对年轻人对大家都很友爱，是一个很好的家庭。在长途跋涉中这孩子一直逗她高兴，他的少年老成也令人惊奇，如今他竟失去了双亲，他自己也差点被人杀害。跟随她来这里的人们要遭受多么大的苦难啊！金城心如刀绞，如果可以做到的话，她想尽快到这个孩子身边去安慰他。

佩玛拉住了公主："在苏发严的身边不会有错。孩子肯定已经睡着了。您去只能再次打扰他。他必须学会把看到的事全都忘掉。您本人也需要赶紧休息。您还要付出很多精力，直到生活走上正确的轨道。"

"直到一切都走上正确的轨道。"金城默念着佩玛这句话进入梦乡。这句话听起来多么简单，但她的生活里没有什么事会这么单

纯。她的生活里固然有许多路，但每条路到头来都没有好结果。只要不被袭击、不被杀害就该知足了。一幅幅可怕的景象，她分不清是真实的存在还仅仅只是梦境。她在床上辗转反侧，睡得很不安稳。她梦见自己正要从宫里往外逃，因为她在一个昏暗的阶梯上正好跌在一个恶鬼的手里，这个恶鬼张着血盆大口，露出刀子一样锋利的牙齿正等着要吃她，她喊叫着，捶打着自己，从梦里醒过来。所幸，佩玛正端着一杯热茶站在床边。听到公主惊恐的喊叫声，佩玛端的茶水溅到托盘上，杯子在托盘上不住地抖动，因为经过昨晚的事，佩玛还十分虚弱。金城隔了好大一会儿，才从噩梦中挣扎出来。佩玛终于把公主汗湿的衬衫脱下来，劝说她喝了几口热茶。这么早把公主喊醒，她心里很不过意，她打开窗户让外面明亮耀眼的春天的阳光照进来。原来太阳已高高升上天空，佩玛通报说，大唐使节已在外面恭候多时。对于佩玛帮她摆脱夜间的鬼魅，金城很感谢，但佩玛通报的事并不叫她高兴。这么一大早，事先没有通报就来找她，经过这么多事情之后，肯定又没什么好事。

在接见室里，和她的种种担心相反，她发现使节已在那里，一副安详和高兴的样子，不见他满头大汗抓住手绢神经质地搓手。公主走进来时，使节礼貌地躬身致意。

"我恭请殿下原谅，但情况紧急，只好立即求见。"

"您所指的是何种情况？"金城故意放慢声调，并在一个垫子上落座。他来这儿是为了通报最新的政治局面吗？抑或有人向他报告了昨晚的事？如果是这样，那人们向他讲了些什么内容？拿不准该作什么回应，心情忧喜参半，但她还是请他也就座。这位身材圆滚滚的使节还没有坐定，也不等发问便说了起来。他讲话时犯了一个礼仪上的过失，当他看到金城不以为然的目光时，不免有些慌张。从他的态度里金城得出结论，他并未把她当成皇家一个成年的成员对待，金成并未看错。使节因此迅速调整了态度，力求以极为谦恭

**D** 73

的态度来弥补他的疏失。

"请您原谅！从我们可爱的故乡传来的这个消息极为重要，因此刻不容缓，必得让您这位重要的人物及时知晓。正如我刚才想说的，迄今为止种种传闻均未得到证实。现在，快报把皇上的正式文档送到了这里，上面盖有金印，文件确认，711 年 1 月 1 日，您的善心的叔父李旦已奉天承运，定名睿宗，开始执掌国家。"

金城并没有像预想的那样对传来的消息加以议论，她和赤玛伦谈话时已经听说了部分内容，她态度矜持地警告使节："我想您总该知道，皇帝本来的名字是不允许随便再叫的。"使节由于兴致很高，居然并未发觉金城的反应是多么冷淡，相反，他以某种谴责的口气往下说道："嗜杀成性的女人干政以及宫里的奢侈生活总算有了尽头。这是一桩惊天的大事，无与伦比的解脱！睿宗吾皇万岁！"

对于使节未能更早地通报这件和她也相关的重大消息，金城不免有点生气，但她还是放下心来了，因为谈话内容并不涉及那场令她蒙羞含垢的阴谋事件。因此，她连忙也和使节一道高呼万岁！按照礼仪，她也应当对新皇帝表示一番赞颂。她没有这么做，却脱口而出，说出了最令她关心的皇位更迭引起的焦虑："这中间关于我亲爱的叔父中宗去世，有没有进一步的情况呢？"

话未说完，金城就吓了一跳，她犯了一个错误。她不应该把心里想的和盘托出，而应该首先询问新皇帝身体是否安康，因为，使节可能会认为她不赞成当今的天子即位。然而，由于他兴致颇高，压根儿不会想到，有什么人不像他一样把新皇帝即位看成是天意。他只是扬了扬眉毛，惊讶地想到今天大家心里都有点乱。他连忙劝公主不要为那些悲惨的事伤心。

"您真的不要再去听那些令人反感的事情，谁都知道，您挚爱您的皇叔中宗。听这些往事只会令您心碎。"金城思忖了一下，自己别再犯错误！她有点调皮地低下头去，感激使节对自己的关心，然后以温柔的声音说："您和我一样明白，事情的真相从来是瞒不住的，我更愿意从一位朋友口中听到这件事，而不愿由敌人先说起这件事。他必须让这个几乎还是孩子的亲近的人听到可怕的实情，扮演这个角色，他不免还有几分得意，同时又相当踌躇，但他最终确信，这个女孩虽说也经历了不少事情，但关于局势演变的背景、事实，人们对她解释得非常不够，她那样神化她的皇叔中宗就表明了这一点。他本人不也是等了很久才能够让她这位西藏未来的王妃明了事情真相吗？有朝一日她将怎样扮演两国联系人这个杰出的角色呢？帮助她完成这一使命不正是他的责任吗？他抓出带香味的手绢拭去额上的汗珠，把手绢捏在汗湿的手中揉来揉去，每当他感到窘迫不安的时候都会这么做。

"您自然比我更了解我们已故的天子为人是多么善良。但愿老天保佑这位在阴间流浪的人。"他毕恭毕敬地低下了头。金城也立即俯下头去纪念这位仁爱的皇帝。考虑到公主的感受，使节更加小心地说："如果我们想要正确地了解当前混乱的事态，必须从先前谈起。中宗一生悲惨，就像他的几位兄弟一样，尤其是您的祖父李贤①——他是武曌的第二个儿子。武曌的第三个儿子李显在二十七岁时，命运仿佛出现了转机，他继承其父皇的皇位登基，武曌害死他，其本意自然是不让儿子夺取她手中的权柄。李显登基不过数周之久，您这位叔祖父就显示出要自行其是，武曌以此为借口废掉了他的皇位，命名他为庐陵王放逐湖北。"

金城对这些事情并不陌生，但她感到可以从使节口中听到另外一些有用的东西，因此就鼓励他说："由于我祖父在流放中已经病故，所以，武曌就命她的第四子，即高宗的第八子（李旦）即位。这就是我们今天的皇帝睿宗。而他又被罢黜，这究竟是怎么一回事呢！"

"在流放中病故……"使节摇摇头重复金城这句话。他讲的声

---

① 金城的祖父李贤是武曌的第二个儿子。675—680年为雍王，被流放，后被赐死。705年武曌死，中宗命人从四川将李贤运回，厚葬之。——原注

音很轻，好像怕别人监听似的。他耳语道："不，你祖父的死可不简单，他是在自己的父亲死后，被亲生母亲逼迫自杀的。你我都知道，武曌永远不曾宽恕您的祖父，因为他把自己兄长①、也就是武曌的长子遇害一事和武曌本人扯在一起。"这时，使节注意到，金城的一双小手放在自己胸前。就她来说，她无意为这位可怕的曾祖母辩解，她但愿并希望传言属实，即祖父并非女皇的亲生，他实际上是女皇的姐姐所生。这样，他和武曌就没有直接的血缘关系了。"

金城哀叹道："这是怎样的一个家庭啊！"

使节接着往下讲："每干完一件坏事好像都使她更加强大，没有任何人敢于和她对抗。武曌女皇掌握了一套精巧的镇压制度。咱们把话题回到睿宗身上，他对一切都逆来顺受，他作为天子竟容忍别人不把他当天子，而当作太子对待。您本人在宫里不是也感受到了女皇造成的恐怖气氛吗？凡是和唐、李家族有关的一切，她都要彻底铲除，斩草除根。她将高宗流放，对他们施以酷刑甚至斩首，让自己武姓家族成员占据最重要的职位。她甚至强迫睿宗，老天宽恕！我说出这话，改为武家的姓。"

听到这里，金城大惊失色，用手捂住嘴，难道她还不知道或者忘记了，业已发生过这么多的事情，如果想活命的话，听了之后应该马上忘记。她重又感受到当年的心态。而使节却提起了另一个令人不快的话题："您当然认识武三思，您曾祖母的情人，所谓的侄子，这个人当时和您同住在宫里，所有的人都怕他，他善于施展阴谋诡计，而且攻击一切不合他胃口的人。"

金城点头称是，她对这种关系无比恼怒，仿佛是发生在昨天的事，她十分憎恶地想起这个又高又瘦的男人，他的目光狠毒，对宫里的小孩子们来说，他就是一种黑色妖怪。他们只敢小声说出他的名字。记不清是什么时候，一个年纪稍大的王子带来一个令人难以

---

① 武曌的长子李弘，652年被定为皇位继承人。675年被毒箭射死。继位者为金城的祖父、武曌的次子李贤。

置信的消息，说李家的一位旧友，突厥的大汗将会来解救大家。

"突厥的大汗真的发出过威胁，如若女皇不把中宗接回来，他就要攻入唐朝，搞它个玉石俱焚？"

使节沉思地摇晃着脑袋说："他实际上有没有做，做到没有，这我可不知道。他肯定这么威胁过，他鼓动我们的大臣们把中宗迎回来。到最后，您的曾祖母让步了，同意了这一安排，但前提是，他回来不是当皇帝而是当太子。睿宗又和中宗换了位置。两人都没有反抗。他们吓破了胆，唯恐保不住性命。几位大胆的将领最终取得您叔祖父的认可，用武力取得了皇位。宫廷政变取得成功。武曌许多亲信被杀。政变取得成功，原因也许还在于您曾祖母其时已经年逾八十。她变得虚弱了，遭受被剥夺权力的耻辱后，她只活了几个月的时间。"

金城对这次政变记不起多少事，他们被送到宫内一个偏僻的地方去野餐。但后来治丧期间的情景她记忆犹新。她当年八岁，生平第一次因自己是个女孩而高兴。女孩子不允许参加正式仪式。她高兴的原因还在于，她曾暗中观察到那些年龄比她大的堂兄们参加盛大仪式，个个事先都泪流满面，头发被人粗鲁地剃光了。

使节也偏离了谈话的正题，思忖着这么一个有意思的问题：女皇这般遭人痛恨，却为何享受到有史以来最隆重的葬礼的哀荣。有一件事，他权衡再三，但说出此事来，目的在于向金城讲明白当前局面的背景。他大声地清理了一下喉咙，以便说出下面的考虑。

"人们不禁要问，这次武力夺权，到头来又给您的叔祖父中宗带来了什么。他刚刚摆脱了他母亲的掌控，又落入他妻子的手心。他妻子韦氏和她婆母手下的那批坏蛋结成一伙，目的仍在于日后自己掌权。中宗复位一年之后，立儿子李重俊为太子，一场夺权的戏剧就开场了。您认识重俊吗？他要比您大十五岁呢。"

金城的眼睛里流露出悲伤，"是的，他是一位性格活泼、有点野性的、天不怕地不怕的小伙子。他是唯一敢于嘲笑武三思的人。我们都很喜欢他，只有皇婶韦氏讨厌他，他不是她生的儿子。"

"并且，他挡韦氏的路，妨碍她实行那些阴谋诡计。"使节又补充道。

"您真认为她一开始就打算把他除掉吗？"金城想从使节那儿打听内幕。

"今天我们可以相当肯定地说，她在武后活着的时候就开始和武氏家族的人结成一伙。为了掌权，她甚至早就和武三思勾勾搭搭。他们连手废掉了太子重俊。"

金城接着他的话题说："当时我年纪太小，看不穿这些阴谋诡计。我不明白的是，重俊为什么要向武三思发难呢？"

使节知道现在已经碰到整个故事里最为棘手的一点了，这将破坏掉公主心目中保存的中宗的良好形象。牺牲掉自己的亲生儿子，也就是公主佩服的堂兄，难道是无所谓的小事吗？公主用手托住腮，满脸忧愁，她在想什么呢？她必须了解事实真相。一时很难找出恰当的话来，于是他开始讲事情的经过。

"当重俊了解到武三思要对他下毒手，他不能再迟疑不决，便向他父亲手下的将领们寻求支持。这些将领曾保卫中宗，迎接他复位。他们早已站在重俊一边。在危急时刻，重俊和将领们冲进武三思的住所，将他击毙。在战斗的混乱之中，韦氏和中宗逃到玄武门城楼上，他们弄不清发生了什么事。心惊胆战的皇帝从城楼向士兵们喊话：'你们都是我的护卫，杀死叛逆有重赏。'① 参与起事的士兵们迟疑不定，但他们决不能反对皇上。于是他们群起杀死了这批将领，也包括太子。

"至于说，中宗本人是否知道这是杀死了忠于他的将领和他的儿子，人们就不得而知了。但是，后来，他把自己儿子的头放在武

① O. 弗朗克：《中华帝国史》卷五，柏林，2001 年版，第426页。

三思的棺材边祭奠，这件事意味着什么则不言自明。虽然，您的恩公叔父本人也遭了不少罪，但这件事之后，他完全垮了。"

使节讲到这里停顿下来，为了让金城有工夫对事情作一回顾。公主此刻又默默地陷入了沉思。一幅幅可怖的画面在脑海里重新浮现，她置身于画面之中，和众人在玄武门城楼上设法逃命。在混乱中，她看见到处都是火把的烈焰、惊恐万状的人们恳求人家饶命，浓烟滚滚，人们都怀着对死亡的恐惧。起事的士兵随时都可能冲杀过来把他们打死。一切都历历在目。她躲到一扇木头门背后，听到她叔祖父用嘶哑的声音向士兵们哀求，接下去就是格斗和刺杀，

突然之间，所有的声音都停了下来。她爬到城楼的梯子附近，从石头砌的支柱中间向下面好奇地观望。就在这一瞬间，她听到叔祖父痛彻心髓的呼喊，这声音至今仍响在耳畔。这是她叔祖父对自己的儿子发出的呼喊，是他熄灭了儿子的生命。不！她可以证明，他当时并不知道自己做了什么事。过了一阵子，人们把父子二人留在那里，没有一个人去安慰中宗。孤立无援的父子当时的样子打动了金城，她不顾浓烟和遍地血迹，赤着脚，一步一步走近了他，当他一眼看出是她，便失态地把她拉到身边，把涂满他儿子鲜血的头埋在她的睡袍里。从那件事以后，他不断地命令人叫她，只容许她留在他办公的地方。金城任凭自己泪流满面，她抽泣着把脸转向使节说道：

"人们不禁仍要问，重俊的作为给中宗带来了什么。中宗面对着武家和韦氏的奢靡生活束手无策。我也曾一再想，他为什么把重俊的首级放在武三思的棺前献祭。我想这是他面对敌人无能为力的软弱表示。我比别人更清楚地知道，他怎样折磨自己，负罪感使他寝食难安，他有多么痛苦、伤心。当他开始自言自语时，只允许我一人待在他身旁。我也亲自体会到，他心中怎样渐渐产生了疑问，正是韦氏及其家族成员精心策划的这次谋杀事件，他恰好落入了他们设下的圈套。"

# 黄土地的女儿 金城公主
THE LOESSLAND DAUGHTER

直到今天，使节只把皇帝看成是一个可怜的胆小鬼，把金城看作是一个对事情毫无所知的盲目崇拜者。她对事情的看法看来倒也不无道理。

"对啦！"他大声喊道："正如人们现在才知道的，他打算送您出行之后，立即要让人列举韦氏一家的罪状。① 有可能……"使节还想审视一番他自己心中突然产生的疑团，此时又瞥了一眼摆在面前的茶杯，他们忘记了，茶快要凉了。"有可能，这正是韦氏派人毒死他的原因。"

"毒死，"金城脱口问道："您能肯定吗？啊！老天爷，他遭受了多么深重的苦难啊！"使节回答不了这个问题，因此，他只是耸了耸肩。

而我却丢下他不管，也没有再过问他的情况，他最喜欢我，也没有人比我更爱他。他失去了很多，并且正面临着失去生命，他想必已经预感到，谋害他的凶手们已窥伺在宫里，他活命的日子已屈指可数了。金城回想起，送别她时，他曾潜然落泪。这不仅是为她而哭，也是为他自己的苦难而哭。

使节开始整理中宗遇害一事的思路。他接着说："这样看来已无可怀疑，人们把他当成绊脚石一脚踢开，因为他很快就要明白事情的真相。试想一下接着发生的事，精心设计的阴谋暴露得越来越明显，韦氏这么做，正是她仿效其心目中的榜样武曌女皇。武曌是我们历史上独一无二的女皇。韦氏在这次事件之后，把中宗的第四子、十二岁的懦弱无能的重茂扶上皇位，日后，一旦她感到没有他也可以掌控大权，除掉他亦不是难事。所幸她的美梦未能成真，您的堂兄李隆基皇子②得悉这项计划后便决定动手（没有让他父亲睿宗知道）。他身边早已聚集了一批坚定的支持者，他们秘密结盟，

---

① 贝克威斯，c：《中亚西藏帝国》，普林斯顿出版社1987年版，第76页。

② 李隆基：临缁王，是睿宗之子，即位后为玄宗，史称唐明皇，雍王李守礼和他是堂兄弟。

发誓要保卫大唐的江山社稷。"

金城往使节身边靠近了一些，因为这一部分故事她还从未听说过。

"他们结盟后做了些什么呢？"金城急于知道。

"公主啊！我只能告诉您报告里所说的事，这个消息我还未经充分考证。"

使节现在讲话比较谨慎，因为迄今为止，还不知道官方对这些事持什么态度。他援引报告说："根据报告，去年年底，隆基太子和他的亲信们冲进韦氏的居室，将她斩首，接着便进行了残酷的血洗，所有韦氏宠幸的人，所有韦氏家族的人统统被打倒。老百姓对韦氏的奢淫生活早就恨之入骨，因此对这次报复行为拍手称快。据说，人们把她的尸首抛在大街上，百姓们高声欢呼，把她的尸体撕成碎片并大加嘲笑。"

虽然使节讲得平铺直叙，但还是听得出来，他对于讲述这件可怕的事还颇为热心。他忽然觉察到自己讲得太投入，太真情流露了，说不定会给自己带来什么后果，他过分地暴露了自己的感情，莫非他由于兴奋对公主抱的希望过高吗？他向公主投去审视的目光，他很快发现，公主没有像往常那样默默地垂下头去，而是由于庆幸而眼睛发亮，看着远方。不难想象，这个小女子在大唐宫殿里曾经受过多么大的痛苦。隆基太子的复仇行为符合她的心意，使她心里高兴。使节感到惭愧的是，之前他仅仅把公主当作一个惹麻烦、添负担的小孩子，于是他不无歉意地充满尊敬地问公主："您愿意我再讲下去吗？"

金城高兴地注意到他的变化，但不想把欢喜的心情过多表露出来，因此，只是不自然地回答说："请吧！"

使节接着便客观地叙述道："李隆基完成政变之后便向他父亲李旦，如今我们已不许再称呼他的名字了，解释了原委，请他复位，重茂则被要求放弃继承权。"

金城在听完了有关长安宫廷事变的总结后，仔细地看着自己的双手，仿佛那里可以把她家族的历史改写得较为幸福一些。这时，她站直了身子。

"您不觉得奇怪吗？过去的历史似乎总在重复上演。唐朝立国的历史也完全如此。李世民，伟大的太宗皇帝当年也曾为他的父亲夺得了皇位。"

使节吃惊地昂起头，立即又把头低下去。这真可谓一个离经叛道的念头，因为这很容易使人想到，当皇帝主要靠儿子的恩赐，但有谁胆敢公然这么说呢？只有上天才有权从自己的儿孙中做出挑选，只有上天有权颁发委任状。除此之外，上述想法也有悖于儒家思想。在父亲面前，做儿子的永远不能显示自己更强。李世民也罢，李隆基也罢，都不允许超过父亲。同样，一个女人也决不允许超过自己的丈夫和儿子。如今的世道太乱了。还有一个念头突然闪过，这个年轻女人竟会有这种大胆的想法，说明她到底不愧是那位第一夫人的曾孙女，那位女性敢于向上天挑战，自称为女皇。金城正是在女皇的宫中长大的，她的血管里流淌着几多女皇的血液，她从女皇身上学到了多少本事呢？她讲出这么大胆的想法是否为了让他上钩，跌入陷阱呢？他又一次掂量一下自己对公主突然产生的同情。他打量着她那温柔的严肃的小脸，额头微微蹙起，这表明，她在努力整理思绪。不，从她的面部表情里，他看不出有武瞾的任何特点，他抑止不住自己对她的好感。尽管这样，他觉得最好不去多作解释，他尽量轻描淡写地提出："我们这么评判恰当么？"

由于听到使节的告诫，金城不好意思地低下头去，而使节本人为了挽回局面继续说道："这就是您的家族的状况，也就是说，您已经不再是皇上心爱的幼女、具有公主名分的人了，而仅仅是一位远亲。这就意味着您作为和平使者的身价降低了，请您原谅我的这些难听话。至于后果，眼下还看不出来。承您方才把我称为朋友，而您这个朋友对他自己在国内的正式地位还没有把握，正因如此，我才敢于和您如此直白地谈话。我还不知道，新皇帝是否信任我，是否认可我在这里的使节权限，我想说的是，不知我是否能够继续听您差遣，因为各种情况可能很快发生变化，因此，我建议您，尽可能迅速地办理有关事务。"

金城同样不知道新皇帝是否信任自己，因为她几乎不认识这位叔祖父（指李旦），因此，她坦率地说："因为您这么友好待我，直言相告，我也要把我的想法告诉您。我必须的的确确地知道，是否真有一股强大的势力要阻止我成为西藏王妃，以扩大唐朝的影响。"

她说到这里停顿了片刻，为的是让使节有机会把听到的事都说出来。使节于是说："我听人说，您手下的几个人受到了袭击，我对此深表同情。我希望此类事今后不再发生。您认为这是冲着您来的吗？"

显然，使节仅仅了解事情的一部分，公主心里感到轻松一些，她继续说："还不知道背景是什么，但我大概有危险，光靠赤玛伦君主的好意还不足以保护我。"

由于使节确实不了解昨夜发生之事件的全部真实情况，因此，他认为公主的话有些言过其实。公主接着说："由于小孩子和他的家族在这个国家里并不那么受欢迎，人们不愿意因为我而加强他的势力。尽管我并不想和这个小孩成亲，但我也十分明白，我必须这么做，不然，我到哪儿去呢？回唐朝宫廷吗？完全没有可能。像我这样一个外交上的尴尬人物，大唐宫廷怎么处置呢？剩下一条路只有当没庐氏家族某个首领的妻子了。"

金城好一阵子陷入沉思，双眉紧锁，然后又向使节求教："您是一位老练的政治家，了解这里的情况，您对我有何指教呢？"

几周来，使节反复考虑各种不同的可能性，因此，快速回答金城的提问他并不为难。

"公主啊！您之所以来到这里，为的是化干戈为玉帛，像当年文成公主那样保障两国之间的和平，为的是传播您的信仰。您面前有伟大的使命。一刻也不要忘记这一目标。您到这儿来是为了当王妃。这个国家突然之间没有了新郎，不能确立王位继承者，这说到底并不是您的过错。不论人们最后做出怎样的决断，您是为未来的国王定下的，这是您的任务，只有这样，您才保持着您对大唐和吐蕃的价值。如果当了部族首领的妻子，您将过默默无闻的生活。固然，人们都说尚赞咄喜欢您，但他已经老了。不错，王子还年轻，几年之后才能当您的丈夫，和在他身边您具有的地位相比，等上几年又算得了什么。您既把尚赞咄争取为朋友，同时又拥有王后的身份，这是一个多么好的机遇呀！您可以为您的新国家，也为大唐做许多有益的事。皇帝会像吐蕃王室一样对您大加赞赏。另外，您还有一定的影响力，因为这边已经占领了作为您陪嫁的土地，还不知道今后睿宗会不会因此向吐蕃宣战。由于有这种压力存在，这里的当政者会满足您的一切愿望。如果我处在您的地位，我会在风向变化之前就采取行动。"

金城那双美丽的眼睛里亮光黯淡了，她恭顺地压低了声音，她知道，这是唯一正确的道路，既会困难重重，又深深地刺伤了她的感情。她感到也许尚未失去那个伟大的目标，于是她鼓起勇气，以略带迟疑的声调对使节说："您能承担和他们谈判与未来的国君麦阿充订婚的任务吗？这要有一个前提，那就是他的继位有保证，只有在这种情况下，才可以向赤玛伦君主转达我同意她对我的这一请求。这事要赶在风向转变以及一位新使节到达拉萨之前进行。"金城讲话时略带点调皮，于是她向使节微微一笑，同时轻轻晃动着身子站了起来，经过长达几小时的紧张谈话她想单独待着了，便躬身行礼，然后退下。使节对公主很佩服，她对事物的理解很快，马上就认识到做出决断的那种可能性，而且她很好地表达了自己的要求："这要有一个前提，那就是他的继位有保证。"这将迫使赤玛伦

做出最后的决断。

使节在离开接见大厅之前，把佩玛叫过去，将一封公主的堂姐写的信递给她去转交，他由于情绪激动忘记了这件事。他让佩玛转告公主，希望这封信令她感到愉快。

见到亲人的来函，金城急于阅读，以至未曾留意，封口处已经裂开，这倒正合她的心意，因为可以很快开启信函，读到她的女友娟秀的手迹。她迅速看了一眼来函日期，信中写道："刚过完新年，再过几天就是元宵灯节了。"金城由此推算出，来函写于一个月前，大约在 711 年 2 月 15 号左右。

> 亲爱的皇妹金城，祝您平安吉祥！
>
> 您肯定会问，为何玉真和我许久不曾写信给你，你肯定已听到消息，你的叔父，我们的父亲迫不得已从女魔头手里接过了权力。在这段时间里父皇要求我们，在他本人发布公告之前，不要和外界通信。春节过后不久，取消了这个禁令，所以，我可以通知你，我童年时代的好友，玉尘——现在改为"玉真"——和我已离开了家庭，进入了道观。你肯定对我们的新名字感到奇怪吧！人们给我起的新名字叫"金聪"（音译），你可能会发笑，但我们二人对父亲做的决定很庆幸。他要借此保护我们，让他的第八和第九个女儿不要再遭到和你同样的命运。虽然说，你当年离开洛阳时，我们对你羡慕得要命。护送你的人回来之后说，你的未婚夫长得很漂亮，性格也很好。但这件幸运的事却被一桩可怕的意外事故葬送了。悼念活动都过去了吗？我们听说，你和你的公公结婚了。我们听说，他是一位满脸胡须、闷闷不乐的老头，但愿他知道心疼你。珍惜你的学识和美貌，还有你带去的那么多的嫁妆！
>
> 人们不久将为我们建造道观，一些监察官员反对这么做，

**D**

85

认为天子这是为了道教的排场乱花国库的钱。我们父皇夸奖监察官员的呈文写得好，为国家着想，但道观还是要建，私下里父皇从来相信道教。道教符合他的天性，对他来说，日益显得重要。现在，他把道教教长司马承祯召到身边，向他咨询国是。这位道长教谕他，说治理国家的成功之道和有效掌控自己的身体并无二致。要严格遵循"无为"的原则，也就是说，在一切存在的自然进程中不采取"行动"，不要提出自己的规划，才不会破坏宇宙间的秩序与和谐。这样，也就能保持住一个国家的良好秩序。自从皇上皈依了这位道长，便对他深深迷恋，按他的话处理事情，皇上说，道长的话是我听到过的最完美无缺的教诲。

越往下读，金城心里越害怕。佛教本来已掌握了一切权利，但皇上如今完全不信佛教了，不仅如此，他心中甚至还轻视佛教。金城想，这件事够可怕的，她想象着皇上轻视佛教该会是怎样的一幅景况。

她想起许多信仰佛教的朋友和一些经师们，他们如今陷入险境，被剥夺了权利，被人杀害，遭受酷刑，遭到流放。这一幕幕可怕的场面在她脑海里呈现之时，她的目光又落在以下的字句上，读到更令人震惊的消息。

金聪写到，除了韦氏家族悉数被除掉之外，还有一些令人惋惜的牺牲，金城本人肯定也会为之悲伤。她的兄长、隆基王子出于无奈，把上官姑母也一块儿杀掉了。据说她曾打算改进韦氏的权力。当年在武曌女皇时期，她曾为妇女的平等继承权而斗争，她还把自己的学识和锐敏的观察力都贡献给后生晚辈。她念念不忘的是，过去曾经有过这样的时代，那时女性君王们主持祭天大典，由女性统治国家。

读到信里的这些段落，金城不仅深为痛苦，而且对人们的愚昧心中产生了恼怒。人们竟然毁掉了这么多的精神财富。杀了上官，意味着世界失去了一位有价值的、了不起的史学家和哲学家。另外，像姑母这样聪慧的女人怎么会陷入想让天地换位、乾坤颠倒的愚妄之中呢？武曌作为女皇向"天"抗争，她的所谓天至多不过是受委托进行统治。连未成年的孩子都可以充当这种角色，自从她这么做以来，唐皇室便血污斑斑。金城想，血腥的报复是多么可怕！为什么我的曾祖母不满足于赤玛伦这样的地位呢？赤玛伦不仅受人尊敬，而且也被人爱戴，在她手中政权得以完好地保持。文成也曾经掌权，尽管没有正式的名义，但她掌握了国内臣民的心，金城本人想要的也正是这样。让自己的活动有益于全体人民，这种念头令她高兴。她盼着有朝一日梦想成真，仿佛看到这样的景象：接待申诉者、审查修建佛教寺庙的规划、骑着高头大马巡视建筑工地、向臣民们和蔼可亲地招手致意、接见重要的来访使节、和佛教经师们探讨教义。她握住几乎滑脱的信函，从梦中又回到现实中来。

金城把信函重新整理好，在读过的地方发现女友郑重重申友情的话，表明女友对她的由衷的善意。但是关于远在拉萨的金城的生活，女友真是太不了解啦！关于藏人的各种消息全是错误百出的。整天忙于自身纠纷的大唐甚至还不知道赤都松业已亡故，更不消说赤玛伦如今是女君主的事了。所幸的是，人们可以从大唐这种高高在上的态度里得出结论，至少此时此刻，大唐还不至因为陪嫁的领地已被占领一事而暴跳如雷。金城再次打开信函，对站在一旁看她读信的佩玛恼怒地喊道："无为，天子，道家！"她恐怕不会走这条路。

# 拉萨　布达拉宫

## 猪年四月
## 711 年

尚赞咄沉重而急促的脚步声老远就听得见，他咚咚咚走过阶梯从工匠们身旁走过，压根儿没有留意他们。工匠们中断了干活时有节奏的歌唱声，每当这位怒冲冲的大臣从他们身边走过时都会这样。工匠们本来手握刀柄不停地敲打，把石板固定，把铺在地上的彩色水磨石固定好，这时工匠们都停了下来，不知尚赞咄出了什么事，他为何骂声不停，是谁惹了他？平常他倒是蛮沉稳的，而今不管不顾地往前冲，甚至在乱堆着石料和酥油的地方几乎滑倒。人们惊讶地看见他在女王住处前收住脚步。很可能他要定一下神，让情绪平稳下来，以免吓着了女王。肯定是发生了什么不得了的大事。

赤玛伦不是单独一个人在房间里，她命令人召来琛氏赞姆多。两人显然正在密谈。因此，对于闯进来打扰她们的尚赞咄投去不快的目光。来者有重要的理由，刻不容缓，和他们大家都有关，因此，他开门见山地说："我刚刚获得情报，唐人已从北部入侵我国，在所谓全权保护西部边陲的安西都护张玄表率领下占据了金城公主作为陪嫁带来的土地，他们在那里大肆蹂躏打劫，杀人放火，还把我们赶了出来。因此，必须立即召开大臣议事会，并派兵前去。真想不到……对唐人根本没法相信。这些天子们个个都一样。要么是躲在女人的石榴裙下，要么是想出某种阴谋诡计。"

琛氏闻言大吃一惊，急忙跳了起来，把身边的烤火盆都踢翻了。赤玛伦缓缓立起身来，望着在地板上滚动的火球，面色严厉，似乎是责备她的慌张，但很快就把目光转向尚赞咄。

"尚赞咄，您中了什么邪？不正是您自己种下的这种恶果吗？是谁迫不及待，是谁等不及我们这方面也完成联姻结盟的条件？是谁下命令占领这片土地，事先连对我都不吭一声？你们毫不在乎，尽管我们直到今天还未能给公主确定未婚夫。您激动什么？唐朝会对此做出反应，这本来就是意料之中的事。只是……"赤玛伦精疲力尽，又跌坐到垫子上。"我曾想到，我们还有一点时间。从几周前金聪公主写给金城公主的信中读到，在写这封信的时候，大唐新君主睿宗估计，王子死后，金城和他父亲成了婚。他们显然对我们的尴尬处境一无所知，不知道我们一时间没有适合公主的未婚夫，也不知道我们已非法占领了金城带来的土地。麻烦来得比我的预料要快，我们已无法阻挡。无论如何，从我们这方面都不能攻击唐朝，攻击他们是极不明智的。"赤玛伦生气地说出这番话，看到尚赞咄站在那里，像一个被训斥的孩子，赌气地一言不发，虽然也知道错了，但还不完全明白错在哪里。

"坐下吧！"赤玛伦换了较温和的口吻对他说："我本来担心唐人在我们采取行动之前了解到这种情况，因此，我们能做的就是造成一个事实。我的意思是，只有宣布由麦阿充继承王位，金城做他的新娘，此外无路可走。而您，尚赞咄，"赤玛伦坚定地直视他的眼睛说道："您必须重新考虑，深思，只有您能够平息大臣们中间的骚乱。是您下的命令，您必须让大臣们明白，这么做是一个错误。您必须承认，在完成联姻之前去占领'黄河九曲'是太着急了。这使我们没有权力进行报复。我们不应该再轻率行事了，相反，我们必须说服大唐，让他们明白没有理由对我们采取行动。"

"谈何容易！"尚赞咄嘟哝着说，他早就建议选麦阿充做王位继承人，对他来说更重要的是如何对付迫在眉睫的战争，"所有的人都喊着要动武！"

"这一次我们要谈判，我们要派一位信使，要求他们离开，由于和大唐公主金城订立了联姻协议，我们得到这块地方是合法的。必须尽快宣布她为王位继承人的未婚妻。我们得说服她给天子写一封合适的信。我们处理完大臣议事会上的争论后，我就把大唐使节和公主请到宫里来，而您，赞姆多，"赤玛伦转身向着儿媳，她还在忙于收拾被踢翻的火盆，只见她双手敏捷地在火堆里扒来拨去。"您要通知您的儿子，让他知道他要同大唐公主结婚。"

这一突然决定使赞姆多非常吃惊，以至不觉中烧着了手，连忙摔开手里的煤块。她是多么高兴啊！她的儿子，她的家族终于在争斗里胜出，占据了国家的首位。这一重托又使她感到惶恐。

虽然她早就听人说过此事，果然不出所料。还没有走进小王子的房间，就听见里面传出一阵哈哈的笑声和放肆的打闹声，突然声音又停了下来，变为一种暧昧的寂静，接着便响起了意味明显的声音。赞姆多故意发出各种声音，以提醒屋里的人，她即将来到。但她还是看到自己的儿子几乎是赤身裸体躺在那囊氏的怀里，很享受地吸吮那囊氏的乳房。

"已经七岁了，还吃奶，不知道害臊吗？"赞姆多很清楚，自己丈夫的这位小妾从未生过孩子，根本没有奶，拿什么去喂儿子？赞姆多甚至怀疑自己的丈夫赤都松是否真正和安充·玛香——这儿人们都叫她为那囊氏，完成过婚姻。在赤都松出发去姜地打仗前夕，这个十三岁的女孩来到这里，而赤都松这一去就再没有回来。人们没有多少工夫庆贺这桩婚事。也许正因为这样，那囊氏才对麦阿充产生出这种绝望的爱。赞姆多自然明白，玩这种保姆喂奶的游戏是想干什么。就连那只放在孩子腰带下面的手也没有逃过她的眼睛。这只手要激起男孩的性快感，这样就使男孩离不开诱惑他的女人。那囊氏并没有显出多么狼狈，而是顺便把男孩放开。可是赞姆多的恼怒再也无法遏制。

"你除了钻进女人的裙子就没别的事可干吗？"她厉声责备自己的儿子。"你又躲避练习骑马和击剑，为了重新扎进温暖的羽毛丛中吗？如果祖母……还有你父亲，看到你这样！"

麦阿充面对母亲的责备，满脸通红，不发一言，一面又想遮住自己的身体，赞姆多怒气冲冲地转向那囊氏。

"您不害臊吗？居然连一个孩子……"不等她往下说，那囊氏已经在卖弄地伸展自己的四肢，认为这样人们就不得不承认她赤裸的年轻的身体是多么美。她还放肆地逼近已无力反抗的赞姆多，直到身上散发出的气味让赞姆多头晕目眩，这是在印度菊花蕊浸泡的水中沐浴过的气味，是一种极具诱惑力的气味，赞姆多不禁联想到发情的母狗。这已经不是第一次了，她必须向那囊氏表明自己是这个孩子、也就是未来的国王的母亲。新获得的头衔更增加了她的勇气，她得让这个傻女人懂点规矩。因此，尽管她对那囊氏这么近贴在身边很反感，但她并未后退，仅仅垂下目光不去看她。听任那囊氏气极败坏的声音响在耳旁，那样就像打耳光一样叫她难以忍受。

"仔细看看！"那囊氏要求赞姆多，说话时把赞姆多的手拉向自己赤裸的胸前，上面还留的有小男孩的唾液。"这么好的身体就永远不该被男人碰吗？您得明白，自从赤都松死后，我们必须放弃的是什么。我还是处女。因此，我有双重权利成为您儿子的妻子。根据法规我已经是他的人了！为什么他不该拿去他应得的东西？您也看见了，他越来越喜欢和我这么做。"令赞姆多作呕的是，那囊氏一边说，她的手指一边还指向儿子赤裸的下身。

赞姆多但愿立即从这儿走开，但她有重任在身，必须完成。为了避免看到他们，她转过身背对着他们，用一种严厉和命令的口气对他们说："我到这儿来，是为了通知麦阿充，他将在几天之内同金城公主订婚。"她并不希望有什么反应，在这里已没有什么事情需要讨论。人们学会把自己的真情实感都藏在表面之后该是多么好啊！发号施令可以省去长时间的争论不休。她以为说完话之后终于可以摆脱这令人恶心的局面了，然而她却感到腰间被人猛地拉扯了一下，原来是她温顺的小儿子，两眼充满恨意地瞪着她。

"除了那囊我决不会娶另外一个女人，你留意这一点，因为我只爱她一个人。"听到这里，赞姆多再也无法自制，她后退一步，平生第一次照着儿子的脸打了一记响亮的耳光。母子两人顿时都停了下来，麦阿充逃向那囊氏赤裸的身体，而那囊则爱怜地环抱着他。

"这么说，王位继承人定下来啦？"那囊氏两眼放光，她转向王子说："这么一来，您就要当国王了。您该高兴才是。您还是可以要中国公主。如果您不情愿，可以不跟她玩儿。"赞姆多再次感到自己的软弱无力，因为那囊氏已经说动了王子同意和金城的事。但是，有个条件必须满足，要承认她，那囊是麦阿充的第一夫人。

赞姆多走出房间，把门砰地一声关上，她先在窗沿上坐下来。她的心狂跳不止，感到喘不过气来，便打开一扇窗子，把目光投向下面很低处错落的屋顶，再越过屋顶向刚下过雪的山峰看去。群山勾勒出拉萨河谷的轮廓。一群群闪亮的黑乌鸦在山巅城堡上空自由自在地盘旋，发出聒噪的声音。人要是能像群鸦那般在清新的空气中上下飞翔，无拘无束，那该有多好啊！

在寒冷而清冽的空气里，她的呼吸畅快了，但她心中的苦恼并未减弱。她希望和赤玛伦的谈话已告一段落，不论她说什么，自己都得洗耳恭听，赤玛伦最常说的责备话就是，麦阿充被惯得太娇气了。他总得先变成一个男子汉，进到男人们出入的蒙古包中去，和男性的伙伴们在一起。而他至今还没有练习骑马，而且，唉！到头来，还得承认赤玛伦有道理。那么自己究竟该怎么办呢？对麦阿充加大压力吗？那样他更要逃到那囊氏身边去。她不愿失去儿子，她也需要他。这样做不聪明，也目光短浅，因为，这就不得不和那囊氏分享儿子的爱。一阵嫉妒感涌上心来，至于麦阿充至今未能成为一个真正的男子汉，她不能单独承担这份责任，这个疯女人至少负有同样的责任，那囊氏夺走了儿子的爱，而儿子的爱正是她生活的唯一意义。

自从她登上红山宫殿，到赤都松身边来，老天都赐给了她什么呢？她在这个阳光照不进来的高墙之内有过什么好日子呢？只有少数几间房子像这条回廊一样有窗子，这不过是由土墙围起来的深谷罢了。只有夏天几个月，宫廷一行人才可以到雅砻河谷以南的地方去。她从自己的丈夫、这位粗犷的男人身上又得到过什么呢？他从来不在家，也不愿意她去陪伴他，只是盼着能走出去，在露天的帐篷里生活的愿望才让她容忍这个男人。为了生这个他从未见过的孩子，他才匆匆忙忙地勉强和她同房。她对这类亲近并不看重，他当时开了一些粗俗的玩笑，让双方觉得相互可以容忍一些。

对于政治，她了解很少。赤都松有事都和他母亲商讨。母子两人都拿她当作一个傻丫头对待。由于她来自一个敌对的家族，所以他们对她不能过于信任。如果不是由于有了这个儿子，她的社会地位上升，成为母后，此外，她的生活里有什么快乐可言呢？赤玛伦对她不算坏，尽管如此，她很难做到把自己的所见所闻都向赤玛伦报告，她多少有点怕赤玛伦，但是，只有赤玛伦才有能力制止那囊那套危险的把戏。

# 拉萨　小昭寺

猪年五月
711 年

---

桑希常到公主这儿来，现在正在公主的各种卷宗里翻看，公主也没有制止他。他们两个刚才玩耍打闹了一阵子，还练习了几个舞步。小家伙正在教她学习跳舞。小男孩的父母亡故后，金城随行人员中的一位舞蹈演员负责照看他，并且开始把舞蹈艺术传授给他。这个小学徒显示出很高的艺术天赋，没过多久，无论是轻功、身体控制、或者是在魔术以及艺术感染力方面都青出于蓝而胜于蓝。他的舞蹈仿佛超凡入胜，具有非凡的魅力。女演员并不嫉妒自己的门徒，因为她发现，舞蹈不仅让他摆脱了烦恼，而且他有本事让凡是看他跳舞的人全都着了迷，心灵得到慰藉。

金城也是如此，当她观看桑希舞蹈时，心里有一种特别温馨的感觉。桑希跳舞时全神贯注，舞姿优美，旋转身体，上下翻飞，整个身心好似都依从着一种更高的律动。金城看出他的艺术的特殊作用之后，便经常叫他来单独为她献舞。有时，她用柔和的琵琶声为他伴舞。这时，她忽觉有如轻盈的蝴蝶在和他一起盘旋，躲开了令人不快的处境。一看见他，金城就急切地想学会这种舞蹈，它让观众和舞者一道进入忘情的境界。她很机密地要他教给自己几个舞

步。可叹，不久她就发现自己在这方面并无多少天分。为了掩饰窘态，两人便大声哄笑一阵。今天也是这样，还未等她突然中断练习，她的思路又转向了另一方面。

她从桑希身旁转过身来，似乎是漫无目的地在房间里来回走动。对于答应让她嫁给王位继承人的事总该有个回信吧！宫里的回信为何还不来呢？难道不是赤玛伦自己在催吗？在宫里做出决定怎么要费这么长的时间呢？

她的目光落到桑希身上，她突然停住脚步。桑希跪在一个小矮桌前面，桌上是她保存的重要信函卷轴，小男孩打开了其中一卷，并且开始辨认"马球"这个字。难学的汉字弄得他小小的额头上露出了皱纹。突然，他成功了，认出来了，大声欢呼道："马球！"

"公主，"桑希用他那让公主感到亲切的家乡话向公主央告道："你能不能给我讲一讲过去的事啊？"

金城直直地盯着他，然后严厉地问："你从哪里找到的？这首诗太令我感动了，因为我希望再也不要去记起那些美好的时光。你有时也会想起皇宫里那些花园吗？"

桑希伤心地点了点头，和这些花园相比，他更想念自己的父母。他感到解释这些不是时候，他大声地羞愧地对公主说："你不必为我念诗了，看来这会让你伤心落泪。"他垂下头，免得公主看到他说这话时双颊泛起的红晕。年仅十岁的他很懂事，公主努力不触及他失去双亲的伤心事。他也知道，公主多么需要他，通过舞技他能使公主摆脱某些痛苦，能这么做感到很自豪。他很愿意待在公主身边，也感受到对公主的难以名状的倾心。这是一种别样的爱，和对母亲的并不相同。谢天谢地，公主对此并未觉察。公主爱抚他汗湿的头发和赤红的耳朵，并未感到有什么异样。

"我们两个必须学会不哭，答应我好吗？只是因为，这首诗是我的皇叔中宗在临别时赠送给我的。我每次读到它都会引起乡愁。因此，我把它放在别的书籍和信函下面，但是，对于你，我的舞蹈教师我愿意破一次例。"

金城不知道自己念诗时声音会不会发抖，她为此深吸了一口气，然后开始。"这是著名诗人沈佺期用毛笔题写的，题名为《观马球比赛》。"

她坐了下来，双手熟练地打开画轴，借此也定了一下神，她的思绪已经回到那个春光明媚的日子。她的记忆是这样生动鲜活，仿佛闻到了那些早发的春花的芬芳，而诗人正坐在马球赛场的旁边，诗人的心情也为球赛而激动，挥毫追叙了当时的观感。桑希好奇地蹲在公主面前，就这样，公主理清了思路，开始朗读。

### 《观马球比赛》

在芬芳的春风里，
在花蕊绽放的皇宫里，
我们在后宫的人们聚在一起，
为皇宫里的马球比赛助兴。
美女骑手们飞来驰去勾人心魂，
纵横奔驰击打那玫瑰色的马球。
深深地探下身去却并不落马，
双手勒缰直起身来涌向场边，
由于迷醉这女性的华美，
我不止一次误了击球。

"你也参加玩儿了吗？"桑希陶醉在美丽的画面中，金城点了点头，但她没有透露，诗人多次向她张望。幸好佩玛这时走过来，这样就免除了她再回答那些令她难过的问题。

"公主，使节希望同您谈话，要我把桑希带走吗？"

金城连忙把敞开的用绢或纸制做的各种文书卷轴盖上，仿佛这全都是秘密文献似的。她急忙回答佩玛："不用，让他留下来，请

使节进来！"

使节深深地鞠躬致意，并恭候公主问话。他过分的恭谨令金城不安起来。

"哪一阵特殊的风把您给吹来了？自从我答应订婚以来，早就等着您的驾临了。"

使节直起身来说："如果引起您的不快，我十分抱歉。在拜见您之前，有些事需要处理。"

到处都在处理这事那事，只是对她只字不提。公主不悦地催问道："请说正事，人们接受我的许诺了吗？"

公主讲话声调里的急躁自然瞒不过使节。"尊敬的公主，您答应了此事，人们自然放下心来了。特别是我们的军队开进'黄河九曲'，占领了该地区。您的决定同是否确立麦阿充为王位继承人紧密相关。恰恰这一点对于执政的诸位大臣并非易事。您的允诺和您提的条件有利于选择麦阿充。但愿我们做出的决断有利于全国百姓。如果我们选错了人，后果将不堪设想。不少人并不乐见我们的决定。我受到委派，明天中午来这儿接您，人们届时会在宫里向民众宣布您的订婚决定，此外，女君主赤玛伦还请您和她一道致函大唐皇帝。"

"您是否想说，在这个国家由谁实行统治要我来承担责任？"金城插话问道。"您和我一样明白，我是别无选择啊。大唐派兵重新占领该地区，我也无能为力。不过，您应该早点让我知道才是呀！"

使节感到话说到他的头上，便垂下目光，开口说道："当然，您说的有道理。这也不是您一个人的决定所使然。赤玛伦也不至于赞成反对麦阿充的叛乱。您允许订婚，这只是加快了事情的进程。至于您对我的指责，恕我不能接受。接您进宫的愿望和占据'黄河九曲'的消息是同时传到我耳里的。我们得当心，不能让吐蕃对唐宣战。尚赞咄费了很大力气试图说服各个部族和大臣议事会，以求和平解决争端。人们将把您写的信送往洛阳，借此避免各种争端。

在大多数人同意您的订婚主张之后，一切希望就落在您肩上了。您第一次有机会化干戈为玉帛。请您相信，我的确有许多事要办，尤其是，又冒出来一个问题，我都不好意思对您谈论此事，这是有关小王子的事……"

使节中断了谈话，不好意思地望着蹲在地上的桑希，他那早熟的喜欢刨根问底的表情让人看出，句句话他都听得明白。

"我想，您是否可以让您这位小朋友出去，到佩玛那儿去一下。我不得不对您直言的话，让小孩子听也许不太合适。"

金城立即请桑希到外边去，既没有留心到他受委屈的目光，也没有注意到他那可以觉察到的无言的抗议。他成心很慢地走了出去。金城迫不及待要弄明白，使节的话究竟是什么意思。所以，桑希走得稍远，估计他听不见了，便急切地说："请讲！"

使节又轻轻地擦了擦额头，他不嫌麻烦地这么做，是为了在他的心急火燎的女主人面前多赢得一点时间，但终于认识到已无可保留，只能把不愉快的真实情况如实转告公主。他下定决心，尽快把这件不愉快的事做个了结。他决定开门见山。

"是这么回事。年轻的王子已经有了一个女人。有时候通常这么做，王位继承人接受他父亲的女人，只要这个女人不是王子的生母就行。今天面对的情形牵涉到国内势力强大的那囊家族的贵族女儿。已经发生过一次，命运使您成为共同的妻子之一。赤都松的猝然死亡使他无法娶您。不同的是，那囊已经和他正式结亲，只不过这桩婚姻其实并未完成，必要时，她可以证明这一点。她所属的家族认为，由此产生出一种权力，那就是她必须成为麦阿充的妻子。她本人一开始就非要当他的养母不可，也许是因为她本人没有孩子的缘故吧。几年下来，她已快二十岁了，长得很不错，王子也已经不再是小婴儿了。尽管如此，她仍然对他呵护备至。如果允许我描述的话，这种爱抚比母爱有过之无不及。在最确切的意义上说，这个男孩完全被她掌控在手里，他只愿意要她做合法妻子。"使节深

深地吸了一口气才接着往下讲："王子坚持，第一王妃由她而不是由您来当。"

金城跳起来喊道："这真是天大奇闻！这些粗野的赭面人胡思乱想些什么？他们怎么可以自认为能这样对待大唐公主呢？我还要再容忍些什么事？"

公主气得直跺脚，用她那怒火中烧的漆黑的眼睛看着惊讶的使节，问他："我真得就这样任人摆布吗？"

使节神情茫然，全然忘记了该做什么。他本已伸出双手，想放在公主肩上安慰她，这时却只在空中动了一下。

"并非如此，您想想您的陪嫁，想想这个国家的命运就掌握在您的手中，您正在对此做出决断。也许您本人并不这么看。我斗胆向您指出这一点，另外，我已经成功地暗示他们，要他们别打错了主意，因为这种情况如若发生，您将立即返回大唐。看来，很有效果。"

# 拉萨　布达拉宫
## 猪年五月二十三日
## 711 年

几天之后，在灿烂的阳光下，宫廷卫队佩戴的武器闪闪发亮。在政府办公大楼前的庭院里已搭建好一座木头平台。在特殊的日子里，王室家族或政府官员照例在这里向臣民百姓宣布重大决定。平台不远处站立着尚赞咄，他望着那一支旗手队伍，他们紧握着代表各部落著名家族的彩旗，站在通向平台的道路两旁，十分壮观，映衬在后面的则是在明媚春天的阳光下宫殿雪白的围墙。头顶上是洒满阳光的湛蓝天空，各色彩旗在微风中飘动，飒飒作响。尚赞咄眼中呈现的却是一幕令人烦恼的景象。

太阳和天空徒然地欲让人们感到融融的春意，周遭的气氛却是一派冰凉。围站在尚赞咄四周的大臣议事会成员都沉默不语，目光却在两座门之间扫来扫去，从一座门之中将走出王室家族，另一座门则通向山坡下面的城市。通常情况下，如果召集百姓们来参加，守门人就得忙于招架由城里涌来的人流。但今天，无论是从入口处或是在宫门口，哪儿都听不到什么声音。如果不是微风把山坡下百姓住房烟囱里冒出的难闻的烧牦牛粪的气味传过来，人们几乎会以为这是一座死城。

只有几个最穷困潦倒的乞丐，头发蓬乱，身上长满了虱子，躲到宫墙的背阴处，他们都饿得半死，已顾不得什么脸面和抗争，他们希望来这里讨到一小袋糌粑，他们最盼望大麦粉，在这类场合会布施此类食物。在分发布施之前，他们多半会发出哀求声，以此引起人们的注意。然而，这一次连他们也默然不语。就连天空中乌鸦的聒噪和城中居民们习以为常的狗叫声也未能带来一丝儿生气。这个城市哑然无声。尽管已派出官员向百姓宣谕，但百姓们避而不来，这最清楚不过地向大唐公主表明，她在这里是多么不受欢迎。

这种沉默状况令尚赞咄再也无法忍受，他便命令一个下属去打听王室的情形，并且向他们通报，再等下去已毫无意义，因为百姓不会再来人了。赤玛伦他们已经和金城一道写好了致中国皇帝的至关重要的信件，信中清楚地解释了导致唐军占领金城陪嫁地的不妥之处，现在需要大声宣读这封信函，并且宣告金城订婚一事。

尚赞咄向中国使节望去，经过激烈争辩他已经成功地说服了尚赞咄，那囊氏既不能被宣布为未婚妻，也不能宣布为未来的王后，她压根儿就不应该出席仪式。为了避免不必要的枝节，尚赞咄把这一决定加以扩展，赤都松的所有遗孀均不出席仪式，理由是，这样做可以给王位继承人的母后以殊荣，证明只有她才配得上这份荣耀。尚赞咄打量了一下大唐使节，只见他头戴一顶黑色棉布帽，这表示出他的高官身份，只是帽上缀有一颗贵重的宝石，从背后看，帽子后方有两根很长的直直的花翎，垂在灰色的丝质官服上。这使他看起来似乎像一只昆虫，但他更是一只狡猾的狐狸。尚赞咄不得不承认，这位大人不愧为一位外交家，遇到什么问题都成竹在胸，有办法对付。他很想知道，使节将怎么向公主解释臣民的这种规避态度。也许他正一门心思用他那喷了香水的手绢去驱散从下面飘上来的烟雾，因而还没有注意到周围的气氛。他正在这么暗中揣度时，使节转向他，微微欠身向他致意，也许是使节注意到这位大臣审视的目光了吧。使节这一举动意在表示心中的满意，然而，就在

**D**

这一瞬间，一阵剧痛使他不寒而栗，脸上的表情变为苦不堪言的怪相，他用双手和手绢捂住耳朵，但毫无用处，因为这时突然响起了震耳欲聋的号角声，宣告王室成员驾到。

　　涂上红漆的硕大无比的大门轧轧作响地打开了，滚动着的声音盖过了号角声。从门内的暗处缓缓走出的正是王祖母赤玛伦那高贵的高大身影，和通常一样，她身穿用贵重绸缎和毛皮滚边的藏袍。她眯了一下眼睛，把手放在眉毛上方，甚至往后退了一步，为的是在阴凉处看得更清楚一些。只是周围站的人无法判断，究竟是突然面对神圣场面抑或是内宫里空空如也的情景令她感到惶惑。她垂下了遮挡阳光的手，抓起自己的孙子麦阿充。她重又挺直了身子，领着宫廷一行人坚定前行。她走下阶梯，从列队的旗手们面前经过，迈向平台的粗糙的木梯。她像通常那样威严地迈开步伐，仿佛并不注意贴近她跟跄前行的又小又苍白的男孩。他试图学祖母的样子，迈出威严的步子，但由于穿的衣服太大而无法做到。他万般无奈地试着用那只空着的手把笨重的绸缎礼服撩起来，这件衣服是他父亲的遗物。

　　赞姆多出自只有她自己知晓的原因，拒绝把这件礼服作为陪葬品葬入墓中。今天，她把这珍贵的衣物赠送给儿子，赞姆多拿一条镶了银饰的、很大的红皮带在他身上裹了好几道，直到他快出不来了才罢手。今天早上她又把丈夫遗留的镶有各种贵重镶嵌品的佩剑送到他房里，还告诫他说，别把这件对他来说过于大了的武器别在腰带上。

　　一种崇高的意识完全占据了麦阿充的心，以至忘记了那囊氏的存在，她怒气冲冲咒骂着离开了房间，此事母子二人都没有注意。赞姆多庆幸自己的计谋成功了。她太清楚儿子是多么虚荣了。因此，她下大工夫来帮忙，细心地为他梳理辫子，往上面抹从印度运来的新鲜的莲花油，还仔细地把一些人造的发束盘进发髻，很艺术地把头发拢在头顶上，然后用一根很漂亮的银别针把头发固定在一起，这根别针镶嵌着绿宝石，形如喷发的火焰状。赞姆多对儿子说，这是赤都松送给她的礼物，当时他正要出发去姜地，她告诉丈夫，自己已怀了孩子。父亲肯定和她一样，期待着未出生的孩子日后在一切方面都向他看齐。麦阿充对母亲的这些话并没有多大兴趣，因为，他正集中精力使头颅保持端正，不要偏往一边，以免头上的绿宝石饰物滑落下来。没错，他感到自己很风光，很了不起，已经南面称王了。

"您会看到，"他充满自豪兴冲冲地对母亲说："所有的人都应看到，有朝一日我会成为和我父亲同样伟大的赞普。所有人都会看到这一天！正因为这样，我不仅需要头戴王符，还要手持宝剑，这会令你们吃惊！"他出于一种幼稚的自满心理坚持要戴上佩剑，母亲最后让人照他的意思办，她心里想，这总比他因为不让那囊氏出席庆祝仪式大闹一场强。

现在，他不得不承认母亲说得对，她曾警告他，佩剑太长，会绊他的腿，这样就会摔倒，招来人们的耻笑。那些目光呆滞的旗手们、列队的士兵们不是已经在嘲笑他了吗？他生气地想，不用怕，这些人看到孩子般的王位继承人身穿过于肥大的不合体的衣服、东摇西晃地往前迈步，随时都会爆发出震耳的哄笑声。他甚至以为已经听到，跟在他身后的赞姆多、他的未婚妻金城以及侍女们都在哧哧地窃笑。想到这些，他的脸色越发阴沉，对着阶梯，他觉得简直没有办法上去，每走一步，他就越加气恼。赤玛伦为什么不像平常那样好好地帮他，却是死命抓住他呢？难道说她没有发现他陷入多么困难的境地吗？

尚赞咄眼见这种糟糕的情况，心里越来越恼火。眼前的一切都使他想起杂耍演员，过去宫里每逢节日常常上演这类节目。就连公主也是浓妆艳抹，打扮得过分。跟在装束简朴的赤玛伦身后，和赞

**103**

姆多并肩而行，显得十分可笑。在一起你一句我一句地凑着写信时，他已经发觉公主东挑西捡地找衣服时可能选错了。由于当时注意力都集中在写信上面，因而没有多想。如今他有工夫仔细观察，公主走下白色的阶梯时，姿态优雅，刻意显得尊贵，她是怎么会想到选这么一件大袍子呢？款式固然是仿照西藏女人的服装，料子用了极贵重的锦缎，但却选择了刺目的大红色。这种颜色是大唐新婚女子特用的。

当然啦，他自己当时为什么没有想到，公主正是为了以新娘的身份出场而准备的。这种袍子按藏装的样式剪裁，但颜色太怪了，领口滚上白色雪豹皮做的边，还缝上了五彩的花边，这是典型的西藏女装。用意是好的，这一点大家都看得到，但在眼下这个时刻，选择这样一件极富异邦情调的婚礼服却是不恰当的。尚赞咄对公主的好感毕竟胜过他因公主穿着不当引起的不快。

他禁不住自己的目光从珊瑚和琥珀做成的项链往下滑，直到她胸前佩戴的装有护身符的小匣子。他记起在那下面掩藏着远比这物件可爱的宝物，那一对雪白的小小的花蕊远比这个圣物华美，比他生平所见过的一切饰物都要华美。她在里面藏着什么呢？对她来说，什么才重要呢？世上所有的人，连最穷困的人脖子上都挂着这种小袋子，里面装着形形色色的不同成分的东西，头发啦，牙齿啦，骨头啦，花草啦等等难以叫出名字来的零七八碎的东西。他们总是随身带着这种护身符，为的是不受世上邪恶力量的侵害。就连他本人也在胸前佩戴着一个小银匣。自从那个值得纪念的早晨，他在匣子里收藏起了另外的圣物。

尚赞咄从一个痴心者的梦中惊醒过来，要求自己恢复常态。你难道除了傻呆呆地站在这里张着嘴傻看就没事可做了吗？他强迫自己收回目光，摆脱那个甜蜜的梦境。但作用不大，因为他的思想仍然紧系在他胸中珍藏的圣物上面，难以割舍。显然，公主的华美头饰令他心醉神迷，不由得记起，他在自己的枕头上发现了公主的三根头发，他把它们卷在一起放进自己胸前的护身符小匣子里。直到今天，束发丝带的余香犹在，它曾垂在他的肩上。今天，这丝带末梢是梳成很美的半月形，丝巾的光角向上，硕大的绿宝石装点成天上的星星，再用琥珀和宝石串成链子松松地连在一起，摇曳生姿。在耳朵上面插有两朵鲜艳的花，恰似珠宝。这是一幅多么美妙的景象啊！恐怕每个人都得说，这是一个人们碰到过的最美丽、最令人渴望的女人！这是一位完美无暇的天仙美女。圆圆的惹人心疼的脸庞，肌肤白皙，这一切都曾令他堕入幻想。他多么愿意拜倒在她的脚下！只要她不拒绝，我甘愿冒闯下乱子的风险。

是啊，如果我更年轻些，我就能教她学会爱我。如今，年龄大不仅使我变丑，同时也教我凡事要三思而行，多么可惜可叹！不同年龄的差距随着岁月流逝而日益明显，教会他办事要考虑责任，要把国家利益摆在个人得失之上，不干蠢事，公主从他身边走过，她那由珊瑚和绿宝石做成的长长的耳坠在微微的春风里轻轻作响，她身上散发出常有的牡丹花香，这一切一切使他逐渐清醒过来。你这个老傻瓜！他暗自责怪自己，你竟然为这种不切实际、无法实现的美梦所惑而想入非非！虚假的幻象原本出自魔鬼世界，不难看穿，在头饰上做文章玩弄的正是虚荣的把戏，佩戴者好像多么高兴似的，其实，这些珠光宝气的头饰佩戴者面色煞白，因为饰物很重，只得万分小心她才能保持身体的端庄。

赞姆多，神情庄重，穿戴朴素，和身旁的公主相比，简直就像个多日不曾洗澡的乞丐。但她似乎不嫉妒任何人。她心里怀着几分做母亲的担忧，也为新赢得的地位而自豪，她帮扶着金城，自今日起金城就是她的儿媳了。尚赞咄心里又是一阵发紧。就本心而论，他多么愿意把这位属于那个未知世界的美好人儿抱在怀里啊！但愿能把她引开，不让她目睹眼前这场令人羞愧的节日的可恶景象。她该会多么失望啊！这种被轻视的感觉令她难受。百姓们的回避态度业已证明这一点，宫廷以怠慢的态度对待确认公主为未来王后的大

**D**

105

事，同样证明了这一点。公主准备参加的是一场节日的庆典。她感觉很不自在，因为她未来的夫婿那副尊容令她伤心。那还是一个跌跌绊绊被宠惯坏了的小男孩啊！

除了公主，还有一个人忿忿不平地看着这一行人走过，那就是桑希，他已断定，自己对心爱的公主未来的夫君一点也不喜欢。他说不出理由，因为他压根儿不认识他。但是，当他想到，就是这个人将把公主抢走，他心里顿时妒火中烧。公主沿着阶梯款款地走下来，样子多么美，多么漂亮，而在她前面，这位年轻的王位继承人一幅呆头傻脑的模样，趾高气扬地走过，看到这里，他怒不可遏。这就是所谓的王子！任何人一眼就能看穿，这是一个软弱无能的家伙。从外形就能断定，这是一个不爱动的人。他那圆滚滚的轮廓，软绵绵的、像女人一样鼓起来的皮肤表明他爱吃甜食。这是一个娇生惯养的，没有调教好的小家伙。人们管不了他，听凭他穿着过长过大的衣服。这是一个油头粉面、自以为有多了不起的家伙。

桑希暗下决心，麦阿充不配让他伺候，更不消说得到公主了。桑希的脸上浮出幸灾乐祸的嘲笑，因为他看见这件过大的衣服使得麦阿充行动不便，那把长剑在他的两腿之间磕磕绊绊。桑希还看到王祖母很不耐烦，死死地抓住他，阻止他撩起衣服握住剑。赤玛伦的那只有指涡的洁白的手像铁链一样紧紧握住麦阿充的手，让他动弹不得。桑希突然间难过得要命，目光死盯着这只紧抓的手。他心里很乱，各种念头纷至沓来，这些洁白的指涡突然化为一道白光将他周身照亮，令他心中的恶念转为无限的怜悯。他试着同心中锥心的痛作斗争。这时，他意识到笼罩在这一行人头上的威胁。直到此刻，他才由于这道白光认识到，眼前的一切是怎么一回事。他看到公主好不容易走过了这段路，看到众人在周围恶意地冷笑，他感受到那充满敌意的气氛。

他心里非常难过。他有生以来头一次感受到了这种令他感到的痛苦，然而并非他自身的痛苦。莫非这就是苏发严对他讲过的同情之苦？自从父母去世后，他总是从老人那儿寻求安慰。他曾一再流泪苦苦哀求老人："我该做什么才能化解心中的痛苦啊？"

"你的痛苦么？"这位智慧的老人反问他。他听后暴躁地回答："当然是我的痛苦，不然会是谁的呢？"他羞愧地回想起僧人对他的教诲："你可以想想身边其他人的痛苦。比如说，想一下公主或者佩玛的痛苦，她们两人几乎被人害死。你想想朋友的、敌人的，简而言之一句话，想想你周围一切生灵的痛苦。如果所有别的人都在受苦，而只有你幸福，你觉得这样对吗？"桑希垂下头，悔悟地说："那么，我能为此做些什么呢？"

"人们可以努力设身处地去感受别人的痛苦，这样也许就能找到通往幸福的路。首先你得有这个愿望，要推己及人，愿人人都能和自己一样摆脱痛苦。"推己及人，桑希想，对公主他很容易做到，对严厉的佩玛，做起来已经有点困难，至于说王位继承人，我才不想滥施同情呐。相反，人们已规定了要他伺候他，和他一起玩耍，他心里早就窝了一肚子火。苏发严老人已经一再叮咛他，这是一桩重要的任务，而且告诫他，克服自身的痛苦已非简单易行的事。突然之间，他明白了那道白光意味着什么，这是菩萨第一次考验他。他立即念起了苏发严教给他的六字大明咒"唵嘛呢叭咪吽"，他希望这道咒语①能给他以启示。

因为他看出有件事很快将会发生。在他想象中似乎出现了这可怕的一幕：王子绊倒在地，公主晕了过去。他绝望地考虑着该如何出面搭救，又不至于令王子难堪呢？王子已走到他的近旁，长袍长剑缠在一起，处境相当不妙，他这一身穿戴，休想登上陡直的阶梯，非摔倒不可，那样的话，好不容易低落下去的笑声定会变为震耳欲聋的嘲笑声。不，决不能把这种事强加到他的公主头上。

---

① 该咒语名曼怛罗—"mantra"，即以上所引六字大明咒，为印度教和藏传佛教修持语。——译注

　　刹那间，桑希已奔向王室一行人，也没有人阻拦他。守卫的士兵出于好意让他站在队列前面，以便让他看得清楚一点，此刻，卫兵们见状大骂，拼命喊叫，然而，人们还未来得及拦住他，他已经扑倒在赤玛伦和王子的脚下，还没有得到他们允许便立起身来，开始以他得心应手的方式，即用舞蹈方式去吸引众人。一开始，还有人想阻拦他，但很快人们就围在他身旁，十分惊奇地微笑着看他的表演。这期间，王子有了足够的工夫把缠在一起的衣服和长剑整理好。他除了对桑希的舞技着迷外，也立即对他产生了好感。桑希舞毕，大家报以热烈的掌声，他过去只在普通观众面前才受到如此热烈的欢迎。大家和艺术家一道为驱散了冰冷的气氛而庆幸。桑希在赤玛伦和王子面前躬身施礼致意。

　　"尊敬的王子！"桑希极为谦恭地说道："这是我的女主人金城对您的一番心意。她希望在下从今天开始听从您的吩咐。我斗胆提议，如蒙恩准，我想托起您的衣服的后摆，伴您走上平台，我的家乡当皇上身穿龙袍行走时，通常就是这种做法。"

　　麦阿充听了十分入耳，也因解除了困难而感到轻松。他特意做出一幅威严的表情，以一种体恤下情的口吻说："那么好吧！看来可以用你。如果这合乎你家乡的礼仪，日后我将向公主道谢。"

　　挣脱开祖母紧握住他的手，又由灵巧的桑希陪伴，为他托住衣服后摆，扶住长剑，他毫不费力地登上了观礼台。

　　尚赞咄松了一口气，向吹号者示意开始，随即长号筒发出低沉的呜咽声，它的回音传布开来，大地为之震颤，人们担心再也无法回复原来的平静。尚赞咄耐心等待，直到号角声停了下来，静立的众人还没有把注意力转移过来，他伸出右臂，手掌向上，走到女摄政赤玛伦、公主、赞姆多、王储和大臣议事会成员面前，躬身施礼，并且扬起双手转向观礼台下面的众人，开始向他们宣讲，其实大家已经知道他要讲些什么，即：唐朝人已经入侵黄河九曲那片土地。这是大唐皇帝中宗赐给金城公主的陪嫁。此事之所以发生，是因为唐朝那边不知道原委。正因如此，我们尊贵的公主亲笔修书，以便排除这一过失。

尚赞咄讲到此处，停顿下来，金城把她的信函交给大唐驻藏使节，让他向听众把信件译成藏语。使节接过公主用娟秀的字体写在绢轴上的信函，遵照藏地风俗，像尚赞咄那样伸出手臂开始大声宣读金城的信函：

恭奉拜启人，大唐公主金城，谨书于拉萨吐蕃普赞宫廷，吾皇睿宗二年（711年）立夏后二日午时（5月23日）：

威震四海的圣明陛下，巍巍天子吾皇，愿您君临天下，皇威浩荡，谨致祝福，您是各民族的伟大的君父、黄土地的主宰、上天之子、崇高的皇帝唐睿宗，您出自李氏皇族、吾祖父之皇弟、吾亲爱的恩人中宗的皇弟。祝陛下万寿无疆，永治天下万民。

敬谨致意于陛下，您仁惠爱民，臣民无不恭顺，使君臣同心，如天地之一体，陛下之伟大仁爱和明察秋毫令万民赞颂，谨以陛下之侄女向陛下恳请公正无私之圣裁。兹奉陈如下，以澄清此可怕的误会。陛下之名为玄表之督护将军因误会调动军队侵入"黄河九曲"地区。这块地方实乃仁慈的中宗赐予之陪嫁。恳祈判断，此举不仅以不当方式侵犯了我的私产、我的婚嫁财产，也破坏了我出发来藏之前不久订立的和平协议。我辈闻知此讯十分沮丧，但不愿相信，这一背信及破坏和亲之举，其实际经过为陛下所知晓，因此，祈请陛下赐允，我斗胆向您陈明此事。

吐蕃伟大的国王芒松芒赞乃松赞干布之孙，系依照其祖父及大唐公主文成王妃的精神培养起来的一代明君，他的寡妻赤玛伦作为当今吐蕃之女君主，赤玛伦之兄弟尚赞咄，即亲自赴洛阳为我请婚并订立和亲契约的吐蕃大臣，首先要让您了解，时至今日我尚未能与王位继承人成婚之真实情况，他二人均向我郑重承诺，在此之前，不采取报复行动。

事实经过是，在我同预订的未婚夫一道来拉萨的路上，他受剑伤死亡，在此之前我们自然来不及结婚。我护送他的遗体到拉萨，哀悼期尚未结束。王子深受民众爱戴，为避免激怒民众，所以要等正式安葬他之后才安排我同王位继承人麦阿充成婚。对江擦之亡故我非常伤心，因为我和他相处得非常融洽。我请求婚礼推迟举行，因为麦阿充十分年幼，刚满七岁，所以这边对于成婚之事并不着急。在这里人们对我很尊重，合乎对一位未来王妃的体统。公开宣布我为麦阿充之第一王妃的仪式业已举行。

照我看来，没有理由出面干预我现今的人民，占领黄河九曲之地。

我希望，您能理解我这样行事的原因。我请求您，审度当前的不幸局面，安排撤出军队。我等深信您之明鉴，并诚祈天上诸神对您加以护佑。我恳祈列祖列宗赐福予您，望能以您慈悲之心接待奉函于陛下之使节……

下面还有一些套话，但渐渐被集会者不满的嘟哝声所淹没。从一片不满之声里可以听出这些恶意的话："全都是些华而不实、装模作样的话。"其他人随声附和，说这全都是多余的话，是夸大其词，是拍马屁。人们应该直截了当向唐人表明，就得痛揍他们，这些个背誓者不配得到别的待遇。

声浪越来越高，为了阻止群众闹事，赤玛伦明白她展示权威作用的时刻来到了。她走到平台旁边的木梯口，极富表现力地把双臂伸向上苍。

人群见状安静了下来，她以铿锵有力的声音讲道："我，没庐氏、赤玛伦，芒松芒赞国王的寡妻，呼唤天上众神和列祖列宗出来作证，恳请你们为我们选出的未来的国王麦阿充赐福。保佑我儿子赤都松的儿子麦阿充以及他高贵的妻子琛氏赞姆多。"

她说完这些话，有人送上银质的献祭杯，内盛"青稞酒"，赤玛伦向所有方向弹射酒浆，周围的人们按往常的习惯要发出欢呼声，此次仅仅是未失礼貌而已。接着，赤玛伦又不慌不忙地把酒杯交给侍女，然后又重新向上天祝告，她的孙子不久即将同未来的王妃、大唐公主金城成婚。她请求上天对此加以保护赐福，又让人重新递给她两杯以供敬祭。不同的是，这次向四方弹射的是牛奶。但与会者的欢呼声却停了下来，如若没有大唐使节和公主的随从们发出几声胆怯的掌声，几乎要一片沉寂了。

而王子本人连一丝儿微笑都不曾露出，见此情况，桑希十分懊恼，悔不该刚才为这个黑着脸瞪视前方的王子效劳。毫无疑问，王子不喜欢公主。指望他面呈笑容怕是难为他了。在这种情况下，他还能按照苏严发老人解说的那样经受住佛祖的特殊考验吗？他会借此学会克服世上的痛苦吗？他带着几分自我陶醉地想，今天，他有能力不仅仅是感受自身的痛苦。他很想知道，公主和苏严发对他的义勇之举作何感想。

D 111

# 拉萨　小召寺
## 鼠年九月
## 712 年

去年夏天唐军已从黄河九曲之地撤出，金诚以为人们对她致力于和平的努力总该加以认可，但她只是徒然地等待，人们毫无表示。她还希望，在她进行宫中拜见时，人们多少会表示欢迎和感谢，同样令她失望。赤玛伦对她态度亲切，赞姆多和尚赞咄都对她非常友善，但大臣们和政府高官们对她仍是退避三舍。绛妃依然陷入悲伤之中难以自拔，而且疾病缠身。那囊氏每次见面都对她恶语相向。她的未婚夫仍在那囊氏控制之下，几乎没有什么友好的表示。相反，他连起码的礼貌都不顾，黑着脸望着前方从不看她的脸，不得已和她在一起时，就是这副模样。

他还是一个未成年的孩子，她并不计较他，只希望他日后能够改变。在拉萨各种谣言四处流传，这种政治形势，确实也无助于人们增加对金城的好感。

人们时不时地抱怨，说大唐人太傲慢。吐蕃的使节奉命向大唐皇帝呈送公主信函，竟遭傲慢的将军张玄表怠慢，消息传来，群情激愤。如果事情果真如藏人所说，他们生气是完全可以理解的。然而，报信的使节却完全站在大唐将军一边。

使节压低了声音，对公主耳语，因为他担心有人偷听谈话。他说："人们恼怒，别有原因。我们已经打听到，西藏人虽然已经承认黄河为界，但他们打算在河上架桥，为的是在河对岸建立居民点。谁也不能怪罪这位警觉的将军出面阻止此事。赤玛伦的士兵们对此一口否认，认为这是弥天大谎。而事实上，建桥的木料和别的材料都已经码放在河边。当人们质问他们时，他们的回答蛮不讲理，厚颜无耻，以至于我不便向您这样尊贵的人重复。总之，请相信我，他们的话极不得体、极其放肆。他们在致皇帝的信中竟然称我大唐帝国为'敌国'，狂妄之极。您不难想象，这种用语终于使这种紧张对峙之局面导致战火重燃。您可以想象，让我国将领采取克制态度，根据睿宗的旨意撤出军队有多么困难。"

使节讲到这里，非常生气，突然停了下来。金城这时也没有了主意，往后靠在座位上，她想静下来思忖一番，但心潮起伏，哪能平静。她回答道："问题不在于他们使用了'敌国'这个可恨的词，我听了当然也非常刺耳。我们对这个国家的礼仪风俗知之甚少，对他们的外交运作更是毫无了解。因此，去向他们说明这个词多么伤人毫无用处。相反，他们编造出各种对唐朝不利的故事，用他们杜撰出来的所谓恶行，把我当作替罪羊给我抹黑，这是他们的如意算盘。"

"您在宫里还有一些得力的朋友，他们会保护您。"使节安慰公主道。

公主听使节这样鼓励她，心怀感激地莞尔一笑。她心神不宁地告诉他："您大概把我的未婚夫忘记了，这位年幼的王位继承人，经常一副忿忿不平的样子，好像要用他父亲那把对他来说长长的弯刀把我刺死。"他们两人对此情形止不住笑了起来。使节说："您不能拿他太当真。我也经历过他另一面的表现，我是指他和桑希呆在一起的时候。"

"您注意观察过他吗？请讲讲看！"金城急忙要求使节。使节自然乐于说明："桑希经过长途跋涉，历经死里逃生的局面，见多识

广，这令幼主十分佩服，这将有益于他的成长。虽说他并不喜欢来自中国的和亲公主们，却居然和桑希一起兴致勃勃地学习写我们的汉字，那囊氏对此非常恼恨，因为这样一来，他就没有时间陪伴她了。"

使节和金城彼此心照不宣地眨了一下眼睛，使节则接着往下说：

"我可以亲自作证，我们这位年轻的朋友已经对王子产生了好影响。有一次，我到宫里去，几位大臣恶作剧要请我吃饭。端上来的菜有煎乳鸽。他们明明知道我们佛教徒不吃肉，这么做显然是在寻衅，想以此来引诱我。我态度友好地谢绝了他们的'美意'，告诉他们，根据我们的教义，杀害动物是罪过，因为生灵和我们人一样有权生存。这时，孩子们在一旁玩耍，其中也有王子和桑希。他们留心偷听大人们的谈话，我在走过他们身旁时，听到他们在辩论，把虫子和臭虫拿脚踩，整治它们是否也算罪过呢？我很好奇，不知答案如何。我放慢了脚步，看见桑希从藏袍里取出《佛陀圣言》，选出适合的几条来念。我看到王子全神贯注地听着，这真叫人高兴。和我一样看到这一幕的那几位作弄人的先生们也神色大变。他们固然看到王子从那囊氏和赞姆多的'石榴裙下'挣脱了出来，但是又害怕，他会不会在桑希的影响下走上一条追随达摩的道路呢？"

当使节告退时，金城想到了桑希，这是一个多么聪明、重情义而又勇敢的小孩啊！他如今已很少来看金城，来了话也很少，显得长大了，他们进行无拘无束的交往比较难了。对此，苏发严老人非常满意。谈到桑希的进步，对于他在订婚大典上的出色表现尤为高兴。金城对老人家说，很想念自己在寂寞日子里的游伴。苏发严每次都提醒她，要好好想想，王子正在向好的方面转变，他通过桑希进一步了解新的教义，和这一前景比较起来，她的损失就显得微不足道了。

## 拉萨　小昭寺
## 布达拉宫　大昭寺
### 鼠年十一月
### 712 年

**灰**蒙蒙的天气一天接一天，长得没有尽头。金城打发日子的办法是学习和练习背诵难学的藏文。她和宫里的生活越来越疏远，不免感到失望。现在，她就在弯腰阅读经板，这需要全神贯注。迟迟没有觉察到她宫室外面庭院里发生的事。

"公主不愿被人打扰！"她听到佩玛生气地对某人说。这人的回答非常粗鲁，而且是公事公办的口吻。公主闻言，立即唤起童年时可怕的回忆，吓得想要逃跑。但房门已打开，佩玛气得满脸通红，围裙也滑脱了，出现在门口，她被一个彪悍的男人粗鲁地推向一旁。这个王室的武士身躯高大，身着皮衣、毛领和铠甲，威风凛凛，单凭外形就足以令人畏惧了。金城吓得屏住了呼吸，因为武士向她伸出了手臂。她突然想到，自己误会了他，她明白这是她尚未习惯的下属向上面致意的手势，接下来才是躬身施礼。

"启禀公主，请您原谅我们强行闯入，由于您手下的侍女们顽强阻拦，我们还来不及向您报告，您必须跟我们来，女君主……"

说到这里，武士强忍住哭腔，"赤玛伦死了！"

金城听到这里跳了起来，失去了主意。武士继续向她报告："我们为您带过来一匹马。在这种情况下，您坐轿子太慢了。"

人们还想到为金城带来一件士兵们穿的那种皮袍，以免出行时被人认出来。这是不是再一次诱骗劫持她的借口呢？她还来不及细想，就已经骑在马上，被士兵们夹在中间行进在灯影稀疏、十一月阴冷潮湿的黑夜里了。原来拥挤喧闹的街巷如今空无一人，给人以鬼影出没的感觉。没有发现有什么人要在这里谋害公主。一行人往山上走，向着山顶宫殿行进。面前出现一大群痛哭失声的人们，士兵们高举马鞭抽打着马队极其困难地穿过人群。

金城感到心惊胆颤，仿佛每一鞭都抽打在她的身上。金城这时必须加倍小心，以防挤在人群里被分外兴奋的马掀倒下来，同时也不要让披在身上的皮袍滑脱而被众人认出来。她这么往前走，就像一个俘虏，一个被追逐的罪犯。好不容易，终于来到主殿前，人们把她从大汗淋漓的马上接了下来。

通向赤玛伦居所的道路两旁点上了香烛，站满了正在痛哭的宫中居民们。金城垂下目光，慢慢认出了这条路。当她止步于一间房门洞开的屋子时，举目望去，一幅多么伤心惨目的情景！无数的火把在翻飞，中间是无数个圆钵，内盛牦牛油，插在其中的柳树枝熊熊燃烧，喷出烈焰，浓烟滚滚。巫师围着赤玛伦的床跳来跳去，口中念念有词，发出可怕的咒语。他发出各式各样的人们听不懂的声音，同时摇动手鼓和铜钹，令人闻之心惊。金城感到他的动作毫无规律，笨拙僵硬，踉踉跄跄，任意摇摆。看来，他灌了不少青稞酒，他还时不时地往火里噗噗地喷酒。

金城恨不得扭转身离开这里，但紧挨在两旁的士兵明确地示意她走向亡故者的床前，那里，宫里的侍女们、官员们、尚赞咄、那囊氏拉着王子都垂头而立，尚赞咄那刻满皱纹的脸上泪流不止，他离开众人，走过来拉住金城的手走到赤玛伦静卧的床头，让她和赤玛伦告别。金城弯下身去，亲吻赤玛伦带着戒指的、骨节粗壮的手，金城看到，老人容颜安详。金城直起身，再端详一下老人的脸，她那轮廓分明的上唇上的黑色汗毛引起了她的注意，过去从来不曾看到过啊！金城灵机一动，把头弯下去，贴近死者的脸，使人感到她好像是去亲吻死者的额头。她斜眼望了一眼她唇上暗黑的汗毛茬子，长出这么长的茬子，至少需要三至四天。另外，还有别的事也令她顿生疑窦。死者的嘴边发出一股苦杏味。她暗自吃惊，直起身来，难道说女王是被人谋害的吗？她疑惑不解地寻找尚赞咄的目光，而他，由于痛苦只是不停地搓着双手，默然而立。

"怎么会发生这种事？"由于全副武装的士兵就在身旁，她压低了声音问道。

"侍女们早上发现她时已是这样了。"尚赞咄非常吃力地这样措词。金城想到唇毛，对自己的发现激动不已，她觉得必须把自己心里的想法透露给他。

"今天早上吗？"她以怀疑的口气问。尚赞咄微微一晃头，然后又点头，并用手势提醒她注意围在床边的人们，要她切莫做声。金城由于身处逆境，现已成熟起来。她走到抽泣着的赞姆多身旁，这是唯一不会拒绝她的由衷关切的人，她希望如此。她无言地静立在这位和善的女人身旁，心里还在想，除非是重病缠身，赤玛伦决不会容许自己脸上有这样的汗毛茬子。金城的心思完全陷入这类念头之中，以至于她完全忽略了身边的苯教巫师做出的可怕的表演。突然，身披羽毛袍子的巫师停顿下来休息，呷几口酒提神，这时，金城听到赤玛伦的小狗的呜呜声。它一直卧在死者身边，小狗像人一样，暗自哭泣，哭声很低，以至当巫师发出喧闹声时，没有人听到小狗的声音，这声音深深地打动了金城，她俯下身去轻轻地抚摸它。她想起了自己曾经对赤玛伦有过承诺，稍候片刻，让小狗认出她来，然后，她把小狗揽在自己的臂弯中。

**D**

**117**

整整两天两夜，人们守护在赤玛伦身边，期间仅有若干次很短的饮茶休息。渐渐地，人们的泪流尽了，大家都已精疲力竭了。第三天早上，运尸人来了，把她抬到大昭寺去。她被停放在大昭寺金色大厅，也就是松赞干布王的尼泊尔王妃赤尊公主的宫里，一直存放到来年冬季，再把她送到雅砻河谷她丈夫芒松芒赞的墓地，走完人生最后的路程。以呜咽的螺号队伍为先导，王室家族成员和宫廷工作人员护送遗体下山，前往那座圣殿。夜里下了第一场雪，此刻，大团大团的雪花仍然扑到悲痛的护送者脸上，打在吹号者的鼓起的面颊上，雪花也落在站在泥泞的道路两旁的人们身上。他们纷纷挤到尚未合盖的棺木旁，为的是哪怕再看看亲爱的女王最后一眼，或者，哪怕是能用手摸到她的衣裳的一个边也好。

金城因守护死者已筋疲力尽，而且浑身湿透，因为正午的雪花使得雨伞已毫无用处。当人们爬上大昭寺陡直的阶梯，到达赤尊公主的宫室并将棺木放下时，金城心里盼着终于可以返回不远处的小昭寺去了。不料，尚赞咄走到她身边，示意她留下。

"公主！"尚赞咄十分急切地小声对公主说："您现在需要再一次表现出勇敢精神，对即将发生的事给予谅解。对您这么要求，不免苛刻，但要请您原谅，我实在是出于无奈，是为了保护您，在目前我国各部族之间的紧张局面下，只能这么做，对您自然有所伤害。"

金城听了他的话只感到浑身发冷，心烦意乱，因为，她根本不明白他说的是什么。但是，她没有机会也没有力量向他细问原由。她只能相信他。宫廷里的人们这时分成几个小堆，等候向女王赤玛伦作最后的告别。一行人依次登上一个露台，露台后面是一间装饰得富丽堂皇的厅堂，屋顶上琉璃瓦金光闪耀，赤玛伦的遗体在这里停厝。在红山顶上，从这里望去，四周由高山环抱，本来景色十分壮观，但今天红山隐没在纷纷扬扬的漫天大雪之中。这种时候，人们也无心去欣赏美景。

从山坡下面，大昭寺的大门外，传来人们的哭喊声。尚赞咄看了看身边这群悼亡的人们，挽起金城的手臂，搀住她向麦阿充走去。麦阿充已是疲惫不堪，因而心情更坏，见两人向他走来，吓得连忙后退。那囊氏顷刻之间便识破了尚赞咄的意图，金城尚未来得及站到王子身边，那囊氏便急匆匆地挽着麦阿充，从两人面前硬挤过去，她紧紧拉住麦阿充，径直向露台的护栏走去。别无办法，尚赞咄只好挽着金城紧随其后，这种组合并非他的初衷。他们朝山坡脚下望去，等着由那里传来的哭喊声渐渐平静下来。下面的人群发现了他们，尚赞咄高举双臂向着上苍，为的是让人群包括那些因极度悲伤而挥动双手的人们都安静下来。

"我们衷心爱戴的女王、敬爱的芒松芒赞国王的王后、我们敬爱的赤都松国王的母亲、我们的女君主、麦阿充王子的祖母、我亲爱的姐姐没庐氏·赤玛伦去世了。"听到这句话，下面的人群又开始放声悲号，尚赞咄紧接着提高嗓音要求大家："我，作为没庐家族的尚赞咄，作为离我们而去的女王的弟弟和首席大臣，根据议事会的意志，同样也根据已故女王的意志，自今日起成为我国各族人的统治者——摄政王。我现在宣告，根据议事会议和女王商议的决定，在女王去世后，王位由她的儿子赤都松和受尊敬的琛氏家族的赞姆多王妃的儿子麦阿充继任，现在他已被立为第三十七代赞普。"

宣布之后，无人欢呼，连礼貌性的表示都没有。尚赞咄连忙找出适当的话来影响大家的情绪。"这是上天以他万能的智慧做出的决定。老天爷知道一切！他向新君表示祝福，也向新君的两位王妃祝福，向玛香·那囊氏王妃……"说到这里他停住了，因为他极不情愿最后才举出金城的名字。但是，他不得不顾及下面听众的不满情绪，他们听到麦阿充的事已多多少少有点赞成了，听到宣布大唐公主来当西藏王妃，难免情绪会再次激动起来。他迫不得已吞下了有损于金城的这杯苦酒，目的在于争取站在下面一动不动、张着嘴

**D**

119

向上张望的这群衣衫褴褛、情绪略微缓和的人们。他尽量让自己的声音充满自信，接着大声宣布："还有大唐金城公主，她们两位自今日起便是新赞普的合法王妃。"讲完这句话，他稍感宽慰，因为他听到下面传来几声欢呼。当然，并不热烈，更多的是表示顺从和善意。大多数人无言地躬身致意，也许是四周的武士让他们这么做的，随后便默默地向四方散去。

金城此刻神情恍惚，几乎不曾觉察到无人为她欢呼。转眼之间她已被宣布和那囊氏一同成为了王妃，而她本人居第二位。这种屈辱真可谓登峰造极，有如当头一棒，令她头晕目眩。她的神经受到极度刺激，这使得她恍若一个旁观者，而不是参与者，见证了几天来这场以喜剧收场的长剧。两个字眼在她的头脑里飞旋，砰啪作响！我的婚礼！这两个飞旋的字眼最终化为一个黑洞，将她吞噬。她感到自己不得不把一场令她窒息的恶意的哄堂大笑强咽下去。实际上，她浑身无力，精神完全崩溃了。当她醒来时，已经躺在小昭寺内自己的床上。

"您现在已经是王妃了。"佩玛的声音轻轻地在她耳边响起。听到此言，金城立即坐起身来，她在山上面，在山顶上感受到的锥心痛苦再次向她袭来。

"王妃，您在说什么王妃？"她恶狠狠地问："什么王妃？是猪圈的王妃吧！那里公猪同时爬到两个母猪身上。是野蛮人的王妃，他们不知道该怎样欢迎一位大唐公主。是骗子和杀人者的王妃。不，谢谢啦！我不要这种荣耀！你去把使节叫来，让他做好一切准备，我要立即离开。"

听了公主这番气极了的咒骂话，佩玛不免有点生气。金城有些妒忌了，她能理解，因为不管怎么说，年轻国王已经正式住在那囊妃那儿了。但是，一方面，金城并不知道此事，另外，麦阿充年龄太小，没有能力完成新婚之事。即令真是那样，大唐天子不是也有

"百花厅"，有无数女人曾在厅里过夜吗？在这里，人们也喜欢讲这类故事，有的是真事，有的是编出来的，人们从未听说过，有哪个公主因为虚荣心受损而逃跑的事。而且我们文成公主当年也是和几个女人共同拥有伟大的松赞干布。您把这个民族称为野蛮的、杀人凶手和骗子的国家，这简直是缺少教养。佩玛从未见过文成曾采取过这样的态度。这和一位高贵女性的地位不大相称。

想到这里，心中对公主的无限同情提醒她，别忘了，说到底她还不是一个女人，而是一位女孩，而她的这位女孩在最近这段日子里表现得多么勇敢啊！佩玛满含柔情地决定，不去看公主因为太过于年轻而存在的毛病。痛苦总会过去，因此，最好的办法是全当什么也没有听见。佩玛什么也没有说便离开了屋子，根本不曾想去执行这位在气头上的人发布的命令，首先让她自己慢慢平静下来。

好像有足够的时间供她打发，佩玛开始为金城的晨妆准备热水，把化妆用的各种拭巾叠了又叠，用手把它们弄平整，然后，从容不迫地做奶茶，往里面加了一份野蜂蜜，使茶更甜，加倍细心地测试洗脸盆里的水温，先放热水，后加凉的，直到她觉得所有的步骤都拖得够长了为止。

佩玛把冒着热气的脸盆尽量举得老高送了过来，这样，公主就看不见她的脸，而她自己却看得很清楚，公主坐在弄得十分凌乱的床上，坐在枕垫上，双手下垂，一脸愁苦。佩玛敏捷地转过身，背对着公主走了出去，用托盘把冒着热气的奶茶端过来。佩玛没有抬眼，走近床边，小心翼翼地把盛满奶茶的杯子放下，并没有把奶茶递给公主就走开了。这种举动不合规矩，公主正想申斥她，看见佩玛正忙于整理一捆弄乱了的东西，这是一个比较大的物件，用褪色的绿丝绒包裹着。昨天尚赞咄把它送到小昭寺这边来，公主还睡着。公主气恼地跟着佩玛的动作看。虽说她非常生气，但这个神秘的包裹引起了她的好奇心，最后实在忍不住开口发问：

"这是什么？您拿的是什么？"佩玛心里暗笑，她为了使公主转

**D**

121

移注意力而施展的计谋得逞了。她故意慢吞吞地拿着包裹走近床边。她还没有来得及完成任务，突然之间，疾如闪电，赤玛伦的小狗哼哼着从脚垫下面窜了出来，向她发出狂吠。主仆二人都大吃一惊，急忙转过身来，见到这个暴跳如雷的小坏蛋，止不住都笑了起来。

"如今至少还有一个人出来保护我！"金城开了个玩笑，并且把小狗抱在臂弯里。放下心来的佩玛这才敢于把那个神秘的包裹放在床上。

"你们互相也差不多忘了吧，此外，您还有一件珍贵的礼物。尚赞咄昨天送来的，当时您已经睡了。他不愿叫醒您。他说，这是赤玛伦交给他并规定好的，在她去世的时候，把这件东西交给您。"

尚赞咄！他怎么能这样出卖我！她绝望地回想起他那一脸忧伤的样子以及他说的话，这样一个人能会是一个骗子吗？她回想起蜂拥在殿前的人群以及他们充满敌意的喧嚣。她也想起赤玛伦和她的担心，一旦她去世，事情就会不对头。自己对这个国家里发生的事又知道多少呢？尚赞咄肯定也是没有别的办法才这么做，以免引发对她的不满。他难道不是已经暗示过这一点吗？对她而言，也只能相信自己的感情，相信他的友谊。否则，他会亲自把包裹送来吗？

公主连忙解开包裹上的带子，原来里面是一把琵琶。然而，这可不是普通的琵琶，佩玛很清楚，这是文成公主的那把月琴。能够把自己先辈的这把无比珍贵的图饰精美的乐器拿在手里，真是无比幸运啊！她不停地把玩月琴，然后在琴孔里发现有人巧妙地塞进一个纸条。这是金城写的一封信和一首诗。显然这是某人用缺少练习的汉字抄写下来的。这怎么会跑到赤玛伦手中去呢？莫非有人想在女王面前搬弄是非诋毁她吗？她读了以后暗自吃惊，原来这是她许多次心情绝望时，某一次流露出来的心里话。在那孤寂的夜晚她写下这些诗句，她写下每一行的心情至今都记忆犹新。然而，这些诗并不是写给别人看的呀！

金城经常把从祖父母那儿继承下来的一面镜子拿在手里，当她对镜而视的时候，总要问自己，从里面能否多少看见自己的父母和祖父母的模样呢？她翘起自己的鼻子和下巴，仔细端详，自己和他们有多少共同特征呢？对此，她无法回答。因为母亲也好，祖父母也好，她从来都没有见过。她只见过父亲和哥哥。她的祖父李贤是一个了不起的人物。他是女皇的次子，在他的兄长，那位在民间颇受爱戴的李弘去世后，继承了皇位。金城和哥哥难得有机会听父亲偷偷地对他们讲历史，每次听时都全神贯注。

父亲李守礼以一种天机不可泄露的口吻，不无自豪地对他们说："你们的祖父自幼年起就攻读圣贤经典。十八岁那年，他对汉朝末年的编年史《后汉书》进行了注解。在注释中一个批判性的说法被他母后武氏认为是针对她的。在他被立为太子五年之后，她终于找到了机会攻击他，人们怪罪他应该对母皇的宠臣遇害负责。抄家时，在他府里发现了大批武器，据说，他要用来策动反对皇室的叛乱。证据确凿，他被流放。也有可能，你们的祖父真有这个计划，"父亲这样推测，"因为，他对自己兄长遇害之事定要复仇。据他估计，兄长是被毒箭射死，并不是来自民间的谋杀，他让人进行调查，虽说找不出证据，但他坚信不疑，正是他母亲女皇武氏下令干的。"

李守礼和子女谈及此事时万分机密，他拿不准讲出这些会不会使自己和孩子们遭受危险。虽然他耐着性子等待她那权势熏天的祖母武墨去世，后来也等到了中宗皇帝把他父亲由流放地接回来并隆重安葬。他自己没有什么东西可以留给子女，但至少可以让他们为自己的出身而自豪。至于说，生活在洛阳宫殿里的那些亲戚们，没有值得一提的事，他们生活在强权的阴影下，惶惶然不可终日。即令是中宗即位后，情况也几乎没有变化，因为，中宗基本上落入武氏一家和他妻子韦后的掌控之中。李守礼严厉地告诫子女，听到的

**D**

123

事情决不可往外说。他们绝对不能说出祖父的名字，决不可让别人知道他们了解自己的出身历史。他们的安全和性命完全取决于不惹人注意。他本人一直这样行事。只有这样，他们才可以过上虽然简朴但却安宁的生活。

"很可惜，我只能模模糊糊地记起你们的祖父。当他被立为太子时，我刚出生。当他遭到贬黜流放四川时，我刚五岁。无论是祖母，或者我们孩子们，都不准随他前往。我们可以留在宫里，但必须和母亲分开。此后，就再也没有见过父母，也不准打听他们的情况。别人告诉我们，他们已经死了。但我们更愿相信传言，说父亲还在流放中，母亲被送到长安去当侍女。后来，听到有关父亲的消息，高宗皇帝去世后，父亲收到他亲生母亲派人赐给他的一段白绫。你们看，如果母鸡不能保护自己的鸡仔，情况会多么危险。对我和妹妹们来说，最好不要去碰过去的历史，也不要说出父母的名字。"

金城很想知道祖母后来的遭遇如何，但她不想增加父亲的精神负担。关于自己的亲生母亲，金城出生后不久她就去世了，金城连问都不敢问。有一次她怯生生地问父亲，"我和她像吗？"父亲立即陷入深深的悲痛之中，而且面呈不悦，让她离开房间。直到金城出发赴藏前夕，父亲才对她讲述了祖母凄婉动人的故事，也许是因为这和他要赠送给女儿的礼物有关吧。父亲对她说："当年在宫中生活着一位侍妾，她负责照看我们以及所有的孤儿，那些被流放、被处死的皇室亲眷留下的孩子们。有一天，肯定是在你祖父被逼自尽之后，因为我当时正好九岁，这位妇人突然走进我和其他几个男孩的住处，刚好就我一人独自在屋里，她乘机把父母留给我的一面镜子交给了我。"

啊，这面有历史意义的镜子！当时她就在手里掂量过它的份量，如今，耳畔又响起了父亲那久已飘散了的声音："当年，那位侍妾压低了声音对我说：'李守礼，如今你已长大了，可以自己保存这面镜子了。在当年那些可怕的日子里，人们拿走了你们家全部所有，你母亲求我把这面宝贵的古镜子藏起来，这是你父亲给你的生日礼物。你母亲百般恳求我，我怎么忍心拒绝呢。她还恳求我以后关照你。自那以后，我再也没有见到过她，可怜的孩子啊！'她的声音很轻，细微到几乎听不明白她说什么。'我可以断定，你母亲像你的父亲一样生活在那边，在那里人们再也不会受苦，不然的话，她总该找到办法回来向我打听，你生活得怎么样。你父母亲肯定希望，你能得到这面镜子，因为他们夫妻恩爱，也很爱自己的孩子，尤其是你。我不知道这面镜子有多重要，也看不出它有什么特别的地方，我只知道，它很珍贵。你母亲认为它有一种魔力。它会保护你。'"

李守礼第一次凝视着金城，过去他回避这么做。他把镜子交到金城手里，对她说："愿你祖母的镜子保护你。女儿啊，对我来说，这面镜子比这个金碧辉煌的宫殿里所有的东西都更珍贵。这面镜子一天还在我手中，就说明我们起码都活在世上。而你，吐蕃的未来的王妃，镜子将赐给你光辉的前程，得到比你的祖父母更好的归宿。"

自那以后，金城常把这面圆圆的镀银的青铜浇铸的镜子拿在手里，深情地抚摸着它的莲花状的镜柄，并且想象着祖母或祖父握住它的情景。在来藏的漫长旅途中，她曾反复察看镜子的背面，用手指捺压柄尾中间的凹处，这镜子也可以挂在墙上。祖母为什么说这面镜子有魔力呢？她不止一次地审视，希望从镜子背面的文字中，从那极其精巧华丽的花纹图案中，从描绘在上面的一对彩凤和带双翅的飞马图形中寻求答案，希望找出魔镜的秘密来。但她看不出什么特别的地方。飞马象征着力量和不朽，它的双翅象征着神奇的速度，它可以在天空里遨游。一对凤凰象征着幸福的婚姻。虽说，天马和鸾凤的图案以及刻在上面的字有关系，但她还是参不透它真正的含义和信息，金城感到，镜子的秘密要等到一次偶然的机会才能发现。长途漫漫，不免寂寞，一次她对着阳光拿起了镜子。镜子透光，刻在背面的字迹透到前面来，经过反射，又清清楚楚地显示在蒙古包的白色帐布上："柔能克刚"，莫非这就是魔镜的秘密所在？对于金城，魔力和生活智慧并无区别。对她来说，镜子具有另外的重要意义。镜子是和先辈之间的媒介，是她和先辈们心灵沟通的手段。借此，她就可以向先辈们倾诉自己的孤独和想法。

在那个晚上，她对着镜子哭诉自己对命运的失意和痛苦。在这样对话之后，她情不自禁地握起了笔。也是在同一天，她不假思索地写出了那些文字，而这些文字竟落在了赤玛伦的手中。

### 《镜子》

试看镜中所示，

忧然令汝悲伤。

愿能还吾故土，

路途阻且漫长，

念我亲人可好，

吾将远赴蕃乡。

当年所怀希望，

均已破碎渺茫，

蕃官何其凶悍，

吾将踟躇异邦，

魔镜所兆命运，

于今将吾欺诳。

（作者鲍里斯夫人据 1996 年纽约版《明镜》译为德文）

赤玛伦读到这些诗句时，心里会怎么看我呢？金城羞愧地这么想，连忙打开信筒，在信里没有发现赤玛伦有任何不高兴的地方，相反，赤玛伦满怀温情爱意地向她道别，并且说这首诗令她深为感动，赤玛伦急切地建议她留在西藏，不要离开，她知道，生活在这个国家将很不容易，但是……"母亲们是一个国家的福星，您将成为下一位王位继承人的母亲，我的先知这么告诉我。我本人也感到，您将成为这个国家的女王，因为，只有这样的人，她的心像蓝天一样宽广无边，她的心像高原上的无边草原一样能包容一切，这样的人才可以担当王后。预言还祝愿，您的儿子将成为这片土地上一位了不起的大人物。松赞干布的箴言书上也是这么写的，可惜它丢失了。箴言中提到了您的名字，也提到您想传布的教义。您可以问一声您自己的喇嘛神师，他们像我们一样也在寻找这份箴言书。

"要完全信任尚赞咄。他爱您，如果情况不像如今这样，他会很乐意娶您为妻。他会站在您一边，豁出性命来保护您。如果您离开西藏，则必死无疑。而您的许多追随者也会跟着您走这条死路。您在这里可以造福于您的追随者，并有益于这个国家的发展。这对我们两国之间的和平也是一个福音。您不是希望化干戈为玉帛吗？

"您要好好地待我的小狗，您答应过的。它会报答您对它的爱，就像它报答我那样。谨向您表达母亲的祝福，您也为我祈祷吧！……"

金城再也读不下去了。是的，今后，她要扩展自己的心胸，让自己的心胸像头上的蓝天和高原上无边的草原一样宽广。这颗心永远不再为这个妄自尊大的国王和他的自吹自擂的王妃所纠缠，先辈的遗言里提到的是她，金城，而不是那囊氏。人们把重任托付给她金城，而不是那囊氏。赤玛伦的话和文成的母亲文德皇后讲的是多么相像啊！文德皇后在《女鉴》里写到："作为一个国家的母亲意味着她是一个池塘的母亲，而又是一个海洋的母亲。"那囊同样是一个池塘，而她本人则是被培养成为一个海洋，她受到这样的教育，长大成人决心成为一国的好国母。她自豪地重又把赤玛伦的信简拿在手上。这位伟大而贤明的女王经过深思熟虑，特意写给她这份遗言。这几行字比一个男子的一切爱的表白都崇高。正因如此，这位十分年轻又非常孤单的王妃轻声地、同时郑重地、像面对着新郎似的发出自己的誓言："是的，我愿意！"

此刻，这位十五岁的少女恍若体温升高，目光在清晨的阳光下闪闪发亮，她那温柔的脊背也像赤玛伦那样挺直起来了。佩玛满意地微笑着在一旁观察着金城。

"我还要叫使节来吗？"佩玛细心地从金城手中把信简拿过来，免得这个绢简在金城情感激动时受损。金城微微摇了摇头，用手抓起了奶茶杯，把放在一旁冒着热气的小馍片放进茶杯里，开始用它来喂小狗。佩玛抗议道："我觉得让刁钻的小家伙吃这个不合适。我给它弄别的东西吃。如果您允许，也许您打算接见苏发严的话，他从一更天便在您的起居室里恭候了。他来是想看看您怎么样了。他已经放心了，因为您已经取消离开这里的打算。"

苏发严从远处目睹了在宫顶平台上宣布王子即位的一幕，也观察到了公主精神崩溃的情形，因此，他认定公主不会容忍这种羞辱。他知道公主梦寐以求的是一场大婚礼，而且私下里也作了安排，让她手下的艺人们为那一天准备好节目。人们对她的伤害实在太深了。他不应该再抱有别的希望。从金城房里传出的哭喊声也证实了这一点。公主恼怒的哭叫声他听得一清二楚，他也听到公主吩咐佩玛去叫使节，准备上路离开。这就意味着他和他的教友们在这里传布佛教的希望落空了。他和教友们冒着很大风险，设法保存由文成公主和松赞干布建造的佛寺，自从大唐公主金城抵藏后，他们心里就升起了希望，如今，所有人的希望都化为了泡影。

自从伟大的国王松赞干布去世之后，过了这么多年，这里仍然有佛教徒和僧侣存在，尽管他们遭到迫害，被咒骂、被拷打、被杀害，仍未绝迹，不能不说是一个奇迹。庙宇的守护者大多是异邦人，他们娶了西藏的女人为妻。他们都来自相邻的诸邦国，他们在家乡也受到迫害，或者是由于纯粹个人的缘故离乡背井，来到此地。其中部分人来自中亚各国，吐蕃人在那里作战，有些人作为战利品被带回吐蕃，受到种种不堪的待遇，最后往往被人遗忘，他们融入了当地的信众之中。赤玛伦和尚赞咄所属的部族现今只能和绛氏部族分享权利，分庭抗礼，但有一点二者完全一致，那就是迫害佛教徒。

有什么办法能让这个孩子明白，她对这些人意味着什么，人们对她这位佛祖的真心崇奉者抱着多么殷切的期待和指望啊！人们盼着，随着她的到来，苦难能够终结。苏发严陷入沉思，故而几乎没有察觉到公主进来。公主在他对面许多个丝质坐垫上坐了下来。屋子里摆了许多这样的坐垫，似乎像个营帐。苏发严从沉思里惊醒过来，公主望着他因忧伤而显得憔悴的表情，轻声对他说："你的样子，看起来不大像是在向新王妃祝贺新婚呀！"她转身正对着看他。苏发严不像往常那样对答如流。没有绕大弯子，他直截了当地问公主最主要的事："您会留下来吗？"

公主没有回答他的问话，而是把附有赤玛伦信件的函简递给他。苏发严双手发抖，颤巍巍地走到亮处，以便仔细阅读女王的信。

"众人的福星啊！"想到这位伟大的女王，他深深地躬身下拜。"如果不是有她在，您在这个国家里就再也找不到佛门弟子了。虽说她本人并不是佛教信徒，但她永远具有宽容精神。以后有谁来保护我们呢？"

金城尽量挺直身子，骄傲地宣称："我，我将留下来。我不会让八岁的小娃娃和他那些一块儿玩耍的小伙伴小看我。莫非您不相信赤玛伦的眼光，不相信她讲的那个预言。"

苏发严如释重负，一下子扑倒在公主的面前，喃喃自语地吻着公主的衣服边缘："那个预言，当然，我和我的弟兄们都知道，虽说，松赞干布遗嘱的原文失传了，但它的内容都传给我们了。"

**D**

**129**

由于心情激动，金城忘记了，和尚给自己下跪令她多么难堪。

"您是说，您可以为我找到这份文件吗?"

"立即办到，如果陛下这么命令我。"

金城待了片刻，才明白苏发严的意思。"陛下"这个称呼和苏发严报告的内容令她一下子心神迷乱了。

"您的意思是，您把这份文件放在世上最保险的地方，您的头脑里了?"她不胜惊讶地说:"快点把绢布和毛笔拿来，我要把它记下来。"

"您真要这么做吗?您已经确切地知道，显然有人在偷偷地模仿您的手迹，然后利用它达到自己的目的。"金城垂下头说:"您讲的有道理。让我先听听'遗训'的内容，还来得及做出决定，是否要写下来。"

苏发严开始全神贯注，闭上眼睛，声音不高不低，马上一字一句地引述松赞干布留给后人的遗嘱中的相关部份:

再往后，经过四代，统治赭面人的国王，将要出现一个佛陀信徒当国王，他的妻子是大唐天子的女儿，也是一位佛教徒，她带着六百名随从人员从大唐来到赭面人的国家。她将因自己的宗教信仰而变得坚强，神圣佛教将得到空前的大发扬。

苏发严睁开眼，但见公主的四周环绕着奇异的亮光，一丝轻柔的微笑，使她的面庞呈现出超脱于尘世之上的圣洁表情。使这位和尚真不敢贸然同她讲话，但公主却用一种清晰的、安详的、异样的声音说话，这声音似乎来自远方:"现在我明白了什么是我命中注定的。我看清了自己的使命，而您将支持我，学会如何去完成这项使命。"恍若从梦中醒来，环绕着她四周的亮光消失了。她用老僧人熟悉的声音说:"我们必须找到原件，对这些赭面人，只有原件才会让他们信服。我们找到原件之日，将是佛祖在这个国家胜利之时。慈悲心将带来和平。您知道原件在何处吗?"

苏发严不好意思地垂下目光。

"不,我不知道。但是我知道它会在适当的时候被找到,而这个适当时间已为期不远。"

# 长安　大明宫

鸡年夏

721 年

————————————————————————————

大明宫，民间称之为永安宫，清晨时分，当空阳光灿烂，天空湛蓝，宫里硕大无朋的高大树木和遍地鲜花使空气里弥漫着浓郁的香气，宫殿的屋顶是皇家专用的金黄色的琉璃瓦，在阳光的照耀下仿佛刚刚浇铸出一般，流光溢彩。南宫门如今向两边敞开，门洞开阔，可容两排车辆毫不费力地并行通过，门后边许多身着华丽绣缎官服的朝廷大臣们走来走去。他们在激烈地争论着什么，彬彬有礼地相互躬身点头施礼，有的在窃窃私语，有的在大声说话，从远处观察，给人的印象是，好像是被惊起的飞蝗，乱哄哄地跳来蹦去。官员们头上的帽子虽因所任职务及职衔高低不同，形状及佩饰各异，但清一色地均为黑色丝质"幞巾"，呈四边形。早在开元时期，宫里就流行这种帽子，这种帽子紧贴在头发上面，帽子四角有流苏并用两条软带在头顶上打结，但往往就那么垂在帽子四边，看起来活像蝗虫下垂的翅膀。

在官员们中间，典礼大臣姿态轻盈地来回走动，他的样子使人感到，无论他走到哪里，他都用手中威严的权杖引起人群的骚动，仿佛惊起一群杂色斑斓的昆虫向上蠕动。他不停地向遇到的官员躬身致意，礼貌周全，同时矫揉造作地打着宫腔，说着客气的套话，打着漂亮的手势，把官员们逐个地打发进不同的殿里去。

不远处有两位官员在观察眼前的情景，他们身着华贵的服装。特别引人注意的是他们的身材高矮悬殊，而且年龄也相差很多。眼前这五色杂陈的一幕在北塔楼的脚下展开，这座凌空高耸的塔楼像一座人工的山峰环拱着蓝色的玉石大殿。这座大殿用无数粗壮的立柱撑起有四面斜坡的巨大无比的顶部，波浪般轻盈起伏，像一只漂亮的大鸟展翅飞向云天，造型巧夺天工，令人惊叹不已。觐见大厅的阳台和屋顶涂有红漆，被接见的贵宾和使节感到，殿墙上那些精工描绘的莲花花瓣仿佛要向他们纷纷飘落下来。不久，那两位站在一旁观察的高官也将在这里露面，他们要向天子禀报一桩迫在眉睫的大事。

但此刻他们仍然坐在一颗枝叶繁茂的肉桂树的树荫下。他们坐在一对矮石墩上，高力士想借此避免他的老友郭元振仰着脸看他。他的身材异常魁伟高大，他的权力也极大，这往往成为他的负担。他在手中转动着用丝绸包着的信函卷轴，这张纸事关重大，他出于自己的良心，迫不得已要把它再次呈给皇上，尽管皇上业已否决过此事。今天他必须说服皇上，至少要接见一下西藏来的使团。虽说皇帝在这个问题上不像对别的事那样肯听他的意见。他把最后的希望寄托在郭元振身上，皇上对郭的意见向来是尊重的。至于说郭能否找到机会向皇帝进言，也很令人怀疑。

几周来，吐蕃人已在客舍里安顿了下来。在那里难免会和来自友好的或不友好的国家的代表们碰到一块儿，他们的举止并不总是合乎礼仪，吐蕃人只顾自个儿吵闹，不管旁人。这些人用手抓着吃饭、打碎精美的瓷器，这些瓷器非常精巧，表面光滑、细腻，如同女人的肌肤，轻薄如同雪花。人们对他们的怨言自然越来越多。如果皇上不马上接见他们，那他们就只能在这里的客舍里过冬了。由于路途遥远，拖下去他们就无法再回雪域高原去了。尽快了结和这个已增至七个成员的使团的事务，结束烦心事倒还不是他一再向皇上进言的原因。出于对大唐安危担心，他一再走进觐见大厅。因此，他搬来援兵郭元振。郭是有关蕃学的著名文人，也是关于西藏和突骑施问题公认的专家。他也许能够凭借多年的阅历智慧和丰富的知识打动皇上。不论什么时候，只要谈到西藏问题，这位被尊称为各族人民之父的皇帝总是不耐烦地、用龙袍的长袖用力一挥了之。如果这一次达不到目的，就得要求西藏人两手空空地上路回家了，而这么做的后果是十分清楚的。

尽管他以往总是吹嘘自己对天子最有影响力。但年轻的皇帝玄宗这一次却听不进他的建议。他和自己的朋友郭元振曾经保护皇帝避开了太平公主的谋害，自那以后，他在朝里有很高的声望。出于感激，皇帝任命他掌管宫中部分警卫事务，后来又任命他为内宫事务总管。从大唐各地送来的通报和谏言书都要先送到他手中。他有权决定，只把其中最重要的文件转呈给皇上。较为一般的事务，他有权独自决定。只有西藏问题，皇帝宁愿听别人的谏言。年轻的天子喜爱艺术，而高力士的朋友郭元振公认是受到宠爱的文人学士，也是一位善于同外国人打交道的外交家，武曌当政时，郭就在朝中供职。

尽管皇帝并不赞同郭对西藏的看法，但十分看重他同蛮族周旋的经验，因此，让他留在朝中继续做官，这算得上是少数例外。他和高力士二人察觉了太平公主的阴谋，表明了他们对大唐社稷的忠诚，因此倍受皇上的信赖和尊重。郭元振受命同噶尔谈判，而噶尔正是松赞干布手下的大臣，后来又大力帮助过文成公主。从那时起，郭元振就以外交家的称号享誉海内。噶尔之子尚钦陵从乃父手中接过吐蕃政务，同他的几位兄弟把噶尔家族的传统继承下来。这位藏人和郭元振一样也曾在长安学习，二人因此得以接近。郭元振固然在观点上同尚钦陵并不完全一致，但这位睿智的、有头脑的政治家却令郭十分赞赏，难以忘怀。而后来，恰恰是这位极有才干的人成了"离间计"的牺牲品，对此，郭毫不掩饰地流露出痛悔之情。果如所料，此计煽动起吐蕃内部的相互仇恨。人们把它归功于郭元振，而事实并非如此，另外有人利用他的计划去达到自己的目的。尚钦陵的自杀令他终生负疚。

"您还记得吗？"太监高力士打破了沉默，这时他们已在树下坐好，并且让侍女斟上解暑的花茶。"您刚开始和这位西藏大臣尚钦陵展开外交活动的情况，还记得吗？"

郭元振刚好在回想这段不幸历史的结局，听见此话，抬起目光，但很快又悲伤地拿起了茶杯。

"是啊！我怎么会忘记这位聪明的政治家呢？可以说，他是我的朋友。尽管政见各异，但人们会听他讲话。当时他向我表述了对唐蕃纷争不断的看法，当时……"

说到这里，他沉默良久，目光越过宫殿，投向远方，仿佛望向美丽的青海湖畔的蒙古帐篷，他在那里和吐蕃大臣尚钦陵相遇。"当时我还是一个性情急躁的毛头小伙子，我指责吐蕃人对大唐缺少敬畏之心，但他心平气和却又充满自信地回答我：'只有天子接受和平倡议，才能终止我们两国之间存在的敌意。只有让边境十个游牧部落和四个军事区由他们自己的人掌管，然后他们方可自立并保持和平。'讲完这些话，他迟疑了很久，他感到他的这些话，对我来说不啻一味苦药，实难下咽。因为这意味着，至少要存在着两个并行的国家，这要从根本上质疑大唐无所不包的至高无上的权力，是对我心中一切神圣之物的亵渎。我正要吐出咽下的苦药，即刻回答尚钦陵的问题，他示意我容他把话讲完：'大唐把天下四方的人民都变成它的臣民，甚至在海疆之外，到处破坏之，消灭之，只有吐蕃人还不是它的臣民。之所以如此，那是我的兄弟们和我一起凭借着谨慎和坚忍不拔的精神，勇敢地保卫了我们的人民。'我理所当然地用激烈的言辞宣布这次对话到此为止。"

郭元振又连忙补充道:"他提的条件和他的思维方式令人根本无法接受。话虽如此,在我还乡的路上,我目睹了两国交界地带战争造成的破坏,人民的生活十分悲惨,尚钦陵的话常常在耳边响起。我国的治国方略的确远远背离了先贤留下的传统和遗教,要想征服一国人民,首先不是诉诸武力,而是要凭借精神力量,正如孔子教导的那样。同时,我也认识到,我们永远无法把吐蕃人变为我们的臣仆。如果我们把尚钦陵提的要求当作耳边风,那对我们将是极其危险的事。因此,我向武曌女皇建议,至少要拿出时间,仔细权衡一下尚钦陵的建议,把唐蕃边境的十姓族群加以划分,以期实现西部边境明智的和平。此外,对于吐蕃人形成的威胁,则要通过馈赠、答应吐蕃人和中国公主联姻的请求,以及诸如此类的怀柔措施,约束吐蕃人站在我们一边。以外交取代武力。"

话到此处,郭元振不慌不忙地品尝了一口清醇可口的香茗,这时茶叶已在杯中舒展为朵朵白花。随后,他望着高力士的眼睛,语气肯定地说:"当时,我不曾料想,人们竟然把我的话理解为要在年轻的吐蕃国王和他的大臣之间进行挑拨离间,制造他们内斗。对这过失我常感心痛,因为,至少是我招致了此类所谓的外交行动。您知道这段历史的最终结局。赤都松赞普到后来对尚钦陵更加猜疑,将他诱骗到一个伏击地,尚钦陵只能以自杀来求得解脱。"这段往事尽人皆知,所以高力士心不在焉地听他讲述,同时,神经质地摆弄着装有赞普和金城公主信函的银质信筒。

他心里想,这段陈年往事对于即将开始的接见未必有什么用处。他必须想出一条更巧妙的办法去说服皇上,也许可以动之以情,打动皇上。不管怎么说,金城总还是他的堂妹,他们在同一座宫里长大成人。说不定在朝中供职多年的郭元振能够讲出什么有价值的点子来。他一面这么思索着,一面向侍女额首示意,让她往杯中再续一点热水。

"您对皇上和金城的关系有何高见？"他向郭元振发问，郭今天显得格外矮小，身子单薄。"当初，开元二年皇帝派您赴拉萨，向金城宣示慰问。"

"从根儿上说，皇帝和金城并没有什么特殊关系。不应忘记，皇帝比金城年长十二岁。他完全可能在宫里没有留意到她。他当然知道，孤身一人，缺乏保护，生活在蛮荒的西藏对她意味着什么。他肯定也掂量了金城在西藏的影响。但是我不相信，他仅仅是怕伤了亲戚感情才派我去西藏，这次行动不仅仅是出自同情。当时认为有必要重新占领作为陪嫁赠送给吐蕃的黄河九曲地方，因为，吐蕃人这次确实在玛楚河上架起了桥梁，并在我方沿河地带驻扎了军队。我赴藏的使命是，防止人们把我方当时采取的必要的军事行动当成对公主个人的攻击。实际上，我们也想对西藏当地的情况有更多的了解。

"经过艰辛的长途跋涉，我们在公主的新宫里见到了她本人，这座新宫就是红岩宫（名为颇章宫——即后来达赖喇嘛在布达拉宫内的居所）。这座宫殿距麦阿充居住的主殿很近。公主刚迁入此宫不久，新宫很美，完全按照我们的样式布置，地上铺的毡毯和兽皮，还摆放着锦缎制成的华盖、诵经台、精雕细刻的衣柜、各式各样的提花锦缎坐垫、供人使用，门窗上挂有丝绸帷幔。年轻夫人衣着华贵，只是服装的剪裁样式令我稍感不惯，有点像藏族妇女通常穿的那种服装。屋内备有火盆，暖意融融，香炉里飘出宜人的香味，盖住了全藏各处无所不在的那种牦牛奶酪的难闻气味。众多的下人关照着我们的起居，官员们和各国使臣们在宫里进进出出，令人感到置身于一位国务大员的办公场所。我原以为将要见到的是一位愁眉不展的公主，然而非也，她神色坚毅，充满自信，这是一位可爱的年轻女性，经过精心打扮，正代表着自己新的家园。老实承认，作为一个男人，我十分惊讶，因为有人信誓旦旦地说，直到会见那天，她还从未被自己的夫君'宠幸'过。秋去冬来，麦阿充已

**137**

长到了十七岁，应该说已经有能力尽到婚姻的责任，金城怕是遇上了一位十分嫉妒的对手，也就是那囊氏，一位贵族的女儿，赤都松娶了她，但他们的婚姻并未完成，因为她嫁的赞普在其间死于非命。她本人和她代表的那个家族坚决要求她成为王子麦阿充的王妃。不言而喻，她将全力以赴，成为王位继承人的母亲，以确保自己的权利。也许正因如此，金城才坚持要有自己的宫室。我听说，金城从未对此表示过怨言。只听到她像我们国内每一个好女人那样有过这样的表示：'夫乃天，而天，人不能避。'

"她当时从未抱怨过自己的生活，相反，在每个场合，都勇敢地挺身而出，维护自己的臣民。尽管这些人决不会因此领情对她表示感谢，恰恰相反，正如我们的使节对我讲的，许多人公开说她其实不过是大唐派来的一个女间谍。但是她从来不曾说过一句恶意的话。比如，宫中的妇女们对她从来没有好气儿，绛妃认为儿子的死全都怪她，彼此之间充满敌意的各个家族只在排斥这个'大唐女人'的态度上完全一致。同情和支持她的只有大相尚赞咄，金城和他共事合作得很好。所有写给大唐天子的信函都是两人合作完成的。人们在私下里飞短流长，窃窃私议，说大相爱上了她。只有赞普的母亲赞姆多公开对她表示好感。她乐于同金城联手对付宫里的其他女人，比如，以前的共妃那囊氏，如今成了她的儿媳。要对付的女人还有绛氏，绛氏嫉妒她，因为她的儿子不仅活着，而且当了国王。恰恰在这种情势之下，金城经常要向世人表明，她勇于承担，出面捍卫吐蕃人的利益。"

高力士赞赏地频频点头，年长的外交家继续往下说："公主开门见山地对我说，人们新近又提出了关于黄河上游一带地方的边界建议，这已不是第一次实现边境和平的建议了，但大唐对此类建议从不答复。因此，别无选择，只有打退大唐的攻击，把唐军赶回大唐腹地，突进到那些没有碉堡的城市甘肃、兰州和渭河上游地方去。我试着向她解释，如果想说服皇上同意和平建议，吐蕃就不能以平等国家自居。金城对此没有作答，而是示意尚赞咄，让他说出充满自信的回答：'吐蕃永远不做天子的附庸。'"

高力士长叹一声，无奈地证明这个事实。"我担心，吐蕃不会屈服，他们会像当年在洮河之战中所做的那样，击退我们的进攻，而且强调，他们派出军队只是为了保卫大唐进攻前属于吐蕃人自己的领土。"两人同时陷入沮丧的情绪之中，过了片刻，这位太监接着说："他们怎么说也不能算是毫无道理。边疆的那些总督们往往不经皇上批准就自行其是。他们业已坐大，危害甚巨。"

郭元振不得不痛心地承认："这批将领胆大妄为，让人在宫中庆贺，而皇帝并未觉察，他们是借此争取皇上支持他们自己的计划。"他一筹莫展地想到：无论是他本人或者是高力士都没有力量让皇上睁眼看清事实真相。皇上被这批将领们的所谓赫赫战功所迷惑，而面对这种局面，他的朋友高力士那双大手抚弄着的信函能有多大份量呢？赞普的信件显然是由他本人和金城、大相一块儿起草的，还附有金城个人的紧急请求，郭元振了解信的内容，还听高力士说，他业已多次呈送玄宗皇上御览。他也知道皇帝持拒绝态度，就连新提出的和平倡议也被皇上嗤之以鼻，因为吐蕃人不肯臣服。

他们有什么好办法在这场礼仪性的接见过程中说服皇上呢？如何才能让皇上认识到他是听从了谏官们的坏主意，如今情势已变得十分凶险，由于他的蛮横态度，吐蕃人怨恨不已，正打算和突厥人以及阿拉伯人联手，通过结盟倒向印度和其他西方国家。皇上对军事事务茫无所见，过分关注于内部事务，国内的事在过去几年内也的确陷入了一片混乱。

郭元振回想起玄宗初登基那个时候，当时人们个个充满了希望，因为有悖于社会和谐定则的"女人统治"终于结束了，人们把大唐国内的一切坏事都推到这件事上头。年轻的皇帝办的首件政务就是处死了她的姑母、擅于搞阴谋诡计的太平公主和她的一伙死党。令人敬佩的是，他以惊人的魄力着手整顿凋敝的财政状况，惩办贪污腐化、奢靡浪费的吏治。天地之间重又恢复了和谐，错乱的黄历得到了校正。但由于对日蚀和星象运行多次预测不准，玄宗于是委派高僧一行创制新历。又拨出专款进行大规模的人口普查，以便征收赋税。由于军队开支急剧膨胀，国家急需税款。玄宗初年每年用于军事的支出为二百万缗铜钱，今年的支出已成倍地增加。巨额开销不仅用于军队，妇女们的宗教狂热也耗费掉大量金钱。皇上的功绩在于通过严酷的措施使国家财政大为改观。

然而，一面在充实国库，同时将领们又大把大把地浪费钱财，于事何补呢？也许这是一条可行的小路，让皇上同意和吐番人商谈和平，取代为边境战争耗费大量的钱财。但这么做必须谨慎小心，讲究策略，以免招致在场将领们的暴怒。人们多少得尝试一番，郭元振和高力士对此事的想法完全一致，于是他们结束交谈，站了起来。

宝石大厅的红漆大门由于天气很好被完全打开，门两侧有卫士们的彩色雕像。郭元振和高力士迈入大厅，无心观赏这些艺术品。这些雕像面目狰狞，筋骨粗壮，意在吓退恶鬼，防止它们进入宝玉大厅，妨碍议事和接见的进行。大厅的地面铺设着拼成各种图案的石板，画面上一条鼻孔里喷吐火焰的赤色巨龙在朵朵祥云里飞翔，它那令人望而生畏的巨爪握着一个白色的圆球：太阳，象征着不可侵犯、国家的伟大和纯洁。司仪官已在门边迎候两位大臣，指引他们到预定好的位置上落座。大锣的声音响起，在座的群臣顿时间停止了窃窃私语，人们听到皇帝卫队沉重的脚步声，天子陛下驾临。

玄宗在草绿色的丝袍外面披上金黄色的龙袍，上面用金线绣出象征皇帝的巨龙，四周有祥云环绕。玄宗头戴珍珠冠，象征着天、地和宇宙星辰。皇上的大红牛皮靴一踏上大厅的地面，司仪官便高喊："叩首！"这一命令其实有点多余，因为，所有在场的官员早已满怀敬畏之心跪倒在地，额头紧贴地面。从上面看下去，官员们弓

起的绘有彩色图案的脊背宛如一个个丝绸包裹的绣球，满地绣球编织出一幅斑驳陆离的花地毯。此刻，厅内鸦雀无声，只有龙座后面那面孔雀毛制成的巨扇业已张开，发出轻微的声音。皇上的御前卫士仪仗旗手疾步开道迈入大厅，脚步声震耳欲聋，好像是照顾这些匍匐在地的官员们，他们必须保持一躬到地的难受姿态，直到皇上在设置于巨大的有围栏的皇帝的龙椅上落座，然后，典礼大臣用礼仪杖猛击石头地面，朗声高呼："天无二日，地无二主！"这时，官员们才得以从难受的状态中解脱出来，同时可以仰视皇上。皇上这次由十岁的皇子李享作陪。皇子的出场意味着这次接见将不会长篇大论拖得很长，以免令皇子厌烦。

一切不出高力士所料，他既不看皇上，也不愿多想自己是多么失望。而坐在身旁的郭元振这时却费力地站起身来，郭的眼睛盯着河西和陇右节度使、大将王君绰，几天前王来到首都，不久前他成功地使得他统领的甘州、临洮地区的维吾尔、苏毗、苏起等部落归自己统辖，对其反抗实行镇压。他之所以得手，是由于他在维族首领成璁的下属之间散布流言蜚语，导致其死亡。他这种虚荣傲慢和攻击性的殖民政策赢得了皇上的好感。高力士和郭元振认定，王君绰之所以到长安来，纯然是为了说动皇上反对吐蕃人。

典礼大臣要求高力士近前汇报，而王君绰的脸上一副洋洋自得的样子。身材高大的高力士习惯地把那双苍老多皱的双手放在胸前，用坚定的声音秉报："臣高力士，吾皇陛下！"接着用传统的方式开讲："微臣效忠皇室……"云云，然后，依惯例听候皇上发话，命他宣读吐蕃赞普和金城公主的来函。

高力士把身子往高处耸了耸，希望自己的身高能给他的话增加一点份量。他又向前几步，走到石头拼花地面上象征皇权威仪的龙形图案前，再次躬身施礼，首先打开金城的信函。他仔细地以加重的语气宣读金城用毛笔写的字体娟秀的信函。在他念到信中写的吐蕃人和大唐人一样渴望和平的句子之后，有意多停了一下，为的是

增强这句话的效果。金城请求，应当允许吐蕃使节讲话，不要拒绝他前往长安。高力士非常恳切地重复了信中这个段落，然后念到金城举出的最重要的论据："当年和吐蕃人签订和平协议的诸位大臣几年来均已去世，现在各位又不遵守已有的约定，因此之故，重新定约已是不可避免的事。"

接下来一些委婉动听的客套话渐渐被朝臣们的低语声所淹没，但高力士还是从这片窃窃私议之中听出了王君绰不怀好意的讥讽话。高力士强压下心中的恼怒，把金城的信函从栏杆上面呈送给皇上，返回自己的座位并且恳求皇上恩准他宣读赞普的来函。麦阿充信函中的语气经受过了最挑剔的检验，信写得很懂事，这也证实了人们的揣测，金城处理宫廷事务已相当老练。信中一再提醒，通过联姻，赞普和皇帝已是一家人，成了皇上的侄儿，从那时起，自己一直有志于和叔叔和睦相处。只是，侄儿请人不要怀疑，如若缔结和约的提议这次又被拒绝的话，那么他被迫无奈，只好继续同东边突骑施人结盟。但是他为同皇上有亲戚关系着想，随时打算打破这一结盟关系，这种联盟切断了大唐通往西域诸国的通道。

玄宗示意高力士回到自己的座位，回答他道："在当前的情形之下，订立新条约毫无必要。订了也不会遵守，像对原先的条约那样。这个国家的人完全不懂文化，没有文明，而这正是遵守条约的前提条件，少数军队首领至少要识字。"

随着天子的这些话，朝臣中间发出了压低声音的冷笑。当大家静了下来，皇上断然指出："不！这些赭面人不想臣服于我。他们拒不肯当我的下属。这些吐蕃在上报给朝廷的呈文里，无一例外地夸耀他们的军事力量如何强大，他们派代表团到朝里来，总要向主管礼仪的部门打听，平等的国家之间举行宫廷庆贺时该怎么安排。另外，他们讲话毫无分寸，有碍于风俗，对上天不敬，他们的举止就足以让我决定不予接见。您写信时要把这些告诉公主，顺便向她致意！"讲完这话，玄宗有力地挥动衣袖，把一个纸筒扔到护栏边，这是他和群臣之间的分界。接着又急忙说："至于说，他们和西域各国结盟之事，除了这封信，没有别的证据表明吐蕃人和西域各国订有条约。相反，现时有大批使节由西域各国涌进长安，向我们倡议，同他们缔结和约，派来使节的还有东突骑施，最好的办法是让这些野蛮人相互攻击，让他们打得头破血流。"

天子的这番话引起一阵欢呼喝彩。天子十分满意，脸上露出了微笑，接着他又宽宏大量地挥了挥手，朝向大太监那边继续说："免得有人责备皇上不肯听取重大的论据，我请我的老友、精通吐蕃和突骑施事务的郭元振讲述他的想法。"

这位年迈的学者此刻胆怯起来，他开始簌簌发抖，他将之归咎于自己年纪大了。他迈步趋前直到地面上绘有那头赤龙前面，对皇帝极其恭谨地躬身施礼，然后对皇上赞颂有加："吾皇陛下，您指责吐蕃人讲话粗鲁，不懂礼貌，皇上所见圣明。因为他们在正式函件里使用了'敌对双方和约'这一字眼，应当向他们指出，这绝非他们在吾朝可以应用的语言。但是，他们很可能甚至不懂得这个词所含的恶意。之所以如此，他们想借此表明他们是对等的国家，而不是一个臣服的属国。为此，必须加以惩戒，然而要通过一场代价高昂的战争。请考虑，我们的军队十几年来，投放在甘、凉、陕地区，部队处境很苦，虽说有时也取得若干胜利，但损失过重，得不偿失。我们从赞普的来信得知，也从使节口中亲耳听到，吐蕃人已认识到自己的过失，在寻求和平。我希望，我们能承认他们的愿望。他们这么做的原因和促进我们寻求和平的原因完全一样，战争将吞噬我们的钱财、在边境上作战的士兵的生命，也将使边境一带的百姓生活更加困苦，我们必须救他们脱出于水火之中！"

皇上多少有点不知所措地望向王君绰，这位早已怒气冲冲，要进行反驳，多次请求发言。这位战将还没有来得及站到郭元振身旁，郭再次请求发言，请求允许他辞去现在的职务。他该讲的话都

**D**

讲了，他感到体力不支，并且相信，皇上已不再需要自己了。

玄宗不曾料到郭自动引退，一时间颇为错愕，但最后同意郭去职，还说了一大堆感谢的话，他作了一个手势，厅内的众臣下属们一起鼓掌，表示对这位年迈的外交大臣的敬重之情。这也是对白发苍苍的年长者应有的尊重。年纪较轻的官员们像皇上一样，以为这位老臣怕是被皇上的威仪吓得丧失了理智。他为何不等等看对他的倡议有何议论？为什么正在竞赛中途突然自动放弃？莫非他已经看不清国家事务的全局？皇帝摇摇头看着身材高大的高力士急忙去追摇摇晃晃走出大厅的郭元振，去搀扶他。他们已渐渐走出皇上的视线，这时高力士才追上了年迈的老臣。

"您为何这么做呢？"这时两人在大厅外停住脚步。郭元振停了一下，呼吸了几口新鲜空气，然后对老友吐露真言：

"王君绰是一员猛将，但他没有头脑。他只算计他在战斗中如何得手。一个除了打仗杀人，啥也没学会的人怎么可能把两国缔约讲和，当成一项成就呢？我本来很佩服皇上的智慧，但在王的面前，皇上完全失去了他的智慧。无论我说什么，他都不会认同，都不会得到实施。我只有随大流，当然我应该更策略些，小心从事，但是您本人也看到，他们硬是抓住那个可笑的术语'敌对双方'不放，大做文章，为的是寻找借口，以便对吐蕃开战。"

仿佛为了证实郭元振的话，从觐见大厅里传来王君绰咄咄逼人的声音："吾皇陛下，郭元振算得上一个聪明人，但随着年岁增大心也会变，大家都知道，他已经变成一个热心的佛教信徒，他在庙里为他本人和世人的灵魂超度敬过香烛。这样的人对战争毫无用处。我建议陛下，对这封信像对过去所有信件一样不予理睬，要惩罚吐蕃，向他们展示，黄土地的至高主宰和各族的君父是多么强大，向吐蕃的赞普宣战，让来使把信息带到吐蕃去。"

从洞开的蓝宝石觐见大厅传来了急骤的掌声。两位友人痛心疾首失望之极，眼见一场巨大的危险正在到来，吐蕃人的恼怒、边疆武将们在各地独揽大权、势力日益膨胀的严重威胁正在使朝廷陷于困境。他们走向自己的住所，心里明白，他们面临着十分险恶的时期。他们以及他们一类人对实现和平再也无能为力，因为冲突已如箭在弦，无可挽回。

# 拉萨　布达拉宫

## 火猪年夏天
## 公元723年

瞬间，麦阿充的愤怒被风暴转移了。狂风刮得会客室的窗户噼啪乱响，许多酥油灯一下子全灭了。当他把百叶窗拉下来的时候，宫殿外面已经是雷电交加了，暴风雨迅速地征服了城堡山。一场令人感到恐怖的暴风骤雨，像受天神派遣一般骤然而至。没有事先的警告，漫卷的尘土云便已形成并发展为一种强大的风暴，使整个世界暗淡下来，飞沙走石在空中旋转。宫殿下面那些没有找到避风处的人，已经看不见自己的手指，一个个抱头鼠窜，以防落下来的东西砸着自己的脑袋。年幼的国王只是从经验中知道所有这些现象，平时天气晴朗的时候，站在城市的最高处可以看得很远，而今天，这座城市仿佛一下子消失了。此刻，那些低矮的小房屋和宽敞高大的宫廷官员及商人们居住的楼房纵横交错的地方，狂风正怒吼着，尘土飞扬，席卷着一切。连他总是怀着某种骄傲从远处观察的大昭寺金光闪闪的屋顶也完全看不见了。对他来说，金顶是财富、权力和世道伦常的象征，这总会使他回想起伟大的先祖松赞干布国王和他的给西藏社会造福的中国王妃文成公主。

可是，当文成公主直到今天仍然继续活在人民心中的时候，他的中国王妃金城却净给他惹麻烦。不仅她——而且他的烦恼也使他感到困惑不已，与此同时，他向那囊投去一瞥。那囊王妃此刻正心不在焉地坐在宝座上，目不转睛地端详着自己的指甲，为了表明她绝对没有被赞普的愤怒吓倒。相反，麦阿充却不由自主地在房间里迈着大步走来走去。同时还不时地用毡靴踢着一个有坐垫的座椅并继续吵起来。

"我当然知道金城给克什米尔国王拉立塔第提亚的信。你以为，哪怕一只乌鸦从宫中飞出去能躲过我手下人的注意吗？"

一声傲慢轻蔑的笑声使走动中的麦阿充停下来，他愤怒地盯着那囊氏。

"是的，你只管嘲笑好了，"他更受刺激地继续说："我知道金城已经向那个阿谀奉承的家伙求助，请求他接纳——可你是怎么知道的呢？我曾经下令，对这件事情要严格保守秘密。她毕竟没有真的逃走。正如我马上就估计到的那样，拉立塔第提亚也从来没有回应她的请求！如果你没有听到这件事的风声，我们也许可以轻而易举地忽略这件事！你从哪儿得到的这个消息？你说，不然我就该估计你和我的对手是一伙的？"

那囊会意地微笑着。她没有必要让麦阿充威胁自己。她背后站着一个强大的家族，赞普不可能去刺激她和她的家族来反对自己。那太危险，这一点他也知道。对这种微笑意味着什么，他再明白不过了。他完全不想让那囊生气。她是一个太有影响的女人，她显然有秘密隐蔽的消息来源瞒着他。如果他想长期摆脱她的权力和压力，对她就得多留点神了。现在，因为她已经感到，她对他的性吸引力开始衰退，因而她也变得越来越危险了。特别是对桑希，他现在几乎整天和他在一起，这令她妒忌，她把自己的仇恨转移到来自大唐的一切。她觉得桑希比金城更可恨，因为她首先确信金城不是她的对手。麦阿充不爱这个中国女人。他总是躲着她，或者见面也怀着敌意。直到他的舅爷，那位大臣提出紧急的建议，甚至直到舅爷去世之后，也就是说，在他结婚十多年之后，他才向她履行婚姻义务。为此他一直犹豫不决，直到输掉了布鲁沙战争，输掉了通向西方的大门、珍贵的"吉尔吉特走廊"。在失败之后，他才想起那个建议，即他应该强调与大唐的家庭般的联系，并促使她为和平谈判做出更友好的努力。也就是说，此举乃治国之谋，和情爱无涉。

他在和那囊亲热时，为打消她的嫉妒，曾这样描述当时的情形，"洞房花烛夜"进行得彬彬有礼、客客气气，但他发誓决没有激情。他虽然承认，这个柔弱的中国女子的胴体更能激发某些男人的热情，但她显得那么冷淡、笨拙而又胆怯，以至于他差一点儿就没有成功。当他说到这里的时候，那囊嘲讽地微笑起来。在她的床上他从未出过什么毛病。她曾诱使他在枕边说出一些秘密。他心平气和地继续往下说，起初他对这位公主非常小心，因为她那么纤弱，他以为她仍然是处女。居然相信宫廷里私下流传的她和尚赞咄有染，这是多么严重的错误啊！他后来变着法儿用各种性的愿望去折磨她，为的是弄清到底是谁糟蹋了她。但她都平静地忍受了，直到他本人失去了兴趣为止。是的，当她含着眼泪承认她的心上人不是尚赞咄，而是他的哥哥江擦的时候，他甚至感到羞愧了。她的心只属于江擦。

"多么动人！"这时那囊突然吼道。当她发觉这话伤害了麦阿充时，已经太晚了，他开始严厉地斥责她。"你懂得什么是真正的爱情！"那囊对这句评语虽然感到很生气，但她还是答应以后要加小心。麦阿充是否确实已经在恋爱呢？

那囊的猜疑还是被觉察到了，尽管如此，他从此以后还是更为经常地造访这个中国女人。她虽然相信那些关于赞普国王和中国女人没有亲密关系的报告，但他们之间发展成一种令那囊不快的好感则是完全可能的。麦阿充的拒绝态度好像在发生变化。这更加刺激了那囊的妒嫉心，他好像感到对她只要继续保持一种性义务似的。她疑虑重重地探询着，其原因是否在于金城公主就是在这些夜晚怀

上了身孕。可是这类事她的贴身侍女一点也不能确定。

似乎只能打听到他们俩交换过彼此的担忧。自从去年秋天以来，反对大唐同时也反对西方各国的战事遭到失败，为此足足有上万藏人士兵横尸疆场。这方面的烦心事真够多的。从此西藏失去了进入印度的通道，对周边国家丧失了影响，感觉受到大唐及其盟国的侮辱。但对于金城和中国人来说，在西藏的生活是难以忍受的。将近两年之前，他们最重要的顾问尚赞咄又去世了。那是一个损失，他们对这一损失无限悲痛，就像麦阿充丧母时那样。

在琼结河谷，江擦的葬礼预计安排在即将来临的冬天进行。如果说，金城为失去两个强大的代言人而感到痛苦的话，那是理所当然的。她的逃亡计划对于那囊来说，完全是一目了然的，她也许是阻止这次逃亡的最后一人。也许，这样一来问题就将以极妙的方式迎刃而解，无论如何，这比把她从这个国家赶走——就像大臣们当中的许多人要求的那样——更好。那囊的消息总是十分灵通，这期间肯定已经找出了失败的逃亡特别重要的动因。这对那囊的地位是一个特别具有威胁性的秘密。它如此隐秘，连麦阿充也毫不知情。她多么不信任他啊，那囊感到轻松地想。

他打断了她的思绪，问道："你能不能告诉我，"他向她转过身来，"她为什么恰恰想投奔拉立塔第提亚？看不透那个人的把戏，一定非常幼稚。面对大唐，他以西藏的敌人自居。一方面为了他所谓的反对我们的战斗，这不过是一些边界纠纷，他被大唐天子授予骄人的头衔，同时又装作是我们的盟友。一个无耻地利用这些关系的诡计多端的家伙，他的国家构成了西边的几个大门之一。当然啦，不得不容忍他这样，他是以这种政治方式应付各方面的敌人。"

麦阿充并没有指望那囊给予任何回答，所以他信步走到窗前，想看看外面的风暴怎样渐渐减弱。当那囊的声音在他背后响起的时候，他不禁大吃一惊。

"但他被看作佛教的伟大支持者，他允许建立若干向悟道的信众表示崇敬的华丽寺庙。你的中国王妃肯定发现了他是一个志同道合者。"

麦阿充对那囊的这个聪明的、一定不是她独自想出来的推论感到非常惊讶。

"但是，"他插话道，"但是她一定知道，拉立塔第提亚不会同意这件事。如果他收留了金城，那么他就要采取明确的反对我们的立场，而且不得不放弃自己的模棱两可的政策。"

"你忘记了，"那囊狡猾地反驳道，"你是失败者，而他会因为从你手里拯救出中国的公主，在大唐赢得更多的尊敬。"

与那囊的谈话渐渐地使麦阿充感到毛骨悚然了。看来她对此事已经认真地盘算过。他确信，她通过和家族里的人反复议论此事磨练出了口才。从根本上说，尽管他很失望，他还是曾经打算对这件事情保持沉默的。他完全能够理解金城，即使他并不同意她逃跑，这等于叛国——但他至少不赞成把这件事情公开。

"那么，你有什么建议，我应该怎样反应才不至于更加激怒说到底是打败了我们的大唐呢？"

"呸，这种阴险狡猾的胜利，"那囊说道，"这个拉立塔第提亚，克什米尔的国王和你的金城的朋友，是我所认识的最会玩闹剧的人！你还记得他是怎样从我们的军队前面逃向中国的领土，并在那里乞求帮助他把藏人从他的土地上赶走吗？记得他怎样地向大唐的地方长官发誓的吗？'克什米尔是大唐的西大门。如果克什米尔丢失了，那么整个西部地区就都是西藏的了。'这些话说到北廷节度使张孝嵩的心里去了。他十分乐意拨给他四千兵力并和拉立塔第提亚一起攻击我们。我们的敌人因此拥有一支强大的力量，人们可以设想，他们可能像士兵那样按照学会的办法打仗。可这个克什米尔人是怎么做的呢？"那囊气呼呼地停住话头，然后继续指责道："利用大唐在背后增援，他让自己的人扮成藏人并把他们偷偷地送进我

们的帐篷，阴险地暗杀我们那些毫不起疑心的士兵！诡计多端的女人伎俩！你能把这种行为称之为胜利吗？"

"不管怎么说，他们现在一下子如此彻底地打垮了我们，使我们若干年内在西部再也不能取胜。这是我们无法回避的事实。现在他们是更强大者，你在愤怒中不要忘记这一点。"

那囊确实暂时安静下来。对于实现她自己的计划来说，也不是非要如此不可。所以她放弃了那种好斗的姿态，更确切地说，此刻已转为对麦阿充的理解。

"除了惩罚这个愚蠢的叛国的女人之外，你现在没有别的事情可做了，但是这样做不得走漏一点风声。只有你和我知道这件事，此外还有几个当事人。确切地说，只允许一个可信赖的圈子知道。"

麦阿充以更加紧张的心情倾听着："你，或者非要我说的话，你们家族，有什么建议呢？"

那囊没有回应这种带有威胁意味的弦外之音。她在琢磨，此后是否需要再深入一步，但是她感觉到，如果他意识到一个强大的家族就站在她身后的话，并没有什么坏处。所以她表面上不露声色地转向下面的暗示。

"如果你听从这些建议，我可以保证，没有人再谈起这件事。是的，将来她甚至会变得对我们大家都好。"

现在麦阿充实在忍耐不住了："提出你的条件吧！"

这时那囊靠得越来越近，向他显示亲密，同时又温柔地抚摸他并用献媚的声音回答道："在某种意义上，我能理解金城。作为被冷落的王妃，生活在这座宫殿里是不容易的。另一方面，她应该努力适应这个国家的风俗习惯……"

"不要拐弯抹角，书归正传吧！"麦阿充生硬地打断了那囊的话。可是她的反应一点儿也不生气，而是在一个皮凳上坐好，使一个站在她跟前的男人从高处看到她的上衣里去。当她高兴地发现这种样子使他感到迷惑时，便直起身子，坐得更富有刺激性，直到她

D

151

确认，他对她的计划不会再有任何反对的表示。

"必须击中她的最敏感的部位。她要做的不过是作为这个国家的王妃，要在众大臣和人民面前表明自己接受这个国家的风俗习惯，必要时坚决要求这样做。"

她带着嘲弄的口气强调了"坚决要求"这个词汇，她已断定麦阿充处于一种事事都会点头同意的情绪之中，虽然内心可能有个声音在警告他，而他好像也曾发誓要反抗她。

事情在第二天晚上发生了，麦阿充只是犹豫不决地对此表示同意。本来可能对金城实行更残酷的处罚，目前打算采取的处罚，比面临更糟糕的命运更适合于保护金城。那囊给予他的建议，确切地说，除了想使金城受点侮辱之外，没有什么要紧的，他心中本来也没有更多的疑虑。如果她让事情就到此为止，既不用煽动她的家族也不用煽动公众，用这种相对说来比较温和的判决，他表示满意。

从前年冬天起，当金城被召唤至琛氏赞姆多的病榻之前时，她就不住在宫殿里了。她的女靠山已经去世，当她进来的时候，对她来说，除了按照规定和家人一起守灵三夜之外，已经无事可做了。麦阿充非常伤心，但是，因为此时他们之间关系还很紧张，所以她很少能为他做点什么。对她来说，琛氏赞姆多永远是一位母亲般亲切的朋友，也是宫廷里最后一位对她友好的朋友。没有任何理由去求宫廷，因为自从和平谈判失败以来她就失去了影响力，也因为举行葬礼，一切社会活动都被禁止。

现在，她被邀请到宫廷里去赴宴，使她感到奇怪。她虽然想象得出一些不愉快的事情，但事实上那些事并不应该涉及她。她本可以借口身体不适来表示歉意，但在这种情况下，这样做恰恰是错误的。不应该让任何人多去揣摸她的健康状况，至少在她还能隐瞒真相之前是这样。对于她和腹中的孩子来说这太危险了。她虽然希望

能够在克什米尔拉立塔第提亚国王那里找到一个避风港，但是这个人连她的信都没有答复。到克什米尔去的路途，即使在天气好的情况下也需要六个月。现在也太晚了，她不想把孩子生在路边。如果她非死不可的话，那么死在这儿也一样好。她唯一的机会，就是把自己的状况尽可能长久地瞒住，以后假借生病，躲避到另外一个容易到达的驻地，比如扎玛或者雍布拉康。

佩玛像往常一样劝她，现在也帮助她在穿着上多加小心。还在去宫殿的路上，她就考虑，被邀请的原因可能是什么。她掂量了各种各样的猜测，但从未想到可能是给拉立塔第提亚的信被截获了。她曾把那封信委托给一个可靠的化缘的僧人，所以一切都好像是万无一失，策划得秘密而又稳妥。当佩玛被挡在国王的卧室之外的时候，一种恐惧感向她们袭来。金城在进入国王的客厅时感到很无助，与此同时，佩玛被卫兵护送到最外面的大门外。反之，一个侍从引领着金城穿过昏暗的房间来到国王的宝座前面，麦阿充已经坐在那里等着她到来。他们没有时间相互寒暄，因为那囊已经大声咆哮着从房间的另一个门里闯了进来，后面跟着一个侍女。那囊直奔宝座，不由分说地在国王身边落座。相反，金城绝对没有被邀请就座。对于她来说只剩下向两位鞠躬并说"扎西德勒"。麦阿充像那囊一样，没有回答这个问候。他坐在宝座上，身体微向前倾，两只手绞在一起，紧绷着脸看着战靴的靴尖，好像一场不愉快的谈话就要从那儿开始似的。

"我非常诧异地听说，"他终于开口说道，"您想离开这个国家。"

金城惊慌地低下头，她感到头晕目眩，她勇敢地振作起来回答道："您怎么会这样想？"

这时候那囊抢着说道："你不用当着国王的面撒谎。你给克什米尔拉立塔第提亚国王、我们国家的敌人的信幸好被及时地发现了。"

**D**

**153**

麦阿充对那囊抢话头很生气，更尖锐地插话说，好像是故意这样似的："您这样做，可是犯了叛国罪啊，大唐天子皇帝大人对此会怎么处置呢？"

金城的身子摇晃了一下，她是否应该让他发现自己有了身孕，也许这会使他的态度温和一些？肯定会，如果那囊不在他身边的话。金城认为，对她肚子里尚未出生的孩子来说，那囊是最大的危险。于是她就尽量想办法为自己辩解。

"难道您不能理解，"她急迫地说道，"我不想留在一个那么仇恨我的国家里，尤其是在那场毁灭性的战争之后，不想留在一个好像所有的朋友都已失去的宫殿里吗？"

麦阿充用一个迅速的手势，让那囊住口，同时善意地说道："能理解，我们完全理解您的处境。由于那囊的留心，现在只有我们三个人和几个不重要的侍从知道您的逃跑意图。所以我们允许自己，考虑到您的情况，选择了一种温和的处罚。但愿您能够理解，我必须追究您对这件事的责任！"

金城顺从地点点头，这时候麦阿充又解释说："我们认为，我们必须对您的糟糕的名声采取某些措施。您必须向我们和人民证明，这个国家，正如她现在这样，被您接受了，您不是这个国家的敌人。这里只要求您做出一个小小的牺牲，它与您的极为严重的行为大不相称。一种牺牲，就像它将教育并帮助您，在这个国家里解决您的问题。"

"可是我确实始终怀着一片真心，为这个国家效力啊……"

"穿着这样的衣服……？"那囊突然问金城，"难道您真想表明，这件您裁制的国服，就是您现在穿的这件多余的东西，对于西藏的王妃来说体面吗？这种陌生的颜色，对于太阳和我们藏族女人的喜好是一种污辱，这种可笑的用毛皮镶边的衣服？立刻把这件衣服脱下来！"她气呼呼地停下来，把她的侍女召唤过来，把一个衣服包裹放在金城面前，并厉声命令她帮助公主把衣服脱下来。

　　这完全出乎意料，她任凭眼前发生这一切，迄今为止，她还从未在陌生人面前，更没有在一个男人面前脱过衣服。本来她希望，麦阿充也许会站在她这一边并制止那囊，现在她不得不感到失望了。麦阿充的眼睛重新低下去盯住自己的靴子。她珍贵的丝绸衣服被漫不经心地一件一件扔到地上。那囊会把这出戏演到什么地步呢？金城害怕得颤抖起来。她的秘密难道就要这样被暴露在光天化日之下吗？

　　但是，这又绝对不是那囊的本意，她虽然让她再把首饰摘下来，但是至少要留下一身薄如蝉翼的内衣。她本来也想在这个房间里看看这位中国公主的裸体，但是她拿不准，麦阿充会不会看金城一眼并猜出她的身体状况呢？与赞普相反，她了解这位中国女人的秘密。太冒险了！有一瞬间，她对金城的恐惧感到幸灾乐祸，然后命令侍女把包袱里的衣服给公主穿上。当金城身着一个藏族女人的礼服站在麦阿充面前的时候，他才敢把眼睛重新抬起来，与此同时，那囊用一种尖酸刻薄的语气发出信号："她看起来是不是很高雅？"她一边恶意地大笑着，一边鼓起掌来。金城身穿藏族服装看起来确实出人意料地美。

　　"真的啊，"麦阿充吃惊地确认道，"您看起来美极了，十分庄重，像一位真正的王妃。"

　　那囊感到很难默默地吃这个哑巴亏，另一方面，完成她的计划还要取决于麦阿充的合作。"那好吧，"她因此咬牙切齿地说道，"惩罚您的第二部分肯定不是那么开心的事情了。一个真正的王妃永远不能拒绝提供给她的食物，那就请吧。"

　　现在那囊站起来，粗暴地抓住金城的手，好像她害怕金城在最后一瞬间会从她手中逃脱似的，然后带着金城来到旁边的一个房间，这里餐桌已经摆好。金城越是接近这个国王的餐桌，恶心的感觉越强烈，桌子上摆好了精致的餐具，无数的小油灯把桌子照得通明。空气中弥漫着刺鼻的腐肉气。她能想象得出等着她的是什么。

**D** 155

为了在那囊指定的位置上坐下来，她需要使出全身的力气。她还没有坐定，侧翼的门就打开了，另一股令人作呕的气味扑过来，侍从把无数碗盘摆到桌上。各种金银器皿里都盛着肉和各种藏人筵席上的珍贵食品。金城迄今为止只听她的侍从恶心地把脸扭曲着报告过这种大餐，她迫切地希望，永远不要去碰一碰这种食物。可是如今这一切全部摆在她的面前：在泥罐里保存了很久、直到发绿的肝脏，放在一只碗里的血淋淋的脑子，生的、散发着臭味，几乎没有清洗的牛羊杂碎和胃，鼓鼓囊囊的睾丸，一只羊的眼睛，为了把这一切撒上真正的佐料，还让绿头苍蝇爬了个遍。

金城不敢拒绝给她在盘子里堆放的那些东西。她懂得这应该是一种惩罚，她的主人一定把这看作是温和的惩罚，根据这个国度的情况，这些食物被看作是好吃的东西。对她来说，他们能估计到这是怎样一种可怕的牺牲吗？她不顾一切地打了个嗝儿，感到一阵恶心，直到终于有一块被蝇蛆爬过的肉放在她面前。像这种折磨，她既不能指望自己的舌头也不能指望自己的胃会接受，她的胃在翻江倒海般的运动，表明它拒绝这种可怕的东西。要不是一只绵羊可怕的垂死叫喊声转移了注意力，她几乎要把肚子里的东西全呕吐了出来，那只羊的心脏还在突突地跳动，一转眼就作为特殊的礼仪被端了上来，作为宴席的高潮。现在任什么都阻挡不了：来不及扶住，摞得老高的整个血淋淋的大餐一下子倾倒下来，令人恶心，使好几盏油灯被浇灭，发出嘶嘶的声响。那囊和麦阿充都跳了起来，躲到安全之地。

当麦阿充在一个帘子后面躲避的时候，那囊愤怒地大声吼道："我会设法教你学会吃！"

金城弄脏了自己，继续呕吐着，完全没有听到那囊的喊声。她以为一定即刻就会死掉，两只手死死地抓住餐桌。这时，那囊也从这一打击中缓过神来："给，把这个喝下去，喝完感觉就好了。"

金城现在对一切都无所谓了，即使碗里盛的是毒药，她对这个

结果也是欢迎的。她接过那令人厌恶的饮料，一口气喝了下去，接着就瘫倒在地上。"我会关照您的，"这是她听见的那囊嘴里说出来的最后一句话。而那囊首先转向脸色苍白的麦阿充，说道："不要害怕，她没有死。这个小妇人只是接受了一点教训而已，但愿她永远不会忘记。我让人把她带到我的房间，直到她醒过来。明天我用轿子把她送回去。我希望她学会这一课之前，不要太多出现像今天的这种情况。"

第二天，她确实被人用轿子送回自己的宫中，佩玛已经在那里分外担心地等待着。金城感到十分痛苦，恶心的感觉挥之不去，仍然不停地呕吐。虽说如此，她们仍在一起考虑，为什么面对背叛国家的指责还受到那么宽容的对待。不过一个钟头之后，金城的恶心感觉导致她的腹部强烈地痉挛起来，不得不把御医叫来。开始他以为，是公主被强迫吃下的那些腐臭的肉，造成恶心和胃里的问题。但是痉挛越来越厉害。御医允许开给她的任何药物，都立刻被呕吐了出来。最后竟然出现流血。

金城哭泣着直接请求御医救救孩子，但他却束手无策。血流不止，孩子流产了。让她喝下去的那东西里放了打胎药吗？金城在痛苦中控诉道："我一直担心，这个孩子最大的威胁就是那囊。为了加强她的地位，十多年来她就一直希望怀孕。这条毒蛇一定打听到了我怀孕的消息，她当然不能容忍，我偏偏比她先怀孕。现在她的目的实现了，这也正是我一直担心的。谁也不能证明她阴谋破坏我唯一的幸福。在麦阿充那里告状也没有用。"

金城咬牙切齿地在痛苦中用最后一点力气说出了这番话。然后她像休克了一样埋在枕头里，她希望失血夺去她的生命。没有了孩子，一切都失去了意义，在过去那些黑暗的日子里，她以极大的勇气不让麦阿充知道。本来她宁可让赞普利用自己的权力弄死她。在这个国家里做一个"好王妃"的前景，对她来说，正如那囊的阴谋诡计一样，令人厌恶，甚至一想到她就感到作呕。至于导致她恶心的那些内心图像，御医是无能为力的，正如他无法阻止流产那样。根据金城所讲述的一切，他断定她是因为服了"半夏"造成的结果，这是一种海芋属植物的皮做成的药。量小可以治疗咳嗽、胃炎和止吐，但却能导致孕妇流产。他知道，宫廷里的贵妇人不和专家们商量就使用这种药物。在这种情况下，那囊未必确实知道金城怀孕的消息，出于好意开出这种药方也完全是可能的。也就是说，即使从医学的观点来看，也难以控告那囊。

佩玛作为逃跑的知情人，不知道应该更担心什么，是担心公主令人忧虑的状况呢，还是为她自己的判断担忧。她大胆地排除了逃进深山某处以求安全的想法。在绝望之中她去求助于苏发严并向他报告。这位僧人感到十分震惊，匆忙赶到公主的病榻前。他还从未看见过这种状况。她仍然十分虚弱，面无血色。眼泪不停地流过她那平时洁白无瑕的圆脸上的黑眼圈。她根本没有力气陈述佩玛已经述说过的那些经历。她只能用微弱的声音请求他为她祈祷，以便解脱她在人世间的苦难。苏发严无可奈何地把她揽在怀中安慰她。这是他敢于表示的一种信任。但是，当他揽住这个弱小的抽泣着的身体并小声对公主说话的时候，他把心中久藏的计划，划上了最后一条线。

"不要哭。我答应过您，某些事情将会发生，现在看起来，那个时刻已经到了。相信我！"他恳切地对金城说并有力地握紧拳头，两眼放光，匆忙地走了出去。为了实行他的计划，做准备工作已刻不容缓了，所以他大步流星地穿过寺庙的院子，为了向桑希发出一个紧急信息，以便他在陪同国王远足之前收到。

## 在雅砻河谷　钦浦

猪龙年

公元723年

自从那天夜里至今，麦阿充魂不守舍，食不甘味。一闻到肉味就感到恶心。那两个女人的画面总在他的脑子里晃来晃去。他看见金城身着藏族王妃的衣服，姿态极其优美，显得柔弱、娇小，他认为，他还从未见过如此美丽的女人。对她后来所处的没有尊严的状况他充满了同情，在那种情况下，她还能那么镇静。他还记得，他的感情怎样越来越多地放到了她那边。即使他没有自卫能力，也必须保护她，但他同时又害怕那囊的猜疑。他对那囊的反感因其野蛮的行径而变得无法克服了，他请她回到自己的房间里去，避开他的卧室一段时间。这是平常的许多没有意义的规定之一。但她并不遵守，相反，她什么时候想去就去，她会利用一切借口过来找他。另一方面，他也害怕她的愤怒，她会为了任何意想不到的理由发火。最好的办法是自己离开宫殿一段时间。他本来就想骑马到赞普河畔去，和桑希一起练射箭。他早有这种想法，可是却一拖再拖，今年秋天由于琛氏的葬礼而没有举行比赛。桑希是宫廷里最有才能的弓箭手，如果他们一起去躲避几天闷热的天气，到凉爽的河边去远足，谁也不会说什么闲话。

于是，有一天麦阿充和桑希就在一个无比清新的初夏的早晨骑上马兴高采烈地出发了。当他们在一个木头方舟上准备渡过吉曲河的时候，他们为湛蓝的天空中悠闲自得盘旋飞翔的鹞子和雄鹰感到十分高兴。远离宫廷，他们感到自己也变成了自由翱翔的骄傲的大鸟。下午他们便早早地到达钦浦。

钦浦位于偏远而又很古老的鹰座崖附近。那里的建筑物已经不能使用，但那儿有一系列很开阔的山洞，人可以在那里过夜。在一个炎热的下午，尤其是在穿越赞普河北岸的沙丘，并在山梁上急驰之后，待在这样一个较大的山洞里，他们感到特别凉爽舒适，他们在这里找到了栖息处。桑希按照自己现在的心思，细心地为自己的国王准备了一些大麦粥和酥油茶。侍从们了解到主人胃不舒服，放心地咧开嘴笑了——他们知道这位年轻的主人有时贪杯，饮青稞酒过量。桑希当然想象得出麦阿充恶心的原因。苏发严已经对他讲了发生的事情，不过他守口如瓶，严防对麦阿充泄露任何蛛丝马迹。他昏昏欲睡地伸直四肢，心想，老天的某些安排真令人感到残酷无情，但到头来又是多么幸运啊。

他们睡了很长时间，然后骑马来到河边，在晚霞中把马赶入水中，和马一起洗澡，最后向沙堆上试射出几支箭。第二天他们在那儿做了必要的记号，以便在比赛时测量。天色暗下来的时候，他们骑马回到山洞，点起篝火，一起喝奶茶。一如经常所做的那样，每当他和桑希在一起的时候，麦阿充就让他讲佛陀的生平故事。这位年轻国王特别喜欢听讲述佛陀离开父亲宫殿的那一段。刚讲到这个紧张的地方，天气骤变。正如几天之前那样，一场风暴突然来临，卷起沙子，扑面而来，把零散物品刮进山洞之中。他们只好赶快熄灭篝火，擎着火炬往山洞深处撤退。终于他们没有了退路。他们紧紧地靠在岩石之间，用毛巾蒙住脑袋挡沙，最后他们也就这样睡着了。桑希突然大叫一声，一块石头击中他的脑袋。这两位朋友还没有反应过来究竟发生了什么事情，岩石和沙子便已经涌到他们两个

人之间。幸好他们还能及时躲避，逃脱了致命的危险。

当安静下来、尘埃落地之后，他们有了一个极其惊人的发现。就在石头坍塌下来的地方露出一个壁龛来。他们一边把沙尘从嘴里咳出去，一边把刚才逃跑时顺手捡起来的另一支火炬点亮，好奇地发现那儿的墙壁上画满了各种奇特的绘画，连无事不通的桑希也不懂得画面上的故事。年轻的国王试着向前走，终于发现一个写有文字的东西，但要把它拿过来凑近光亮却很困难。为了认出上面的字迹，他们不得不扭曲着身子靠近它，在极不舒服的状态和摇曳的火光中，许多字都认不出来。看起来好像是一块铜牌，不但很大，而且很沉，上面镌刻了很多文字。

他们急切地等待着天亮，希望风暴能够停止，这样他们就可以挖掘他们的宝藏。不大一会儿，他们就发现，要挖出这么重又这么深埋在地下的铜牌，他们需要帮手。整整持续了两天，他们才成功地让他们的发现露出全貌，但他们既弄不动铜牌，也搬不动岩石。麦阿充和桑希焦急地等待着，直到侍从们回来，以便借助设备和灯光识别文字。桑希虽然已经很熟悉藏文，但他还不能像麦阿充那样，很容易地将一些古老的表达方式流利地读出来。他们激动地窃窃私语，过了一会儿，他们很快就对发现的一切表示极为惊异。简直是难以置信，但他们越来越相信，这只能是久已失踪的松赞干布的遗嘱。认为是在伟大的国王逝世之后，当那些高尚的宗教信徒们受到迫害时，某个对佛的教义抱有善意的人把它藏了起来。不过，鉴于这个发现其意义非同小可，他们益发感觉到，人们把松赞干布的话就地镌刻在这里，是为了让后世保存它。这个遗嘱的一部分像藏族的民间故事悄悄地传布，被口头流传下来，但是却没有人知道文本的全部字句。

从来也没有人说过，其中还提到了麦阿充，这位伟大的国王直接谈到他。由于激动，他声音沙哑地一遍又一遍地读着文字中好像是写给他的字句。

"桑希，你听着，松赞干布，那位曾预见到很多东西的智慧国王，他谈到我……简直不可思议，但它却实实在在地写在那儿：再过四代，我的后代里将有一位名字里包含'赤'和'德'的国王来统治他的臣民。他的妻子将是大唐皇帝的女儿，以公主著称。她将由六百名随行人员陪同来到我们的国家，成为国王的强大支柱。他们将共同使神的教义复活并传播开来。许多圣者将来到这个国家传教。许多断念者将削发，赤足跟随达摩。他们将骄傲地身披王国的赭色旗帜，而且诸神尊敬的其他对象将会显现。神圣的宗教将比以往任何时候都更多地得到传播，国王、王妃和所有的臣仆将生活在和谐和幸福之中。"

年轻的国王无比激动："在我的乳名中就有'赤'和'德'这两个语助词……你懂吗……'赤德松赞'，他指的是我！"

桑希虽然分享了国王的激动和快乐，他和他的信众兄弟正希望出现这种奇迹，以唤起年轻国王对佛教的热情。这期间，他也非常喜欢麦阿充，但是另一方面，他担心国王也许没有认识到自己在冒什么样的危险。要承担这个发现所带来的后果，难道他不是太虚弱了吗？难道他不是迈入了一个更高的、他难以应对的境界之中吗？在拉萨的宫廷里，没有一位大臣将会对赞普的发现感到高兴。除了公主和信徒之外，没有人支持，没有人会理解这种新宗教的好处。相反，新教义所传达的无私献身精神，将使它对王国里的权势阶层构成危险。仍然有人认为，这个国家里的少数佛教徒是些无害的异想天开的人，可以不去管它。但是，一旦人们必须认真对待国王和他的倾向，那么他会受到来自各个方面的威胁。所以他想至少要警告国王，要小心谨慎，不要过分地喜形于色。

"再给我朗读一遍全部文字，"因此他请求道，麦阿充把那些文字重新读了一遍。这位伟大的国王写给他的祖父芒松茫赞、赤玛伦

的丈夫这样一段：

"出身高贵的儿子啊！我使家族的权力、国家的权力完全隶属于宗教和法律的要求。我为我们的黑头发的子民，奠定了幸福和财富的基础，同时，我统一了许多部落。按照我的原则统治，防止破坏我的工作。尊重我的法律并为传播这种宗教而效力。守住拉萨这个政府所在地，只有在这座红山上，周围群山环抱，你是安全的。尊敬我的王妃们，敬重你的母亲茫波杰和我信任的大臣，特别是葛尔，就像我从来没有离开你们那样。关心你的臣仆们的福利。在我之后的其他后代里将有一位赞普，他将成为文殊师利菩萨——即智慧的化身。在他的统治下我传播和颂扬佛教教义的工作将得以完成。"

现在，当麦阿充默读了先祖认为只有他是文殊师利即智慧的化身的那一段之后，便跳过已经念过的部分："但是后来，将有一位国王坐到我的宝座上，他将把我的人民引向堕落，他的阴暗的性情将熄灭一切，破坏佛陀的寺庙，使佛陀的崇高教义走向毁灭。将会发生可怕的事情。文献将被焚毁，喇嘛和信徒将不得不去从事低下的服务。他们将被迫去屠宰和吃动物。只有少数人冒着极大的风险，救出一些佛陀的画像和经书。在这个国家里，人们将长时间找不到宗教的安慰，人们不再念佛经。但是在一个非常偏远的地区，神圣的教义之火将重新燃烧起来，并重新在雪域之国传播开来。我号召我的忠臣、我的臣仆和我的继承人，遵守我的法律和神圣的教义并支持我的继承人。如果你们需要主意和帮助，愿你们信任我。向观音菩萨祈祷吧，我活着的时候是他的化身。"

麦阿充的脸上神采奕奕。他在想自己伟大的先祖，他像国内所有的人一样热爱并尊敬他。国王中没有一个像他那样享有崇高的荣誉。现在他亲自对他讲话并预言了他伟大的未来。这是一个奇迹。同金城和那囊氏在一起发生的那件事，以及自己见到肉就恶心的感觉，有如一个信号，让他听从自己的心，并大力支持新的教义，他

**D**

**163**

满腹心事，以致没有发觉桑希怎样奇怪地沉默不语。一个不是出生在这个国度里的人，该怎样分享他的激动呢？于是他就试图至少对他讲述松赞干布的生平，他要努力赶上这位伟大赞普的计划。

桑希整夜都在倾听这位激动的国王讲述，然后他问道："我的国王，您究竟想用您的发现去干什么。对您来说这不会变得危险吗？您的对手强大，而且反对崇高教义的大有人在。您当真相信人们会相信您的情况和您发现这个东西的事实吗？您以为，如果您现在通过这个事件去改变别人、发布命令和支持顿悟者的教义，人们会跟从您吗？"

陶醉在崇高梦想中的麦阿充，觉得桑希的理由十分扫兴。但是他必须从现在起开始练习，要说服的不仅是一位朋友，而是要说服更多的人。所以他耐心地回答道："桑希，你像我一样知道，我从来不像自己的父亲一样是一个英雄。自从尚赞咄离开我们以来，战争的运气也远离了我们。我自己从来只适合做别的什么事，而不是去打仗。打败仗也许是必须回头的第一个信号。现在，时机比较有利，让人们看到，他们的幸福本不在这个世界的艰难困苦之中。这块铜牌上镌刻着一位令人极为尊敬的赞普松赞干布的话，他的话在任何时候都是有效的，人人都会相信。任何人都不能反对这个高贵而又真实的证明。我已经派遣一个侍从进城，他将传播这个奇迹，让很多人前来观看并确认。我们将把他们带进山洞，把松赞干布的话指给他们看。"

"但是，"桑希提出反对意见，"公开这个发现，是不是太仓促了？"

麦阿充好像早就料到会有这样的反对意见。"只有这样，桑希，我们才有前途。人民在这个苦难和悲哀的时代，将会为这一发现欢欣鼓舞。只有人民能够保护我。如果我要在这个国家里改变什么，我就必须感动普通人的心。我们在一起将变得强大！"

麦阿充的脸颊激动得通红，而桑希却感到心情沉重，于是再次

提醒他道："您肯定，您想成为促进新教义的那种人吗？您想鼓起勇气和各个家族、和国内的贵族们作对吗？您知道您是在拿自己的生命作赌注！"

麦阿充点头附和，他们无言地对视了很久。双方都感觉到，在生命的这个瞬间，做出这一决定的伟大和重要；他们同时也感觉到自己内心的力量在增强。这期间，篝火已经熄灭，灿烂的朝阳已爬上山头，冉冉升起，仿佛一个新鲜而又纯洁的信号提示给了年轻的国王，让他提出下面这个意义非凡的问题："您将会站在我的一边吗，桑希？"

桑希庄重地站起来，像宣誓那样把拳头放在胸前："您知道，我对您是忠诚的，就像您的前辈一个'心心相印的朋友'那样，甚至可以同生共死。如果您现在想承认佛陀的教义，那就没有什么东西能把我们分开了。"

麦阿充此刻同样也站了起来，因为他觉得在这样一个庄严的时刻缺少合适的语言表达自己的心情，他紧紧地拥抱这位朋友，深受感动地大声说道："愿上天看见并保佑您和我们的友谊。"

# 离拉萨几天旅程的地方

## 阳木鼠年早春
## 公元724年

——个早春的清晨，在离拉萨还有几天旅程的地方，一个被高山环抱的高原上，定居在那里的靠半农半牧生活的人们，早晨起来掀开自己的帐篷，匆忙地跑到一起，用手遮挡阳光，激动地指着开阔的雪原上移动着的两个黑点。当他们来到近处的两个水坑和泥潭之间时，人们发现原来那是两个骑着骡子的人。显然，他们很高兴，因为在这偏远荒凉的高原上，终于遇到了人，他们一边纵情大笑、高声喊叫，一边躲开冰块、小溪和碎石向人们走去。

占迦，一个动作敏捷、身材滚圆的中年大个子男人，一边问候着一边从骡子身上跳下来。从外表看，他的同伴聂·杂纳，简直和占迦截然相反，像是不幸摔坏了，一脸痛苦的表情。他个子高高的、瘦骨嶙峋，很痛苦地扭曲着脸坐在鞍子上。原来他扭伤了脚踝，不得不等着别人来帮助，才能从坐骑上下来。占迦正准备过来帮助他，但聂·杂纳却笑着拒绝了，他的目光正盯着一个匆匆跑过来的女人。

"我可没有想到，会发现一副更柔软的肩膀。"

"我希望，你这样依恋人家，不要一下子惹来大麻烦才好。你知道，对我们来说，只能在万不得已的时候才允许接触女人。"一瞬间，占迦的好情绪便从脸上消失了。而他正准备向牧民们大喊一声"扎西得勒"，接着他们听见一阵善意的笑声，远远地在布满石块的原野上轰隆隆地传回来。

这时，他们一同大笑起来，并敦促这两位陌生人。

"快进来烤烤火，"他们一边让着一边掀开牦牛皮，只见里面一个小老太太弯腰朝向火堆，有节奏地拉着风箱，她手里举着冒烟的小火绳，让火堆保持不灭。她面容亲切，脸上皱出无数条褶子，这位看管灶火的女人专注于自己的任务，心无旁骛，因而对来了外人未加留意。在这小小的帐篷里只有很少的位置，所以门口厚厚的毡帘子一直敞着，这样，坐在一堆皮子上的两位旅行者，大家从远处也能看见。

孩子们挤在陌生人身旁，七嘴八舌地问道："您们从哪里来？您们要到哪里去？您们受的伤重吗？这碗茶，您们喝下去会觉得舒服些。您们的骡子要不要我们给喂一下？您们饿不饿？说话呀！"

这些问题好像是同时提出来的，所以占迦只能大笑着摆摆手说道："先让我们喘口气，您们都很亲切友好。如果这两个快要饿死的人给你们添麻烦了，你们还总是这么快乐吗？"

这时，一个看样子像是酋长的人在陌生人旁边的火堆前挤出一个位子，让大家安静。

"我们对一切新鲜事都感到高兴，每一个客人都会受到我们的欢迎。我们将请您吃饭，但是您必须为此讲一讲您们的故事！"

转眼的工夫，几个从别的帐篷里来的女人，端着热气腾腾的大碗小碗走了过来，匆忙地把糌粑、干果和羊骨头摆到陌生人面前。她们窘迫不安地接受客人的感谢，然后吃吃地笑着飞快地走到孩子们身后，把最小的孩子抱在怀里坐好，免得错过了故事里的人和细节。占迦很高兴，现在轮到聂·杂纳说点什么了。可是他却抢先繁琐地、过分夸张地渲染受伤的脚髁，他很尴尬地表示，他不得不说明，殷勤而又大方的牧人拿来的东西有几种不能吃。看样子他很感动，这些善良的人们，从他们贫乏的食物中拿出那么多的东西给他们，好像他们储存的东西取之不尽似的。然而，他看了一眼羊骨头，那肯定是从羊身上割下来的，它的皮还晾在外面三条腿的凳子上，他开始谦虚地说道："我希望你们不要太失望，我们很高兴，高度赞赏你们的给予，也就是你们摆在我们面前的东西——但是我们俩都是遵守戒律的僧人。如果我们只吃你们那些肯定非常好吃的糌粑，请不要见怪！"

可以听得见一阵惊讶之声，在他们的帐篷里人们还从来没有招待过僧人，是的，总的说来，人们还不知道这应该是怎么一回事。现在牧民们惊异地注视着，这两个自称为僧人的陌生人怎样把装肉的盘子递给周围的人，他们自己则吧唧着嘴把手伸进装糌粑的碗里。显然他们很长时间没吃东西了，他们很快就把茶粥吃了下去。妇女们不断地往碗里添加并劝说多吃多吃。最后，她们端来水壶，壶嘴里流出细细的水柱浇到客人手上，水又流到碗里。这样清洗过的容器可以重新装茶，茶将会暖胃并帮助消化。

但在这个小小的仪式之后，观众缺乏耐心了。占迦拉过身边的一个小男孩，抱起他放在腿上。他和小孩玩了一会儿，看着牧人们因急切而涨红的脸，一面紧张地考虑着自己怎样讲述他俩的故事，这故事完全不同于这个贫瘠地区人们的经历，那他该怎样讲，才能让他们都听得懂呢。

"你们听说过你们的国王麦阿充吗？他就生活在离这儿只有几天路程的首都拉萨，"他开始说道。牧人们自觉地点点头，他们惊异地看着这两个陌生人，这两个人大概以为他们在世界那么遥远的地方，对他们赞普的事情一无所知呢。

"你们和我们的国王是什么关系？"他们的酋长回问道。

"现在，"占迦骄傲地挺直了脊背回答道，"就是那个国王，去年夏天在大河边找到了一块铜牌，上面刻着他的祖先、国王松赞干布亲手写的'我们国家隐藏的伟大秘密'。他智慧地预言，他的后代中有一位国王将会把这个国家建设得无比伟大、富裕，所有的臣民都将生活在福利之中。如果他把佛教，我们这样称呼我们的信仰，重新引进来，连年不断的战争将会消失，人民就会感觉到天堂般的幸福。"

当牧民们听到松赞干布的名字时都低下了头，因为直到今天他仍然是每天晚上围着炉火所讲的故事和所唱的歌谣中的英雄。但是，"佛教"敬的是一种什么神，没有一个人能够想象出来。可是，陌生人把它说得那么重要，让他们觉得如果提出问题也许只会使自己丢脸。而且，由于他们觉得它那么重要，连好吃的羊肉都不享用，他们一定会谈到这件事的。

他们继续紧张地听占迦讲述："我们现在的国王读了这些谕示之后，就把我们俩派往印度。我们研究了那种崇高的教义并且掌握了阅读和书写的能力，所以他委托我们从那里把经书取来或者招募一些圣者，请他们来教给我们佛的语录。"

牧民们因惊奇而张着嘴，这向占迦表明，他们大概很难理解他在说些什么。他很高兴，他们为了得到更多的解释并没有打断他的话，这样他们以后也许会接受得更好。

"也就是说，我们出发了。半路上我们考虑，应该怎样才能到达印度。因为我们必须经过克什米尔，这个国家被我们看作敌对国家，我们刚和它打过仗。你们知道在那场大战中我们失去了许多英勇的骑士吗？"

牧民们激动地点点头。一个比较年长的牧民接过话头说："国王的军官们也曾来到这里并招募士兵。我们的儿子中有好几个都没有回来。"

片刻间，大家心情沉重，为转移人们的情绪，占迦继续说："我们不会说克什米尔话，在那里很快就会被人发现。此外，还担心要在那个国家停留很长时间，因为冬天即将到来。想到这里，我们也感到非常不安，我们想尽一切办法，以便不引人注意地迅速离开那个国家。然而，我们得到了意想不到的帮助。像你们一样友好的牧人告诉我们，在开拉什圣山（印度语叫法，即冈底斯山）上有两个隐者，两个很特别的圣者，一个名叫觉密，一个叫佛香。他们的名声甚至已经传到我们这里并且正在传向拉萨。于是，我们认为自己很幸运。一定是上天把他们安排给我们的，为的是缩短我们去印度的路程。我们询问所有在路上遇到的人，问他们是否知道那两位圣者。经过许多周折和辛劳，我们终于找到了他们。但当他们拒绝陪同我们来见我们的国王时，我们多么失望啊！我们向他们作了种种保证，还发誓说，我们的国王会非常慷慨大方地奖赏他们。可是，他们对我们和我们的世界只有嘲讽，并表示希望在这座离天那么近的圣山上悟道。你们知道他们说了些什么吗？"

占迦根本不指望有回答，太无知，即使入迷，也只不过是外来者的一群听众。说到底，在他继续讲下去之前，他也只是想制造一点儿紧张，以便引述那两位圣者的话："在佛的眼里，国王和大臣们的堂皇和威严不过是唾液和尘土。在他的眼里，世界上一切金银财宝都不过是石头。"

占迦看见，关于这样一个奇怪的神，人们只能摇头，这尊神祇拒绝的事物，他们只能去梦想。他要继续讲述，只能使他们更多地陷入混乱。尽管如此，他仍继续说道："佛曾亲自宣布——我们那两位老师总是这样开头——这片神圣的雪山，就是世界的中心。那儿，雪豹在跳舞，峰巅是一座由金刚岩筑成的寺庙，它闪耀着冰雪的七色彩虹。那是使生命达到完美和具有超自然能力的地方。对于我们佛教徒们来说，没有比那儿更神圣、更美妙的地方了，所以我们也将不再离开那个地方。"

占迦看了看聂·杂纳，他静静地对待牧人们的惊异，并递给他一个信号，让他往下讲，他始终要寻找牧人们听得懂的简单词汇，这很累人。聂·杂纳一下子也想不出恰当的方式，就按摩自己的脚糌，直到他感到听众都在等着听他继续讲。

"我不相信你们看见过那样一座给人印象深刻的神话般的大山！传说它是从世界的大海、淹没了整个世界和山岭的大水中产生出来的。"聂·杂纳是一位杰出的讲故事的人，所以他很快就把牧人们引入他奇妙的讲述之中，把他们迷住了。孩子和女人们面对春天的骄阳，涂了羊血的脸颊像火一般红，这是一种风俗，西藏人统称"赭面人"。在介绍童话般的山和美好的风景时，孩子们都把手指从鼻孔里拿出来，瞪大眼睛凝视着这两个陌生人。女人们也都停止了手中旋转的毛线团，有的抚摸着怀里的孩子和小狗，与此同时，男人们忘记了往他们的辫子里编织红丝绳。

"我们也能感觉到那个地方的神圣，"聂·杂纳有意停顿了一下再诱导听众转向冈底斯山。"我们也乐意留在那里，但我们想到自己的任务，要给我们国家的人们送去这个神圣的信息。虽然我们没有能够劝说那两位圣者跟我们一起来，老实说，他们俩对于我们接受他们的修炼，根本就不怎么感到振奋。但无论如何，由于我们的坚持，才成功地让他们相信我们的任务有多么重要。他们最后甚至也看到了传播他们的知识有好处。只是不能把他们从圣山上请下来。他们想出了一个主意，让我们在山上他们隐居的小屋里留宿。那儿乌鸦和鹞鹰在我们周围盘旋，空气已变得稀薄，使人感到呼吸困难。他们给我们讲述圣经。那是一个艰苦的时期。我们不得不学着几乎放弃所有的食物。这时，外面风雪交加，有时候我们被风雪困住，想给我们送饭的善良人都找不到上山的路径，觉密和佛香就交替地给我们讲解他们的理论、瑜伽经，使之印在我们的脑子里和心上，直到我们在睡梦中都能够把它们重复背诵出来。一直到他们肯定我们永远不会再忘记佛陀的教导，当雪融化的时候，才放我们下山。当然，那之前他们接受了我们的诺言，在路上不断地背诵大乘经，回到家乡就把它们全部写下来。"

酋长捅了一会儿燃烧的炉火，在讲故事的这段时间，老奶奶一

**171**

直在用羊皮风箱鼓风。当大家安静下来休息时，这常常是唯一可以听得见的噪音。现在，当僧人看来已感疲倦时，老人一面把手里捏着的木屑撒进火里，一面补充说："现在你们急着要去向国王报告吧。"

"如果你们不介意的话，"聂·杂纳辩解道："我们还想再享受一下你们的好客，等到我的脚髁允许我继续骑马。我们需要的东西不多，只要一点儿安静。"

两个僧人你看着我我看着你，在漫长的旅途中他们已经共同认识到，也许再等几天更好，这样，绛妃在琼结河谷她丈夫赤都松身边合葬的葬礼就可以完成了。在这些悲哀的日子里和那之后的一段时间，将由古老苯教的神灵来统治，可以肯定，此时用他们头脑里装的新信息和旧势力对抗是不聪明的。但有关这些他们还不能向勇敢的牧民们讲述，反正他们已经通过自己的故事向牧民们提出了过分的要求，只能稍稍提及，应该用这种新的教义来改善这个国家。

"但现在，"占迦又接着说道："请给我们指定一个睡觉的地方吧。我们从很远的地方来，已经很累了，我们还要在这里呆上几天，可讲的东西肯定还很多。"

牧民们很乐意地表示赞成。很多问题，很多陌生的词汇还需要他们消化。他们当中谁能说，什么时候再有机会让陌生人把这么多的故事都讲给他们听。

"这些穷人的命运是否真的能够改善？"他们单独留在火堆旁时，占迦轻声问道，这里就是人们指给他们睡觉的地方。聂·杂纳考虑了很久，一边抚摸着身边自由自在躺着的一条狗。

"该怎样使这些朴实的人们理解这个国家里连大臣们都不懂的一些东西呢？麦阿充做出了一个很聪明的决定。他的臣仆们在克什米尔战争失败之后都感到很绝望。他们以为，始终陪伴祖先的战争幸运之神可能永远消失了。现在麦阿充给他们指出一条重新找回幸运之神的路。终于有了正当的理由去抗拒不幸、驱逐它，过去的一切不幸都是由于道德和法律衰落了，松赞干布引进的崇高的教义毁灭了。现在，人们可以采取行动制止这种情况，人民不是束手无策，可以邀请学者，可以取来神圣的经书。人们可以由此产生希望。"

占迦更深地缩进大衣里。他们经常谈论这种事，而他的结论总是相同的。他不能想象这一切会这么简单地过去，他也担心国王面对他的大批对手不够强大。如果情况确实如此，那么所有这一切革新就太困难了。即使一位大唐的公主也没有什么用处。他们人数太少了！但是，关于这个问题他不用和聂·杂纳争论。聂·杂纳在这些日子里已经反复考虑过，他们是否应该尝试向牧民们简单介绍这种崇高教义的基本面貌，以答谢他们的好客。占迦也在思考，但他现在看到，这也是传播他们思想的一个机会。他转身对聂·杂纳说："这对我们来说是一次很好的练习。"可聂·杂纳早已进入了梦乡。

# 拉萨　布达拉宫

### 阳木鼠年五月初
### 公元724年

中午，太阳高高地挂在天空，明亮而又舒适，由接见大厅敞开的窗口照进来。宫殿厚厚的外墙成功地把一切炎热挡在墙外，像每年春天一样，这宫墙正在用石灰重新粉刷。白灰刺鼻的气味钻进窗户，和燃烧的牦牛油哈喇味儿混在一起。宫殿里燃着很多这种油的油灯。到处可见粘糊糊的痕迹，强烈的气味留在一切被人触摸过的东西上。但从来没有人想到驱散这种味道，或者把那层厚厚的污渍除掉。酥油是一种很高贵的献给神灵或用来治病的东西。

没有人指示外面吵吵嚷嚷的工人要保持安静，照顾一下在里面吵成一团的主人。工人们系着牦牛毛搓的绳子在半空中晃来晃去，从皮口袋里往墙上泼石灰水。手工工人的叫嚷声，石匠们震得墙壁颤抖的凿石声，石头碎片掉到下面的露台上，还有他们干活时吆喝的劳动号子，在宫殿里回荡着，这一切都不是令人愤怒的缘由。没有人被派出去为这个重要的日子和重要的讨论去要求外面保持安静，因为赞普的轻蔑态度大大超过了这种相对而言无伤大雅的干扰，出现这种干扰，可以推断是由于王室宫廷总管的粗心。

大家都被召集来，文臣武将，没庐族、盖、韦、巴、琛、囊、

邵等家族的官员，这里只举出几个高贵的家族，那些衣着华丽的人
当中很多都是这些家族的人，他们虽然不是什么大官，但是他们说
的话可是有份量的。所有人为了这一天都特别地涂脂抹粉。可以看
到最美丽的锦缎、最昂贵的丝绸、精心制作的银腰带，上面别着镶
嵌宝石的闪光的武器。尽管天气已很暖和，有些人还是穿戴着贵重
的毛皮大衣和皮帽子。所有的人都装饰着昂贵而又沉重的、用银子
镶嵌的珊瑚、绿松石和琥珀，这些东西炫耀着佩戴者的财富和重要
性。给人印象深刻的、编成许多条辫子的发型用银簪子固定。簪子
上固定着华美的宝石，戴在头上形状有如冠冕一样。大家为这次集
会都费尽了心思，现在却站在这里等来等去，令人气恼，因为年轻
的国王还没有露面。

　　"甚至在这样一个重要的日子里他都不留在宫里，而是在钦浦
逗留到最后一刻，"可以听到几个人这样嘟嘟哝哝地说，这一小伙
人聚集在一起。"自从他发现了那块铜牌，他就变了。自从占迦和
聂·杂纳那两个僧人带着所谓的'圣经'从圣山上回来之后，"他
们这样讥讽道，"他就只和那两个懦夫一起逗留在赞普河。在那河
畔的山洞附近，他的先人经常在那一带打猎，他在那里为那两个懦
弱的'学者'建造房屋。他甚至要为他们建造寺庙，以便他们，像
他们所说的那样，把熟记在心里的'高贵的教义'写下来。"

　　"啊哈，"另一个人笑着说，"甚至要写出五部书，好像那两个
草包的头脑里有足够的地方装这么多智慧似的。"

　　第三个人突然带着诽谤的语气说道："那两个江湖骗子总是一
定要和'五'拉上关系。他们把整个世界分成五个方向，五音，五
色，五味，还有别的一切。现在当然也要根据这种神秘的游戏再写
五部书。"

　　于是，可以听到从各个方向传来的恼怒的声音，那些声音汇集
到一点，那就是说，赞普自从那个奇怪的发现以来就荒疏了朝政。
然而，真正对此感到愤怒的是这个圈子里的极少数人。人们对年轻

**D**

175

的赞普沉湎于一些别的东西，让稍微懂得统治的男人们管理朝政还是相当满意的。今天是囊氏家族和芒赞家族的大相第一次参与朝政，国王至少应该和大家一样对此表示敬意，他起码得在形式上保持礼仪。何况会议还要讨论一个重大的议题，即关于如何重新赢回失去的象雄地区。而国王那些奇妙的故事使他们感到不安，虽说在人民当中已引起某种不满，但实际上这些男人们对此并不当真，因为来来去去的事他们见得多了。

或明或暗受到指责的麦阿充，虽然十分认真地对待自己的义务，一大早就从钦浦出发前往拉萨了，这段路至少需要他毫不顾惜坐骑飞奔五个小时。但是，当太阳高高升起的时候，他却在吉曲河畔的农民那里稍事休息。他们穿着节日盛装撒种并一边唱歌的景像太迷人了。那景象激励他走到他们中间，在田埂上的柳树荫下席地而坐，走进正躺在那儿休息的、被装扮得花花绿绿的牦牛中间。他对那些每天养活他的人了解得多么少啊！

他凝视了片刻，看着他们怎样在清理好的垄沟里干活。最后他问一个正依着一棵疙疙瘩瘩的柳树、边捻线、边看着牦牛的老妇人在干什么，他得到了友好的回答："自古以来我们就在挑选这种八角形的粮食。不好的粮食我们用来喂牲口。在播种的时候，你们看到总是有两个妇人一起走在田垄间。一个人用木头棍在地上戳窟窿，另一个人在每一个窟窿里投放五粒种子。必须注意，窟窿不能扎得太深也不能太浅。必须注意地狗子和其它小动物，以免伤着它们。有时候小东西们挺能吃，有时候还有霜冻，或者土地太干燥，但是河边的沙子也常常闷死一切生命。然后，啊，天哪……"老妇人仰起饱经风霜的面孔看了看天，过了片刻接着说道："……那样，一切都白忙乎了！可是今年太阳是又亮又热，妇人们在屯上土之前，还必须给窟窿里的种子浇上一点水并送上一句祝福。"她们怀着怎样的敬畏和自然打交道啊！年轻的国王心里想。她们是否知

道，这些仪式要追溯到松赞干布的中国王妃？给你自己的子民留下如此丰富的知识，不是很伟大吗？可他在产生这个念头的时候，却想到自己恰恰耽误了自己的责任，所以他迅速地跳起身来。他很喜欢在这儿留下来。但他要到那些等候他的人们那里去，对这次迟到，他们大概根本不能理解，更不懂得让他如此感动的重要任务。

后来，在宝座议事厅里，他感觉到在场人们的拒绝态度。他表示歉意说，在钦浦的建设以及为两位僧人建筑寺庙有许多工作，这也没有用。他感觉到对他个人和他的计划的批评。只有他的叔辈当中最年轻的一位、祖母没庐氏家族的尚·穷桑站在他一边。

"你不要太显露出来，"他急忙对麦阿充小声说："关于夺回象雄，你对众大臣们没有太多可说的。大家对你已经很反感，因为你只对钦浦的那两个僧人和他们的佛经感兴趣。大家也不理解，你现在还允许金城接纳被唐玄宗驱逐出境的僧人们到我们国家来。"

麦阿充伤心地点点头："您不知道，这些人给我们国家带来了怎样惊人的、超过一切宗教的宝藏。"

当进行这样简短对话的时候，会场上陷入了更大的混乱，这时麦阿充迅速地回到自己的宝座上，为了向大家致意，特别是为了向新大相致意。经过紧张的骑马奔波之后，尽管叔叔对他提出警告，他还是无法克制住疲倦，有时候不由自主地打起了哈欠。

大臣韦·乞力心杰因此突然气愤地跳了起来："您好像只有和您那两位在钦浦的圣人在一起，才不会感到无聊。您还要为他们和那无数的僧人建造多少寺庙？天天都有这种人从大唐涌进我们国家来。难道我们和大唐之间不愉快的事情还少吗？您的中国王妃没有感觉到，我们接纳被他驱逐的人，这将会多么刺激他的堂兄玄宗，他当然高兴，如果能摆脱那些吸血的扁虱，现在他们用我们人民的付出富了起来，可是，如果他知道自己的敌人在我们这里，难道他就不生气？您对您的中国王妃就这么没有办法？在琛氏和尚赞咄去世之后，您竟允许她引进新的哀悼仪式，因为她老缠着您，说我们对死者的思念表达得不够。她之所以这样做只能是出于妒嫉，因为她不懂得我们的传统，我们没有让她参加江擦、赤玛伦、现在又有您的母亲和您舅爷的葬礼。"

麦阿充无言以对。他很不习惯这样被人攻击，因而也就没有能力为自己辩护。反正他做的事情，人们大多不往心里去。他无可奈何地环顾四周，几乎所有人都避开他的目光。他应该如何回答他的大臣们呢，他该怎样才能使他的大臣们理解呢？他至少要敢于尝试，给他们指出一条这个国家必须走的道路，使这个国家走出目前的黑暗和失败而重新崛起吧？但就在他清嗓子还没有来得及作出任何回答时，怒气冲冲的大臣再次转向赞普，有意用较缓和的口气说话。韦·乞力心杰后悔自己在说完之后对现场出现的沉默失去了自制。因为他觉得年轻的国王从根本上说无足轻重，不值得他这么激动。没有他——老天和全世界的人都知道这一点——人们统治得更好。但是，他对赞普所作所为而发的怒火还没有完全熄灭，这个大厅里总得有人让这个调皮鬼的脑袋端正过来！所以他现在试图通过粗暴的大笑和过分的姿势结束自己第二部分的批评，他开玩笑地说："这期间您已经被这种宗教渗透得太深了，"韦·乞力心杰继续说道："现在您看起来和那两位学者都没有什么两样了。您变得面色苍白，身体瘦弱，没有肌肉，元气大伤。在您的圣者中间您根本就不再引人注目。大概像他们一样，您所缺少的是有足够的能力生一个儿子，而这是您作为国王的本分。"现在他咄咄逼人地环顾左右，但是却没有人敢于对这样放肆的行为表示赞同，即使他们私下里认为他是对的。

现在麦阿充怒不可遏，不假思索地回答道："如果你以为我只配当一个学究，那么我的儿子肯定会更丑，并且会比他父亲更学究。未来定会向你表明。假如我是一位正直的国王，这也是我努力去做的，那么我的儿子将成为更加伟大的国王，大臣们将不敢批评他，最后，人民将一代一代赞美他，就像赞美松赞干布和我的父亲赤都松那样。"

大臣们都沉默了。没有一个人敢于表态。当麦阿充终于站在新大相一边的时候，有人高兴了，这样，关于象雄的辩论就能够开始了。对于是否应该把军队开进这个国家，他们没有任何分歧。关于这个地区在松赞干布时代就属于西藏的问题，人们也是一致的。最近几年，为了向象雄的国王解释这种情况，人们不得不忍受在西部地区损失了很多土地。但在今年年初，人们便感觉到自己已经强大到足够重新发兵。没有人费心征求年轻国王的意见。麦阿充反对这次战争。他根本就厌恶一切战争行为，他反对这么做又有什么效果呢。他很伤心，阻止这个决定不在他的权力范围之内。他自己的时代终将到来，他以这一想法安慰自己，此时，他站起来宣布会议结束。

他徒步离开了宫殿，没有参加为大相准备的宴席。这儿离金城的宫殿不远，他想利用这个时间去看金城。他暗自希望金城会给他准备一餐素食。自从那次同两个女人一起度过那个可怕的夜晚以来，他就养成了一个很难掩饰的习惯，就是放弃肉食。以后，当为大臣而设的宴会结束之后，他总还可以向新大相表示敬意。再往后，他呼吸困难地考虑着自己令人厌烦的义务，他觉得，除了在那囊身边过夜之外，似乎没有别的选择。当他可以再到钦浦去的时候，日子会好过得多。

当他离金城的宫殿越来越近时，打老远他就能听见她那忧伤的琵琶声。他很受感动地倾听着。那无比美妙、柔和的声音，触动着他痛苦的心。那声音似乎在痛心地倾诉一个女人的命运，她于十四年前踏上他的国土，从那时起，她就不得不忍受很多事情。他觉得，仿佛她在这世界上所有的痛苦都包含在这简约、委婉而又悲哀

**179**

的声响里。在那些声响消失之前，他回味了一会儿。他的思绪仍然陷在自身的问题中，压根儿没有去想，也许她根本就不想见他。他还来不及细想，那奇妙的声响世界被一阵犬吠声打破了，那条狗大概嗅出了入侵者的气息。现在他别无选择，他被发现了，他很快打消了心中的疑虑。自从他发现那块铜牌以来，难道他不是一直那么充满希望和力量吗？他们不是一起满怀信心地制定了计划吗？不，她肯定会宠着他的。

曾经属于他祖母赤玛伦的这条小黑狗，从敞开的宫殿大门里面激动地叫着迎面扑来，又窜又蹦地来到他这个久违了的熟人身边，想让人把它抱起来。

金城随后跑了出来，笑着说道："这个小东西平时整天死气沉沉的。再说它也相当老了，剩下的日子就是睡觉。"他觉得金城好像在期待他的到来似的。她的声音那样亲切，麦阿充的全部紧张消失得无影无踪，而他感觉到自己就像一个离开很久现在才回到家中的人。他被引向一张桌子，上面已经摆满了美味佳肴——正如他所希望的那样——全部都是素食。

金城调皮地点点头，脸色泛起红晕，这是他最喜欢的，然后金城说道："苏发严给我们讲述过，在钦浦你们已经为你们接纳的圣者和僧人安排好了素食。苏发严自认为很幸运，受到了你们的邀请，他满怀信心地对我们描述，你们自己是怎样尽情地享用这种饭菜。当时我想，您也许害怕参加宫里的宴会，那我们就可能有机会见到您了。"

在她说到"我们"的时候，把头转向在暗影里站着的佩玛。这位年迈的老侍女正含着喜悦的眼泪站在那里。她很快克制住自己的激动，并热心地努力侍候他们俩。他们一边吃饭，一边闲聊起钦浦和翻译工作的进展、房屋的建设和室内的布置。麦阿充报告了筹办这些设施的许多困难，但也懂得插入一些为了办得最好而发生的有趣的故事，人们听了会由衷地大笑起来。占迦和聂·杂纳怎样不顾建筑时的噪音而专心致志地书写，有时候他们又怎样为了一个恰当的表达方式或者一个词汇而进行激烈地辩论，讲得恰到好处，还时不时地加上一些逗乐的姿势。

饭后，他俩来到宫殿前面，背靠着因阳光照射仍很温暖的白色墙壁。

"公主，"麦阿充开始使用这个亲密的称呼，这是他引用松赞干布遗嘱中的说法，对于他来说，这个称呼听起来像桑希叫的"公主"一样，"您知道，我不是一个好国王。我甚至不能在我的大臣攻击您的时候保护您。"

金城本来想要反驳他的话，但麦阿充止住了她。此时他拿起了她的手，接着说："让我把话说完。想着那天夜里，当那囊强迫您吃各种可怕的东西的时候，我仍然极为恐惧。从那以后我自己也不再吃肉了。"他有点恶心，停了片刻，然后接着说："我对这些事束手无策，眼下我压根儿改变不了任何事情。我不得不请求您，要避免我的大臣或这个国家的所谓贵族老爷们反对我们。"

他的脸上瞬间掠过一丝引人注目的表情。"我已经允许您为我们的死者举行祭奠，祈求神灵保佑死者和感到悲伤的人们。我觉得，就是您这些无害的愿望本身，今天也还得容忍受到别人指责。您要答应我，再等一等，我们只是私下里为死者祈祷。我需要在钦浦再安心地待一段时间，一边和僧人、苏发严和桑希一起制订出一种战略。我们不可以损害我们的工作。您今天真该亲自看看，他们对我是多么不尊重，因为我不像我的父辈们那样也是一位勇士。在这些蛮夷中间，战争的艺术是唯一的。啊，我多么希望，我们能做到让这种神圣的教义像植物那样在我们国家的土地上扎根、开花，让这种无休无止的杀戮最终结束。然而我们却必须亲身经历我们的大臣们刚才做出的决定，如他们所说把失去的土地象雄'重新夺回来'。"

金城耐心地听，也没有把自己的小手抽回，一面试图安慰他，说道："您必须练习忍耐。已经干枯了多年的东西，不可能让它一下子突然复活。但是要信任善良的人能够而且也必须坚持下去。您没有发现人民已经骚动起来了吗？这令人记起松赞干布的黄金时代。人们突然又听到了有关他的英雄事迹的歌谣，甚至连我的小侍女都已经会唱了。在大昭寺，那个伟大的国王、他的中国和尼泊尔妻子的塑像前面的酥油灯又亮起来了。当然大多数酥油灯，"说到这里，金城骄傲而又幸福地看了他一眼，"点在我的女祖先文成公主的塑像前面，对此我本人确信不疑。相信我吧，您走的这条路是正确的。根据国王的预言，您能使他的国家重振雄风。用不了多久，您就会实现您祖先的预言。您要好好保存那件伟大的礼物，国王的伟大力量在您的手里：您对人民的爱，这常常比世界上所有的大臣都更聪明。"

麦阿充深受感动地把金城散发着牡丹香气的小手压在自己胸前。金城感到自己的话已经产生某种影响，现在必须再往前走一步。她知道他似乎没有做好充分的准备跟从她。

"尽管如此，您对作战的官兵不应该不加理会，"她声音坚定地继续说道："和他们一起上战场，不要把取得战果、进行谈判的事都拱手让给他们去做。只有这样他们才会承认您是他们的国王，只有这样您才能对他们施加影响。"

麦阿充迅速而又愤怒地松开了金城的手。"这话怎么偏偏出自您的口里呢？您难道忘记了，您到这里时带来的坚定意愿是为了化干戈为玉帛？那钦浦将变成什么呢？谁来推动建筑工程并保护僧人呢？"

金城像挨了训斥的小姑娘似的低头看着地面。"当然，您说得对。战争不可能是我们的任务，但是，如果战争已经以您的名义开始，那么您能随便扭过头去并反对自己的人吗？您已经看见了业已发生的事，您的大臣们不重视您。在这件重大的事情上，您要完成大臣们期望于您的事。当涉及个人的事情时，您并不固执己见⋯⋯

莫非今天夜里您不在那囊那儿过夜？"

麦阿充现在不好意思地看着别的地方。"您把这个称之为个人的事情……您说得对，公主。但是您要想一想，如果我今天夜里在您这里过夜，您可得为此而吃苦头啊。"

在麦阿充说这番话的时候，金城的脸颊发起烧来。他误解了她的话，她从来没有想过，如果他再次亲近她会是什么样子。长久以来她肯定拒绝过他，但是今天，此时此刻看到他是多么不能自主，而对于自己的不幸责任也不在他，不能再对他耿耿于怀了。她感觉到，他需要她，这使她感到幸福，但是更多的……佩玛把谈话之中的间歇理会错了，贸然报告有人来访。两个人像被捉住的小孩那样，看起来都很高兴，因为他们从难堪的局面里解脱出来了。金城松了一口气，请客人进来。她自己曾请求过巴·赛囊，如果麦阿充来访就过来，这样她就能让他和赞普认识。经过和这位年轻贵族进行长时间的谈话之后，深信这将大大有益于国王。

现在，因为他已经进来，她就特别专心地表示问候，同时转向麦阿充说道："睿智的主人，善良的赞普，我可以向您介绍一位非同寻常的年轻人吗？您不曾注意到他，仅仅是因为这几年他到我的家乡长安学习去了。巴·赛囊对于您的国家和对于我来说都大有裨益。是苏发严介绍我们互相认识的，因为在这里很少有机会和学识渊博的人谈话。巴·赛囊像我一样喜欢读古代圣贤的书。我们感到十分可惜的是这里的书很少。有些文本我们可以互相交换，有些书我们手头上没有，在谈话的时候会突然想起来。但是，首先是他学会了新的理论，他也像我们一样，认为这种理论可以帮助引导您的臣民们有一个更加幸福的未来。可惜他觉得只有很少的人和他的信念一致。我想，"说到这里她迅速地把目光从一个人身上转到另一个人身上，"为了从您的宫殿里把灰尘清除掉，他是站在您这边的真正的志同道合者。"

巴·赛囊在金城说话的时候谦恭地低下头，此时，麦阿充心

**D**

想，这位年轻的学者，因为身材瘦削、纤细，加上线条清秀的面容，肯定会比轻书籍重刀剑的人更多地遭到大臣们的侮辱。但是当麦阿充转向他的时候，他那炯炯有神的眼睛却坦诚而专注地看着他。麦阿充生长在竞争激烈的廷臣们之间，早就学会了识别宝石和石头。他确信，这是一个正直的、对阴谋诡计和虚伪无缘的人的目光。这是一块宝石。尽管有自己的经验和金城的推荐，他还是感到有点糊涂："难道您不是和韦·乞力心杰属于同一个家族吗？"

巴·赛囊深深地鞠了一躬，表示他对麦阿充的尊崇和敬畏。"圣明的明察秋毫的主宰，我希望，您别归咎于我的血亲家族。您说得对。大臣韦·乞力心杰是年长的堂兄。我不得不在几个钟头之前一同经历了在接见新大相的时候他对您的攻击。请您相信我，我谴责自己很缺乏男人气概，不能为您辩护。乞力心杰基本上不是坏人。人们错误地评价了他。他担任很高的职位，因为他打了许多胜仗，可以夸示于人。除了骑马打仗之外，他没有学过什么别的东西。他到过别的国家仅仅是为了参加一些战役。像许多其他官员一样，他对治理您的国家和时代的昭示一窍不通。对于新事物来说，他们是一些阻挡前进的老人。平常，越是具有悠久传统的一些家庭，越少想到为了什么可能危害他们整个世界的东西，竟然要放弃那些传统的习俗。我就是一个例子。有人批评我的生活方式，害怕我可能会用我的新思想去影响其他人，所以从来没有人建议我担任某种职务。但是我也并不孜孜以求。"巴·赛囊从容不迫地停顿了一会儿，同时他试图弄明白，赞普是否感到他下面要讲的话过于强加于人。国王亲切的面部表情使他有勇气说出自己的愿望："但是我很乐意站在您这边，和您并肩战斗并用我的微薄知识为您效劳。"

麦阿充很受感动，感激地确认自己在知识者圈子里又找到了一位新的朋友。"要成为一个男子汉，靠的是理智，不靠拳头。"他感动地说道，同时向他伸出手，确认他们的联盟。

现在，麦阿充感到更难以分身，更难履行自己的义务了，他更愿意和这些义务保持距离。但是得到丰富馈赠的感觉使他感到告别少许轻松了一些。难道他已经预感到这是一种幸福的友谊的开始，这个男人会成为他最亲密的可以信赖的人吗？无论如何，巴·赛囊首先应该陪同他去一趟钦浦。这一前景和离开时金城温柔多情的目光几乎使他有理由欢呼起来。否则他还要在议事厅里度过一个沉重的晚上，并在那囊的卧室里度过一个沉重的夜。

# 拉萨　布达拉宫

## 阳土龙年夏天
## 公元728年

**砰**的一声，那囊私人卧室的两扇大木门朝里面打开了。少顷，门口出现一个可怕的身影，一个人整个身子裹在黑色的大衣里，旁边两个仆人搀扶着他。然后，酥油灯在一阵穿堂风中扑扑地熄灭了。摆放那囊烧香用的各种草药的小桌子摇晃着倒在地上。那囊的身体颤抖起来。这是她邀请的那个魔鬼般的老人，她知道，只有保持冷静，他们才会达到某个目标。但是，现在她感觉到，好像有一种被她呼唤出来的可怕的力量用尖利的爪子伸向她。由于恐惧她身体僵硬地后退了一步，好像这样就能阻止自己的生命之光像酥油灯那样被扑灭。她的心那么猛烈地跳动着，以至她很担心会被那个老人听见。然后，她听见黑色的披风在灰尘中间划过，与其说看到不如说听到老人费力地向她靠近时拖沓的脚步声。他命令紧跟着自己的仆人守住大门，仆人的外表使那囊感到恐惧。他们在晦暗不明的灯光里对视了一会儿。此刻，裹着巨大黑头巾的苯教巫师正欣赏着自己对年轻王后施加的影响，只有长长的纠结在一起的大胡子从黑头巾里露了出来。魔鬼般的狞笑使他那涂成黑色的面孔闪着光。他这次出场也决不至于失手，可以说，这也是在成功地完成他

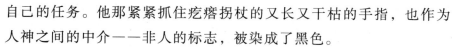

自己的任务。他那紧紧抓住疙瘩拐杖的又长又干枯的手指，也作为人神之间的中介——非人的标志，被染成了黑色。

当他说话的时候，那囊厌恶地将目光迅速转向地面，因为她至少不愿意看他那被染黑的舌头，苯教巫师相互之间把舌头看作一种神秘的信号。她甚至把头垂得更低了，这对一位王后来说是不很适当的，这样一来他就无法看出她脸上的厌恶表情。但他根本就没有理会这充满敬畏的问候。

"我请您准备的东西都有了吗？"他对她严厉地问道。

那囊再次大胆地想起了自己的打算，鼓足勇气地说了一声"是"。她毕竟不想在最后的瞬间丧失勇气，若不把为这一天所做的全部危险的准备付诸实施，那就白白地和这个老人结盟了。她要以毒攻毒，这使她兴奋起来。既然要呼唤这种教会的权力来帮助，那就不应该胆怯。这时候，苯教巫师已经坐在供桌前面一个厚厚的垫子上。他瞟了一眼桌子上摆开的为他的仪式准备的小工具。他的思绪却反而飞到上一次在这个房间里的那一天。当时这里的主人还是赤玛伦，就是她把自己从这里轰了出去。那是他永远不能忘怀的一个羞辱。他始终想着如何报仇雪恨。但他从未想到要违反她的命令，重新进入这座宫殿。在这方面她太强大了。甚至在她死的时候，人们都没有邀请他来为她的亡灵做祈愿法会。当想到她的气息还飘浮在这间屋里的时候，他爆发出一阵嘲讽的大笑。如若在今天，她也许不得不做出别的决定，因为事情正如他所预料的那样在发展。今天她也许会看到，外国人在怎样对她的国家采取行动，就像耗子那样在繁衍，并且恶意地嘲弄着原来的神灵。

那囊听到这种充满怨毒的笑声，浑身一颤，她不能对此做出解释。假如这一切都只是一个陷阱的话，那么，这个魔术巫师若是和自己的敌人结盟可能会对她打什么坏主意呢？

苯教巫师感觉到这位年轻王后很恐惧，遂结束了奔涌的想象，心满意足地看着对方因恐惧而睁大的眼睛。怎样才能进一步提升自

**D**

己的快乐呢，他命令自己的仆人："把带来的东西放下，走开吧。关上门并在外面守着，任何人不得打扰。"

那囊后悔了，她很害怕，因为现在她只能听任这个老头子摆布了，她的侍从也都被监视起来并待在一定的距离之外。现在，她能向谁呼救呢？此刻不会有任何人敢于闯进这个房间。她曾竭力欺骗他们说，她将和苯教巫师举行一种清除仪式。待在附近是危险的，因为有时候魔鬼会弄错，可能会很容易地抓住他们当中的一个。对头脑简单、性情天真的人这种威胁从来都是有效的。为了不出意外，保证一切顺利，她特意选择了一个只有很少人留在宫里的日子。这一天，像往年夏天一样，整个宫里的人都出发去雅砻河畔的雍布拉康。此外，这一天也被看作是一个在永恩谷宫殿附近，为七座新寺庙中第一座寺庙瓜曲举行开光典礼的吉祥日子。也就是说，宫廷，尤其是外国的鬼神，可能会把自己的注意力远远地转移到匆忙中为外国鬼子建立起来的住处和某个寺庙上去，为建设那些寺庙可是挥霍了很大一笔财产。当那囊想到从世界各地涌进来许多所谓新教"圣者"的时候，她鄙夷不屑地撇了撇嘴。

单是金城的堂兄弟，那个中国皇帝就把一万两千名僧人从他国家里的寺庙赶了出去。他拆毁了已经落成的寺庙，迫使那些僧人还俗，让他们去学习有用的职业。玄宗好像比西藏国王、她的丈夫更聪明。大唐皇帝具备了和伪君子、吸血鬼们打交道的经验。他把自己的塑像和贵重金属一起熔化，重新整顿了国家的预算。现在，他们因为这位高贵皇帝的愤怒而逃之夭夭，像蝗虫一样飞来落在西藏王国的土地上。可金城好像觉得这还不够似的，又邀请了从于阗以及其他西方国家来的逃亡者。那些僧人不得不从别的被他们称之为穆罕默德的魔鬼面前逃走。为了给那些人建立新的宫殿和神舍，他们得到金城和赞普在金钱和食物方面的慷慨支持。他们的新观念将完全改造这个王国并最后将其消灭，那囊和所有旧的、这期间被革职的家庭对这一点深信不疑。这是大唐试图把西藏变成自己的属国而精心策划的一个狡猾的阴谋，这里人们的看法是一致的。那囊最想把心中的苦水全吐出来，但却只苦涩并义愤填膺地说道："他们必须滚开……一定要消灭他们……全部消灭！"

苯教巫师在她怒火爆发的时候态度庄严地说道："您想到已经在我国进行的改革？"

那囊点点头："那时，当麦阿充真的去了象雄，在去年夏天亲自带兵出征反唐，去了吐谷浑的时候，人们抱着多么大的希望啊。终于是时候了，令人胆寒的牛角吹响进攻号的时候，是为了使我们敌人的血从血管里流出来。人们终于相信，古老的英雄又站起来了。然而，他回来的时候干了些什么？他利用人民的拥戴，罢免了许多大臣，把许多高位给了他的朋友。从此以后，有效的只有按照外国的样式制定的新法律法规，在他看来，新近和那些诡计多端的冥府看门狗一起来到这个国家的人来得还不够快。谁不顺应这些，就简单地被打入冷宫——像我一样。"

老人仍然保持他正襟危坐的姿势。"现在您和您的家族想起了我，对吗？"

那囊现在几乎是用乞求的目光在看着他。"是我派人叫您来的，因为我们注意到，从前您就试图采取有力的措施反对这些外国人。因为您是我们唯一的希望。我们必须采取行动，我们必须召回那些回避我们的旧势力，我们必须使他们醒悟，保护国家、保护国王和……"

"……和您，"苯教巫师狡猾地补充道。

那囊绝望地赋予她的妒忌以一种更高的意义。

"这也是，"她承认，"只有让我生下一个王位继承人，大家才有救。难道只有这样，古老的神灵才能返回来吗？如果国王始终被那些人围着，如果他不来和我同床共枕，我怎样才能怀孕呢？"

"……从前，"老人讥讽道："您从未因此需要过我的魔力。"

"唉，让我安静，从前这个国家里只有很少几个这样的鬼子，我也不到三十二岁。让我们停止这种胡扯，言归正传。你像我一样，心里明白这是为什么！"

老人并没有因为她那厚颜无耻的声调而不知所措。不管怎么说，她是旧信仰忠实可靠的追随者，她想为了她个人和她家族的目的利用他。他了解贵族的担忧，自从麦阿充登基以来，他们就为自己的权力、声誉和影响担忧。自从国王的心转向佛、法、僧以来，国家的金钱就为他们大肆挥霍浪费，贵族们不仅为自己的财产和收入担心，还要和自己的子女们争论不休，因为他们迷上了新教宣扬的那一套"克己、舍弃"的教义。

如果只是为了顺从一个心怀妒忌的女人的意愿，他也许不会进入这座红山上的宫殿。这是一个吸引他的地方。许多年前国王的气息还在这宫殿的大墙之内游荡。他们的影响依然在附近，这是可想而知的。没有那囊，这座宫殿对他是紧闭的。他是旧神灵最受人尊敬的代表之一，以她的名义并受她的委托，求助于他最合适不过了，没有人更了解眼前的任务。直到不久之前，国内最有势力的家族还和国王假借这些神灵之名，声称受这些神灵的委派来对这个国家进行统治。只有苯教巫师对国王的幸福负责。只有他们必须给大臣们出主意或者为国家的边界操心。只有他们的预言关乎胜利或者失败，只有他们和神灵的联系才能赋予国王及其臣仆们幸福。这种被外国入侵者破坏了的上天的安排应该重建，其代价即使在最糟糕的情况下也就是国王或者王妃的一条命。自古以来就是这样，如果对于上天来说必须要有一个牺牲的话。由于与异邦的神灵结盟，变化万千的天体运行和其中不断重复的规律，旧的权力和法规，会很快敏锐地受到干扰。赞普本人，这些基本原则的保护人发誓要废除这些原则。苯教巫师苦涩地想起这件事，为了扭转这种危险，他什么尝试没有做过啊？起先他曾试图用这样的信念、魔术和计谋说动赤玛伦，不要让麦阿充继承王位。最后，又试图让她来不及宣布这个懦夫为赞普。在这位女君主死后，他曾希望尚赞咄会夺权。但是相反，那位没庐氏家族的大臣把麦阿充引到大昭寺中心佛殿的阳台上，向人民介绍了这位新赞普。虽然政府的线绳掌握在他的手中，但现在，自从他也死了以后，这位唐朝公主及其随从的影响越来越大，令人感到威胁。如今只有盼望那囊能生下一个敬神的儿子，由神灵们亲自掌管这个国家的命运并消灭那些外国人。他必须把神灵们招来。只是为了这个原因，他才和那囊及其家族订下契约。

他审视地看着这位正神经质地拽扯袖口的王妃说："您不用教训我，没有人比我更清楚地知道，我们这是在做什么。相反，您似乎还不懂，向阎王和他的神灵们发出请求是多么大的动静。这些神祇将会无情地审查我们是否有权呼唤他们。保佑我们？如果我们平白无故地唤醒他们……您真的确信，您有正当的理由吗？"

那囊不理解地看着他说："当然，怎么会有别的想法呢？难道这不是关系到阎王自己的王位吗？或者你以为，这些菩萨的帮凶们一旦大权在握，不会消灭他这个靠人和马的牺牲而生存的神灵吗？"

这时候老人变得严肃起来，显然他低估了她。他若有所思地点点头，再次把头巾拉得更低些。"您是一个聪明的女人。我们必须使阎王最终看清这种危险。只有这样，国王、他的家庭和我们的国家才能从大唐的魔爪下解放出来。我曾担心，您会以卑微的、低下的动因，防碍上天的权威们接受这样的任务。您将永远不会抱着让人倾听一位妒妇的愿望。否则，他们会很生气，觉得受到了打扰。很多事情取决于您的想法，因为超凡的力量能够看见人们头脑里和心里在想什么。此外，您在他们面前只有行为端正，我们才会取得成功。尤其是站在阎王下面的恶魔——龙王，是不好惹的。我们千万不能惹它动怒。"

那囊的勇气在想到龙王的时候再次动摇了，那是一种强大的恶魔，它能潜伏在井里和河里，就像藏在黑山里一样。从根本上说，它无处不在。无论在哪里，人们在它面前都不会感到安全，它很容易发火，夺取他人的生命财产。那囊听了之后身子在战栗，而老人却毫不放松地继续发出警告："您也知道，只有遇到严肃的事情，才允许呼唤那威力无比的神灵，请他们出面应对强敌的挑战。和强敌搏斗即使对超越时空的神灵来说也决非易事，胜利不会马上取得。我们必须有耐心。有时候要持续很多很多年，直到他们达到目的——前提是，我们要说服阎王，让他相信我们的请求具有无比的重要性。您是否已经在这种意义上审查过自己的心，在这种可能会使您筋疲力尽并且是旷日持久的情况下，您也心甘情愿吗？"

他咄咄逼人地看着正勇敢地和失望作斗争的那囊，她沉湎于自己对不确定的未来的梦想。"我们，"苯教巫师接着说道，这一次他意味深长地一个字一个字地强调说："也就是您和我，永远没有能力将这个、也就是我们给阎王提出任务的请求再重新收回来，这您也明白吗？"

是什么在警告那囊，是终局吗？但是她更喜欢扮演自命不凡的女人，于是耸了耸肩，轻率地回答道："让它该怎样就怎样吧。"

对于这个老人来说，赞成不赞成都一样。最好，为了使仪式不受她的任何干扰进行下去，他本来就该把她支开。但由于他现在要求她的帮助，所以他就尽可能善意地说道："现在，因为您已经把所有的问题都想到了，那就让我们开始吧。我请您做的事都准备好了吗？"

这时候那囊站起来把金城的镜子递给老人，同时还有一个装满温热鲜血的碗。

"这真的是赤玛伦那条狗的血吗？"老人审问道。

因为那囊如此大胆地完成了他提出的困难任务，所以她现在十分得意地看着他。"派人去宰掉这条狗，比弄到这面镜子要简单得多，这你可以相信我。"

但是老人并不重视她对细节的描述，他现在必须集中自己的思想，以免忘掉他的咒语要取得成功取决于什么。为此，他需要掌握

与金城本人有关联的器物。要使魔法灵验，他就必须请强大的阎王和他的助手大吃一顿，这顿饭应有五种珍贵的肉及其骨头和血。与此同时，一面镜子是任何一个苯教巫师不可缺少的工具。镜子是一切可见之物的象征。他本人始终把这个重要的礼仪物件用链子挂在胸前。如果这个物件属于被驱除的人，那么它对事情的成功就会更加有效。有一个谣言说，这面宝贵的镜子的特别之处是可以在镜子里看到未来。自从这谣言传到他耳朵里以后，他最渴望的就是把这奇妙的镜子拿在手里，因为他估计，这个传说里面有某种东西是真的。无论如何，看来公主并没有真正地使用这件宝贝，否则她可以为自己确定一条更有利的人生道路，不然，在江擦出事故之前以及遇到所有与她的命运相关联的圈套时会受到警告。而她究竟为什么继续前行，到这个国家来呢？她曾经谈到"报应"。这是那些外国人，每当他们想解释人为什么不能改变自己的生活道路时，不断挂在嘴上的用语。他认为，如果她真的有能力预见到前面等着她的是什么，她很可能会采取不同的态度。也许这镜子会使他、一个专业的魔术师成功地追寻到某种秘密。那囊满足了他隐藏在心中的愿望。她轻信地听从了他，连问一下公主的任何一件衣服、头发或者指甲是否也有同样的功能都没有问。

他很激动地把沉重的、镶嵌在银器中的宝镜捧在手里！他颤抖着把镜子送到一盏酥油灯的光里，此前他断定那囊在想她自己的事。他转动并翻转着这面镜子，但看到的是他不认识的外国字。他失望地把它放进供桌上的法器当中，他和那囊谈话时在桌上从右往左摆放的那些法器，是召唤令人恐怖的神灵时要用的。他自我安慰地说，仪式过后，他会彻底地研究这面镜子。最后他又审视地看了一遍那些法器摆放的顺序。在他的右边有一个骷髅，它代表人的可以丧失的五种官能，装满了五种"神餐"，就是五种体液——粪便、血液、精液、尿液和汗液。紧跟着的是含有人油香味的容器。旁边有一盏灯，灯盏里放的是等着燃烧的部分腐烂的尸体。在更远一点的笨重的银器里有一种黑色的液体在闪闪发光，他通过气味立刻就知道那是胆汁。然后就是那个盛满五种"珍贵肉类"的容器了。那里面有带骨的羊肉、狗肉、马肉、山羊肉和人肉。这些供品代表敌人的肉、血和骨头。当他看着燃烧的刺柏枝冒出的浓烟不愿往上升时，他思索了片刻，这些敌人也知道数字五的影响力。他们把人民经过考验的智慧吸收进他们的"新教义"之中，就像把线织进地毯中那样。但是他们并不知道用它们做什么。这将无助于他们反对旧神灵的威力，就像魔镜掌握在错误的人手中一样。他很生气，因为发觉尽管他在猛烈地挥动那长长的黑袍袖子，圣烟仍然拒绝上升。这可不是什么好兆头，因为只有烟垂直升起，才能表明咒语将会像人们希望的那样由此发出。但那团黑烟像一团雾，气味熏人地爬向祭坛的中央。那个地方有用糌粑和血捏成的很小的佛教僧人的像和金城公主的像。用黄油塑成的公主像制作得稍微大了点儿，头上还清楚地别着她本人的一根银簪子。

可能是这个房间里存在着过去时代的某种反对力量，老人想，不过他对这些不利的征兆一笑了之。他的行动的成绩并不取决于这些区区小事。他安慰那囊，同时夸奖道："您准备得很好，"并端起那碗狗血，倒进另一个骷髅头里。他从一盏酥油灯里取了一点火，点燃那盏一直点不着的堆满人油的灯。现在，他端起装满狗血的骷髅头转身向着那囊，那囊脸色苍白地倒退了一步，因为怕苯教巫师强迫她把狗血喝下去。但苯教巫师讥讽地大声笑着说："不要害怕，这个恶毒的小东西不会再狺狺地叫喊了！但是，站着别动，这就很好。千万不要干扰仪式进行，不管出现什么可怕的东西。如果您不想毁掉这一切，不能发出任何声音，假如您还珍爱自己的生命的话。"

那囊小心翼翼地又倒退了一步，退到角落里，蹲在一张毛皮上。她抓过来一个枕头，抱在怀里，保护自己，感到恶心地观察着老人怎样喝了一点狗血。他舔了舔嘴唇，把手指伸进骷髅头，然后抽出沾满狗血的手在祭坛上画了个圆圈。他背向那囊喘息着盘腿坐在供桌前面的垫子上。他保持这个姿势开始用上身在刺柏枝的烟雾上划圈儿。他呼吸着烟，在恍惚中他加快了旋转速度，口中念念有词，那囊以为那些话就是出自苯教巫师召来的保护神。果然，过了一会儿，被召来的保护神好像真的来了似的，因为那囊在她那暗黑的角落里能够观察到，巫师的身体被痛苦的抽搐侵袭，直到他在呻吟声中达到那种如醉如狂的状态为止，他就是因此而出名的。

当苯教巫师喝了一大口青稞酒，使劲向四面空中喷出之后，那种有节奏的喃喃低语声重新响起。现在，他拿起一个奇怪的吹奏乐器吹出几个可怕的应该唤醒可怕神灵的声响。那囊不由自主地捂住耳朵，当她看到他把那个用银子和宝石装饰的用人的小腿骨制作的喇叭放下的时候，才把捂耳朵的手松开。这时候他的声音变得出奇的高，完全走调儿。也许那已经是保护神从他的体内发出的声音，因为她相信从那催眠的声调里听出了"阎王、阎王"的嘟哝声。好像在进行一场激烈的斗争，老人在反抗着看不见的敌人。他的脸色从深红变为羊皮纸那样的灰色。他的眼皮沉重的垂下，嘴半张开着。口水在滴滴答答地往外流淌，变成泡沫。当那囊感到恶心不敢再往那儿看的时候，那扭曲的面孔变了，呈现出一种智慧的表情。

那囊担心附在他身上的力量可能会压倒他。但突然出现一片令人恐怖的寂静，在这寂静中苯教巫师聚精会神地站立起来并用冷静的、有力的动作拿金城的塑像在缭绕的香烟上转起了圈子。他用胆汁喷洒她并将她抛向他以为是产生一切罪恶的渊薮、就是大唐国所在的方向。新教义追随者们的遭遇和公主一样，随后，他发出无法理解的声音，多半是一些咒语，将这些人逐个抛出。

老人再次抓起他那可怕的喇叭，吹出刺耳的噪音。阎王想必听到了那种声音，因为老人现在做出一副谦恭的姿态，跌坐在地上，很清楚地喊道："听我说，魔鬼们的国王，阎王，黑暗和死人的统治者。我们邀请您和您的助手来赴宴。仔细品尝我们为您们准备的

D

195

那些美味的食品。我们甚至不惜为您们备下了马肉、狗肉和人肉。您们应该感到高兴，好好地吃吧。拿去我们的礼物，然后静静地聆听我们说话。"

苯教巫师现在让地狱的音乐再次响起，他感到好像最后的力量都被夺走了，所以他只能小声地说话。那囊不得不竖起耳朵才能听明白幻觉中对话的只言片语。那囊从对话里听出，这个愤怒的老人散播出去各种疾病，还谈到了龙，他想把龙派出去。阎王应该把他的强大的鬼魂们放出来，这样他们就会使苯教的所有敌人都失去他们为之骄傲的理智，直到他们发疯，自己人斗自己人，直至他们互相残杀。他自己必须踩死敌对的力量并消灭它们。"让追随你的无数大军冲向您的敌人，直到他们把我们的对手打倒并消灭。"他大声喊道，声音又变得强有力了。老人一定使魔鬼的国王相信了外国人首先也是他自己的敌人，因为那囊这时吃惊地发现，无数微小的、同样是用大麦面、酥油和血糕在一起做的剑，为了在斗争中站在鬼魂一边，突然像被看不见的手引导那样开始飞起来向公主和圣者的塑像砍去。

苯教巫师绝对不让别人干扰他那种朦胧状态。那囊拿不准，她是否真的看到了砍刺的动作。老人越来越恭顺地低下头，好像要继续和阎王及其助手们商量似的。然后他才渐渐地陷入一种半睡半醒状态，他谢了谢阎王和他的助手，一再地表示希望他们会卓有成效并对供品满意。而他将遵守自己的诺言。

他觉得人间的喇叭必须在神灵的耳畔再次吹响，这样他们才能听得见他用沙哑的声音说出来的誓言："在本月二十九那天上弦月的时候，我将和九个持盾牌的战士、九个寡妇、九个左边的牦牛角、九个小土堆、九块黑石头，九颗盐粒、九根干柳条和九根刺柏枝条出现在您指出的地点。如果我不能成功地办到你们希望的事情，那么我将按照你们的愿望，拿着九个狗头或者狼头骷髅或者一匹马的左眼，把它们全部分散到世界上的八个地区。我把握的生命托付给你们这十四个可怕的神灵了，因为你们比别的神灵更强大，更有威力。你们给我们的赞普出主意并保护他们，自从你们借助天梯降落在大地上以来，你们曾经使许多英雄事迹成为可能，使我们得以制服我们的敌人，这一次也不要让我们落入敌人的魔爪。帮助我们对付来自五个方向威胁我们的敌人，并把他们赶进一头牦牛的左边牛角里去。"

那囊继续听着苯教巫师现在怎样赞美诸位神灵。他没有忘记提醒他们，是他们曾经辅佐过前几代国王们的丰功伟绩。那囊对歌声渐渐地感到厌烦了，但是她太激动、太害怕了，不敢真的睡着。她感到非常高兴，看到随着列举的诸神、特别是可怕神灵的国王、杀死敌人的刽子手所显示的光荣事迹，仪式就结束了。巫师由此应该看到，他所呼唤的战斗也将会取得同样的成功。毫无疑问，最后他强调说，这一次他也将把所有可怕的敌人统统捆绑起来，赶进牦牛的左角里。那只牛角，敌人的灵魂将永远被关在里面并且被埋葬在规定的十字路口。苯教巫师疲惫不堪地缩成一团，顶着头巾的脑袋几乎要垂到膝盖。

那囊小心翼翼地接近他："幽灵和魔鬼都离开了吗？"她胆怯地问道。

老人发出呼噜声，口涎令人恶心地顺着纠缠扭结的胡子往下流淌："是，但是现在让我稍微安静一下，我很累。您不用担心，我想我们会成功的。您想不想放一点新鲜空气进来，给我点吃的喝的？我为今天的作法驱鬼已经斋戒三天了。"

那囊很高兴，现在她终于可以离开这个房间了，这里臭烘烘的，充满了野兽的臭味和熏死人的药味。

苯教巫师虽然真是到了他的体力的极限，但他的好奇心使他再次振作起来。他仍希望能够对镜子施加影响。于是，他很快地抓起镜子。他没有受骗，外国文字在反光里显现出来，然后又消失了。现在，他把镜子放进神圣的刺柏枝条的烟雾中，然后吐了一口唾

**D**

197

液，使劲擦拭，直到它闪闪发光为止。然后他拿它对着自己的镜子蹭了蹭。现在出现了一个十分清晰的图像，那是那囊怀里抱着一个小男孩。如果这面镜子真的能预示未来，那么他就达到了自己的目标之一。当然这种快乐仅仅持续了很短一会儿。因为现在图像在变换并大大超过了这个老滑头的所有想象。可是，这不正是他要求阎王的吗？他本应想到，神灵送来的这些图像往往和人的大脑所能够想得出来的东西是相反的，正是他给龙委派了任务，而他知道，龙正是鼠疫和瘟疫的主人。他绝望地拉扯着自己的胡子。不不，他可没有想召来这样的恐怖和苦难。正像他对那囊说的，什么都不能收回。这是保护神灵的一个不可更改的法则，这一法则要求，应当确定提出请求的人预先应考虑好是否打扰了这些强有力者。此刻他又一次想到烟熏的供品，想到那糟糕的预兆。他到底干了什么呢？

　　镜子里的光熄灭了，现在眼泪顺着他布满皱纹的脸颊往下流。他只是还在揪心地思考，如何阻挡继续遭受伤害。他不得不委托那囊把那面宣告灾难的镜子送回去。为了安全他要提醒她，每个占有这面镜子的人都可能被毁灭。镜子的来历证明了这一点。然后，憎恨金城的那囊，将会想方设法让镜子重新落入公主手中，从而战胜她。今后，就要靠金城自己，或者凭借一次偶然的机会来揭开这面镜子的秘密了。然而，即令她认识到这个秘密，将来又能做什么呢？她会有力量和权力来扭转她自己和这个国家的人们的命运吗？

# 同一时间,雅砻河谷

当苯教巫师研究公主的镜子时,在远处的雅砻河谷里刮起了一阵强烈的沙尘暴。大自然变化无常,突然之间,沙尘暴改变了魔法师和公主出于不同原因当作好日子的那一天。日常的轻松的礼仪活动变成了严重的威胁。先前已经有人提醒公主启程,因为低垂在天边的太阳表明天色已晚,回行宫的路程还很远。而公主陶醉在幸福感和乐观情绪之中,把所有的顾虑统统置之度外。因此,他们出发的时间太迟了。现在沙尘飞扬,呼啸着爬上河岸,抽打着河水的波浪,然后又冲向田野和山上的一切有生命之物。公主的小木船大概还在那儿,由于沙尘漫卷,人们只能估计河流中的情形。可怕的叫喊声随着飞扬的沙尘闪过,逐渐加强,然后又同样快速地在咆哮声中戛然而止。佩玛留在了岸上,她把脸贴在马鬃上,因为船太小,公主把这匹马留在了她的身边。

她和马一起蹲伏在一块突出的巨石下面,马在神经质地倾听着,她在马耳朵旁边小声地安慰它说:"安静,安静,这肯定不是你女主人的声音,那是欺骗我们的风声。她不会有什么事的。如果她最近一段时间不那么轻率和傲慢就好了。我预感到这次出行一开始就有不吉利的预兆。但是,她不再听我的话了!因为十分忙乱我才忘记把镜子装进行囊。不,啊,我还以为,我已经把它装起来了……佩玛就要老了,你懂吗,要变成一个爱忘事的老太婆了。后来那只小狗也不见了。她原来是要带它的，她离不开它……但当我告诉她，那条狗对这次出行来说反正也太老了，最好还是留在家里，以为那只聪明的狗很可能是怕受累故意躲起来了——很奇怪，她立刻表示同意，所以就没有马上去找它。也没有费心思再去想它。她最喜欢和她的那些同乡讲话，她只听他们的！是的，是的，对你也是如此。"

佩玛迅速撩起盖在他们头上的头巾，以便察看一下周围的形势。四周飞沙走石，他们睁开眼睛的时间不能过长，她赶快把充当简易保护物的头巾再拉下来，并轻轻地拍了拍马的脖子，继续抱怨道："否则，为什么把我们俩留下来？她好和她的老乡们聊天。今天早晨，我为她吃早点送牛奶而把牛奶弄洒了，当时就请求她，把去永恩谷远足的日期推迟一天。那可是一个很不吉利的信号。可她只是笑我：'迷信！你想想，我的星象师和风水师能预见不到吗？他们能看到的东西比悲观的估计更多，也就是说，他们会审查建寺地方的吉凶。对所有的山川河流做出判断是一个严肃而且责任重大的任务。你真的认为，他们会计算出一个对奠基不利的日子，给自己的工作带来危险吗？不，我们今天将为瓜曲寺庙向土里打下第一个钉子，以便僧侣们能尽快地得到一个在其中生活与工作的家园。'然后……"佩玛不停地抚摸着马的脖子，"她对我相当明确地表示，说那是我的一双老手颤抖造成的失误，但恰恰因为我老了，她才应该听我的。我能够感觉到，很多天以来，有一种恶在我们周围窥视着。但她现在就是听不进我的话。同时，我还拿着她的手，指给她看宫殿塔楼上的窝里正在扇动翅膀的黑乌鸦。谁都知道，要是早上看见了它，那对当天的任何行动来说都是一个不好的兆头。即使在她的家乡，这种鸟也被看作不祥之兆。可是她仅仅向塔楼上看了一眼，说道，一旦钦浦附近的旧宫殿扎玛又可以住人了，她的僧人早晚会搬进这些年代久远的小屋子里去。然后，不祥之鸟很快就再也没有机会在那儿做窝了。同时她还目光炯炯地看着我问道：'如果

我们远离首都和皇宫，住在离僧人们很近的地方，这不是很妙吗？'
她一边大笑一边拉着我转圈子，好像我晕得还不够似的。不管怎么
说，她拥抱了我并且称我为'亲爱的老佩玛'。"

　　风暴像来的时候那样突然消失。外面的风光刚才还是一片绿，
现在蒙上了一层白沙。这时候人们才敢再把小船摆渡到一边。借助
最后一道日光，佩玛也来到赞普河的彼岸，马的缰绳也松开了。她
在摇摇晃晃的船板上哭泣着向诸神祈祷，希望他们保佑公主。她刚
刚爬上岸就发现金城躺在地上一片紫花中间，那些花儿都压在厚厚
的沙子下面，可是早上它们都还很新鲜。她在这儿，她活着，对于
佩玛来说此刻这就是一切。她躺在这儿，柔弱、脸色苍白，有许多
小的血道子。她的侍女们今天为她精心梳理的发型已经不在了。
　　粘在头上的湿漉漉、乱蓬蓬的长发中连一根簪子也没有了。国
王也受了伤，可是借助侍从的搀扶还能坐在马鞍上。佩玛本想尽量
靠近公主，但是却被桑希阻止了。"您现在不能为她做什么。必须
尽快送她去看医生。"桑希属于拯救者之一。他浑身湿透，簌簌发
抖，向佩玛讲述他所知道的一切，这是为了使佩玛放心。"我只能
把国王对我说的告诉您。当小船飞快向一个沙丘漂去的时候，船翻
了。船上所有的人都被甩了出去，然后就喊里喀嚓地粉碎了。他本
人机智果断地抓住一块木板。在怒吼的波涛声中他听见了公主的叫
喊声。幸好，当她被冲向他的木板的时候，他抓住了她并把她拉到
那块木板上，她已经失去了知觉。船上只有两个僧人自己爬到岸
上，另外一些人全部失踪，肯定都淹死了。"桑希耸了耸肩，做了
一个无可奈何的动作，然后转向佩玛，让她看远处淤积起的沙洲。
"国王能够把金城和自己救到一个沙洲上，那些沙洲是风暴游戏般
冲刷过来并聚集在那儿的，好像它们是一群放纵的孩子。幸好他们
离岸边不远，所以我们能够远远地听见赞普的呼喊，当天色发亮，
河水重新恢复平静的时候，就把他们俩接过来了。麦阿充为我们的

公主感到绝望，后来，为了使金城摆脱人事不省的状态，我们什么方法都试过了，但她还是没有恢复知觉。"

此时，他们都忧心忡忡地看着金城被六个人用担架小心翼翼地抬着。平时叽叽喳喳的随从们现在全都低头不语，跟在后面，渐渐消失在寂静的夜里，留下来的人继续寻找其他遇难者。

他们很快就必须点起火把来照路。路上碰到的牧人都来提供帮助，但随从们只愿意喝几口热的酥油茶然后再赶路。尽管他们都已经累得精疲力竭，但没有人愿意停下来休息。本来国王也不需要向他们发布命令，因为这是明摆着的事情，如果想尽快到达昌珠，就得不顾一切地赶路。留守的医生们都在当年由松赞干布和文成公主建的一座小寺庙里。

没有人去计算他们胆颤心惊地跑了多少钟点，他们担心公主的精神可能会完全弃绝。当先行的报信人到达寺庙时天已经亮了。人们赶忙为遇险者的到来做准备。而公主的医生摩诃衍那和他以前的学生则翻身上马，去迎接受伤者。国王的贴身医生为不能陪他们同去而表示遗憾，对于这样的急行军来说他太老了。摩诃衍那严厉谴责自己没有陪同公主出行，因为这本来是自己的责任。可是公主却明确地让他留在寺庙里和其他医生切磋。他本应该抵制这次诱惑，但他确实很想和赞普的私人医生毕奇留下来。很多年前他们已开始相互尊重，当时他们曾一同把公主带来的药典和文献翻译成藏文。

金城本人也坚持让他们会面，他试图安慰自己，因为他从前的学生宇妥·云丹贡布刚刚从印度回来。金城邀请他在旧寺庙里住下，以便他能够安静地整理他的研究成果和翻译梵文。宇妥很有才干，他是一位医生的儿子，他从事医学研究已经八年，八去印度。他打算把从摩诃衍那身上学到的东西和他在印度的研究联系起来，编纂一部四卷本的医学百科全书。这部书将成为一部基础著作，取名为《四部医典》，这部书以佛教本身和四种密宗为基础。想到可以重新见到和蔼可亲的年轻学者，就他在遥远的印度之所见所闻进行讨论的确令人神往。

很多天以前，他们就已经和国王的私人医生在寺庙的院子里一起进行过一次很有价值的争论。毕奇·查拉·什拉拉，国王的贴身医生十分重视人们始终称呼他的全名，因为他的名字中的一部分已经包含了波斯语的医生这个词。每个人都称呼他毕奇，当然只是用手捂住嘴说，因为他愤怒起来很可怕。尽管如此，毕奇就像在松赞干布宫廷里他的前任伽兰诺斯一样，来自伊朗塔奇希的克罗姆城。金城邀请他到拉萨来，为了将松赞干布和文成公主时代留下来的中文和印度文的文献重新启用。由于与伽兰诺斯的关系及其伊朗出身，他未受到某些更强大者的阴谋触动，这个事实使他成为国王理想的私人医生。就像在松赞干布时代那样，又是一个波斯人作为享有最高权威的医生，在松赞干布召集全体会议时在议会的中间坐到垫高的小地毯上。

摩诃衍那和毕奇也把他们的著作带到了昌珠，因为宇妥在去印度之前就共同经历了《月王药诊》（副本）的产生。现在，由大唐公主带来的医学和药物学这部著作的翻译几乎完成了。他们郑重其事地把副本交给了这位年轻医生。宇妥的喜悦温暖着两个人的心。

是的，有这样一位既努力又细致的研究者，对于医生们来说是一种快乐，也是未来的一种希望。即使总想捍卫自己崇高地位的毕奇，鉴于这位年轻同事这些值得注意的知识，也毫无妒意地说过，现在，这个被垫高的地毯的位置，可能该是由一个藏人占据的时候了。远离皇宫，彼此交换意见，不再为国王单独外出而担心，真可谓一大快事。他们怎么会想到在这样一次小小的远足中会发生什么事情呢。

摩诃衍那一边赶马奔跑、一边绝望地想，我要是不听金城的话

**D**

就好了，好像他能借此赶走痛苦的自责似的。当他终于追上国王那些精疲力竭的、可怜的随从们时，宇妥第一个翻身下马，去察看国王，这时候国王软绵绵的身体必须由随从们强有力的胳膊搀扶才能坐在马背上。摩诃衍那只是向他这边瞄了一眼。他的任务是赶快去帮助公主，她的样子是那样弱小和无助，使他几乎没有认出来。但最困难的是他什么情况也不知道。他小心翼翼地再三为她号脉，感觉她脉搏的跳动和特征，希望脉搏能显示出异常现象的性质和部位。公主的脉搏很弱，难以清楚地进行分析。她的状况可谓奄奄一息，但各个器官好像没有受伤。她对敲打试验也没有反应，他立刻放弃了这种试验。这样，他只能让她侧身躺着，免得她窒息。他向神灵祈祷，愿神灵保佑这个命悬一线的人，直到他们到达寺庙，好为她进行仔细的检查。

当他跟在抬担架的一行人后面走的时候，手里握着马的缰绳，心里在苦思冥想，她的情况怎么这样奇怪，事故已经过去了很长时间，她怎么还没有恢复知觉呢。如果她头上遭到打击，也早就应该清醒过来了。越是接近目的地，他的怀疑就越强烈，不仅公主的事故，而且她的失去知觉，都有点不对头，很可能是一种神秘的黑暗势力在作怪，正如他在这个陌生的国度里常常经历过的那样。

来到寺庙里，当宇妥和毕奇处理完麦阿充的伤口之后，便一起来照顾金城。为了使公主清醒过来，摩诃衍那用尽了一切办法，用针刺并灸她的腹部——可是都没有效果。他所有的招数都试过了，好像都不起作用，这就使他更加怀疑了。他必须和宇妥进行一次谈话，这位藏人也很了解神秘巫师的阴谋诡计。他很犹豫，觉得还是小心为妙。因为他把宇妥看作是一个现代年轻人，一个学者，他会轻蔑地把这种魔法看作迷信。摩诃衍那觉得提及这个话题就很难为情，可是宇妥完全不像他担心的那样采取拒绝态度。他承认，他的本事好像至今都不灵验，如果让他单独和公主在一起，也许能看到别的出路。他确实也了解一些古老的魔法，是从过去时代了解到的，真要去做的话，他作为一名严肃的科学家感到羞愧，他感到丢脸的是，在这个国家里竟然还有这么落后的东西。也就是说，若不想损害自己的名声，只能机密地行事。事情也果真是照此办理，佩玛虽然公开地钦佩这位年轻学者，什么事情都站在他一边，但要说服她同意让金城和这位年轻医生单独在一起还是很难的。

宇妥不受干扰地单独留在了公主的房间里，马上熄灭了刺柏枝的火焰，吸了一口烟之后，就试图陷入沉思，他两只手在病人的上面划起了圈子，手上接到的信号表示，头部应该是他的注意力朝向的地方。他的双手慢慢地落下，直到他的手指触及她那黑亮的头发，因为爱惜公主，避免触到她的伤口，佩玛没有为她梳理。他的双手突然感到好像碰到某种非自然的反抗，一种巨大的力量，仿佛有千军万马要阻止他继续在金城的一绺头发里探摸。他使出全部力量抗拒这种进攻，同时受到许多可怕的图像和闪电般的光束的冲击，他顽强地抵抗着。但是，他突然碰到一个微小的物体。他让那个物体滑到手掌上并睁开了眼睛。他长时间地盯住那个东西，不愿意相信自己看到了什么。

那个小物体虽然只有手指甲那样大，但却是一把惟妙惟肖的剑。可以看出剑上有一根断了的线，那个线头说明它是和某个地方连在一起的。他必须再找到连接着的另一端。但他首先把小宝剑扔进火中，以防止发生更大的不幸。一道特殊的火焰出现在他扔进去的地方。惊恐掠过他的全身，在这个看不见的强大对手面前他有些害怕了。他额头上已经是大汗淋漓，但他感到，在危难中绝不能懈怠。他再次触摸了一下刚才发现小宝剑的地方。这一次那些反抗他的力量已经变弱了。为了找到那个地方，他聚集起自己的全部勇气。在那儿他摸到一个短小的线团。他小心翼翼地扯了扯那根线，抻出来一根直接扎进脑袋里的簪子。那可能只是一根寻常的簪子，但它和那把小宝剑连着，在发生事故的时候钻进了金城的头里，这就非同寻常了。据他所知，这种偶像崇拜往往施加了魔法，用它们

**D**

205

和试图阻碍他的那种力量联合，以避免被人发现。也许把那根簪子一起投入火中更好——但是，它可能不会那么快就燃烧净尽。假如有人发现了它，可能会从他的处理中推导出错误的结论。这样一来，他除了尽快把它藏进袖子里之外就没有别的选择了。也许它将来能为解释这次事件作出贡献。以后他可以顺便询问一下，这东西是否属于公主，同时打听一下，她是否把它丢失了，什么时候丢失的。

现在他用自己的长袖子把烟气往公主的鼻子下面搧了一下，轻轻地唤着公主的名字。公主的眼皮跳动了一下，这样就使他确信，拔除了簪子使她恢复了生气。他赶紧熄灭了香炉，来到院子里。大家早已在这里焦急地等待着他。但是，这位年轻的医生对于他在里面已经使公主苏醒保持沉默。在沉思中，他看见了某种令人不安的东西，在魔法方面，对他那未经训练的力量而言未免要求过高了，他只能想象那种东西在现实中有多么强大。对抗那种力量，他和在场的所有人，谁也不行，所以他不想令大家不安。从根本上说，他拒绝承认那种东西，至少在他没有弄明白它们之前，根本就不想和它们打交道。

他已使病人的病情稍微好转，就眼下来说已经足够了。在连珠炮似的向他提问的宫廷官员面前，他解释说："我又彻底检查了一下她的情况。我们曾经看到她的头遭受过一次重击。我想，那一击打的很深，造成她相当严重的脑震荡。我也没有任何别的可说，除了您，先生，"说着他向尊敬的国王的私人医生所在的方向彬彬有礼地鞠了一躬，"整个情况，就像您说过的那样，自己会慢慢地痊愈。对此我们所能够做的，就是让她静养。如果我们有耐心，那么我们用不着做什么，她很快就会自己醒来。"他避开摩诃衍那惊疑的目光，想要老实地对他们说，很可惜，他没有能力比尊敬的首席医生和他十分看重的大师、御医做更多的事了，正在此刻，他期待着的佩玛冲进来说道："她醒了，听我说，她睁开眼睛了！"

　　金城休息了片刻之后，马上意识到自己在什么地方。她很高兴，尽管发生了这么多的不幸，至少还能呆在昌珠寺里，在这里，她可以回忆尊敬的先人文成公主留下来的那么多东西。只要她被请求静卧休息，她的思绪就不得不想起她的伟大的榜样及其杰出的事迹。与之相比，自己现在究竟做成了什么呢？根本不能和她的那些辉煌业绩相提并论，除了……她不无骄傲地想，今天在这个不幸发生的日子里，为第一座寺庙奠定了基石。这与对面文成公主帮助建立的大昭寺相比，虽然不过只是一粒沙，但却是很有希望的开端。也许她觉得，现在有那么多佛教信徒来到他丈夫的国家，有他们的支持，某些类似的重要的东西将会成功。文成公主在吐蕃王国建立第一个圣地之前，不是也冒过许多风险吗？为了镇住躺在西藏大地上的罗刹女，又做了许多事。昌珠寺是罗刹女左肩上的一根"镇妖桩"，而大昭寺镇压的是妖女的心脏。总之，这个寺庙是拉萨重要寺庙的一个缩小版本，即便如此，它也应该显示出是统一新旧势力、进入文明世界的一个胜利的标志。疏干湖泊、极敏感机智地制服妖女，文成的决定使她敬佩不已。那是宇宙间世界秩序的开端，是人对混沌的胜利，人们猜想混沌就存在于魔鬼的水域之中。

　　有时候，当她由于受伤仍很模糊的目光从病榻瞭过炉灶的时候，她看到炉灶就像在梦中浮现在面前，慢慢地被一层层闪亮的珍珠覆盖。后来，每当佩玛给她讲述文成的事迹时，她就再次想象着自己的先人怎样弯着腰在噼啪作响、烟熏火燎的炉灶上为松赞干布做饭。他们远离王宫在这里度过自己的幸福时光，正因如此，文成公主在守寡之初就是在这里度过的，佩玛曾这样对她讲过。此时此刻，金城的心情无限神往，正如当时听上官姑妈讲述的那样。但愿她能够和麦阿充一同经历类似的两人在一起的生活！自从国王发现了那个铜牌，他就像换了一个人似的，他们在一起共同制定了那么多的计划。但他从未承认她的角色超过一个亲切的女参谋。现在，因为他的腿不允许骑马，也就是说，他还得在这儿滞留一段时间，

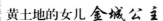

他还会有足够的机会和她接近。他每天过来看望她，有时一天过来好几次。她觉得，他很关心自己，那么令人感动，那么亲切，几乎可以说非常温柔，但他却回避任何进一步的亲近。难道他害怕这样会给她带来危险吗？难道他甚至在这里也害怕那囊吗？也许他是为那些不幸的夜晚和自己的举止感到羞愧？

她没有时间耽于沉思冥想，因为年轻儒雅的医生宇妥向她讲述他的旅行和研究，非常有趣。金城对医学也很感兴趣，也会针灸，所以她请求医生们在她的房间里进行医学专业方面的谈话。在这段时间里，她又学到了不少东西。她和他们在一起，为他们的成就感到骄傲。她感到骄傲的是，他们已经能够那么多地运用她带来的文献，她总是一再强调，如果从中国得到更多的文献并翻译过来，就能够为这个国家做更多的事情。

# 昌珠寺

蛇年五月

公元 729 年

终于，她得到允许，可以起来享受昌珠寺院子里五月温暖的阳光了。在这样一个无忧无虑的日子，她刚好在阴凉处许多枕头和靠垫之间把自己弄得舒舒服服，新大相穷桑和他的女儿、十六岁的美人卓玛类就要来到了。麦阿充让他在前大相则布的座位上就座。他没有忘记，大相总是给自己提出好的建议并支持自己，此外他也属于经过考验的自己祖母的家族。客人受到愉快的欢迎。他们听说了这次事故，所以，一旦允许他作为大相便立刻前来向王妃问安，也借此机会骄傲地向金城介绍自己的女儿。他本来有点担心，自己会不会受到亲切的接待，当王妃表现出很喜爱这个女孩的时候，他才感到松了一口气。卓玛类不仅美丽得引人注目，而且确实长得光彩照人，脸部轮廓清晰，面部表情透露出她的聪明和感情细腻。她的身材，尤其是她端庄的举止令人感到惊异。

"您的祖母赤玛伦年轻的时候一定也是这个样子，"金城说。麦阿充和穷桑微笑着附和，而这位年轻姑娘只是低头站着，脸上泛起羞涩的桃红。金城明白大相的意思，他是想把她送进宫里，以便她能受到更好的教育并改善她的命运。金城很愿意让父女二人高兴，而且这个年轻姑娘也会使她的生活更丰富多彩。因此还没等她十分赞赏的大相开口，就说道："尊敬的大相，如果让这位如此出众的年轻姑娘留在宫里给我做伴，您是否同意？"

穷桑长出了一口气。公主使他打消了探询的难堪。这个女人多么细心啊！

"那对我和我的家庭来说是一个莫大的荣誉，"他尽可能克制地说道，但他不得不让激动的女儿安静，恰恰因为教育不够，她高兴得拍着手直跳。

几天之后，绛妃带着侍女们前来打听国王和王妃的状况。看得出，绛妃愿意看到金城遇上这次不幸。她干吗非要为那些外国鬼子建造寺庙。这是古老的神灵在进行报复。对那些正准备占据家族寺庙的僧人，她说了很多尖酸刻薄的话，他们到处寻找那本据说是在二十八世赞普拉托托日年时代从天上掉下来的一部书。当时的赞普看不懂，于是就把那件宝贝藏了起来。今天没有人知道那宝贝藏在什么地方。金城和麦阿充虽然对绛妃的行为感到震惊，但是她看起来那么痛苦，出于同情，他们对她的凶恶就不去计较了。

绛妃和她的侍女们像一片乌云遮住了昌珠寺晴朗的天空，当她们第二天告别时，没有人感到忧伤，她们要回首都，因为留在雍布拉康叫人受不了。金城安慰依旧牢骚满腹的宇妥说："不要生气，因为儿子江擦的死她病了，变得瘦弱不堪。她和我们分享人世快乐的时间不会很久了。"

当大家以为已经失踪的两个僧人突然出现的时候，绛妃散布的阴郁气氛一下子烟消云散了。牧人在河岸边发现了他们，当时他们已经失去知觉，然后进行了精心的护理。当他们又能够骑马时，就被送到昌珠寺来了，因为牧人已经听说了那场不幸并且知道他们是国王的随行人员。可惜第三位僧人因为精疲力竭而死亡。两位幸存者低头默默地思念死去的伙伴，他们在一起曾经经历了那么多事

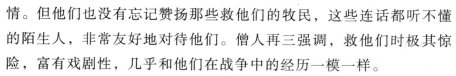
情。但他们也没有忘记赞扬那些救他们的牧民，这些连话都听不懂的陌生人，非常友好地对待他们。僧人再三强调，救他们时极其惊险，富有戏剧性，几乎和他们在战争中的经历一模一样。

他们俩幸存下来，金城很高兴。现在她身边又有两个来自远方的同乡了。正如很久以前在长安时那样，他们一定会讲述那遥远地方的奇异故事，对此她极感兴趣。她迫切地想要听到更多的故事，比从僧人那儿听说的还要多。他们已经暗示，是战争把他们赶到西藏来了，而他们的故乡本来是在一片流沙中间。他们守护莫高窟的洞窟，在那里成了吐蕃的俘虏。金城听说过那些石窟，那一定非常壮观。一些商人捐资，为的是在他们出发进行长途旅行之前或者成功返回来之后祈求佛祖保佑。他们也给为他们祈祷的僧人捐款。这两位僧人就是从那个有趣的地方来的。他们保证说，到这里来并非自愿，责任都在唐朝将军王君绰，他是藏人的臭名昭著的敌人，在吐蕃王国，他的名字永远是遭人鄙视的。显然，那么接近那位将军的客人看来可以使她听到更多的东西，这使金城更加感到迫不及待。但是，礼貌要求她等待，僧人休息过来以后方能满足她的好奇心。

几天之后，当大家在昌珠寺院子里一起享受下午的阳光时，才终于有了渴盼已久的机会。大相穷桑亲密地搂着自己的女儿。他很高兴，能把她留在这欢快的环境中，并且让女儿留在身边再多待一会儿，此刻他要和国王一起商谈国家大事。在阴凉地为大家铺好的地毯上，麦阿充和金城，父亲和女儿，一家人似的席地而坐，旁边不远处，桑希和两个亲近的僧人正在热烈地讨论。穷桑感到不好打断这祥和的气氛。但是，由于他不能再推迟启程，不得不把话题转向令人压抑的政府事务，这些事情他已经尽量往后拖延了。现在他稍微离开女儿一点，正襟危坐，清了清嗓子。

"尊贵的赞普，"他严肃地说道，"在这样和平的地方我觉得很难提醒您想起战争。正如您知道的，我们今年正月虽然成功地把唐朝的军队赶出了我们的边界。现在巴·赛囊正试图和他们谈判，但是和平解决的希望看起来十分渺茫。这就意味着，我们虽然损兵折将，还必须为瓜州和黄河九曲而战。"

麦阿充叹息了一声。他的思想也不停地围绕着大量的战役转，那些战役消耗了他的国家许多继续发展的力量。但是，他有力量结束那些战役吗？

金城对她曾经进行的那些无望的和平努力感到很失望，对于他无声的抱怨表示认同："唉，要是能够用精神的手段结束这种无休止的杀戮就好了！"

大相若有所思地掂量着她的话。"这只是一种梦想，可能永远都不能实现。我担心，公主，只要唐帝国由残暴的王君绰这样总是斥骂我们吐蕃王国的总督们控制，我们之间永远不能达成任何协议。军队靠的是战争而不是和平。这位可敬的、智慧的、酷爱艺术的皇帝，对这种黩武主义者那么热衷，实在令人感到惊异，他看不出他们日益增长的权力，这种权力他很快就不能驾驭了。他们极其专横跋扈，挥霍无度，对信任大唐的邻国敲骨吸髓，肆意压榨。您知道当年我们使臣的报告吗？您还记得吗？这个王某如何煽动皇帝反对我们，以至于睿智的老臣郭元振连至少安排一次接见我们的使臣都办不到。其他地方官员和姓王的比起来也好不到哪里去，但是这个人那种居高临下的、挑衅性的对大唐的领土要求则无人能及。您的堂姻兄，皇帝陛下，请恕罪……"穷桑窘迫地望着金城，她低着头目光下垂，好像她应该对玄宗的态度负责似的，尽管如此，他还是接着说："……而他却偏偏奖赏并且提拔姓王的这种人。"

当大相看见年轻的王妃那样震惊的时候，迟疑了片刻。但不能让她仅听片面之辞，所以他紧接着说："如果我的话伤害了您，只能请您恕罪，但是，我能继续对您隐瞒真相吗？您知道这个王某心怀什么阴谋，您知道过去两个冬天那两次可耻的袭击后面的原因吗？"

金城不得不承认，她只听到过使臣的一面之词。为了爱护她，大相和麦阿充迄今为止都没有对她讲过这件事。她也没有询问，但她只是感觉到周围对大唐的敌意在增长。现在，由于战争的见证人都在，所以人们终于有机会掂量一下不同的立场。有人招手把那三个人叫过来参加讨论。穷桑认识那几个僧人，当他们把坐毯挪近，补充或者证实他的报告时，他感到很高兴。他虽然相信金城信任他，他甚至可以肯定，在决定选择他担任大相时她也不是没有起一定的作用。尽管如此，如果他和全体在场的人都一起从公主的同乡口里听说这件事，只能更有好处。所以他继续从他做计划的时候讲起："也就是说，我们的士兵在前年冬天由勇敢正直的卫·悉诺逻恭禄将军率领进入大斗拔谷，为了给大唐一些教训。王君绰在大非川任陇西右节度使，众所周知，在长安皇帝接见的时候他侮辱我们的人民，皇帝向我们宣战，他应对此负责。虽然，在他们的使臣回到拉萨之前我们更快地袭击了大唐。只是我们在战斗中失去了很多男子，没有能够再保住我们在象雄的旧领地，最终不得不放弃。为了激怒可恨的王某并向他报复，我们的勇士烧毁了那儿几个分散的村庄，然后立即撤退。王某得到几个农民的报警，从一个隐蔽处观察我们的士兵。他等那些士兵的一半渡过大非川之后，然后，他向尚未渡河滞留在河那边的另一半发动了袭击。虽然出乎我们士兵的意料，但他们仍然勇敢地和王的大军进行了血战。突然，一场大雪不期而至，使他们不能继续逃走。大多数勇敢的士兵以鲜血染红了雪地，身负重伤在寒冷中死去。

"王某调动主力部队，无情地追赶我们那些精疲力竭的士兵，但却不能压倒他们，一直追到青海湖。士兵们以为到了安全地带，可是王某早已派遣一支队伍先期到达并且烧毁了那里的整个草地。许多饥饿的马匹倒毙在那里。最后，他们除了分成小队穿过结冰的青海湖，就无路可去了。不过，这位将军大人在那里接收了精疲力

**213**

竭的士兵们。我们勇敢的男人中有许多成了俘虏，他们的行李和装备统统被没收——完全像一支供应部队，他们还有一万只羊和同样多的马匹。"

当穷桑沉默的时候，麦阿充担心地看了金城一眼，她所知道的情况肯定完全不同。"原谅我，如果我重复大相说过的话。皇帝完全不了解那个男人的秉性。为了这次胆怯的胜利，玄宗也还是热烈地为王君绰庆贺了一番，给了他大量封赏和头衔，甚至他的妻子也被提升为武威郡夫人，他的父亲也获得了一个很高的头衔，他本人现在除兼任平西节度使外还被封为左羽林大将军。"

这时金城仍旧低头不语，好像她为自己的同胞感到羞耻似的。岁数较大的僧人利用这个尴尬的沉默局面说道："请不要忘记，佛祖是怎么教导的，我们必须对一切恶行负责。善恶报应是无情的，有时报得很快。在此情况下他们在下一个秋天进行了猛烈的打击。我们的国王于兔年在阿扎跟大唐打了一仗，而这时，我的伙伴和我就在瓜州附近。我不知道，大唐公主您是否听说过这个生产西瓜的城市？您肯定品尝过那种非常甜的西瓜，那种瓜也曾经被运到长安皇宫里！"想到这种甜蜜的瓜果，他享受地闭上了眼睛，希望转移一下公主的注意力。

金城回忆着，僧人孩子般的快乐使她很开心，那个僧人颇为得意，因为他使公主的脸上露出了笑容，因此他继续说："我们并不直接生活在城里，那个城市一年到头风沙不断，所以那里的居民说，他们一年当中也就只刮一次风……"年轻一点的僧人在回忆那个老掉牙的笑话时幼稚地吃吃笑起来，年长的僧人因而感到很尴尬，立刻接着说："那么，您肯定听说过，在您的先祖太宗时，僧人玄奘出发去进行那次有名的西行，他在这个城市里待过一段吧？"

在唐帝国，佛教徒们的冒险故事家喻户晓，所以金城只是勉强地点点头。可以感觉到听众对喋喋不休、不知所云的僧人已不耐

烦，她微微地向他表示赞同。他有些尴尬，注意到自己的过错，连忙尝试重新加以弥补。

"啊，对了，请恕罪，我们正处于战事之中。我还清楚地记得一切刚开始的那一天。那是兔年九月二十七日——对不对？"穷桑和国王同时点了点头。"你们的将军悉诺逻恭禄和芒布杰，因为不能亲自对王某进行复仇而坐卧不安，于是就和士兵们一起骑马前往瓜州堡，包围并占领了该要塞。当时王君绰的父亲落入您们之手，部队抢劫了该城和粮仓，摧毁了军事后勤供应单位。他们没收了富裕的唐朝在西部收罗并保存在这座城市里的全部财富，首先是大量的丝绸。许多普通的西藏士兵，全不顾恶劣的天气、肮脏和尘土，将那些彩色的精美料子一层层地裹到身上，然后又塞满了褡裢。那肯定是一幅滑稽的场面，因为你们的士兵后来给我们讲述当时的情景时总是带着无法掩饰的得意。然后他们就掉头奔向两百里外的玉门。他们的路线经过我们的石窟，为了求佛保佑，我们在那儿守护古老的宝藏。你们听说过我们的莫高窟吗？许多商人在涉险进入'流沙'之前都要去那里。他们总要捐赠几串银子，这样一来我们的祈祷就能伴随他们穿越危险。当他们成功地返回来时，他们为了感谢往往送来一些表达心意的佛像，在那布满彩绘的石窟里安放在适当的地方。"

对故乡的回忆使他的目光里又闪过一道神采，这时穷桑温柔地提醒他说："您原本打算讲他们是怎样抓住您的吧。"

"嗯，是的，请恕罪，"僧人急忙回到自己的故事上来，继续说："当士兵们要求去一个人'陪同'他们的时候，态度不会是温和的。但是，因为他们答应会爱惜我们的圣物作为回报，于是我们当中几个人就跟着去了，其中就有我和我的两个伙伴。我们总算平安地过了将近一年。命运把毫发未损的我们带到这里，现在，我们当中的一个已经留在了赞普河里。"

这一次老人感到那样伤心，于是桑希转向较年轻的僧人，让他

继续讲下去。年轻的僧人感到受宠若惊，他竟然可以面向这些高贵的主人报告，他一再地鞠躬，竟然忘记了自己的任务，以至被坚决要求才继续往下讲。

"原来，是这样，"于是他结结巴巴地说道，"我们在玉门突然被释放了，当然是带有任务的，要在凉州府瓜州完成一件事。要去嘲弄一番那位王总督，为的是惩罚他，此人最喜欢强调，要做一名坚不可摧的战士。为此特意找了几位僧人来办这件事，这是最合适不过的。王某经常辱骂这些人，说他们手无握剑之力，还派来两名观察员在我们身边，下达详细的指示，什么能做什么不能做。我们首先来到城门前，大声喊叫他的名字，向他传达我们的信息。不出我们所料，守门的士兵试图摆脱并驱赶我们。但我们坚持要把藏民部落的口信带给他，而且非要总督本人来听不可。他让我们等了很久，终于出现在城门上面。这时我们就按照受托的那样说：'将军，你们自鸣得意，说你们对大唐的爱如同你们的英雄气概一样，您说，如不能重创敌人吐蕃，您宁愿去死。可他们依然平安无事。最近，当吐蕃人来到这里的时候，您却在他们面前藏了起来。但是今天，您有机会驰骋疆场打一仗啊！'这时，他全副武装的骄傲地在城门上来回走动。可是，当他听我们说，他父亲落在吐蕃人手中时，他又登上一层楼，目不转睛地看着西方。我们还以为他要从那儿跳下去呢，而他可能只是不想被守城的士兵们看见他在哭泣，他两只手绞在一起。不，这个人既没有勇气跳下去，也没有勇气派出军队去拯救自己的父亲。看见他这副样子，真叫人感到可耻。"

现在岁数大的僧人又在认真地听年轻僧人讲述，一面不安地等待机会来讲他自己的故事："如果说，我们早就谈论过因果报应，正是它把我们引到这里来的，那么，王某的不光彩的人世存在现在已经完成了。不过，让我来讲下去。在我们完成任务之后，我们三个又可以回家了。可惜我们在半路上又遇到了那伙人，再次'劝'我们陪同他们。一个月之后，我们又和你们的士兵一起由悉诺逻恭禄带领直逼瓜州。我们再次重新包围了该城，可仍然没有成功地俘虏大家发誓要对之复仇的王某。于是，你们的领袖就想转向西方和土耳其可汗结盟，并和他们一起突袭整个地区。人们从苏禄处获悉，他也发誓要向王某复仇，那是因为一年前王总督突然袭击了他的贸易特使。苏禄是一位伟大的统帅，对王某怀有共同的仇恨，这是不言而喻的。由于这次增援，武器代替了语言，所以我们希望，这下子不再需要我们了，而我们就可以走自己的路了。可是，你们的士兵这期间已经习惯了我们的服务，不想让我们走。为了最终包围那个名叫库车的城市，我们这些主张和平的佛门弟子与年轻漂亮的苏禄的部队一起，一路抢掠，开辟了一条通往西方的神圣之路。你们可以想象，我们对此恰恰是并不高兴的。"

向听众迅速的一瞥使他确信，没有人接受他的说法，只是希望他继续讲下去："包围这座城市持续了很长时间。安西都护府副都护赵颐贞试着拼死突围，但是他失败了。围困者没有粮食供应，他们在附近地区进行了大规模的抢劫，攻击了'四个大兵营'，那里总能提供机会。他们打开粮仓，抢走了居民的牲畜并恐吓他们。只有库车内城他们没能靠近，虽然内城的供应设施，就像在整个安西府一样，变得越来越糟糕，这是我们的间谍报告的。从他们口中我们也获悉，十一月九日王君绰已被遭他杀害的维吾尔统帅成璲的部下杀死了，为成璲报了仇。就这样，对王某的报应就完成了，这都是他作恶的结果。"

大相静静地听着，点点头。"我从成璲的复仇者口中听说过王君绰的可耻下场。他们杀了王某之后就逃跑了，逃回我们吐蕃王国，几个星期以来一直呆在首都。对王某的仇恨也使我们和维吾尔人联合起来。倒是玄宗对这一损失感到特别伤心，想必还得追赠他某些高级头衔吧。"

金城感动地沉默着。当然，她的使臣对她讲过这件事，但和这儿她信任的男人们的说法完全不同。不过这里还有别的深深刺痛她

**D**

**217**

的东西，这件事她在世人面前不能表露，那就是她的生身父亲也是这样一位被吐蕃咒骂的高官。出于礼貌，这个情况从未有人当她的面提起过，但这却是众所周知的。这种难言的保留态度阻碍了她本人与父亲接触。好像她不关心李守礼似的。父亲除了在告别时递给她一面镜子之外，也很少关心她的生活，既不关心她在中宗身边的生活，也不关心她当了西藏王妃以来的生活。她从未收到父亲或兄弟的信，连那些在长安的女伴们也令人难堪地保持沉默。不去打听这两个人的事也许更好。于是她隐藏了心中关于家庭的忧伤，正如她出于外交原因对玄宗的态度不表示意见一样。

在所有的人都回到各自的房间之后，金城仍然久久地单独和佩玛一起坐在院子的一个角落里。突然，宇妥从黑暗中走出来，彬彬有礼地问他是否可以给她们做伴。他们一起望着清朗的夜晚和布满星斗的天空，宇妥开口说道："现在夜里已经很凉了，秋天就要来了。国王不能太久地远离他的政府事务。"

金城叹息着说："我也在担心这件事。他腿上的伤已经好了，能骑马了。他之所以还留在这里，大概是因为他太喜欢这里了。"

"但是大家都盼着他回去呢，"宇妥说，"而您呢，您也喜欢回到您的布达拉宫吗？"

金城若有所思地轻轻地摇摇头。"我宁愿留在这里。这儿的一切都那么平和，但是我知道这是不行的。"

"但是，"宇妥急不可耐地警告说，"您在拉萨有生命危险。"

"您怎么会这样想？"金城忽然转身向他。

宇妥已经想了很久，让公主静下心来是否正确，但他最后还是决定，必须把她面临的只能自己保护自己的危险解释清楚。她的身体已经痊愈，他不能再错过这个向她发出恳切警告的机会。他必须阻止她对整个事件仍然像前一段时间那样掉以轻心。于是，他果断地从袖子里拿出一根银物件。"这根簪子是您的吗？"

金城和佩玛同时低头看着他的手。

"您从哪里得到的？"佩玛严肃地问道。

宇妥稍微转过身去，要说出令人震惊的事实，然后他鼓足勇气说道："我从公主您的头上拔出来的。"

金城莫名其妙地看着他。"可是我根本没有带着这根簪子出来呀。本来是珍贵的一对，其中一根我在出发之前就已经丢失了。"

"就像狗和镜子也丢了一样，"佩玛恍然大悟，一瞬间看清了整个一段时间以来潜藏在心中的东西。

"有人对公主施了魔法，"她恐惧地说道，对此，两个藏人都惊愕地愣住了。

但是金城却不理解："你们在说什么，到底发生了什么事情，镜子、狗和簪子之间有什么关联？"

宇妥镇定了一下说道："公主，您所有的这几件东西，包括那只狗，都是在某种仪式上需要的东西，为了……嗯，我们说，向某人施以凶狠的魔法。而您就被施了这种魔法，否则这根簪子就不会扎进您的头部，连同系在上面的那把仿制的小剑。在苯教的仪式上会使用这类仿制品，就像使用被诅咒的人所使用过的东西一样。狗血是这种仪式必不可少的，而镜子，特别是它属于被诅咒的人就更不可少。相信我，您不可以回首都。您在那里不安全。在这里您又不能过冬，但是也许可以在扎玛……"

"扎玛？扎玛会变成一个美丽的地方，可是那个宫殿还没有建成，我的工作怎么办？"金城回答道，她好像还是不理解似的，所以佩玛赶快帮着说："公主，这完全不那么重要，即使我们必须生活在临时的洞窟里，那也得去，这关系到您的生命。只要有可能，您就必须逃离那种魔力。从大唐来的那些'佛教圣徒们'都生活在您的附近。步行只要一个时辰……他们会帮助您的。"

"可是，谁来做这儿的事呢？"金城悲叹道，她想起了自己那条心爱的小狗，不禁落下泪来。

佩玛把她揽在怀里说道："您忘记了您在拉萨有多少敌人了吗？有男人也有女人。"

金城觉得去扎玛的念头更加诱人了。只是有一点，她怎么对国王说这件事呢，此刻他正指望得到她的帮助。也许她终于应该当着他的面把她遭遇到的一切都和盘托出？她倾向于这么做，但是他有那么多烦心的事情，每天从早到晚被那些谋臣们包围着，谈论着战争的形势，直到深夜。肯定地说，还是不要对他说这样令人不愉快的事更好，或者等一个更好的时机再告诉他。反正她不完全相信那些掌管水、空气和土地的鬼神。但是她却不能完全摆脱这些阴暗的故事，因为，无论如何那是出自宇妥——这位年轻学者之口，而不是出自佩玛。所以她决定，既使感到不安，还是想在昌珠逗留的这最后几天，无论如何不能把气氛搞坏，尽管佩玛逼她向国王说明一切。

自从包围瓜州以来，到昌珠来找国王的谋臣和军事代表团越来越多了，他们清楚地说明，和平的日子就要结束了。有一天从拉萨来了一个紧急快报信使，急切地要求国王赶快回拉萨。人们急忙出发前往扎玛，在那里稍事休息继续奔向拉萨。人们冒着入秋后的毛毛细雨，到达正在建设中的宫殿，这时已有人在那里迫不及待的等着了。国王夫妇连换下湿衣服的工夫都没有，人们就告诉了他们一个令人伤心的消息，被围困八十一天的瓜州重新落入大唐之手。好像这个糟糕的消息还不够似的，他们又听说，大唐的军队已经把吐蕃人赶回到"连方堡"，最终占领了那个小小的城堡要塞，带走了一千名俘虏、一千匹马和五百头牦牛。同时还有大量的装备和粮食也落入敌人之手。

"简直想象不出大唐对这次胜利多么兴高采烈，他们在得胜返回长安途中毁坏了婆夷河腾桥，那是我们花了很大力气建造起来的，"年轻的士兵愤怒地停住了。人们直接把他从出事现场派来向国王报告。过了片刻，年轻人疑虑重重地掂量着一个装信函的银筒，信里写着他要说的话。他知道推迟到最后一刻的事情一定会使赞普感到特别受伤害。"尊贵的主人，对于我们的部队来说，最不可思议的事情是达扎恭禄将军的不忠。"年轻人望了一眼因为惊恐而睁大眼睛的赞普，然后用鄙夷不屑的目光瞥了大唐公主一眼。她在场妨碍了他自由表达，因此麦阿充只得再三要求他讲下去。他垂下因愤怒和羞辱而涨得通红的脸，然后费力地继续说道："达扎恭禄将军接受了唐人的贿赂。我们把他捉住了，他不得不立刻承认了全部肮脏的交易。在审问他之后我们明白了瓜州为什么失守，我们坚守了将近一年，在持续两个月的围困中我们也坚持下来了。达扎恭禄将军和唐人串通一气。我们把他带来了。不久他将到达拉萨，这样您就可以处死他了。"

麦阿充让年轻的士兵离开，士兵感到如释重负。赞普单独和金城在一起，他从临时凑合的皮宝座上跳起来。"这简直难以置信。恭禄本是我最优秀的男子汉之一啊！"

金城走到麦阿充身边，她想安慰安慰他："您看见了吧，财富会把人引向歧途。您不得不做出决定树立一个榜样，但是您能否允许我不必在场亲眼目睹？"

麦阿充转过身来，现在他离公主很近。"请原谅，我完全把您忘了。对您来说，让您听到所有这些攻击大唐的话，是很不容易的事情。您说得对，金城，首都笼罩着一种对大唐很不友好的气氛。人们对您的了解不像我对您的了解那样多，有人将会辱骂您。特别是在可怕的行刑时刻，人民是无法预料的。您应该留在这里，但是我会想您，尽可能经常来看您。您可以关注这里的建设情况，那样一切都可以按照您的口味去做。不要担心您的工作，我们经常交换信使，我会派人送来您所需要的一切。"

金城很感动，他的话里有那么多的理解和温柔。他们站得那么近，此时此刻，也没有别人，为什么他就是不拥抱她呢？

几天之后，她的使臣说，失去这位将军可能"削弱了"吐蕃。现在，为了向公主传达一些重要事情不得不经常奔波于扎玛和拉萨之间，他对此并不感到特别高兴。冬天马上就要来到这些高山之上，而宫中下榻的地方还没有完工。另一方面，知道公主在扎玛相对安全，他也很高兴，因为在处决将军期间，人们咕咕哝哝地对大唐表示不满。他不得不几次忍受对他的驻地和对他本人的攻击。形势对他们越来越不利。

"现在，吐蕃在甘肃的一次战役中又失败了。糟糕的是，"使臣这样说，"现在两国比以往任何时候离和平都更远。玄宗，这位感觉灵敏的艺术爱好者越来越耽于幻想，几近疯狂了，他以为有了他的那些边将，好像就战无不胜了似的。"

# 扎玛,蛇年冬天

## 公元 729 年

**在**接下来的几个月里，大唐使节成了扎玛宫殿的常客。这时已经是冬天了。在这期间宫殿已经装修完毕。在那阴雨连绵的寒冷日子里，每当他骑马上路，以便最终到达宫中温暖舒适的地方，一路上他总是行色匆匆，感到心情十分急迫，但每次来都惊喜地发现建筑又前进了一步。这是金城不知疲倦地向前推动的成绩。

这一年，他一直带着坏消息奔波于途中，伴随他的是全副武装的骑兵，因为藏民的愤怒随着每一次失败而加强。那是今年四月开始的，那时候吐蕃再次进攻瓜州并被那里的总督打败。一个月之后，也就是在五月里，大唐军队拿下石堡城并在那里派兵驻守。直到夏末，失败一个接着一个，直到藏人接二连三的倒霉事似乎突然中断。他们在穆勒库勒取得胜利，杀了很多中国人。

这段时间里，使节内心总是感到很矛盾，虽然他在这个国家里已经生活多年，但是藏人的胜利永远是他的政府的失败。只有和平对于双方来说是真正的好消息，这一点他和金城的意见是一致的。这一次好像要宣布好消息。在胜利之后，来自大唐的信使们总是绘声绘色、大肆渲染那些战役的场面，而这次却是三言两语一带而过，这显然涉及大唐遭遇的灾难性的失败。信使简短地通知：藏人

**D**

223

取得胜利之后，一个大唐的公使团，在信安王李祎的率领之下直接启程，为的是在扎玛王宫晋见国王。

信安王李祎是唐太宗最后一个幸存下来的曾孙。在石堡城胜利之后玄宗封他为"左金吾卫大将军"。如果一位大将军也来和赞普谈论和平，信使觉得很难说出口。只要想一想，访问敌人对于一位大将军来说，是多么难以做到的事，因此可以知道这是一个好消息。在李祎这方面，还要加上他和天子有一层特别密切的个人的亲缘关系。他到来的日子愈加临近，就在这个冬天，这就是使节的马匹和人员为什么匆忙赶路的原因，这样他才能将消息及时通报给国王和金城。

金城听到这个消息，一下子变得极其慌张起来。除了几个房间整个宫殿的建设远没有达到她希望的样子。要接待这样重要的人物，这里实在显得太寒酸了。于是她就催促每一个来到她身边的人，不管他是工匠还是侍从，全力以赴。时间紧迫，大将军很快就要来了，他几周前就已经上路，可能是天气的原因阻碍了他们的行程。

对这次访问的盼望以及对和平的展望使她感到身上仿佛长出了翅膀！她心怀感激地想起聪明灵活的朋友巴·赛囊，他是她最后的希望，所以她劝说麦阿充，派他去执行这项和平使命。一定是佛祖的意思，让和他打交道的人恰恰是她的叔父。她虽然还不认识这位叔父，因为他在玄宗执政后的头几年才在皇宫露面，给天子、他的侄儿效劳，天子曾多次表彰过他，任命他担当重要的都护府总督。这次在皇帝想起他之前，他已经退休了一段时间，在多事之秋的兔年、即公元727年他被重新任命为朔方节度使。这两年来，他成了皇帝的心腹重臣。

无论如何，必须高规格地接待这位重要人物。一切都取决于他访问期间的良好印象。大家非常期待的日子终于到来了。正当金城在麦阿充身边张望着每时每刻都可能从山丘上到来的客人时，她心里只是想着，他将会用什么样的眼光看待这次接见。在他们为这次接见营造的氛围里，幸好天气扮演了一个完美的角色。一连几天大雪，现在却阳光灿烂，大大小小的山峰都覆盖着一层熠熠闪光的白雪。虽然有点儿风，很冷，但是天空却是湛蓝湛蓝的，空气清澈无比，人们相信那一块块岩石峭壁都能伸手可及似的。高耸的洁白的山峰映衬出山丘上宫殿的清晰轮廓，像一位美丽夫人的项链。

　　侦察兵受命，用烟作为信号禀报大唐将军到达的消息。外国人还没有到达山脚，长号就用力地吹响了。使节和几个高官显贵已经在那里各就各位，为了欢迎王爷和他的随行人员以及一同归来的巴·赛囊。人们礼貌地鞠躬，客人们受到手持长矛的卫兵的夹道欢迎，他们闪闪发光的头盔上染红的羽毛在阳光下闪烁。遍地彩旗哗啦啦响，骄傲的旗手队在风中昂首阔步。迎宾门很快被树立起来，上面装饰着许多彩色的小旗和红灯笼。在卫兵后面直到上面道路两边都用红色和黄色的绸巾装饰起来。就连宫殿敞开的大门也用红黄相间的折叠着的绸布装饰。国王和王妃站在门前宽大的台阶上期待着使团。几位大臣在场。但许多大臣和宫廷女眷都留在拉萨，因为绛妃几周前刚刚去世。所以，也必须有人照顾绛氏家乡吊丧的人们。代表团由江擦的舅父带领，当时他曾经猛烈地攻击金城，他想趁绛妃的死借机进行和平谈判。

　　金城很高兴有这样一个重要的理由远离葬礼，因为绛妃直到死之前还坚持认为金城对她儿子的死负有责任。如果他这位舅舅也这样想，那更好，那就没有必要会见这个代表团了。金城转移自己的思路，把目光投向下面挤到这个位置上来的衣衫褴褛的牧人。当有关这些高贵来访者的消息不胫而走时，没有人能阻挡他们成群地涌进来。令人感到更加诧异的是，在这个看似人烟稀少的幽静地方，如果有什么值得惊奇的事情，怎么一转眼就能聚集这么多人呢？现在，那些牧羊人都跪在冰冷的白色雪地上，紧挨着周围一带的农民和钦浦的居民，他们为了目睹这一重大事件徒步在深深的雪地里行

**D**

225

走了一个多钟头。他们和宫廷里的侍从们一道欢呼着高高举起双手，又鞠躬又招手示意。虽然，这些穷苦人的快乐使金城为之感动，但是她也为他们那可怜的外表感到羞愧。

在无数香气四溢的刺柏枝燃烧的柴堆周围，"佛教信徒们"三五成群地站着。他们试着在噼啪作响的柴堆旁取暖，并向围观的人们点头致意。国王夫妇刚刚看到大唐的代表团，便听到鼓声大作。现在，彩绸制作的、威胁似地晃动着的大伞在风中移动起来。这是满朝文武、国王和王后前来迎接宾客的信号。

那天早晨，金城时不时地把镜子拿在手中审视。那面珍贵的镜子，她本以为已经丢失，是麦阿充有一天把它和其他许多东西一起从拉萨带给她的。她已经很长时间没有使用它了，因为佩玛的话，她感到有些心神不宁，佩玛预感到镜子带有某种不祥之兆，并恳求公主找一个安全的地方把这面镜子埋起来。但由于她无法说服金城和它分开，只好允许公主等她用神秘配制的溶液长时间地清洗它，最后甚至要由她亲自带到钦浦去，交给僧人用祝福证明它无害之后，再重新使用。

现在镜子又可以映照出公主那挑剔的眼光，她用这面镜子化妆。为了这个重要的日子，她必须反复在镜中打量、拿主意。她重新薅了眉毛，用柳木炭画了一道"卧蚕眉"，皮肤上施以铅华，直到皮肤变白为止。脸颊和嘴唇用石榴花染红。尤其是嘴唇的化妆，因为她很久没有练习了，所以感到困难重重。根据唐朝的理想美的标准，嘴唇必须显得又小又红，也就是人们常说的樱桃小口。然后她的侍女花了很多工夫为她把头发梳理得光洁明亮，发髻高耸，还要插上饰物，最后她们伺候王妃穿上几乎已经被忘却了的中国的节日盛装。但是，当她们要给她扣上最后一个小小的福字长寿扣的时候，她突然想起了别的，并命令去取藏礼服。来自故乡的使者应该看到，在这个国家里人们也懂得穿美丽华贵的衣服，而且他们到这里来，就是为了晋见西藏的王妃。现在她身穿一袭黑色丝绸镶着白色毛皮边的藏胞，使人想起赤玛伦的漂亮的衣服，站在麦阿充身旁，充满自信，他赞赏的目光更使她显得容光焕发。麦阿充选了一件带有一个大黑毛皮领子的红色锦缎藏袍，与她的红色披风和她头发上插的自制的红色纸花不谋而合，交相辉映。她希望，信安王李祎定会注意到这是给人印象深刻的一对儿，人们都在互相充满敬意地点头致意。

身穿彩色丝绸藏袍的年轻漂亮的姑娘们端着托盘匆忙走来，托盘上放着精致的金酒壶、金杯子和白酒。国王夫妇端着金碗，当姑娘们手持托盘分别送给各位的时候，他们将手指伸进酒里，然后向四面弹去。这是向各方神灵发出邀请，请他们来参加这次特别愉快的欢迎宴会，也以此感谢这些尊贵的外宾平安到达。

当人们高声欢呼着一饮而尽之后，大家看到王宫大门口聚集了一群衣着鲜艳的年轻妇女。她们走下台阶，边跳边唱，转着圈子。她们歌唱时的吐音送气自然柔顺，头部共鸣声充满了晶莹明澈的蓝天。她们来到宫殿前面的广场上，围成一个彩色的圆圈，随着手鼓的节奏舞之蹈之。这简直是一个白色的魔幻世界中心的一幅奇妙无比的图画。这种享受被一阵凛冽的寒风所打断，为了客人不得不中断舞蹈，请客人进入宫中。

看到金城和麦阿充把装着大麦粒的小袋子投给跪在雪地上的人们，李祎惊异地喊道："天哪，吐蕃赞普生活得多么阔绰啊！我们做梦也想不到，经过长途跋涉，会在这样一个遥远的地方遇到这样一块宝地。巍峨的宫殿，坚固的城堡，城墙用巨石筑成，四周景色如画啊。"

金城谦虚地沉默不语，但是她脸上呈现出她明确感觉到的自豪。她的心激动得怦怦直跳。如果王爷看到城堡的内部装饰，那里的墙壁奢侈地用整匹整匹的绸缎裱糊，他将会怎样地惊异呢？这些艳丽的柔软的丝绸上面缀着各种各样的蝴蝶结，这些蝴蝶结依序排列，迎风飘舞。靠墙放着虎皮面的长椅供人就坐。长椅上堆放着许多丝绸锦缎面的靠枕，颜色各异，有大有小。地上铺着地毯，铜火盆提供着温暖、芳香和光明。漂亮的金属支架上的酥油灯照得房间更加明亮。无数绢纸做的红灯笼分散在各处。木制小桌上摆放着贵重的插着红色绢花的花瓶，桌上热腾腾的饮料和点心在等着客人的到来。

被欢迎场面深深打动的客人们在客厅里就座。奶茶已经倒上，夹心面点也已摆好，宾主互相彬彬有礼地致意。麦阿充正式向大唐王爷表示欢迎，然后轮到信安王李祎向国王夫妇连连鞠躬并用华丽的词藻对这般隆重的接待表示衷心感谢。为麦阿充准备的礼物是一个镀金的银罐，名叫"七国银罐"，这是当前长安最著名的艺术家亲手制作，它非常受人喜爱。盖子的形状为七个花瓣，花瓣上除了精致的花纹装饰之外，画着七个人代表七个民族。他们的区别在于头饰、胡子的样式和各国典型的服装和所骑的罕见的动物。王妃的礼物选的是精美的书法作品，上面写的是大诗人李白的诗，他在唐玄宗的宫廷里享有崇高的地位，还有很年轻但也颇受尊重的诗人杜甫的诗。虽然他在科举测试中因为过多地批评政府而名落孙山，但是他在青年和人民当中早已成绩斐然。为了妥善保护这些书法作品，它们像官方文书一样被放在包银的卷轴里，其中也有诗人王维用毛笔亲书的一首诗的真迹。王爷特别高兴的是，他能够把皇帝亲自委托并带有皇帝题款的一首诗递交给王妃。

金城生长在一个以诗歌艺术为每一个有教养者的生活中心这样的文化氛围之中，用这样的礼物表示对自己的尊敬使她感到极其幸福。她如饥似渴，恨不得立刻回去仔细研读那些诗文。她宫里的那些人则更看重那个银质的盒子，当李祎让人把一个室内祈祷用的神龛献给国王夫妇时，他们爆发出一阵惊呼。那个小小的漆雕神龛长宽只有一支箭大小，上面是带有飞檐的琉璃瓦金顶，前面雕刻着栩栩如生的描金蟠龙。神龛里面莲花座上坐着一位面容慈祥的、金灿灿的佛陀，面带微笑，完全忘我。他的目光内敛，过长的耳垂象征着佛陀曾经戴过很重的耳坠，现在他已经放弃了这尘世间的一切荣华富贵。他的左手放在向上翻的脚后跟上，形成一个敞口碗的形状，而右手则舒展下垂，手臂伸直，指着地面。

晚宴结束之后，当舞蹈者和侍从都退出去的时候，国王夫妇请求王爷和他们一起在火盆旁边再逗留一会儿。但是，麦阿充很快就借口要处理重要事务，以便明天把信函送往拉萨，提前告辞了，其实是想留给金城和王爷一起谈及家事的机会，他知道，自己在场他们无法触及更体己的话题。卓有成效的和平谈判恰恰取决于一种融洽的良好气氛。

为了消除突然变成两个人在一起造成的尴尬，金城请佩玛为王爷倒茶，同时仔细地观察着王爷的举动。

"如果我说，您和我们先祖的画像很相像，您不至于不高兴吧？"

李祎听了这话大笑起来，诚恳地说道："小妹，您肯定想到'伟大先祖'的强壮体魄。是的，这是显而易见的。我很喜欢吃，特别是当一切都做得十分好吃的时候，就像今天的晚宴。"

金城调皮地感谢这位王爷的恭维。"您体魄强壮，给人的印象深刻，但我想更多的是您那警觉的黑眼睛，您那两道浓密的上扬的眉毛，人称'卧蚕眉'，此外还有您按照波斯人那样捻起来的胡子样式，看起来俨然像画上的唐太宗。"

李祎又发出一阵善意的笑声。"他那特别有神的精明的黑眼睛，我们李氏家族都继承下来了。在您的脸上也可以找到这些特征，假如我可以冒昧地说明的话。但是我希望，您不至于认为，我也有那种令人望而生畏的愤怒的面部表情吧，画家们都乐意给太宗加上这种表情，人们期望一位战争统帅应该有那种表情。"

"那么，"金城回答道，看着显得严肃了的王爷，"我很高兴，在您的面部看到了别的表情。但我很害怕，您也能做出某些事情，就像我听到的，人们谈及我们的一些总督的所作所为那样。人们谈到最坏的是王君绰。这里人们对那些总督们没有好感。您作为我的叔叔我可以信赖您，我常常为他们感到羞耻。可是我觉得，更为难堪的是，总感觉到，这里的人私下里总以为我父亲就是这种总督之一。"

李祎移到离公主更近的地方并向前倾着身子，好像担心他们的谈话被人偷听似的。"关于王君绰，我只能承认您说得对。我在长安宫里见过他几次。他是一个爱吹嘘、好虚荣的一介武夫，没有头脑。我不知道，一向知人善任的玄宗为什么这么器重他。但是，您不可以把您的父亲和他相提并论。李守礼是一位持重的君子，他本来不适合担任这个职位。我早在他当时在宫里被拘禁的时候就认识他了。他和他的侄子们，好几个太子一起被关。其中就有我们今天的天子玄宗。叔侄年龄差不多，他们的烦恼也都一样。这段时间让他们结成了永久的同盟。睿宗在位时，太平公主同时为您的父亲和玄宗争夺皇位。当玄宗登基之时，我们都紧张地注视着您父亲的一举一动，大家以为他肯定要处死您的父亲，就像他对太平公主所干的那样。然而，他根本没有想要这么做，因为他绝对信任您父亲的忠诚。所以，您看，皇帝是多么信任您的父亲。他本来可能很乐意把他留在自己身边。可是过去的历史一再表明，把许多太子和公主留在宫里意味着有很大的危险。为了预防阴谋诡计，太子们，此外也包括那些驸马们，早已被睿宗禁止享有内廷的军事头衔。玄宗接受了这条聪明的法律，但是他很难和自己的兄弟和您的父亲分开，他和他们一同经历了那么多事情。我给您带来的那首关于白鹡鸰的诗就充分地描述了这种情况。可惜我只记得一句，但我愿意试试给您背出来。"

李祎啜了一口茶，以便赢得一点时间，然后他闭上眼睛念道："颂歌讲述的是宫中的初春，外面……寒露已经凝结成冰：

桂殿满闲情……鸟儿筑巢忙,和谐……一只苍蝇一只鹧
鸪,一只在啁啾,一只在晃动。困难和危险时,它们心心相
印。宽裕富足时息息相通……"

金城的眼睛忧郁地望着远处。王爷想,他现在才发觉这双眼睛
是多么美丽,多么引人注目,像池塘那样深,像大海一样广。为了
不完全破坏她这种情绪,他温柔地继续这场谈话。

"有一天皇帝在观察一群白鹧鸪的时候,命人写下了这首诗。
您知道,这种鸟象征兄弟之间亲密无间的关系。在那一刻皇帝想到
了置身远方的人。以后您可以亲自阅读这首诗和皇帝亲笔题写的文
字。可是,这种衷心表白对于一位皇帝来说有什么用处呢,连他也
必须屈服于现实。于是他怀着沉重的心情把自己的兄弟,也包括您
的父亲,派出去当节度使。他试图尽量让他们留在长安附近,实在
不行,或者就让他们担任重要地方的总督。在朝里他为他们设立了
高级的礼仪性的官职,但是没有实权。他让王子们每三个月调换一
次,实际上却也是行不通的。"

李祎默默地凝视着火,过了一会儿,他好像自言自语似的说
道:"我不知道皇帝将来会怎么想象这件事。现在他就已经有三十
个儿子,二十九个女儿了,孙子无数。"

金城又有点不安了。她希望更多地知道有关父亲的情况,所以
她再次小心地提醒说:"皇室家庭的内部问题永远不是那么令人高
兴的。权力、影响、财富和阴谋败坏了家庭的某些成员。我父亲的
命运也是这样的吗?"

王爷点点头:"很幸运,我的命运比您父亲要好一些,而我们
俩的命运又比所有其他在您曾祖母武则天当政时姓李的人更好。因
为我在远离宫廷的地方长大,人们早把我忘了。在那种情况下,李
守礼的所作所为可以说是最聪明的。他设法让人们对他视而不见。
他孤零零地伴随着恐惧,从不显露自己的感情,也从来不反对任何

**231**

人，直到他大概因此而变成一个不幸的人物形象。在整个在押期间，他作为曾经是文武双全、后来被贬为庶人的皇位继承人的儿子，他对一切都听天由命。他从未为自己提出什么要求，更不用说什么皇位了。在他任节度使的任上，所有的事务他都放手让手下人去做，就像许多皇族兄弟们所干的那样，因为他们不懂得如何管理官衙的事务。和诸王子不同的是，不但您的父亲，而且您的兄弟们都再也没有在宫里露过面。于是，就产生了许多有关李守礼的无从考证的故事。有人讲，他每天除了打猎、饮酒，请原谅，就是吃喝玩乐。当然人们也说，他也常常把自己关起来，一连几个小时地弹琴，那是您母亲的一把古琴。"

金城对自己的母亲已经没有什么记忆，更不消说她的古琴了，但她沉默不语。接着，王爷又继续往下讲："我相信，他度过的青年时期和您母亲——可惜我从未遇到过她——的早逝令他心碎，而他的父亲是那样坚强，曾经那样倍受宠爱，显得那么重要，这些都是他望尘莫及的，所有这些事对他的打击不小。与之相反，他总是不得不深深地屈服，现在他可能没有办法再摆脱这种状态了。"

金城愈加满怀同情地倾听着："是的，我明白了，他的女儿成为藏人的王妃，这个事实对他来说毋宁是个讽刺吧。"

王爷李祎尴尬地举起了双手，警告金城，不要继续深谈这个不是没有危险的话题。有很多很多事情，她想要问问这位已经彼此信任的亲戚，但她不应该把他们的私事摆到自己的任务前面。于是她在双方沉思一会儿之后又转向李祎："您的生活是另一种样子。您通过在各地官衙逗留学会了管理。您对于皇帝就像对于我们一样，是希望之所在。我可否问您，您如何判断我们两个民族之间的和平前景？"

李祎本希望，在正式谈判之前还有机会和公主进行一次谈话。通过她给皇帝的许多信件，他知道，在她身上他将看到一位和平盟友和斗士，所以他松了一口气说道："这儿朝廷里有杰出的人才。您的大相尚·穷桑给人留下深刻的印象。还有巴·赛囊，他曾光临过我的府衙，是一个极有修养的人，他对我们的语言掌握得非常好。他说，他曾在长安学习过。我相信，如果由这样的人来进行谈判，前景总是好的，首先是形势简直在逼着我们同心协力。世界正面临一种巨大变动的威胁。阿拉伯人跃跃欲试，向我们发动攻击，不论他们在哪儿，碰到我们的人民，都是要制服他们。这些您一定知道。"

金城知道，不仅从大唐国、从四面八方都有僧人逃到西藏来寻求保护，因此她像一个经过深思熟虑的人回答说："在我们这里寻求保护的僧人们对我们讲，他们在穆罕默德的有威胁性的大军面前逃跑，因为这些人十几年来挥舞着伊斯兰宝剑，向我们帝国的边境滚滚而来，所到之处，大量地杀人放火。有人说，他们发誓要杀死所有不承认他们的宗教的人；凡是外国的宗教和文化，只要落入他们手中，他们就摧毁那一切。库柏巴，他们的将军，他们称之为'真主之鞭'，攻入印度、突厥斯坦和其他土耳其人的国家。也就是说，他们只是还没有到达我们的边界，因为他们内部斗起来了。"

金城对形势的精确描述使李祎略感惊讶，此时他神经质地扭着双手并点头确认金城的描述。"还在玄宗临朝之初，占领喀什之后，库柏巴的使团就曾出现在玄宗的宫廷里。当时他们的举止相当粗鲁。虽然礼宾官一再要求，他们仍然不肯在万邦之父玄宗面前磕头下跪。他们辩解说，他们国家的风俗不同，只在神的面前磕头。关于他们的这种行为，人们争吵了很长时间。在宫廷佞臣们的眼里，只有这种有辱尊严的行为是重要的。而对面临的威胁，则压根儿不予留意。就连天子也没有真的看出这种危险，另一方面，他也不敢强迫他们磕头。因为他想起了，库柏巴的誓言是要踏平大唐的土地，这确实令他感到不安。尽管如此，他还是无所作为。谁知道

**D**

233

呢，也许迄今为止根本不和这支二十万人的大军正面冲突是完全明智的。此外，他应当告诉我们如何治国如何治军才对。迄今我们纯属侥幸……迄今……"

金城想起人们转告她的皇帝那句刺激人的话："就让那些蛮夷之辈互相打个头破血流。"如果人们只是长期闭眼不看面临的这些问题，玄宗是否再次寄希望于问题将自行解决呢？但是由于她不应损害自己的外交任务，她迟疑地表示："是啊，但是能把希望寄托在这种幸运之上吗？"

信安王李祎很懂得这种暗示。他无言地注视她很久，然后才继续说："您很聪明，我看到我们相互理解，您也衡量过，我们之间的和平不仅是可能的，而且是十分必要的。明天我们将提出建议，互相交换代表团。您要想办法，派巴·赛囊去长安。皇上喜欢他。我也会在场，皇上很信任我，他会听我的主意。如果我把心里话告诉您，相信您不会往外讲，这些话明天谈判时是不能说的。玄宗已经厌倦了连年的战争，他担心由此招来危险，他不能承受战争庞大的军费开支，他最喜欢整天和梨园界的伶人们在一起悠游度日。但是现在河南河北去年夏天的大水摧毁了一切，夺走了庄稼和牲畜，许多人被淹死。大前年冬天，整个宫廷甚至被迫迁往洛阳，因为洪水已漫到了西安城下。人民在挨饿、抱怨。可以听到人们在暗地里控诉，皇帝不能协和天地，辜负了对他的重托，因为他的德行不够。已经有年轻的诗人公开地批评皇帝，如杜甫，他的诗我也给您带来了，请听：

'边庭流血成海水，武皇开边意未已。
君不闻汉家山东二百州，千村万落生荆杞。'"

诗句使金城感到吃惊，所以她诧异地向李祎转过身来："这太激动人心了，皇上竟然容忍这首诗？而您，"她逗乐地补充道："背

这首诗比背白鹈鸰那首诗不也是更加顺溜吗?"

　　王爷点点头,对她的轻松语调感到高兴:"但我也完全明白,说出真理的人必须有一匹快马。这位杜甫是否知道这一点,我没有把握。但是,您不用为我的情况担忧,皇上了解我的忠诚和我的价值,或者用西藏人的话来说,就是:他有能力区分石头和宝石。我绝对相信,我们将共同签订适用于双方和平相处的条约,我本人将致力于此。我很高兴,在这世界屋脊之上找到了志同道合的人,我想,您将发挥重要的作用。我既不了解您们这里的风俗习惯,也不认识您们的人,所以我很需要您能给予帮助。"

# 拉萨　红岩宫(颇章)
## 马年
## 公元 730 年

在开始变暖的日子里，拉萨的宫殿和颇章宫里——金城的私人住所，又恢复了宁静。许多客人都在等待暴风雪过去，然后启程回到自己的家乡。必须回南方的绛氏家族代表团首先离开了首都。金城很幸运，只是在告别仪式上和江擦的舅舅相遇，见面时他对公主很亲切。可以肯定，这两年他已经克服了痛苦，他为当时的争吵感到遗憾。

他们走了之后，信安王李祎和他的一行人员告辞。他们是上个星期从钦浦搬到拉萨的，因为麦阿充不仅要关心和姜地保持联盟，而且要和大唐签订和平条约。人们不停地写信，起草官方文件，大家希望并确信，皇帝将不会拒绝盖上玉玺大印。通过私人接触和谈话人们相互更亲近了，现在人们目送大唐代表团，虽然有点忧伤，但也还是抱着很大的希望。

大昭寺赤尊公主大厅金黄色的屋顶下面，停放着绛妃的银棺椁。这座寺庙是早年由松赞干布的尼泊尔公主出面修建的，绛妃的侍女们轮班守护着这位不幸的人，要到今年冬天才能在宫廷星象家选定的日子把她安葬在琼结河谷她亲爱的儿子江擦身边。在那之前，宫廷里要一直举哀，首都不得有任何娱乐和节日庆祝活动。

　　对金城来说，情况倒也不坏。她摆脱了待在宫里那些人们跟前必须的义务。现在，一方面少了一个不得不加提防的敌对者，但另一方面，她也感到出现了某种缺失。与江擦的最后一条联系纽带断了。那个人，虽然拒绝她，但在悲伤中又和她相联系，如今已经不可抗拒地走了。她为死去的绛妃感到悲伤并为她祈祷。只要想到她不幸的一生，阵阵同情便向她袭来。这个女人，像她一样必须远离故乡，这个女人，像她一样失去了最亲爱的人。金城看到，许多人永远地从这座宫殿里消失了，西藏王室的成员们在离开这个世界时，都没有得到按照佛教教义应有的超度，这使她感到悲哀。她原本很乐意至少为她以前所爱者的母亲进行超度仪式，以免除她不好的托生，但是内阁成员在几年前已经拒绝了佛教的超度仪式。从那以后，这一禁令始终没有解除，虽然麦阿充知道她对此多么关注。

　　如果说，受到绛妃突如其来的攻击使她心中充满恐惧，但更多的是无奈。相反，那囊和她的强大的受到许多贵族支持的家族，则像难以预料的暴风雨天气的乌云。那囊一见到她总流露出不加掩饰的恼怒，特别是现在，麦阿充将他的一部分驻地和政府事务都搬到钦浦去了。她的密探首先被问及的便是国王在遥远的钦浦是否学会了大唐的"云雨之戏"。但是这一点，她倒始终可以放心。这类事没有被观察到，他既没有和金城也没有和许多侍女中的某一个同床共枕。但是，那囊依旧对此表示怀疑，虽然麦阿充在拉萨逗留的时候履行他的婚姻义务，但不像以前那么热情，他以工作越来越多为由向她表示歉意，但他也尽量满足她哭着喊着要怀孕的要求。尽管如此，她还是无法摆脱全怪公主的感觉，是她熄灭了丈夫的激情。虽说，她也观察到，有些男人，令人惊讶地被这个完全没有魅力的小个子女人搞得神魂颠倒，虽然她缺少他们平常那么迷恋的曲线。他们怎么会感觉到自己被这种苍白的皮肤、这副小手小脚所吸引呢？她走起路来总是迈着碎步小跑，尤其是她说话时那与生俱来的孩子般细声细气的声调？那囊很喜欢学她，好像金城是在用老鼠的声音说话。

那囊倒是情愿麦阿充在钦浦接受随便哪个不起眼的侍女的侍奉。侍女中某些人如能受到年方二十六岁、正值少壮年华的赞普的青睐，肯定会非常骄傲的。那囊心中的危机感挥之不去，她担心麦阿充到头来还是会转向金城。按计划同大唐签订和约之后，赞普对新教义的热情益发高涨，这时人们就不能小看金城的力量了。所以她经常把苯教巫师叫过来，指责他无能，不耐烦地询问他的魔法到底什么时候生效。可是那个老人变得厌倦了，总是有气无力地挥挥手表示，她将会达到自己的目的，他当时就告诉过她，需要时间，"但是……"在结束谈话时他大都会这样警告她："您最终会取得胜利。至于您是否会为您的胜利而后悔，那我可没有把握！"

金城对这种阴谋诡计一无所知，但是她感觉到，从不断在她那里进进出出的那囊和苯教巫师那里她不指望会有什么好事。她必须多加小心，特别是现在，因为人们肯定将试图阻挠与大唐之间的和平计划，所以，只要她没有明确地接到命令，就避免到王宫去。她的时间也几乎不允许她这么做。

信安王李祎带上金城托付给他的信件踏上漫长的归乡之路，自那以后，金城就想尽可能快地前往钦浦。她感觉到甚至在自己的寝宫里也不再舒服，夜里总梦见一些奇怪的鬼魂，吓出一身冷汗醒来，即使在大白天，她相信也看到一些黑色人影在房间里飞来飞去。有时候她以为，可以听见那只小黑狗小跑的声音。关于它的命运，宇妥和佩玛做出的暗示那么奇怪。她禁止他们当她的面谈论鬼神、妖魔或者魔法，她更多地投入工作，为了尽可能快地整顿自己的事务，以便最终能够动身启程。

巴·赛囊、桑希、苏发严、特使和大相，只要她的时间允许，白天都多次到她宫中来访。他们一遍又一遍地审查各种可能性，认为大概可以签订和平条约。几周内应该启程的长安之行，必须仔细地做好准备。要王爷呈送的信件和条约副本已经放在面前，加上所有其他要交给使团的文件一起，他们一遍又一遍地阅读和讨论，直到大家一致同意为止。无数礼物必须挑选出来。玄宗，一个爱马如命的人，肯定会为一副用西藏的银子特别打制的马鞍而高兴。麦阿充根据金城的建议，自己亲自设计并委托最灵巧的银匠制作。为皇宫的女士们定做了护身符银盒和首饰，于是王宫里的锤打声很快就响成一片，发出一阵阵欢乐的合奏。使臣前往晋见的事必须商讨并练习，以免再被指责为桀骜不驯。此外，金城必须挑选无数的礼物，写很多私人信件。

特别重要的是要说服皇帝选一些书籍寄给她，这些书籍应该有益于她个人和国家的发展。苏发严很希望她会把各类宗教书籍纳入这个书单。相反，宇妥·云丹贡布和御医则强调药王孙思邈的医学著作的重要性，他曾经在孙思邈那儿学习过，孙的著作这期间应该已经出版。应该陈述这些请求的巴·赛囊和桑希，请求大家克制，因为他们不想过分苛求。许多下午就这样在紧张的争吵中过去了。他们的选择最后落在《诗经》上，这本诗集是古典诗歌的总汇，现在压缩成一部只有三百零五篇的诗集，包括民歌、艺术和祭祀歌曲。对这本书，金城和巴·赛囊立刻取得一致意见，相反，王妃的另一建议却引发了两人之间的激烈争论。金城激烈地为自己选择的最喜欢的书辩护，她很想念的那部书就是《左传》："这是春秋时期一位姓左的人写的评论文章，那是古代最重要的著作之一。书写得很好，人们从中可以了解到公元前四世纪中叶，古代那么多中国人的生活。每个有教养的人都应该读这本书。"她激动地说。

巴·赛囊笑着辩护道："您不是想说我太没有教养吧。但是对一个男人的口味来说，这些故事太具有童话色彩。即使我认为您是对的，人们可以从中学到很多东西，但我宁愿请求得到《昭明文选》。我在长安的时候就喜欢并长期研读过这部书。它对这个国家很有用处，即使我不得不承认那是一部关于历史、哲学和文艺的文集。它包括了一切文明人必须知道的东西，所以人们至今仍然高度评价这部书就毫不奇怪了。那是一位年轻的王位继承人编纂的令人感到惊异的著作。

"昭明三十岁就去世了。谁知道呢，如果他死得不那么早，他还会搜集些什么，他会成为伟大的梁武帝多么令人崇敬的接班人啊。您从未有机会研究这部著作吗？"

这时，金城故作恼怒地盯着他，说道："您以为呢，您面前的人是谁？您的看马厩的仆人，不会写、不会阅读？即使我没有读过，我当然也听说过这部书。此书和其他一些书，在我离开故乡的时候，我还太小。但是我知道，伟大的梁武帝是一位热心的佛教徒，他的大儿子在这方面并不次于他。谁会不知道昭明，那位杰出的文学家呢？"

生活中常有这种情形，人们浮想联翩，编织各类美梦，而此时，破坏性的力量已在暗中窥伺，随时准备打碎它。在那些轻松的日子里，金城他们怀着对精神文化的殷切期盼，为未来抹上脉脉含情的色彩。有一次，他们正在进行这类谈话，巴·赛囊家的一个报信人突然闯了进来，请主人立刻跟他回去，他的孩子们患了重病。

巴·赛囊忧心如焚匆忙走了出去，飞身上马。他非常爱自己的孩子，没有注意王妃、苏发严、桑希和御医也都走了出来，但他的马扬起的尘土，使他们不得不停了一下。他们因此看不见大臣，但是许多人的哭喊声使他们找到了他的房子。

当他们来到的时候，巴·赛囊的妻子正站在院子当中，她正抓住自己的头发大喊大叫："昨天他们还在这儿快乐的玩耍……晚上就发起烧来……我的可怜的孩子们啊，救救他们吧，他们不能死呀……公主，听说您懂得很多治病的方法……"她扑倒在他们面前的地上，御医立刻走进屋子。金城朝这位绝望的母亲弯下腰，拉她起来，不顾她浑身肮脏的衣服将她揽在怀里，扶着她走进房间，这里孩子们的一张张小脸烧得通红，奄奄一息地躺在那里。御医躬身仔细地摸了摸男孩和女孩的额头和脉搏，然后忧郁地对公主小声说道："孩子们的脉象很弱，命悬一线，恐怕等不及我们设法抢救就完了。"

侍女端来水盆之后，因为害怕传染立刻逃走了，金城叫巴·赛囊的妻子过来帮助她，用冷水给孩子们擦身，把湿毛巾拧干。她们一遍又一遍地给孩子们擦拭，湿毛巾一热马上更换。这种没有希望的战斗进行了几个时辰之后，御医制止了她们，孩子的母亲一定也看出来了：毛巾不再变热了，两个小生命已经断了气。

孩子的父母亲转过脸去，陷入作为人父人母所能遭受的最严重的痛苦之中。没有什么能够把亲爱的孩子还给他们。巴·赛囊的头脑里总在响着一个声音，他经常和金城一起谈论死亡和重生的思想。现在，他在痛苦中一下子抓住了这种安慰。他迷迷糊糊地从儿子的病床旁边站起来，跟跟跄跄地扶住苏发严的肩膀，问这位老人："借助于新的教义人能够在更好的条件下重生，是真的吗？"

苏发严用胳膊紧紧地揽住这位大臣，慈祥地向他确认："是的，您听说的话是对的。佛教教义讲真话。"

巴·赛囊一时间心里只有这一个念头，他要做一切事情，为了能够使他的孩子重生，虽然当大臣会议宣布禁止佛教的时候他也在场。他急切地请求苏发严帮助他和他的孩子。僧人因为大家这么做会陷入危险之中而犹豫着。但是当公主同样把自己的顾虑推到一边，并用请求的目光催促他，苏发严看到大家这么痛苦，便说道："那让我们到佛陀那里寻求庇护吧。"

人们就这样压抑地互相谅解了，当然，必须特别警觉，不能引起任何怀疑。就这样，人们命令仆从们，为葬礼准备好合乎风俗的东西。按照流行的规定，孩子们的灵床要放在家门口的前面。御医和大臣很快用枕头仿制成孩子们的身体，并用许多毛巾把假想的孩子身体裹住抬出门外。他们解释原因说，死者变样了，又是死于传染病。要让好奇的人离得远远的，这样说就够了。

然后他们把自己关起来，假托要把房间和孩子们接触过的所有东西通过清洗消毒，防止继续传染。在他们把门从里面闩起来之后，又轻轻地重复几遍："我们到佛陀那里寻求庇护。"然后他们才开始进行被禁止的超度仪式。苏发严为此诵读了几段箴言，又在孩子们的耳畔小声说了一些神秘的话，那些话应该使他们在黄泉路上轻松愉快些。时间仿佛静止了。在老僧人念经超度孩子们的灵魂时，屋里只有一盏酥油灯照亮。最后，他转向在这个仪式过程中一直呆呆地陪伴着的父母亲："你们希望孩子们转世成为神还是人？"

巴·赛囊在回答之前，思想上进行着斗争："让他们转世为神吧。"他的妻子听了之后却大声哭号起来，她想重新得到自己的孩子，希望他们回到自己家里来，就像他们在家的时候一样。为了安慰他们夫妇，苏发严建议，他想把儿子引进神的王国，让女儿通过转世重新回到自己的父母亲身边。

现在，儿子的遗体就在他们眼前发生了奇妙的变化。遗体变成了一道刺眼的光，使所有人都不得不闭上自己的眼睛。当那种光最后熄灭并消失的时候，男孩的身体也消失了。

"这就是他转世为神的信号，"苏发严解释说。然后他向小姑娘的母亲要一颗她头饰上的珍珠，把化开的朱砂涂抹在上面，放在女儿左边脸颊上。他向在场的感到惊讶的人解释说，这个仪式叫做"脸的记号"，接下来就是把小女儿装进一个曾经用来运水的陶罐子里，埋在母亲睡觉的地方旁边。苏发严担保，用不了多久小姑娘就会重生，应该注意，她生下来的时候珍珠是否在她口中。他本人想秘密地在每一周的第七天进行这些仪式，仪式要持续七七四十九天。按规定，父母亲在这期间要吃斋，他们不得洗澡也不能化妆，必须练习节制所有的欲望。

把水罐子移到父母亲的卧室里，埋在母亲床旁边的地下并不困难。更大的危险是被人发觉违反了大臣会议的决定。所以，采用两面的做法，他们一致同意，不仅遵守通常的苯教仪式，而且也要保证遵守佛教教义的指示。这样，胆小的仆人们一点儿也不会察觉，而且不会向外透露风声。此外，他们互相安慰，如果父母亲的行为表现得有些奇怪，因为这是一件非同寻常的事情。由于存在传染的危险，吊唁的客人肯定不会来。

因此，所有在场的人都有义务在七周超度期间，严守秘密并支持巴·赛囊和他的妻子。在这段时间里，麦阿充最信赖的人们和他见面时都有些良心上的不安。他们固然可以认定，他会像他们一样行事。但是，他是国王，其次，如果他不赞成他们的话，他就必须代表法律行事。这事除了瞒住他，他们别无选择。当他为了表示同情匆忙走进大臣家中时，他没有想到，偏偏是这些人，他最亲近的人，被迫欺骗他。幸好，没有人会想到，可以说，在吐蕃王国王室成员的眼皮底下，第一次举行了佛教的超度葬礼。当金城按照风俗最后完成净身和洁净仪式之后，同巴·赛囊及其夫人告别时，她才感觉得到了证实。这两人表现出来的镇定，显示出这种仪式是有疗护作用的。从现在起她的决心更加坚定了，要投入一切，将来有朝一日，把这种礼仪安排得更好、更有意义，而自己也在新的臣民的生活中找到了一个坚固的位置。所有人都应该像这个家庭那样，面对死神的时候在死亡和悲伤之中得到帮助。

就这样，金城在接下来的七周中坚持下来了，她终于可以离开首都。尽管如此，同巴·赛囊和桑希分别仍然是痛苦的。他们从大唐回来还要等很久，迄今为止她相信，没有他们俩的寂寞日子是难以忍受的，她感觉到通过共同的秘密和他们更紧密地联系在一起了。

**243**

# 长寿宫——长安

## 马年夏末
## 公元 730 年

尽管麦阿充一再催促，巴·赛囊还是愿意在妻子身边多呆些日子，以便安慰她。当她确信又怀孕了的时候，她证明自己具有前一段人们要求于她的大度。有一天她骄傲地宣布，现在到他出发的时候了。人们不用再向她解释她的丈夫是多么重要，和大唐能否签订和平条约，完全取决于他。没有人像他那样了解远方的中国。连出生在长安的桑希也都不记得那里是什么样子了。如果他抓紧时间，也许今年冬天或明年春天就能回来，一起经历孩子的出生。不久，他便心情沉重地和妻子告别。辛苦的长安之行没有发生什么大的事情。

因为天子把接见西藏使臣的日子像往常一样往后推迟，现在，巴·赛囊不由得想起了妻子的愿望。她光知道大家都信赖他的谈判技巧，幸好她怎么也设想不出他为什么事在这里浪费时间。他生气地握紧拳头，只听那薄如蛋壳的酒杯被捏碎了。他大吃一惊，急忙把手和碎酒杯一起藏入他的丝绸长袍的袖子里，小心地环视著名的梨园的草地周围。那里没有人觉察到自己的笨拙。他的伙伴和同他们一起坐在金鱼池畔的信安王李祎，还像原来那样默默地看着池塘，看那像蹲踞在岸边的一群银白色的蟾蜍，倒映在水面上。许多客人都已经到了，天子每天晚上都邀他们前来观看音乐舞蹈演出。

现在梨子已经成熟，那些老态龙钟的梨树上挂满了红灯笼，巧妙摆放的火盆和火把将一顶华盖照得通亮，优雅的、身着薄如蝉翼轻纱的舞女们，在华盖下伴随着温柔的笛声翩翩起舞。皇帝舒适地躺卧在许多靠枕之间，为美酒和幸福所陶醉，看来并没有发觉，他邀请来的这批"天堂里的人"已感到乏味，人们这样称呼这些宫里的人。西藏和阿拉伯等外国使节，各省代表，各部大臣，为了禀报紧急事务，都在寻找靠近这位万民之父的地方，他们看到，每天晚上的戏剧演出、诗歌吟诵和歌唱等礼仪是在浪费时光。他们渴望这样的节日赶快结束，这些活动消磨了他们的精力，他们有更重要的任务。每当皇帝给出信号让活动结束的时候都已经过了午夜很久。然后他们都匆匆地回到自己郊外的寓所，或者回到人们期待着他们的卧室，此时，皇帝则前往柳树和菊花环绕的亭台楼阁里，和女人们继续通宵达旦地饮宴。如果有来自外地的特使需要皇帝做出紧急决定，或者要求紧急觐见，得到的回答总是："天子陛下正在休息。"

"这里的一切怎么都变了，"巴·赛囊转身问信安王李祎，李像每天晚上一样，正陪着西藏人。"我说的不仅是城市的扩大，还有在下面碰到的那么多外国人。"说此话时，他指了指经过平整的白色卵石路那边由闪烁的灯海构成的城里。王爷和西藏人相处得十分融洽，他们之间已经无所不谈。这位节度使已经微微有些醉意，他又呷了一口菊花酒，不满地打了一个饱嗝儿，深深地叹了一口气，说："这些节庆日和由此产生的皇帝对那些宫里人的信赖改变了一切。那个与皇帝交往中应该注意的成千上万条严格的清规戒律的时代已经过去了。一位整天饮酒、最爱在华亭逗留代替上朝的皇帝，渐渐地失去了臣子们对他的尊敬。他把白天的很多时光消磨在写诗和作曲上，几乎只和那些艺人聊天，有时候，甚至亲自给那些有才

**D**

**245**

华的乐师们上课。这样一来，他的大权也就明显地旁落了。你们看见了在宫廷里停留的许多外国将军吧，他们是党项人、突厥人和维吾尔人，其中几乎没有一个唐人。人们让那些野蛮人互相去斗，而高雅的宫廷却在倾听诗歌和柔美的音乐，而此时，外国人正在占领他们国家并奴役他们的人民。"

他让一个侍女又给他斟了一杯酒，拿起一小撮果仁，然后将宽大的袖子向华盖那边没好气地一甩，高力士就坐在华盖旁边。"最重要的部门，兵部，就掌握在这许多被阉割了的宦官手里，他们除了想方设法把军费开支的一部分装进自己的腰包之外，什么也不干。他们结党营私、耍弄阴谋诡计，把权力从皇帝的手中夺走。这个高力士是个光荣的例外。在太监当中他是玄宗的心腹，他总在皇帝身边，连他也不能使皇上清醒。他总是像母鸡保护小鸡似的把天子保护起来，这其实不好，他推说：'这样皇帝就不会过于操劳。'请相信我……"讲到这里，王爷把声音压得极低说："你们在这儿所看到的，是贪欲无度的幽灵们的舞蹈。"

在皇帝陛下终于、当然还是极不情愿和懒洋洋地接见西藏使节的时候，像这样的晚上已经过去两周了，就这样也肯定是全靠信安王李祎每天在高力士的支持下才做到的。被这件事和头疼弄得筋疲力尽、焦头烂额，最后他终于同意由尚·穷桑诵读赞普的信函，那是一封今年年初在拉萨反复斟酌写出的信。其中麦阿充用华丽的语言谈及几年来的通信往来。他举了若干例证说明，保持和平是多么困难，因为双方的将领总能找到争执的理由。负责战争的人认为生命的意义就在战场上。"他们总是一再地，"赞普这样写道，"阻挠我的各种和平努力。在我的舅爷尚赞咄去世以后，作为一个年轻人，我经常看到自己被我的军事指挥官们控制和背叛。您，尊敬的和高贵的皇帝陛下，您本人也知道我的将军达扎恭禄的不忠。我和我的杰尊玛（藏语—王妃）金城公主、您的堂妹，最盼望的莫过于在和平中把我的国家变成一个有道德的国家。您肯定乐于和这样一个国家结盟，和这个国家交换更多的东西，而不是兵刀相见。我的人民和我在心中都装着难忘的王妃文成公主，她从大唐来，为的是与我们的祖先松赞干布成亲。自从我作为西藏的国王并且和中国的皇帝以女婿和岳父相称以来，我们之间就存在一种亲戚关系。现在，我通过与金城公主的婚姻又一次建立了同样的姻亲联系，我们属于同一个家庭。我们因此有充分的理由，给两个民族带来和平和快乐。如果高贵的天子陛下能重申我们之间的友谊，西藏国王向您发誓，永远不首先破坏和平条约。"

皇帝在听着诵读这封信的时候，变得越来越聚精会神了。信中讨好的语言使他很高兴，这些话听起来和以前的信件完全不同。他向尚·穷桑示意，把信递给他，久久地注视着这封信上娟秀漂亮的毛笔字。毫无疑问，这些字和公主在大唐宫廷中学会的写法完全一样。他对这一发现满意地笑了。

但是，他很快又变得严肃了，虽然他想尽可能多地不再过问政治，但是信安王李祎从政治大局出发，向他阐明了西藏问题，所以他认识到没有别的选择。"细节问题，你们必须和高力士、李祎商量。但是，我将不会拒绝在和平条约上盖印。"看样子他就要宣布晋见结束，但却被李祎用一个暗示拦住了，巴·赛囊还要转达公主个人的问候和希望。

巴·赛囊向前一步，躬身施礼如仪，令皇帝感到惊讶，当巴·赛囊向皇帝用特别挑选出来的礼节性的表达方式陈述的时候，皇帝一时间被这位西藏大臣吸引住了。"您说我们的话怎么说得这么好，还了解我们的礼仪？"

巴·赛囊再次躬身行礼并说道："尊敬的陛下，我三生有幸，是已故女王赤玛伦和大臣尚赞咄的一个亲戚。令我们家族感到骄傲的是，我们的子弟中总能有一个被派遣到贵国著名的太学里学习。我有幸被选中，我得以长时间在贵国的都城里逗留，真要感激上

**247**

天。命运特别惠顾我，我回去以后又受到您的堂妹金城公主的信赖。她没有辜负帝王之家的荣耀，极有教养，是皇家园林中的奇葩。一个像我这样的小人物原本不配和她交往。我的国家和我都感到有愧于她。她特别喜欢研究文学，为我们国家的发展已经做了很多。多亏她，我们译出了许多作品，特别是有许多医学方面的书。现在她请求您恩准，为了她个人的修养和我们国家的进步能赐给更多的书籍。如果您允许，我将递交她的信函和她需要的书目，这样她就可以在远方继续完成被中断了的教育，并给当地的臣民上课。她已尽量地克制自己，但这长长的书目仍然过长，对此她感到抱歉。"

巴·赛囊圆满地陈述了这一切，皇帝和他的诸位大臣都极其高兴，他们没有想到，这位西藏人的口才和学问如此地道，尤其是在他提及那些书籍的时候。皇帝接过信函，不出所料，是用同样的毛笔字写成的。当他把丝绸卷轴递给高并答应让大臣们去审查这些请求时，他仍然沉浸在这些极其美妙的礼物中，他想到，送给他的这副华丽的马鞍肯定是她亲自关照的。这时候，皇帝的耐心已经到顶了。

然后，皇帝恩宠，允许巴·赛囊常来梨园找他。他将和他一起深入地谈论他在长安受到的教育和西藏的事务。他骄傲地把自己成功的受教育者介绍给他的艺术家和学者，并对他大加赞赏，又赐给他很多礼物。有一天，天子机灵地发现，一份特殊的眷顾竟使得巴·赛囊十分狼狈。为了摆脱尴尬，他不得不向皇帝讲述为自己亲爱的孩子而遭受的痛苦。同时他也提到了金城公主给予他的安慰，但是没有讲述细节，他伤感地结束他的话："您明白，尽管这里有许多给人印象深刻的财宝围绕在我身边，但我一心想着回家，我思念自己的孩子、妻子和妻子腹中尚未诞生的生命，我不会同时容忍自己和一个像您身边的女人那样的美女在一起。您的慷慨建议，使一个不值得尊敬的人感到自豪，但他不能接受这个建议。"

皇帝有点儿失望，因为他极少把他的训练有素、多才多艺的女人转送给别人。如果他确实要施以这样的恩惠，那一定是有大功劳的人，比如像被他高度评价的诗人李太白那样接近他的人。另外，他理解这个西藏人的忧伤，因为他也曾失去一位十分宠爱的女人，并长期为她伤心。

当想起自己的痛苦时，皇帝会意地点点头说："没有什么可以使我们的亲人回来。但是，尽管如此，天子和黄土地的统治者，还是应该能够满足一下您内心深处的某个愿望吧？"

巴·赛囊感到有些尴尬，他犹豫了一下，但是因为这个机会如此有利，所以他再次鼓足勇气，提及书的问题。皇帝密切注视着巴·赛囊的内心斗争，满意地微笑了，巴·赛囊颇为吃力地提出了自己的请求。

"对年轻人来说，您确实很明智，您是真正的学者。我知道，向您提出这种愿望，对您不会没有打扰。没有什么可以超越世界上的知识和艺术的美——可惜这也只是我那些学者们的信念，他们一心保护自己的金银财宝胜过保护自己的妻子。皇帝大概不得不屈尊下令，允许召开一次可能不怎么舒适的会议。"于是，皇帝愉快地摹仿刚被他叫上来的高力士的声音下令，第二天就在文人聚会上议论一下这件令人厌烦的事。

第二天西藏使臣从一大早就紧张地等着，直到李祎终于从讨论会上回来。当王爷登上他下榻处的平台上时，太阳已经高悬在灼热的秋日的天空，他不得不匆忙地回答早就在那儿焦急等待着的人提出的问题："是的，是的，皇帝同意了所有的书籍。誊抄副本的工作马上就开始，"但是，他请求，看在上天的份上，现在应该允许他吃点喝点了。这是一场特别激烈的辩论，此时此刻，他不想说更多的话，他必须先休息一下。于是，使团就请王爷休息，只有巴·赛囊因还有一些关于书籍的细节需要商议，被请求留下。侍从们急忙伺候并摇动扇子扇风。他们俩用膳后，王爷立刻打发侍从们离开，于是他开始向巴·赛囊报告说："我还是劝您留下来，因为您了解这个国家的状况，也因为我相信，您应该知道人们在想什么。但是您要记住，现在给您说这件事是为您着想，我们不想削弱这份和平条约的光辉。"

巴·赛囊未曾注意到葡萄从他的手指缝之间滑落，此时正目不转睛地看着王爷的眼睛："好在有您这样一位正直的人在身边。您很谨慎，我也不想将来只是因为几个文人对我有一些乱七八糟的意见就再动干戈。我了解那几个自高自大的人，可以想象，他们说的话不会那么令人高兴，但尽管讲好了！"

王爷静静地听了一会儿宫殿周围持续不停的蝉鸣声，人们只有特别注意听，才能意识到它们的存在。他用扇子向外面指了指花园，把心中的不快吐了出来："那些奇怪的念头就像这种东西一样。整个夏天它们都在那儿唱自己的歌，但是只有仔细去听才会听见。对于那些遥远的国家，某些人有什么看法，我们的态度也是这样，不去听，到后来也就听不到了。这些人对远方传来的音乐、舞蹈、新奇的风俗欣喜若狂，同时却说，让那些胡人们去内斗、去拼死干活，最好是自相残杀，而我们自己有更高雅的事要做，而且必定做得更好，这种自命为高人一等的倨傲态度是多么危险啊。好像每个人的手不是都有五个指头似的。于休烈是皇帝的一个谋士，也是一位特别有名的学识渊博的文人，他只不过是一个很好的例子。他成了这些人的代言人，这些人都把您的建议当做危险的非分之想加以拒绝。是的，他甚至口吐狂言，说公主恐怕已经成了吐蕃的一个女奸细。但他对此又拿不出任何有力的证据，他还没有把话说完，天子就愤怒地将公主的信函卷轴向他摔了过去。"

王爷仍然在想，极不耐烦地听着那些谈话的皇帝如今感情失控，不由自主地笑出声来，半天才控制住，他接着说："您能想象那位文人愚蠢的面孔，就像公主的话从皇帝手中'飞起来'击中他的那幅模样吗？您大概不认识他，他大约三十八岁，比您大八岁。
在您逗留长安期间，他大概连个教书先生都不是。"

巴·赛囊摇头表示不认识他，王爷继续说道："归根到底，他
是个文人的典型。他骨瘦如柴，大概压根儿就没有时间注意自己的
外表。他那沾满墨汁的手指，不停地在他那几根稀疏的花白长须间
上下梳理，以至胡须被染成一种可憎的颜色。他从未出过城，所以
对他来说一切'野蛮的'东西都是可怕的，特别是西藏人。这样一
个极其僵化的老夫子的举止，甚至在这个神圣的大殿里也有点异乎
寻常。他好像把所有的活人都看成敌人，所以他只研究过去。他唯
一的兴趣就是严格地书写历史。在搜集史实中他倒是一位真正的大
师。他所陈述的理由同他沾满灰尘的僵化的大脑完全相适应。你们
听……"他迅速地从宽大的袖子里变魔术似的拿出一块木板："我
把它特意记录下来，因为我觉得它太怪异。"

为了更好地阅读，王爷把他硕大的身躯从阴影里稍微前挪一点
儿："把经典知识介绍给蛮夷，是错误的，因为蛮夷是国家的破坏
者。经典中包含着我们国家的基本法律。最后，它们也教给人关于
兵法和治国的方略。这样一来，也就向敌人提供了用来摧毁我们的
武器。从《左传》里他们会学到怎样用兵和使用计谋，而从《文
选》里他们将会学到怎样写战书。"

巴·赛囊正想忿怒地发作，但是王爷止住了他。"等一等，下
面的更精彩：'尤其是吐蕃人天性豪放，办事果断，不仅理解力强，
而且锋芒毕露，不容含糊，加以勤学不倦，这就更应该小心对付才
是。可以给他们丝绸、宝石和金钱，但是把这些经典扔给这些蛮夷
却令人深感忧虑。'"

李祎念得有些急了，显然很生气，一言不发，而巴·赛囊却嘲
讽地大笑道："您所看到的，和我想象的一模一样。不管怎么说，
他总算承认了我们的理智和求知欲，这比我希望的还多一点。您所
记录下来的东西，至少是一个诚实人的正直的立场。我觉得这比宫

廷佞臣们的装腔作势要好一些，他们把脸藏在丝绸的袖子后面，这样我们就看不见他们阴险的狞笑了。现在我更加佩服这位天子了，尽管有这样激烈的反抗，他还是没有拒绝我们的请求。"

对于巴·赛囊来说，使命到此就完成了。他和尚·穷桑匆忙准备启程，因为他们担心冬天很快就到了。桑希和其他几位藏人代表还应该在长安逗留一些时日，以便将要带走的书籍装箱运输。皇帝在送别时给西藏使团许多礼物，此外皇帝还想给尚·穷桑一条可以分成两部分的银鱼。巴·赛囊感到极为震惊，因为他知道这条鱼所包藏的含义。皇上马上就要命人把一半银鱼递给尚·穷桑，另一半留在自己的宝库里。那另一半珍贵的银鱼是一个信号，表示它所在的国家有臣服和进贡的义务。巴·赛囊灵机一动，跪在天子面前，恳请他收回这件礼物，因为根据西藏人的古老传说，如果他们占有一条鱼，鱼肯定会给他们带来毁灭。一阵可怕的可以听得见的窃窃低语声打破了大厅里沉默压抑的气氛。天子有点儿不知所措，他凝视了一会儿银鱼，这下子把一个侍从吓得差点把手中的锦缎靠垫掉在地上。后来皇上突然想到，听说西藏人从来不吃鱼。他的面部表情才放松下来，他立即明白了巴·赛囊话中巧妙的双关意义，他以此阻止了吓得面色苍白的大相接受礼物。多么机警，天子心里想，同时心照不宣地向巴·赛囊使了个眼色，然后说出最后一句话："朕愿您一路平安，对将来无法同您进行充满智慧的谈话感到惋惜。"

巴·赛囊得救似的跪下磕头，向皇帝陛下表示最崇高的敬意。双方都保住了自己的颜面，心照不宣的是，大臣在最后一刻防止了宣示大唐对西藏作为纳贡国家的主权。这一幕，在这个使团启程之后，肯定将成为皇宫里无穷无尽的辩论的材料，但是这两个国家，正如条约里所确认的那样是平等的。

在几位大唐边防军官的陪同下，西藏大臣几周后来到日月山。边界就从这座山上通过，站在这座山上，可以展望两国辽阔的染上秋色的大草原。他们感动地勒住马头。迄今为止，人们在这里相遇时只有刀兵相见。想到这里，人们不禁悲从中来，双方在这座山周围的大地上曾经洒下多少热血啊。他们默想了片刻之后，尚·穷桑不顾狂风中飞沙走石，大声诵读大唐天子盖上大印的和平条约。人们围在一个大家共同垒起的石堆周围激动地拉起了手，他们估计，这儿就是九十年前文成公主摔碎镜子的地方。从那时起，根据文成公主的意愿，人们把这里称之为"日月玉镜山"，真是再合适不过了。这里用石块垒起来的标志，表示这是一个具有丰富历史意义的地方。有朝一日，根据两国人民的意愿应该在这里竖起一座石碑，以永远铭记两国人民之间的和平。

# 拉萨　布达拉宫

猴年秋天

公元 732 年

卓玛类美妙而浑厚的歌声，越过城里设有各种辟邪驱鬼装置的平屋顶，传向远方。房子上面的各色彩旗随风舞动起来，拖长的声音从厚重的宫墙传向近处的山崖石壁，又从那儿传来回音，最后消溶在秋日湛蓝的天空中。像生活在连绵无尽的群山之中的西藏游牧民族的女人一样，大相的女儿，虽然出身高贵，也继承了她故乡这种举世无双并与生俱来的才能。金城骄傲地观察着虔诚的、深受感动的观众。正是金城发现她这种声音的特色，并建议卓玛类继续扩大自己的音域。她们一起为今天选择了这首牧歌。歌词很简单，而声音的美可以通过寻找丢失的牦牛，召唤牲畜的内容得到淋漓尽致的发挥。每一个在场的人都感觉到，这原本不是歌唱牦牛，而是歌唱对爱情的渴望。当卓玛类的歌唱停下来的时候，观众中爆发出热烈的欢呼声。

此刻，金城已经坐好，准备演奏一曲文成公主留下的、描写战斗场面的琵琶曲，她先努力争取观众的注意力。她刚奏出一阵音符，观众还有些乱，只是对身穿流光溢彩的苹果绿色衣裙的王妃表示必要的礼貌而已。但是，当金城在乐器上充满激情地弹出马蹄声碎、弓弦鸣响、刀剑铿锵的时候，他们都围在这位女艺术家的周围并安静下来。最后，当声响平缓下来，变得温柔的时候，她就完全和琴声融为一体了。有如神仙的外貌，娇小的身体，就是她用难以置信的熟练技巧，交替地展示了一位落败国王的幸福和痛苦的感情状态。金城还沉浸在演奏的激情中，面对听众狂热的欢呼，她优雅地点头示意，脸上泛起一片红晕。

卓玛类和金城对这个节目的音乐考虑了很久，认为这两个节目应该成为这次演出的高潮。当卓玛类站起来准备坐到金城身边的时候，观众一齐欢呼起来。现在宣布她们俩将共同演唱金城自己创作的歌唱国王的颂歌。麦阿充惊异地从自己的座位上跳起来。但是他为自己在高官显贵圈子里的失态感到羞愧，迅速向女士们所在的方向鞠了个躬。女艺术家们相互使了个开心的眼色，然后集中精神，演唱金城效仿西藏歌曲向麦阿充表示尊敬而作的赞歌：

> 从神的国度，从七重蓝天的台阶上，
> 诸神的儿子麦阿充来到人间
> 保护他的臣民。
> 在所有的王国和人们当中，
> 没有人能够与他相比。
> 国家崇高，大地洁净，
> 他来到西藏千百个山头。
> 全体人民的赞普，他把所有的王公贵族
> 统一在他伟大的王冠下面。
> 他给了他们和平与光辉的未来。
> 所有人用不同的声音呼唤
> 他们不同的神灵一起
> 保佑赞普的幸福和他的王国。

人们坐在白色的遮阳篷下面，庆祝麦阿充登基二十周年，演唱过后，霎那间出现了一片静寂。接着，人们一起跳起来高呼："吐蕃的赞普麦阿充万岁！"

国王深为感动，他鞠了一躬，向金城走去。

"公主，您太过奖了，但是您表现了自己爱戴国王的心，我想把这颗心当成海洋来歌颂，"他小声说道。为了避免更加激动，他赶忙转向卓玛类，也感谢她，大声夸奖她的歌喉十分优美，并引导两位女士来到他左边她们自己的位置。在他的右手边，那囊骄傲而又心不在焉地坐着。金城观察不到她的脸上有一丝表情，所以她迅速地转向那群衣着五颜六色的王公和使臣，他们的华丽的外国服装和特别的头巾，和西藏人的节日盛装形成了鲜明的对照。

这是怎样一个广结善缘、娴于交际的场面啊！不同于那囊，金城感到真正的骄傲和满足。各族人民这样在一起，这样一种光辉，只能是通过与大唐持续两年的和平才有可能。显然，这是一项大有裨益的事业，她很大程度参与其中，贡献了力量。首都居民的状况也明显的好多了。已经有很长时间，人们不必再把囊空如洗的饥饿的人们赶出城市，军队带着粮食储备退到遥远的乡下去了。妇女和孩子们又有了赡养者和保护者。麦阿充和他的大臣们有时间转向他们的盟友并建立新的友谊。借此庆祝的契机他们全都来到了拉萨。年轻的盟友国王皮罗阁也亲自从自己的首都大理来到这里，人们对他特别好奇，因为他刚刚统一了若干部落，成立了一个新的王国，取名为南诏，其中首先包括姜国。

土耳其和阿拉伯各个部落也有使节代表。一个五彩缤纷的聚会，其中来自只有妇女统治的"女儿国"的女使者尤其引人注目。摩梭女人成了闲聊的中心话题，不仅涉及她们国家的异样风俗，而且包括她们引人注目的外表。身材高大而又自信的女人，身穿宽大的白色百褶裙。裙子上面是一件红色的丝绸上衣，衣服上绣着无数朵五颜六色的花。腰上是一条宽大的银腰带，腰带上缀满各式各样的装饰和小零碎儿。头上戴着庄严的、用珍珠和玫瑰花装饰的黑色头巾。她们的男伴装饰也相似，不同的只是头上红色的松松的头巾和代替裙子的白色灯笼裤。而她身上最令人难以置信的是：她嘴里总是叼着一根长长的烟袋锅，不时地将小小的蓝色烟圈吐到空中。在这座皇宫里人们还从来没有看见过这样抽烟，更不用说是一个女人了。对于其他客人们表示惊异和有些男人们的嘲讽，她泰然处之，报以不经意的微笑，她那宽阔的脸庞上呈现出无数条大大小小的皱纹。

与所有这些异国情调的人物不同的是，大唐使节韦明和常元芳的衣着简朴，虽然也都穿着珍贵的黑色丝绸服装，显得很突出。常元芳是大唐宫里的一名太监，他们俩是不久前才来到拉萨的。他们紧张的面部表情和其他人的那种快乐和良好情绪也不太协调。他们显然感觉不舒服，不能和周围的狂欢气氛协调一致。他们感到这个原始的宫殿里一切都太粗俗、太不文明、太令人惊讶。但事实上，他们之所以感到不安，是因为坐在这里的盟国使者数目庞大，他们显然和西藏人相处和睦，也毫不隐讳他们恰恰不是大唐的朋友。

崇高的天子玄宗的军队，这期间已经不受藏人阻拦地占领了西部的大贸易通道，在场的人中就有一个属于在那条通道左右生活的民族。如今他们在拉萨就试图争取赞普的支持反对大唐。对于大唐皇帝的使臣来说，相信西藏人和土耳其以及阿拉伯人正在协调一致的结为三国同盟，不是一个令人惬意的情况。

金城在观察他们俩，此刻向他们走来。"您二位看起来不很高兴，"她肯定地说道。两位使节不知所措地低下脑袋，嘟嘟哝哝地说可能是因为这里地势太高、空气稀薄，身体有些不适。"您们肯定，这不是因为看到了外国使者们的良好关系而使您们头疼吗？高原反应您们早就该适应了呀！"

他们有些不安地看着一位阿拉伯使者，他刚刚从他们身边大笑

**257**

着走了过去。金城跟随着他们的目光。"您们不知道西藏人和阿拉伯人早就关系很好吗？在喀什，那儿是贸易通道的终点，他们经常一起攻击大唐。他们也曾经合作，把选定的王子扶上费尔干那国的王位。很久以来，拉萨与呼罗珊之间就有使者来往，甚至把伊斯兰教师从遥远的阿拉伯偏远省份请来教授西藏人。"

"这恰恰使事情变得如此危险，"太监常元芳胆怯地环视了周围之后，轻声说道。

可是金城不解地看着他："如果'上天的严惩'以这种方式被我们大家挡住，皇帝难道会不高兴吗？难道不正是和突骑施苏禄·可汗一起在那儿打了几次难忘的战役，才阻止了阿拉伯人的入侵吗？"

现在轮到韦明寻求答案了，金城的目光这时满心欢喜地落在非常漂亮的、令人敬佩的可汗身上，早就盛传，这是一位刀枪不入、"伤不着的"人。他多么漂亮啊！那么美、那么光彩夺目，正如生活本身！也许他简直就是她所见到的最漂亮的人，她想，心里几乎有点儿妒忌，因为在这个乱纷纷的节日里他的眼睛总是盯着卓玛类。她在意往神驰中也听到了使节们的话："如果这些蛮夷互相交好，变得过于强大，这可不是什么好事。皇帝始终明智地觉察到，如果他们互相残杀，那就可以阻止他们结成联盟反对大唐江山。"

金城没有说话。从前的使节是绝对不会允许自己如此放肆的，可惜他不得不在今年离开了她。一个外交官支持与她丈夫之间的和平，怎么能自信可以用这种方式对她表示信任呢？真可气，让他们就那样站着吧。

苏禄可汗，此刻已经找到卓玛类并正在与她聊天，所有人的想法都被这件事搅乱了。他俩打闹调情，不回避任何人，包括大唐使节的注意，西藏与突骑施的联姻结盟，其后果正是大唐使节们担心的事。节日过后几天，当可汗让人向这位美人求婚时，麦阿充和大相一点儿都不感到惊奇。在政治上做出一个如此聪明的决定时，他们很乐意签署订婚证书。尚·穷桑感到很幸运。他像所有的父亲一样，心里为女儿怀有虚荣的结婚计划，但是，他非常爱自己的女儿，所以他不会为了自己认为的幸福而强迫女儿。如今他的梦想都实现了，他将得到一位倍受赞美的男子做自己的女婿，他的家庭将随着这次爱情婚姻而更加富有。

他为之感到骄傲的漂亮女儿是一位魅力四射而又聪明的女孩，在她身边每个人都会感到舒服。他害怕与她分别的那一天。这是他的欢乐、陶醉中一滴苦涩的泪珠，另外，可以认为他们俩将会走向充满希望的未来。苏禄不可能找到比她更美丽的妻子，她在他身边也有机会发挥自己的善良天赋。她的热恋颇具感染力，她的奇思妙想层出不穷，使周围的人个个都很开心。同时她又绝对没有轻浮地对待自己的未来。相反，她倒是，确切地说，担心别在她的新国度里出差错，所以她现在特别注意金城的一举一动，为了向她学习。

她向金城提出一连串的问题，如果嫁到一个陌生的国度应该注意些什么。这种信任使金城感到有些尴尬，在这种事情上她真是一个好榜样吗？对此她始终抱有怀疑，她还不曾爱就进入了婚姻，怎么能爱上这个对她并不信任、变成她丈夫的孩子呢？自那时候以来许多事情都发生了变化。麦阿充虽然渐渐地萌生了对她的爱慕，在布达拉宫那个可怕的夜晚之后，那囊当着他的面逼迫她吃那些恶心的菜肴，自那以后发生了怎样的变化啊——他始终感到内疚——严格地说，自从他发现铜牌以后，他对待她就表现出明显的尊重和温柔。但是每当相互接近的时候，那囊及其家族总像幽灵似的站在他们之间。她很有把握地认为，如果他们可以自主决定的话，那么，最晚在昌珠他们就走在一起了。全是些没有意义的心思，她意识到，当她回忆起雅砻河谷的美好日子，想起他曾在她耳畔窃窃私语说的那些话，心里便充满忧伤。他从来没有勇气反抗那囊，她总是疑神疑鬼地监视他。她永远处在他们之间，情形正如他们在一起度过的那些痛苦的夜晚。

也许他对当时的行为后悔了，出于羞愧而不敢再去找她。她经常自问，难道她应该鼓励他吗。不管怎样，她比他年长八岁，但是，要自己向他迈出决定性的一步，她所受的教育又让她觉得这过于低声下气。有时候她又觉得很有兴致，她经常考虑，这也许总比直到自己死亡都在"为上天梳妆打扮"强吧，不过她总是压制自己的这种感觉，她甚至没有把握，她自己是否想、他是否希望它。如果被他拒绝怎么办？结果可能是难以预料的。就这样，一年又一年地过去了，那个人人见了她都会背过身去的时刻很快就会到来。她怎么能把这些乱七八糟的事情和一个年轻的、正在热恋中的姑娘说呢？即使这个姑娘催逼着她，也难以启齿和她谈论爱情，这件事还是由她自己的母亲来做可能更合适。

还有什么呢？难道她在和外国人的交往方面是个榜样吗？大概谁也不会说，人们爱戴她，虽然她为了做一个好国母尽了最大的力量。可是有谁看见这些了呢！诚然，有些事情得到了好评，如增添了医药、扩大了医院病房、新建了小学校、可说到底，也只能是少数贵族子弟可以入学。虽然她为和平竭尽全力，但谁都知道，这种和平是脆弱的，像从中国带来的那些很薄的瓷器。即使在这个节庆日子里，难道大唐使节不是也把大唐的这种看法不加掩饰地表达出来了吗？这些黑头人中有谁会夸赞扩建寺庙呢？他们看到的只是国王被一个他尚未与她同床共枕的女人唆使，不断地把钱塞给这些外国人。他们认为，支持这种新的教义，辛辛苦苦地翻译他们看不懂的这些书籍，又有什么用呢？要等多少年，他们才能理解唯一能给这个国家带来进步的正是这种崇高的教义？因为佛教教义同样送来了教育和科学，确立一种信仰：那就是对万物生灵，不论他的出身和等级，不论是人或是动物，也不论是友是敌，我们都怀着悲悯之心，这才是通向和平的唯一之路。这些普通的民众该怎样理解，她的行为不是出于宗教狂热，而是想给这个国家开辟一个更美好的未来呢？"井中之蛙跳得越高，看到的天空就会越大，"西藏的一个谚语这样说。可是这个民族一点儿也不想从他们的井里往上跳啊。

如果她像文成一样，有一位松赞干布那样的男人站在自己一边，一切恐怕都大不一样了，那该有多好啊！但是麦阿充既不是一位战士，也不像他的父亲赤都松，更不用说像智慧与强大集于一身的松赞干布了。难道伟大国王的预言错了吗？因为其中也谈到她，莫非自己可能只是被迷惑了吗？不错，她正如预言所说的那样来到这个国家，但她也是被宣告的当今赞普的支柱吗？难道这个遗嘱可能是伪造的，是一个虔诚愿望的产物吗？这些怀疑不禁在她的心中滋生。麦阿充会被这个容易冲动的民族承认吗？说服他做出决断困难之极。他是一个优柔寡断的人，他所做的一切，都必须得到鼓励。她本人不敢公开地对他施加影响，因为他自己的地位本身就岌岌可危。即使是她的善行也必须永远藏在幕后，她做的理应受到赞扬的事也是如此。她害怕和别人商量，因为这样她一方面把会国王暴露出来，另一方面又会被怀疑为搞阴谋。只有巴·赛囊、桑希和尚·穷桑几个人是她能够信任的人，不用担心他们误以为她只是在为大唐谋利益。

苏发严越来越不愿意离开小昭寺。佩玛老了，金城那么看重他们俩的聪明，但是他们毕竟太不了解大世界的事情。大唐新来的使节，他们最近经常在拉萨和长安之间往来，对于她来说都太难以捉摸。很难像她和被替换的使节那样，同他们建立信赖关系。为了运那些书籍，桑希留在长安了，巴·赛囊在拉萨和长安之间来回跑。自从上次他的小女儿诞生后不久，他们见了一次面之后到现在已经过去一年了，当时他激动地在她的耳旁小声说，这孩子嘴里真的含着一颗带有红色斑点的珍珠，那是朱砂的残余。当人们把装殓姑娘遗体的坛子挖出来的时候，发现里面是空的。而现在，苏发严说，这个孩子才十八个月，她却已经能呼唤死去的哥哥的名字，并回忆

**261**

起她前世的一些事情了。父母亲试图在世人面前把这件引起轰动的事情掩盖起来。苏发严再次回到扎玛，由于他受感恩的父亲之委托，要和公主一起为这个孩子起一个名字。"他那么幸运，"苏发严高兴地说道，"他，现在完全相信新教义了，他请求我极其秘密地向他传授僧人打坐冥想。在我动身到您这里来告诉您这一切，并征求您的意见之前，我们在一起长时间念经并打坐。"

金城已经很长时间没有在宫里看见这位老人。对老人来说这一路太困难了。而这个使命对他来说是那么重要，因此他要全力以赴，他警告说："这个孩子绝对不能起一个中国名字，这会泄露我们的监护关系。我将会建议，如果您同意，就叫她观音禁，这是梵语中观世音的意思，这是一位光照世界的天神。"

苏发严多么睿智啊，金城心里想。"光照世界"在藏语中听起来很亲切，只有少数掌握梵语的佛教徒才会注意到，这个孩子的名字是大乘佛教三个最重要的菩萨之一。她是多么离不开这位老僧人啊，正如她会想念巴·赛囊和他们共同的谈话那样！

如果她现在又要放弃开朗而又多才多艺的卓玛类的陪伴，那她的天空将益发显得空空荡荡。虽然她的妹妹赤玛类应该取代她的位置，但这个害羞的、个子矮小的小姑娘，既不像她的姐姐，也不像她的祖母，恐怕代替不了卓玛类。

# 吉曲河畔

## 狗年

## 公元 734 年

豪华的送亲队伍已经度过吉曲河，离开了首都拉萨，那里的居民仍久久地目送着他们。他们一直待在那里等待着，直到卓玛类的轿子在河对岸消失，轿子上靓丽的红色丝绸帘子在风中飘动，变成唯一能辨认出来的色点。此刻大多数送行的人们都已经转身向回走了，而金城仍一动不动地站在岸边原来的地方，这正是她几乎二十四年前来到的地方。她完全清楚，陪同人员正期待着她现在也离开这里。但是她却像被寂寞和悲哀凝固住了似的。她惊异地确定，使她痛苦的是和麦阿充离别，更甚于和卓玛类离别。到他再次踏上这个城市的土地还要等很长时间，但是，与卓玛类不同的是他还会回来。她本人不得不完全违背自己的感情，去说服他利用这个机会，和新娘的父亲一起参加重要盟友苏禄可汗宫廷的婚礼。由此可以连带进行其他的国事访问。他本人在这些国家露面并和盟友谈判是必不可免的。如果他继续把国家的重要事务交由下属去处理，那他该怎样行使自己的权力呢？

麦阿充勉强认同了她说的理由，只有尚·穷桑才真正说服了他。她多么想陪同他啊，但这是一次漫长而困难的旅行，当赞普不在的时候，这里恰恰亟须有她在场。不然，有谁来监督给寺庙拨款呢？谁来督促翻译并照顾蜂拥而至的许多外国僧人的福利呢？她也许诺，他不在的时候，她将出席大臣会议，如果要对重要的事情做决定，她会立即让急使把消息告诉他。但愿能立即骑马到扎玛去，但现在，她却只能像往常一样，沿着陡峭的道路登上山顶回宫里去，她提醒自己必须遵守条规。

对她来说，在宫里集中精力工作是困难的。一想到要单独和近在咫尺的那囊待在一起，她就感到害怕，难以忍受。所以，过了几天和几个不眠之夜之后，她就决定和佩玛一起骑马下山回到小昭寺，以便在苏发严那间老屋子里过几天安静日子。她们只偷偷地收拾了几件必要的东西，上面用水果盖着，假装只是往小昭寺送点礼物。为了安慰仆人，佩玛通知他们说，不知道她们什么时候回来，因为她们想为卓玛类和赞普祈福。可能会晚点，不要等她们。

苏发严对金城来访非常高兴。她终于在他面前承认自己害怕，这位僧人觉得这并非没有道理，所以就恳求她，趁麦阿充和大相以及其他两位朋友不在期间留在小昭寺。这一夜金城第一次睡得很好，所以她第二天真的决定不再回宫。一大早她就来到附近的寺庙，为了和苏发严一起在大威德金刚脚下诵读经书，为年轻新娘的幸福和赞普的马到成功祈祷。庄严的气氛突然一下子中断了，佩玛上气不接下气地跑了进来，大叫道："失火了，王宫，山，整个山都着了！"

他们急忙骑马奔赴出事地点，可是在下面的湖边便被拦住了。烈火熊熊燃烧，天空都暗下来了。宫殿上层已被浓烟吞没，下面的几层，烈火从窗口里喷出来。住在宫里的一些人惊慌失措地簇拥在金城周围并报告说，大多数人都只是逃出一条命，什么都没能带出来。可是，那囊在哪里？她的侍从和家属在乱跑，没有一个人能说出，最后在哪儿见过她。突然从滚滚的黑烟中出现一个人，他浑身上下完全成了黑人，双臂托着失去知觉的王妃。如果不知道底细，人们会以为救人者是被火熏黑的。不过看他身穿黑色大衣和把帽子拉下来遮住脸的样子，这形象真是太熟悉了。

当那人的两只黑手默默地把王妃放在医师面前，转眼便消失了的时候，医师吃了一惊。他突然地出现又一言不发突然消失，使人有一种异样的不祥之感。但此刻不是琢磨这种感觉的时候，他必须让人尽快扎起一副担架，把那囊抬到小昭寺，到那里他可以给她检查。宫里的一些人被烧死了。那些还活着的人，都在试着从废墟里寻找值钱的东西，但是只有少数有用的家当没有焚毁。主殿红宫完全被烧毁了。但公主的忠实仆人们却不怕任何危险，至少把那些文献卷轴、书籍和首饰，其中也包括那面珍贵的镜子抢救出来了。金城只能邀请那些失去住所的人去扎玛，此外就没有别的办法了，因为必须看到，等拉萨宫殿修得可以重新居住，要持续很长时间。她本人虽然不喜欢待在那囊身边，但还是要留在小昭寺，直到那囊康复。据侍卫陈述，火是天亮之前从金城的宫殿开始烧起来的。难道有人——而那人并不知道金城那天夜里住在小昭寺——想趁麦阿充和大相不在拉萨期间把她烧死吗？

那囊的身体虽然很快康复，但她似乎有点精神错乱。医生宇妥和医师摩诃衍那认为是惊恐所致。对摩诃衍那，她根本就不信任，只要御医去到跟前，她就大声喊叫。她倒是对宇妥说了一些胡言乱语，说火是她亲自放的，她必须在斗争中支持阎王。但因为她的话全都是语无伦次，所以她的自我谴责也就没有人当真。她的情况令人感到那么悲痛，以至于谁也不能丢下她不管，没有别的办法，只好把她带到扎玛去。除了她那些侍女，宇妥是唯一她可以容忍在身边的人，但现在宇妥产生了疑心，他有了一个发现，不过他先不说，而是藏在心里。那囊可能是进入了更年期，必须放弃怀孕的希望。宇妥为她感到难过，因为他估量得出，那囊处于多么大的压力

265

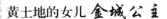

之下。如果她的家族和麦阿充知道她"没有用了"，她就不得不担心被逐出家门，而且还要为自己的性命担忧。难道她是因此而精神错乱了吗？难道，正如她自己断言的那样，她是走投无路，才做出这种事情吗？

# 扎玛

猪年春天

公元 735 年

麦　阿充仍然没有回来。他利用这次旅行的机会，又访问了其他
盟国的首领，在回来的路上又到日月山参加界碑揭幕典礼。
当时在长安进行和平谈判的时候，虽说曾经郑重地确定要树立一座
纪念碑，但是两年来，麦阿充不得不多次提醒皇帝信守这一诺言。
麦阿充想，也许天子又觉得自己的诺言不合适，因为他永远不会忘
记在信中强调了关于他们是平等国家的话。由于金城的提醒，他当
然始终明确地赞赏双方关系中好的方面，并顺便提到希望能把多年
来富有成果的和平延续下去。赞普很清楚这种联盟是多么脆弱，大
唐信守盟约，仅仅是因为担心他最终会和阿拉伯人联合起来反对
大唐。

　　日月山下的边界居民们不太理解这种更高的政治意义，所以恰
恰在这里不断地发生摩擦，星星之火，很可能引发燎原之火。因
此，立下一种看得见的、不可磨灭的象征是很重要的。所以，赞普
请求金城再给皇帝写一封信，把条约中的句子按照许诺镌刻在一块
界碑上，作为西藏东北地区人民的告诫，停止敌对状态。他同时借
此机会赠给天子"几百两金器和银器，此外还有极其罕见的奇珍异

宝"。这些精致的器物大部分来自印度，使玄宗非常高兴，他不仅展示给大家看，而且立即命令树立界碑。揭幕典礼要等麦阿充今年夏天到达时才举行。碑文用四种文字刻成，展示了和平条约的内容。赞普满意地利用这个时间和当地的部落首领们交换了意见，并在中国边防将军的大帐里做客数日。虽然这块纪念碑在他离开几天之后就被推倒毁坏了，但那之后的十五年间，两国首都之间的来往还是很自由的。

这段时间在扎玛的生活对大家来说都非常困难，特别是因为那囊的病情。由于接待了布达拉宫里的王室成员，这里的空间显得格外狭窄了，有那囊在人们感到再也没有一处安身之地。人们一不注意，她就会突然出现，胡言乱语，随便抓起什么就乱打一通，见什么打什么，又抓又咬又啐。宇妥一点办法也没有，他建议，为了保护她也保护别人，最终把她关起来。金城和那囊家族都同意这么做，从此人们就得开始忍受那囊可怕的嚎叫，弄得扎玛的居民彻夜不得安宁。有一天，在她稍微清醒一些的时候，她要求见苯教巫师，但宇妥表示吃惊并反对，人们不知道那将会发生什么事。现在整个宫殿都在她的狂怒咆哮中颤抖，这种愤怒的爆发是很难平息的。金城内心在斗争，那囊家族阴沉着脸、无可奈何地关注着她的病情，迫切要求金城让人们去叫苯教巫师。但金城很怕那个人，因为他仍然在她的梦里出现，高大、乌黑，宣告灾难已经来临，他从熊熊燃烧着的宫里出来，变得越来越大。

她内心迟疑不决，不知是否应对那囊家族的要求让步，若不是发生了一件意想不到的事，这种局面会长久地持续下去，每当傍晚，只要时间允许，她会站在塔楼上一个固定的位置。她很喜欢从这里观察夕阳西下的情景。下坠的夕阳把黑沉沉的群山浸入火焰般的赤色晚霞之中，但只是短暂的片刻。最终总是黑暗获胜，难道人生的周期也和这种情况一样吗？但是，这一次金城的目光被吸引到山下去了，可以看到那儿有一股尘土扬了起来，越来越近，好像只有骏马奔跑才会出现这种情况。她迫不及待地手搭凉棚，最后靠在阳台的粗大栏杆上，她想知道，往这儿狂奔的人是谁。很快她就辨认出那是苏发严和他的随从。

"是什么使您离开自己的寺庙，尊敬的大师，"她快活地鞠了一躬问道，如今这位老朋友已经秃顶。可是他很严肃地站在那儿，迫切要求单独谈话。他们向公主的房间走去，她克制着自己的兴奋情绪，她原本可以想到，这一趟对他来说非常辛苦，他不会轻易地跑这一趟。他已经很久没到扎玛来了，而金城以前也从没有请他进她的卧室，而现在她已把客厅腾出来，让给从布达拉宫来的逃难者暂时居住。

僧人出乎意外，一时间竟忘记了自己的事情："华丽的宫殿，漂亮的陈设，而现在您却生活在这里，像成堆的蚂蚁那样挤在一起！"他的话音未落，他那四处张望的目光一下子就被某种东西吸引住了。因为没有地方，家具都胡乱地摆放在一起，他的目光落在一个很小的、雕刻精美的镀金神龛上，前面点着几盏酥油灯。"一个多么宝贵的珍品，"他躬身在那个神龛前面跪下，仍然感到异常欣喜。

因为他一下子冷静不下来，金城又不明白他为何如此动情，所以她试着转移他的情绪，说："是信安王李祎带来的，把它作为晋见的礼物。"

这时苏发严站了起来。他的身体在颤抖，但是他的脸上闪现出神秘的光："这是一个征兆，一个奇妙的征兆，现在，或许一切都将向好的方面转变了。"

金城被她老师的这种奇特行为弄得更加迷惑了："您说的是什么征兆？世上的什么东西使您如此感动？"

此时佩玛已经把茶端来，她把银质茶壶举得高高的，将茶水斟满茶杯，苏发严这时终于恢复了平静："请恕罪，您怎么可能知道发生了什么事情呢？我也还不能理解。让我从头讲起吧。宫殿烧毁了还不算完，不久前城里发生了一次轻微的地震。情况并不十分严重，但寺庙出现了裂缝。几天之后，阎罗王可怕的塑像崩塌了，摔得粉碎。等身佛的面容露了出来。那是多么不幸啊！那至高无上者的相貌被损坏得那么厉害，人们几乎认不出来了。"

金城感到震惊，急忙放下茶杯。"您认为，我们将再也看不到佛祖童年的相貌了吗？"金城的泪水夺眶而出，她激动地跳起来。"为了永远化解世界上的一切痛苦，我今生一直希望亲眼看一看，我的先祖越过千山万水带到这个国家来的一切佛像中最神圣的雕像。"

但是苏发严劝慰道："您先坐下，主人，佛已经给我们出了主意。我自然可以向您描述这位至高无上者的形象。可是在艺术上我不行，您是知道的。我根本不会把佛的面貌画下来，也没有能力指出应当怎样塑造佛像。恰恰这时候佛就送来了一个征兆，佛给人规定了人生之路，这就使我从这种愧疚下解放了。他不会愿意，这个国家没有他的抚慰和希望而存在下去。佛祖向我们不断地一再证明佛法是无处不在的，为此而采取的方式真是太神奇了。"

金城费解地看着老人，他为了向佛祖表示尊敬，双手合十弯腰行礼。"他亲自把这个至高无上者的模型送来给您，"他挥了一下胳膊把公主的目光引向室内神龛。"等身佛看起来就是这个样子，我在他面前跪拜过很多次。"

"真的吗，您没有弄错吗？"她用审视的目光转向那个神龛，坐姿佛祖低垂着内敛的目光，智慧地微笑着，好像在认可苏发严的话。

苏发严有几分戏谑地对佛祖说："这期间，虽然我的头发没有了，但是我并没有糊涂。我怎能忘记佛祖的相貌呢。"

现在轮到金城了，她激动地冲向神龛，跪下叩了三个头，然后仔细地看着那尊面带笑容的小雕像。"一直以来，我最热切盼望的

就是能看到您的慈容，而我竟然没有认识到您一直在我身边？！"简直难以置信，她的目光几乎离不开他善良慈祥的笑容。

"佛祖不需要什么金身，他始终在我们中间，只是我们这些平凡的信徒需要看得见的征兆。"苏发严小声地加入她的虔诚祈祷中。

金城虽然非常激动，但是她很快就领悟了："是的，我们受到了教导，但您自己也看到了，我们这些人对许多东西都视而不见，因此需要有这类标志才行。认真考虑起来，这里要做许多安排。难道这不正是把佛祖等身像从隐匿处解救出来的时候吗？这不正是您经常说的恰当时刻吗？因为麦阿充还没有回来，这倒正好，省得让他为修复佛祖雕像并送归原处而承担责任。我们应该赶快行动并尽快启程，最好明天一早就骑马去小昭寺，这样我们就可以开始了。能否找到一位有身份的、我们能够信赖的艺术家呢？"

苏发严不需要长时间考虑："我常听人赞扬一位艺人。他不在拉萨，不过，在钦浦有一位印度僧人，他的手艺也有很好的口碑。派人去接他，他会和我们一起前往。当然，您必须把您的小佛像让他使用。"这天晚上，关于他们的计划，他们又谈了很久。这期间由于许多僧人到来，又与大唐签订了和平条约，他两人的梦想就有可能实现了，佛祖等身雕像在大昭寺里可以和松赞干布、文成和赤尊公主的雕像合在一处了，对此他们都感到很激动很幸福。

金城心中暗暗地感谢这尊崇高的雕像，因为她有了一个理由，可以短暂地避开在宫里与那囊困难相处。天还没亮，她就派遣一个信使去钦浦接那位印度僧人。翌日早晨，当他到达、佩玛打好行装备好马之后，他们便满怀希望地启程了。

那位印度僧人和金城的年龄相仿，但是皮肤却亮得令人吃惊，四肢显得很纤细。他的面部表情很细腻，两只黑亮的眼睛透着聪明，这些特征表明他是印度北方的居民。准确地说，他来自摩揭陀、等身佛的故乡。他在那儿曾听说过等身佛传奇般的雕像，并对

**271**

这个故事产生了兴趣。希望有一天能看到佛像的愿望终于促使他来到钦浦。他对佛像非常精细、小心，并充满感情，为了旅行，他从神龛里取出佛像并用丝绸把他包好，这些做法立刻引起了金城的好感。

这样结伴骑马，穿过初夏风景如画的原野使金城感到很舒服。她很高兴，能够和佩玛一起重新回到以前居住过的地方。她们首先看的是被毁坏了的阎王塑像，现在他那愤怒的脑袋被一个损坏了的佛像头代替了。一副令人恐惧的景象，佛的下半身是公牛的身躯，站在骷髅头上跳舞！有印度人在身边使她心中稍安。他认为，要修好这些损坏的雕像，可能要干到秋天。必须把整个墙壁拆除，看看雕像的残余部分到底是什么状况。能够做这项工作，他感到极其幸福，并保证将设法使她感到满意。金城将用这段时间来关注布达拉宫的重新建设，被烧黑的墙壁的残垣断壁矗立在城市上面，令人感到悲伤。

不久，仙鹤和大雁成群结队地越过高山，飞向南方。它们的叫声使人联想到冬天就要来临。金城督促着快干。冬天麦阿充就要回来，她要避免到头来赞普的疑虑会阻止佛祖等身像的搬迁。工匠们已经在忙着准备圆木和木板，以便运送成吨重的雕像。苏发严和金城连续好多天弯着腰在星象仪旁边工作，为这一重大事件选择良辰吉日。他们周密地计划着这个节日的过程，因为它将作为一个难忘的、给人印象深刻的事件留在人们的记忆中。

焕然一新的佛祖等身像终于现身，面带温和的微笑看着人们为那个选定的日子进行着紧张忙碌的准备工作，那五个新建寺庙里的僧人也都来到了拉萨，参加这次重大的盛事。一大群人聚集在小昭寺前面，这时候雕像在号角声的伴随下，在红丝绸掩盖的原木轨道上，仿佛是自动地从寺庙里移出来。但是，号角声和人群的嘈杂声突然停止。一个特别勇敢者代表很多人爆发出一声尖锐的叫喊，穿透了这片喧哗。"简直是中了黑色魔鬼的邪，这是怎么回事，你们为什么要把佛祖等身佛像藏起来？"此刻，这尊用珍贵的金粉装饰一新、用白色丝绸裹起来并喷上香水的整个雕像开始晃动起来。周围人的不满情绪在膨胀。大家急切想看到的等身佛像完全被包裹着。据说一点儿也看不到神奇般被修复好的雕像，没有人能看到用奇妙的蓝色画出来的眼睛。不是有人说雕像头上戴一顶代表至高无上新教义的宝石王冠吗？群众的喧嚷表现出人们的失望。有人愤怒地吹起了口哨，有人甚至好斗地扬起了袍袖，似乎跃跃欲试，要动手撕开绸子或者要攻击那些僧人。直到金城公主在苏发严的陪同之下出现，这位僧人爬到一个树桩上，要宣告什么，吵闹声才逐渐平息下来。

老僧人相信圣徒传奇，根据传奇，在等身佛的荫庇之下任何人都不会受到伤害，所以他充满信任地等待着，直到大家稍许安静一些。"我们非常尊敬的王妃、大唐帝国的公主，我们的金城公主，不惜一切，为了她的子民的福利，重新修复这尊等身佛像，以此来解救并祝福你们。这尊等身佛像本来是摩揭陀国王赠送给崇高的大唐天子唐太宗的礼物，太宗又把他作为自己的女儿、你们热爱的王妃文成公主、我们伟大国王松赞干布的妻子的嫁妆带到我们国家。这件极其崇高的圣物原先一直供奉在大昭寺，现在，当公主重新找到他之后，应该让雕像回归到原先在大殿的位置上去，这样，在面对一切不公正时他可以保护公主深深爱着的子民。但我们不想让佛像看到我们这个城市里臭哄哄的肮脏的街道，碰上许多不信者恶意的目光。因此决定把他的眼睛蒙起来，直到他在大昭寺重新安顿好，我们希望他忘记自己不得不在可耻的藏身处委屈了很长时间。为了纪念这个日子，王妃捐赠了金钱，这样我们就能每年赴会，向佛表示尊敬，这个节日的名称就是'瞻仰圣像节'。"

苏发严不喜欢长篇大论。他没有做过这样的练习，虽然他相信有等身佛的保护，但他还是害怕怀有敌意的民众。不过，除了几声起哄之外，他没有再听到什么不友好的声音，可惜也没有这里爱热闹的人们那么欢喜那么慷慨给予的赞同之声。他们依然感觉到受了极大的欺骗，但是现在却更多地保持克制，对这些外国人和他们的神灵只是感到好奇，采取等着瞧的观望态度。对于这一切他们几乎毫无所知。他们有自己的天和地的统治者，他们对自己的神灵满怀敬畏。也就是说，他们压下自己的不快，随着吟唱的僧人往前走，希望总还能见识点什么。僧人们用白色手巾轻拂佛像前面的地面并在路上喷洒香水，时不时地像接受命令似的五体投地行跪拜大礼，众人对僧人们的举动也略有回应，采取了异乎寻常的态度，他们态度友好、兴致勃勃地跟随着僧人的队伍。侍卫们手持长长的牦牛皮鞭，他们既要阻止那些见过世面、难以对付的人不要兴奋得过了头，又要阻止大量人群涌进寺庙。

在大昭寺前面的广场上，已为所有人准备了堆积如山的糌粑，有用大铲子拌过的奶油、鸡蛋和葡萄干，还有青稞酒和酥油茶，所以人们并没有过分慌忙争抢。不久，群众便在外面跳起舞唱起歌来，这样里面的仪式就不会受干扰了，人们给佛像穿上缀有珍珠的金丝袈裟，给它戴上珍贵的珊瑚、绿松石、月亮石装饰并戴上五光十色的冠冕。不论人们现在是否虔诚，大家都在享受这个节日，赞扬大唐公主，她为他们准备了那么多美食，他们更多地是指糌粑和青稞酒。也许有个别人闪过这样的念头，多亏和大唐签订了和平条约，正是和平给这个国家带来了安宁，但对于陌生的神、不久前它还被包裹着穿过城市的街道，则几乎没有人想到了。

金城倒是感觉到自己处于一生的顶峰，并为此而心花怒放。这一天如此顺利，所有的僧人都松了一口气，他们互相祝贺。在这个国家里他们终于感到安全了，终于可以凭借等身佛在公众中发出了一个可以看得见的信号。佛教徒的势力得到加强，受压迫的时代似乎已经过去了。金城怀着这种兴高采烈的情绪在小昭寺又停留了几天，以便能够在等身佛和前辈文成公主的雕像面前一而再、再而三地顶礼膜拜，表达自己的感激之情。然后她就该返回扎玛去，她把那尊小的等身佛装进行李，准备启程，因为麦阿充已经通过信使通报，他不久就要回来了。

# 扎玛

猪年冬天

公元 735 年

几天之后，冬天突然随着猛烈的降雪来临了，赞普的一个信使提前赶来，他浑身已经湿透，他报告，主人已经在来扎玛的路上了。看到信使精疲力竭的样子，金城陷入了沉思，这样恶劣的天气，麦阿充为什么不在拉萨逗留一下呢？是什么她还不知道的坏消息使他这样做呢？他是听说了擅自决定给等身佛搬迁的事吗？一定是他在拉萨受到了大臣们的指责。难办的是他始终不能够采取明确的政治立场。尽管这些年很平静，佛教界的影响日益加强，但宫廷里的权力关系仍然不允许他公开地为她辩护。他也不敢真正向旧的神灵挑战，因为它们深深地扎根在他的心里，常常使他陷入矛盾冲突之中。而无论他将对她的行为说什么，他在内心深处还是赞成她的，这一点她有把握。她能够理解，他在城堡里感觉并不那么舒服，此外城堡那个建筑工地也不会令人感到舒适。尽管如此，这也不成其为理由在这种天气离开更安全地方。

莫非……一个想法油然而生，但思绪很快又回归正轨，停！这个唐突的念头又被约束住了，如果他思念，那么他不过是在思念他熟悉的环境，而她属于这个环境，她自然是一个令人愉快的谈话伙

276

伴和听众，可以听他讲述其漫长的冒险经历。不过，这念头也不是那么容易糊弄过去的，只是悄悄隐藏在感觉后面罢了，他的信函定期由急使送来，唤起了她的愿望和希望。在那些信函里他对她总是带着恭敬，甚至常常流露出体贴，因而在她心中引起某种难以形容的不安。她一遍又一遍地阅读，感觉着字里行间的柔情，这使她深受触动并希望能够和他在一起。毫无疑问，由于分别某种东西已经发生了变化。

冷风在宫殿的围墙外面吼叫，这时候她正在思念自己的丈夫，二十五年来，她和他命运与共，可是，他还从来没有真正地成为她的丈夫，那几个不幸的新婚之夜除外。在这漫长的岁月之后，她并不甘心自己从未真正地享受过爱的快乐，她一面和自己的感情作斗争，同时又担心会大失所望。由于她不愿意让自己的身体控制自己的精神，她点燃了几支香，插在室内的神龛前面，并深深地吸了一口神香冒出的烟，在这尊小的等身佛像前面跪下，祈求佛保佑麦阿充。她熟练地强迫自己把精神集中在亲近的人身上，给他以力量，帮助他和暴风雪作斗争。但她同时又一再打断自己的沉思，忽然间会想到，赞普摆脱了恶劣天气，她将尽可能地让他感到舒服。她一会儿命令浥茶加上野蜂蜜，一会儿让人把皮大衣拿出来，放在火盆前面预热。无事可做的时候，她坐了下来，忐忑不安地想着外面的风雪，再向火盆跟前挪动一下，继续练习克制自己的不安。同在房间里的那囊，出奇的安静，她注视着金城所做的安排，但很快就被沉重的困倦压倒，她打了个哈欠，请求原谅，因为虚弱她要回自己的房间去。金城表示理解，没有什么比她们两人之间持久的沉默更令人感到疲倦的了。她很高兴，当麦阿充来的时候，那囊不在场，这样她就可以单独和他在一起待一会儿了。

后来，她不愿再考虑那囊，自从她趁金城不在时要求苯教巫师来访以后，她就变得越来越安静，完全变得无精打采了。噼啪作响的劈柴火光变魔术般地在墙上映现出不断变化的影像。金城以为看见了战场上厮杀的场景，怒吼的风暴加强了她的晕眩恍惚。她不觉打起盹来，梦见了苏禄可汗，那位美男子突然微笑着俯在她身上。她大吃一惊，突然发觉自己经常这样，那些不安的夜晚与可汗热烈的爱情嬉戏欺骗着她。她的第二灵魂在他身上寻找什么呢？为什么他真的突然出现在这里呢？她有些迷惑不解，过了片刻，她才认出，这位刚刚直起身子的男人不是苏禄，而是麦阿充。她的心在怦怦地狂跳，他变得多么漂亮了啊！

赞普已经俯身观察好大一会儿了，他进来时金城没有觉察。火光在她那伸展开的始终那么美丽纤弱的身体上投射出奇异的阴影。她的脸上交替反映着在梦中挣扎的情景，与此同时，她交叉着的双手放在她那裸露的白皙的小乳房上的花蕾旁。如果她意识到自己当时的样子，而他正在观察她，那该多么难堪啊。他的欲望被眼前的一幕猛烈地唤醒了，他真想随着脉搏的跳动一下子把她抱起来，进入他的卧室。

可是，他冰凉的双手使她大为吃惊。她站了起来，迅速地整了整自己的衣服，她默默地凝视着他，感到惊异，经过长途跋涉和漫长的岁月，他的模样变化多大啊。他显得更富有男子气概了，他现在按照传统方式问候她："尊敬的杰尊码（赞普对王妃的尊称），您辛苦了！"说得非常洒脱自如。金城对这种问候和他引起的新感觉有些意外，所以只是红着脸、理所当然地回答道："但是还没有您辛苦。"直到他因那囊没有来欢迎表示诧异时，金城才回过神来，简要地描述了她的病情。此时一直醒着的佩玛用热饮、热茶和预热好的皮大衣款待麦阿充。他对这种宠爱很是享受，而金城的讲述似乎没有引起他的注意。他的思绪始终停留在刚进门时看到的景象上，以至那囊生病的故事和布达拉宫失火的事情，其间这些事他已经知道，都不能真正把他吸引过去。相反，他们双方都闭口不提等身佛搬迁的事情，他们不想一见面就陷进这样困难的事件上。

第二天，他迟疑不决地履行了会见那囊的义务。他在她的卧室里看到了她，只见她涂脂抹粉，盛装打扮。她已经等了他很久，现在她在床上正襟危坐，有如一次重大的接见。麦阿充感到意外，他不在家的这段时间她变得多么温柔了啊。她有气无力地回答了他的问候。"扎西得勒，"她呵了一口气："您的第一夫人很高兴，您回来了，这么健康强壮。"最后这句话以及她的微笑十分微弱，几乎消失在唇边，泪水已经从眼里涌出。

"又见到我，就哭起来，"麦阿充试图开个玩笑，"您不那么高兴，是吗？"但是，她示意要他拥抱，然后趴在他胸前低声哭了一会儿，才回答他的问题，麦阿充什么都想到了，就是不曾料到她会这般无助，打动人心。

"麦阿充，亲爱的，我不再是您离开时的那个妻子了。疾病损坏了我的健康，虽然我非常乐意，但一段时间内不能再满足如此健美的丈夫的愿望。"

麦阿充试图让她的情绪平静下来："现在，我在这儿，您的身体会很快好起来的。"

但是，那囊又开始抽泣，身子颤抖，接着坚决勇敢地抹了抹鼻涕和眼泪。"不，麦阿充，不要忘了，您不仅是一个丈夫，而且是一位国王。您需要一个继承人。我费了很多时间思考这个问题。谁知道，我什么时候能有足够的体力，实现您的这个愿望。而金城却很健康，她是您的妻子和王妃，她为这个国家做了很多事情。您太长时间冷落她了，从现在开始您应该住在她那儿。"

由于出乎意外，麦阿充说不出话来了，他睁大眼睛看着那囊。当那囊有所察觉时，便有些献媚地补充道："我们总是错误地估计金城。她是一位很好的妻子，在我生病期间，她那么照顾我，令人感动，我对她感激不尽。"

麦阿充担心地追问了一句，这是不是她的真心话，因为他不相信他听到的话。难道她真的发生了这样的变化？她是真的后悔了，还是又想出了什么新的阴谋诡计？

也许，相信她是轻率的，但另一方面，这个建议又正中下怀，他应该把所有的怀疑和警告全部抛到九霄云外。和金城重逢在他心中点燃了某种他在漫长的旅行中才学会的情感。在陌生人的帐篷里，穿着外国人的皮衣，没有嫉妒的女人在一旁盯着，他会过几个女人。由于害怕那囊，他在出行之前，除了那囊和金城，从未碰过别的女人，连宫里的无数侍女也从未碰过。在外国女人们那儿，他才发现爱的快乐。奇怪的是，他在别的姑娘们的怀抱中却只想着金城，出于无知他曾拿一些事折磨过她，要是当时就掌握了激发女人激情之火的办法，金城本来会自愿地把这些东西奉献给他。他迫不及待地想和她一起把那一切都补回来，使她忘记过去的一切。有一点，那囊是正确的，现在是应该想到要一个继承人的最迫切的时候了。金城到底也不年轻了。大唐公主生的孩子只能加强和平。所以麦阿充没有等很久。他休息了两天，这两天来他用各种各样的礼物和温柔，尽力宠着她，直到他心里有把握，如果他出现在她的卧室里，她将不会拒绝。

这一次，他小心谨慎地利用他在漫长的旅行中收集到的全部知识自觉地亲近她。他的迄今为止一直遭到侮辱的妻子，用一种意想不到的热情和长久守护的美梦中特有的炽烈的情爱欢迎他。这是一个太迟的发现，他们不倦地、一次又一次地沉浸在这一发现中。扎玛的随从们为这一对迟来的爱情中的爱侣感到非常惊奇，在这阴暗的冬天里，他们一整天都毫不避讳地在床上度过。奇怪的是，那囊表现得十分平静和坦然。只是当人们请她的时候，她才离开自己的卧室，去参加某种接见，就是在那里她也很克制，表现得分外谦逊。

# 扎玛

## 鼠年秋天
## 公元736年

"**她**的幸福直上云霄。幸福和欢乐比天高。忧虑像一片羽毛，一阵轻风就能把它吹跑……如今天空又变得空虚寂寥。"金城思索着这些句子，西藏人用它们表达自己的快乐和悲伤，在最近几个月里，她的感觉就是这样。现在，她有气无力地转动着手里的一卷信，不经意间，有几滴眼泪掉在上面。她为什么没有觉察到，她的幸福的天空又变得空荡荡了呢？为什么他们一直沉浸在陶醉之中，从冬天，到春天，又到夏天，对外界的事那么不放在心上呢？麦阿充却一直怒气冲冲。这位皇帝多么盲目啊！他和他的大臣肯定利用了这几个月的和平时间，将自己的影响向南方和西方的国家扩展。

通过与大唐的和平，人们赢得了力量和时间，把边界的小国如小勃律置于西藏的控制之下。很多事情都取决于边界的小国站在西藏人一边。如果它转向大唐，那对于天子的军队来说，与邻国克什米尔结盟就是一件轻而易举的事情。不过，这可能会明显地损害西藏与阿拉伯人部落的联盟。难道皇帝就看不到这种平衡对于建立一个反对伊斯兰教的堡垒是多么重要吗？

"如果我不知道，只有我们能做到阻止阿拉的皮鞭继续向东方推进，你相信，我会让军队开进小勃律吗？玄宗自以为多么强大！他认为自己能够同时让我们和阿拉伯人臣服吗？"当金城提出反对意见的时候，她的黑眼睛闪闪发亮："请原谅，可是小勃律的国王，甚至来到扎玛向您宣誓效忠，这可是使皇帝深感受到伤害啊。"

"但是，小勃律国王之所以这样做，只是因为我本人不能参加这次远征，"麦阿充回答道。

"是不愿意吧，"金城斜视了一下微笑着继续说："我知道，我知道，我的主人。您不乐意领兵打仗，当国王探望我们的时候，我们大家都感到松了一口气。但是，大唐天子也听说了，您答应把大相的女儿、卓玛类的妹妹赤玛类许配给小勃律国王，使他和您结盟。大唐天子知道，这可是一个高规格的赐予，因为她是著名女君主赤玛伦的孙女，也就是说，她具有国王的血统。"

麦阿充的脸色明朗起来："……这难道不完全是某个大唐公主的主意吗？"

金城脸红了："您说得对，但是，他不会因此更喜欢我，但愿您不会把我说出去吧？"

尽管有种种担心，但他们还是又恢复了最近几个月来轻松谈话的气氛，这使金城现在能够从银制的信筒里抽出天子的信函来展读。

皇帝在信中气恼地提到当前的局势，几周之前，烛龙莽布支率西藏军队越过小勃律侵入突骑施。"有人在西边已经亲眼看到烛龙莽布支了。这是什么意思？如果您们要试图和突骑施结盟，破坏我们在'漠西'的影响，你们将不会得逞。"

当金城逐字逐句翻译玄宗的信函时，麦阿充的目光又黯淡下来。他在屋里快步走来走去，然后他在金城面前握紧拳头说道："不管这对您的堂兄来说合适不合适，我们将继续向小亚细亚推进，直到帕米尔西部。难道他竟然相信，他的那些文人和佞臣用毛笔和礼貌的鞠躬就能挡住'阿拉的皮鞭'吗？我们才首当其冲，能够感觉到穆斯林的铁手，你相信，他们会在您的等身佛面前止步不前吗？"

# 扎玛
## 牛年春天
## 公元737年

金城一再感到惊奇的是，赞普在长久离开这里期间发生了很大的变化。一方面，他在和她的交往中变得殷勤和温柔了，另一方面，他也能直截了当、激烈并严格地坚持自己的意见了，特别是在对待他的大臣时。她观察到，对他来说粗暴很少有用。可惜，人们和他打交道虽然更加小心谨慎，但他却和往常一样，感觉到自己没有什么真正的权力。和强大的家族发生矛盾越来越多，使麦阿充心里很烦恼。金城担心，如果大唐皇帝现在再次同他作对，那将是最糟糕的事情，这是可以预见的。她无力地、眼睁睁地看着雪域高原上空的乌云怎样变得越来越厚，正酝酿着一场可怕的暴风骤雨。金城越想寻找一条出路，便越深刻地感到沮丧和无可奈何。她坐在室内的小神龛前面冥思苦想了几个时辰，请求等身佛保佑，她知道，恶势力已经随风而至，开始了赌赛。

整个冬天，到扎玛宫殿来访的客人们发出的每一响声都使她胆颤心惊。她担心，那可能就是来报告坏消息的信使，而他随时都可能来。春天，一个军人打扮的人风尘仆仆地破门而入，通报说，边境爆发了战争。正如她所担心的，玄宗终于找到一个破坏和平的借口。

西部的小国小勃律的国王请求大唐皇帝帮助反对藏人。这就为玄宗提供了借口。现在那位至尊的皇帝声明说，这太过分了，他宣布废除停战以及连带的全部庄严的协议。凉州节度使在边境突然袭击藏人，并占领了西藏东北部地区。现在，每天都有战报送到宫中，报告沿边界进行的顽强抵抗和遭受损失的情况。金城绝望地强迫自己不要放弃，不要中断和平的努力。她每天约见大唐使节韦明和太监张元芳，和他们交换意见。他们一直谈到深夜，然后她拟了一份给玄宗的呼吁书，提醒他回想两国曾经多次互派使团的岁月，而今所有那些努力都将毁于一旦。天子在他的回信中虽然发誓，这一次又是他的将军之一闹的事，据说那人专横跋扈，权欲熏心，但事实并不像公开表白的那样，即他本人甚至反对在七年的和平之后破坏誓言和条约。她痛苦地和赞普一起跟踪事态的发展，看大唐怎样取得一个又一个胜利。

大自然并不关心糟糕的政治形势。面对万物争荣的春天，万物泛绿了，开花了，争先恐后地奔向新生命，仿佛一连串的失败并不存在。面对一派欣欣向荣的景象，金城益发沉重地感到绝望。所有的生灵都在为万象更新而欢呼，而她自己却被排除在外。为了保持和平，她已经竭尽全力，现在，她看不到前途。由于局势紧张麦阿充不得不动身前往拉萨，只能不情愿地让她留下。他们又一次一起登上塔楼，来到金城常去的地方看夕阳西下。她忧伤地看着群山之巅，最后几道阳光和黑夜抗争的一幕。"人们还可以像这样进行努力，最后总是黑夜获胜，"金城极为沮丧地说道。麦阿充搂着她瘦削的肩膀，强迫她看着他，然后说道："尊敬的夫人，我懂得您为什么感到难过，您为我们两国的和平做了那么多事情。现在对您来说好像一切都没有了意义，您看到您的工作又遭到破坏。但现在人们不是仍可以希望奇迹、希望持久的幸福吗？通往和平的道路只能

**D**

285

耐心地走。我们每一个人，敌人也一样，都只要善，为了自己的人民都要善。我们可以因此而仇恨他吗？我们可以永远以武力回答武力吗？只有当所有的人都学会并乐于在别人身上看见自己的影像，那个影像行事和他本人没有什么不同，到这时候，真正的和平才会出现。可这些怎么能这么快发生呢？您没有看见您在这条道路上已经达到了多少吗？没看见多少不幸的事已经被您阻止了吗？您真的指望新教义的这些思想会这么迅速地付诸实施吗？"

金城很感动，抽泣得浑身哆嗦，只能结结巴巴地诉说自己的痛苦："难道您不懂……我把生命献给了一个愚蠢的梦……除了希望它早日实现之外我没有任何别的……是的，我希望化干戈为玉帛。"麦阿充把仍在浑身颤抖的妻子揽在怀里。"公主，耐心点！一个人短暂的一生怎能抗得过一个仇恨的海洋。自古以来，人们就互相斗争，而且，只有像我们这些志同道合的人联合起来，规劝人们迷途知返，否则，斗争就还将继续下去。这可能需要比一生更长得多的时间。可是，谁告诉您，您的、我们的梦想因此而变得徒劳、就不能实现呢？也许它被放逐到遥远的将来去了，但是人们永远不应该放弃。生命不像这些山，太阳落下去之后就沦入一片黑暗，而更像是不断改变河道的河流。我们不能逃脱命运的安排，但是我们必须像水一样，总在不断地适应一切而又永不改变自己。最后弱能胜强，善能胜恶。这不正是您们常喜欢挂在口头上的认识吗？要像水一样，我们必须坚定不移地寻找我们的目标。只有这样我们才能传播我们的思想，为新的理念营造出生存的土壤。这方面，问题不在于我们要达到什么目标和什么时候达到，而在于我们不离开这条道路。"

金城吃惊地抬头看着他，最近她更经常地发觉，他的话常常显得多么有智慧、他显得多么坚强，好像他就是遗嘱里说的那个真正的文殊师利即智慧的化身。有时候她怀疑松赞干布的预言。但可以肯定的是，遗训的发现奇妙地改变了他。她已镇静下来，又开始思

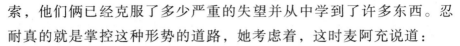

索，他们俩已经克服了多少严重的失望并从中学到了许多东西。忍耐真的就是掌控这种形势的道路，她考虑着，这时麦阿充说道：

"另一方面，我们国家的情况根本不是那么没有希望。无论如何，烛龙莽布支已经取得成果。他成功地和突骑施结成联盟。"金城惊恐地睁大眼睛，正想说点什么，但麦阿充抢先说道："请您安静，这个联盟不是为了反对大唐，而是为了对付阿拉伯人。这很可能给玄宗留下深刻的印象，谁知道呢，也许最后他会让步。"

在接着到来的秋天，一个西藏的天才统帅，成功地捉住了曾经向大唐宫廷求救的小勃律的国王。因此通向帕米尔的道路已变得畅通无阻，不久就全部控制在西藏人手中。现在西藏人太想把自己的全部军事实力集中在这个地区了，这样就可以挡住不断向前推进的阿拉伯人入侵，但是，麦阿充在塔楼上所说的大唐将会让步的希望尚未实现，所以他们不得不在东西方之间分散兵力。

# 扎玛

*虎年春天*

*公元738年*

这年春天又有一个西藏代表团没有得到和平条约的确认而从长安无功而返，所以可以预见，耗费人力物力、不得不分散兵力的战事还将继续下去。这个消息恰恰使民众对大唐不抱好感。大唐热烈欢呼西部边境的每一个胜利，与此同时，对抗大唐的每一个失败都令人们怒不可遏，于是他们就向来自敌国的僧人报复。当公主的陪嫁——"黄河九曲"地区水草肥美的草地重被夺走的时候，怒火便不可阻挡地爆发出来。许多小寺庙遭到袭击，连钦浦寺庙也没能幸免。只有少数几个僧人能够逃到扎玛来，因而得救。他们当中大多数都被打死或在被肆意损坏的家具和推倒的墙壁下面流血不止。当那些受伤的逃亡僧众被允许进入宫殿的时候，这种暴行使金城感到令人难以容忍的事情已达到了顶峰，那是她一生中最黑暗的一天。

她万万没有想到，这还仅仅是一个更强大的敌人的预演，这个更强大的敌人有一个特别之处，那就是人们的眼睛看不见它，而且，它正在把它的全部臣仆们聚集在一起，随时准备对敌人进行毁灭性的打击。阎王没有忘记自己的任务，只是在等待有利时机大打

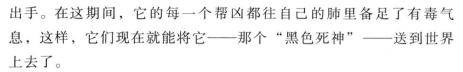

出手。在这期间，它的每一个帮凶都往自己的肺里备足了有毒气息，这样，它们现在就能将它——那个"黑色死神"——送到世界上去了。

老鼠和跳蚤伴随着瘟疫，正在从阿拉伯越过帕米尔返回的为士兵们供应粮食的小车里做窝。它们在食物里津津有味地大吃大喝，把瘟疫传染给人。值得注意的是，黑死病不像其他传染病那样遵守社会规则，首先去侵袭比较穷苦的人家。相反，他首先敲打显贵家庭的门，夺走他们家孩子的命，可能是因为那些孩子的父亲们从战场回来早于普通士兵。于是就发生了这样的事情，在宫里和大臣们的家里响起一片哀悼死者的哭声，而且哭声此起彼伏再也停不下来了。

但是谁也没有把此事归罪于由前方回来的战士。那时的人没有受过认识这种联系的教育。人们一如既往地相信，这是上天的惩罚。相信在这种情况下，最应负责的是大唐和外国人，还有他们的宗教。是他们带来了灾祸，他们激怒了原有的势力，即使那些当初反应谨慎的大臣们，如今面对着儿子和孙子们的死亡，也像普通老百姓们一样强烈要求把外国人从这个国家赶出去。当新教义的信徒们的祈祷和外国医生都不能帮助孩子们的时候，人们就会重新祈求过去的神灵，在苯教巫师那里去寻找庇护。这下阎王可就感到满意了。

# 在拉萨的山洞里
## 兔年二月
## 公元739年

**但**是，在城市附近的一个洞穴里，坐着一位曾经呼吁强大天神的人。他已经忍受不了城里发生的死亡，不得不亲身经历他的帮助和他的魔力都无法对付的可怕疾病。是他太老了吗？难道因为阎王看透了他的心而剥夺了他的威力？看出了他对自己的所作所为愈加感到绝望。他想拯救这个国家不被异教化，但却并不赞成这种威胁到一切生命存在的可怕的毁灭浪潮。

"阎王啊……"他向洞口咆哮着的暴风雪吼叫。"阎王，如果你听见我的话，那就停下！我恳求你，这种可怕的死亡也不是你所希望的。你看到这些死去的孩子们的痛苦和他们父母亲的悲痛了吗？开始时我还希望把他们埋葬掉或者投入河中……任何有感情的人都无法忍受，你啊！我们到底干了些什么啊！"

可是，不管他怎么吼叫，阎王都不回答他。罪恶感沉重地压迫着他。抱怨渐渐消融了他的仇恨心，从而认识到，面对这样一个由上天发出的诅咒，一切界限、一切种族都会消失。他在山洞里苦苦思索了好几个礼拜，虽然天寒地冻，他都坚持着，几乎不吃饭，也很少睡觉。可是他的魔力就是召唤不回来。虽然他成功地进行了一些简单的练习，比如他既不觉得饿也不觉得冷，但是他和阎王本人的联系却始终无法恢复，更不消说同他激发起来的力量进行对抗了。但是，他考虑着总得做成什么事情，至少要把日益减退的能力集中起来，以寻求帮助或者警告某人。此时他想起一个人，他正在从长安返回拉萨途中，也正在奔向自己的毁灭。这个人如果还活着，很可能有力量拯救这个国家的未来。即令他体力不支，也必须和这人建立联系。他掌握了"精神飞行"的法术，他无法沿路去迎他，但稍微努力就能做到在任意距离上建立这种精神联系。但无论如何，他都要把发生的事情记下来，希望把这个信息以任何秘密的方式送到国外去。因为只有从外部，在震怒的神灵和魔鬼们的势力范围之外，才会有人来帮助，这一点他看得很清楚。于是他就努力地书写。他的双手无力地颤抖着，因为他多日来没有吃东西，加上冬天山洞里又湿又冷，他研好墨，用毛笔在纸上开始书写，只是毛笔不听使唤。

尊敬的巴·赛囊！

我，苯教首席巫师，控告自己给我们国家带来了不幸。我没有力量和我招来的势力再建立联系，更不用说去制止它们了。希望在您的帮助之下——我请求不是为了我自己，而是为了我们国家——向后代检举我的罪过：

在金城公主来到这个赭面人之国以后，大唐皇帝玄宗接受了道教。在大唐公主的影响下，我们的国王麦阿充向大唐僧侣提供了保护，于是他们全都涌向我们这个赭面人的国家。一大批佛教徒作为逃亡者移居到我们国家。还有一些来自吉尔吉特、莎车（维吾尔语为"叶尔羌"）、喀什、和考通地区，那里突厥人、阿拉伯人和西藏人一次次的征战都是旨在颠覆和破坏，以至于新教义的信徒们无法实行他们的宗教。很多很多人，他们把自己国家里残存下来的东西、他们的知识、书籍以及用于祈祷的说明一起带来了。他们把"三宝"（指佛、法、

**D**

**291**

僧）的一切拿得动的东西都带到这个赭面人的国家来，而现在他们把目光对准西方，期望着那个大犍陀罗国出现。他们在新国家里发挥了显著的影响，因为麦阿充本人为他们担保。通过国王和他的中国妻子，他们受到慷慨的对待，受到亲切的欢迎，收到很多财物。政府出资为他们建立了七座寺庙（藏语祖拉康）。国库因为连年战争而显得空虚，国家本不富裕，却又给这些逃亡者许多优惠，他们说服了赞普，使他相信自己就像他的祖先松赞干布那样，是强大而又杰出的国王之一，甚至是文殊师利的化身，据说他是佛亲自挑选的，称得上新教义的保护人之一，这使得国内有权势的人们极为愤怒，他们为自己的势力担心，也担心旧神灵们的威力，肯定不会不加惩罚地接受外来者的这种活动。于是他们互相商量，最后恳求我，您的最高苯教巫师，采取某些行动，召唤我们的最有法力的神灵，以便保护他们自己和我们的人民。没想到，阎王的反应和复仇竟如此可怕，我呼唤他，于是就引来了那场灾难，你们尚且根本认识不到其规模之大，因为你们还没有到达拉萨。这期间，由于"僧人"的存在而引起反抗，国王对此已无能为力。自从毁灭性的黑死病流行以来，这才……

写到这里，苯教巫师停住了。他确实要把尚未发生、只在公主的镜子里看到的景象也写上去吗？不管怎么说，迄今为止，镜子里的一切景象都得到了证实。他犹豫不决地凝视着前方，片刻之后，他又看到了那些可怕的图像，于是决定继续写下去，因为他确信这些预言不久也将应验，而他必须把这些情况通知巴·赛囊，让他掉头回去。

当他把在金城公主的镜子里看到的可怕景象也写下来之后，便把信纸卷进一张皮子里，然后振作了一下，直到他觉得有了点力气，才挪动一下地方。他的精神离开了身体，越过高山和峡谷，搜

寻着巴·赛囊并找到了他。巴·赛囊和他的仆人们正在这里尽力清除路上的一块石头，苯教巫师重又物质化为和自己一模一样的形体而现身。

主仆一起正走在从长安回来的路上，已经来到高山上无路通行的第一道山谷。从现在开始，他们不得不越过河谷或者披荆斩棘，清除倒下的树木和大大小小的石块。正当他们要放弃搬开一块巨大的难以搬动的石头的时候，他们看到岩石对面他们正要去那儿的小路上，出现了一个酷似苯教巫师的黑色形体，令人感到有些恐怖。

"你是谁？"巴·赛囊声音沙哑地喊道。

"恰恰就是你们害怕的人！"苯教巫师这时候已经站在石头上面，把黑头巾往下拉了一点，露出面孔，那两个男人刚好能看见他的黑舌头。

仆人立刻向后面倒退几步，靠在最近的一棵树上。此时，巴·赛囊仍然还能鼓起勇气并脱口而出问道："您要干什么？"

"要让您们返回去，从哪里来回到哪里去！"

"您认为我们是从什么地方来的呢？"巴·赛囊渐渐克服了恐惧。

"您是巴·赛囊，国王麦阿充的亲密朋友，您被派遣去取书籍和神圣的经典，沿着这荒僻难认的小道把它们带回我们的王国。最后您是在圣山五台山。"

巴·赛囊看着这个令人感到恶心的黑色形体无言以对了。恐惧又爬上他的全身，他迅速地环顾四周。难道密探埋伏在那些树木后面等着他？

老人发现了这位大臣的恐惧，说道："不要害怕，我对您的毁灭不感兴趣，相反，可怕的事情正在拉萨发生，您的孩子和妻子也成了牺牲品，我本人亲自把您的女儿缝进牦牛皮里面并将她交付给了大河。"

他看见，当提到巴·赛囊的女儿时，他是怎样被击中，陷入摇摇晃晃的状态，他无法忍受这样的事实。但是他回答道："你撒谎，你，你，你就是想阻止我把神圣的经典带进城去。你真是坏透了，你居然敢用我女儿的死来玩弄阴险的把戏。你的话我一句也不信。"

那个老人现在把头垂了下来，压低声音说："您把我想得这么坏，从您的观点看，您是有道理的。可惜真是这样，但是，假如我不知道有一个更加重要的任务在等着您，我不会出现在这儿。您是唯一可以拯救西藏未来的人。您的那些书，在一个国家里，谁也不懂更不用说去翻译，那它们还有什么用呢？"

苯教巫师的声音现在变得越来越近、越来越迫切了。"回去吧，您将毫无意义地陷入危险的境地。黑色死神正在我们的故乡到处游荡。人们认为这都是僧人的过错。在这致命的打击之后，他们全都会卷起行囊，在赞普正式宣布驱逐所有来自大唐的人之前，就逃出这个国家了。金城死后，赞普会这样做的。然而，这还不是全部，他的谋杀者已经制定了计划。您不是与国王和'同生共死的朋友们'一起庄严地呈献了牺牲并说过那些话吗：'诸位，让我等的心和忧都系于我们国家。皇天后土，实所共见。如果食言，将与此牺牲一样，千刀万剐'。"

当巴·赛囊听见老人嘲讽地模仿那些郑重而又神圣的誓言时，不禁大吃一惊。"你从哪里得知这些誓言的？"他很气愤地问。

那老人怀着敌意吃吃地笑起来。"这倒是无所谓了，对您们来说，重要的是您们向国王发了誓，作为'同生共死的朋友'和他一起去死。赞普很快将被暗杀，而您可以通过比自己的死更好地为他效劳，"他的声音嘶嘶作响。"佛教徒将被追杀，佛教教义将被扫除，钦浦将被摧毁。我也不那么赞同您们的知识——但是，如果您想拯救自己和您们的教义，那就返回去，尽快离开这个国家。去求您们的佛祖保佑吧，到他那里寻找避难所去吧。我之所以请求您，甚至可以说不是为了您，因为您的王子将来需要您，当他的父母亲

不能再保护他的时候。"

苯教巫师停了下来，直到巴·赛囊从恐惧中清醒过来。

"是的，将来会有一位王子，他的名字中将有一个'赤'字和'德'字，曾经就这件事做过很多文章，然而是他，而不是麦阿充，将成为一个像松赞干布那样的重要人物。您们把遗训解释错了。但我有更好的方法看到未来。未来是那么可怕，由于我的罪过，我甚至愿意同您结成联盟，为了警告您，为了珍惜您，因为上天选择了您将来辅佐王位继承人。"

"您想说，那囊在她这个年龄还怀了孕？"又是无稽之谈，这位大臣厌恶地想，但是苯教巫师狡黠地回答道："那她偏偏会选择您来当保护人吗？不，是金城，她虽然也不很年轻了，但是她在这些日子里怀孕了，而那囊将会在她死后充当母亲，这样一来，这大唐出身的孩子就不至于被害了。预言如是说。"

"一会儿是已经，一会儿是将来，一会儿可能，我到底为什么应该相信你，"巴·赛囊愤怒地说。"还有，你自己也承认，你曾千方百计用你那肮脏的魔术给我们的国家带来不幸。难道这又是你为了阻止我回家使出的阴谋诡计吗？"

老人已经预料到，巴·赛囊可能不会相信他，所以他说："那好吧，现在我还是回到拉萨附近我的山洞里的火堆旁去，您将亲眼看见我在您面前消失。拿着这封信，好好保存，一切将怎样发生的都写在信里，也许能让您和那些到我们这里来的人睁开眼睛，这样他们就可以学会更好地相互交往。我将把你们两人搬不动的这块挡路的石头搬开。然后您们可以自己做决定，是回五台山去呢，还是走向毁灭——不去完成为了我们国家的未来而保存自己这项最重要的任务。"

接着老人就用一只手举起了他们两人都推不动的石头，狡猾地对两个默不作声的人致意，然后就像在魔法师的手里一样在空中消失得无影无踪。

# 拉萨　布达拉宫

## 兔年五月
## 公元 739 年

在布达拉宫的大厅里，大臣们已经聚集在一起。这是大火之后第一次使用这个大厅。重建的大厅比原先更美观、更豪华。所有的微型绘画都在讲述着这个国家的历史，修复得真是令人喜爱，尤其是这大厅，可是却没有识货的人。从敞开的窗口传来城市方向愤怒的呼喊声，要求驱逐外国僧人。里面一个上年纪的大臣突然在国王面前跪下，吵嚷的大厅一下子变得鸦雀无声。他压抑的声音在高高的大厅里回荡："赞普，以我死去的孩子们和孙子们的名义我祈求您。即使我们国家最老的人也不记得，曾经听说过任何一次传染病有这一次严重。在这些无家可归的僧人从外国来到我们国家之前，从来也没有发生过这样的事情。死的人已经太多了，那么多大臣和贵族家庭的孩子都死了。这些家庭始终都忠于王室，他们的孩子应该保证您的王国的未来。在这里保护造成这次灾难的人，绝不可能是您的意愿，那样，他们就会继续给我们带来不幸，您必须把他们驱逐出境。"

麦阿充的脸色变得像死人一样苍白，他颤巍巍地从雪豹皮蒙着的宝座上站起来，跪倒在那些大臣身边，因为痛苦这位大臣总用前额往阳台边上撞。这费力的一幕获得了成功，因为他们俩的力气都快用完了。赞普最后抱住那个深受震撼的人。他不是别人，正是他的最周到最谨慎的大臣。他就是他一向最信任的大相尚·穷桑。国王把他引到自己的座位右边坐下，然后自己也坐下，一个个地注视他的大臣，说不出话来。此时，大臣们个个愕然，一言不发，布达拉宫下面不满的人群仍然齐声喊道："把外国僧人赶出去！"他们的不满极具威胁性地传入敞开的窗口，和这里大臣会议成员们沉重的、被强压下去的怒气汇合在一起。

"把窗户关上，"赞普生气地命令道。面对这种咄咄逼人的沉默反抗该如何进行说服呢？在大相出面之后如何号召人们恢复理智呢？他胆怯地再次进行最后的尝试："我请求您好好思考一下所发生的一切。把这次传染病归咎于僧人是不对的，要把他们驱逐出境，控告他们把不幸带进这个国家也是不对的。"

他的话还没有说完，大臣们强压下去的怒火就爆发出来了。他的提醒淹没在激烈的唇枪舌战之中，最后一致要求："新教徒们必须被驱逐出境。"有几个人甚至把这句话愤怒地甩到国王的宝座那儿。另外一些人又像尚·穷桑那样跪在地上向国王祈求。

麦阿充无可奈何地看着他的大臣们的行为。难道这个大厅里就没有一个人和他的想法一样吗？难道在座的没有一个具有远大的目光，认识到他们的要求意味着终结这个国家辛辛苦苦建设起来的前程吗？他正想站起来，忽然发现在一个门口有许多人打了起来。占迦和聂·杂纳正试图摆脱警卫人员，从他们身边挤进来。他们俩曾经从钻石山上取回圣人的语录。赞普心中闪过一点希望的火花。他跳起身来，下令把那两位朋友带到他的座位前面。也许这两位能言善辩的藏人能够成功地说服大臣们相信他的教友们是无辜的。两位僧人干扰了大臣议事，引起大臣们的愤怒，一时难以平息，麦阿充不得不动用他的全部权威，让他们把话说出来。两位僧人费了很大力气才从人群中脱身，然后恭恭敬敬地伸开右臂在赞普面前弯腰

施礼。

　　和往常一样，占迦首先开口，虽然他的声音因为激动而大受影响："我们为你们把新教义的崇高语录从世界的最高峰取来，因此法律、秩序与和平又重新回到了这个国家。这种最高的善被忽略了很长时间，使我们的国家没有希望。"讲到这里，一个粗暴的声音打断他，那人说："我们从前没有你们的书籍也活得很好，"与此同时，响起了口哨声和嘘声。现在侍卫们被迫向那些高官发出警告要求他们安静下来，这样占迦才能继续说下去："我们的外国兄弟，支持我们把这些包含崇高智慧的经书翻译出来并进行传播。我们大家从他们身上、从他们的教义里，也从他们的多方面的技艺和知识中学习了很多东西。他们不断地把很多珍宝运到我们国家。看来，我们国家的人民将会有一个锦绣前程。如果你们把他们驱逐出境并控告他们，那么这个国家不仅有负于他们，而且会重新坠入没有文化的黑暗之中。你们怎么能把疾病流行的责任推到他们身上呢？你们有什么证据能说明罪在他们？我们接纳了他们，难道他们不总是在表示感激吗？"

　　赞普点头表示赞同，但这却使大臣们重新火冒三丈。他们当中的一个从人群中站了出来，高高举起握紧的拳头大声叫骂道："占迦，你要小心了，你已经在用外国人的腔调说话。我们今天还容忍你，你应该感到高兴。你可以继续传播这些外国人的教义，如果你有这种偏好的话。"

　　这种蠢话对占迦来说实在是太过分了，盛怒之下，他说了一句赌气的话："如果做出决定，没有一个外国兄弟可以留在王国里，所有人都将被驱逐，为什么我们这些吐蕃僧人要留下来呢？"

　　这时，迄今为止一直持克制态度的大臣们也愤怒了，因为占迦和聂·杂纳毕竟都是藏人，所以他们赞同一些人的呼喊："够了，走吧，你们想去哪儿就去哪儿吧。"

在从首都回扎玛的路上，赞普一再让他的坐骑放慢速度。他刚刚同意把于阗的僧人控告为第一批亲大唐的共犯，因传播瘟疫应该被驱逐出境，现在他怎么去见金城呢？瓜曲，给金城带来无限快乐的寺庙要被摧毁。难道她不会因此对他怀恨终生吗？但现在他已经没有力量阻止事情的发生。今天他已经失去了对他来说一切有意义的东西。对他来说，现在只剩下抢在不胫而走的谣言之前，亲自向她说明自己的失败。他多么希望巴·赛囊最终能从五台山回来支持他啊。在尚·穷桑也回避他以后，在这个世界上他就没有任何可以给他出主意的朋友了。国家的命运如果掌握在江擦手里岂不是会更好一些吗？为什么那深不可测的命运偏偏决定我来做赞普呢？对上天给的这个任务来说我太软弱了，他觉得自己真可怜。现在我能给这个国家的唯一的东西由于我的胆怯也丧失了，我当众背叛了佛教。这种背约是为了拯救什么吗？拯救我的生命，还是拯救我的正要重新堕入无知和贫困泥潭的国家？还有什么可以拯救的呢？难道这场黑死病不应该我负责吗？在这种疾病面前我能保护自己国家的臣民吗？他用这些问题折磨自己，这些问题只有一个答案：除了驱逐僧人，毁掉他毕生的事业之外，他没有别的选择。没有人站在他这边。如果他不让步，一场反叛将不可避免，然后，就再也没有人对发生的事能够施加影响了。

尽管如此，金城还是要找他的错，如果她听见他向大臣们承认了什么，她将会非常痛苦。他自责地重复自己的话："佛教不是真正的宗教，因为它无法使古老的神灵和新的神灵和睦相处。现在，你们又怀疑佛教危害这个国家。这些怀疑伤害了我。你们责难佛教教义，说它威胁政府。你们指责僧人把传染病带了进来。如果饥饿袭击您们，您们也会控告这种宗教。我，西藏第三十七代赞普，虽然知道你们错了，但崇高的教义和僧人们却拿不出反证。因为我现在说服不了你们，所以我顺从你们的愿望，请他们离开这个国家。"

当他终于走进扎玛的围墙时，金城不在这儿。她在宫殿外面建了一个小医院，她正在这里全身心地护理那些得了黑死病的患者。连那囊被负罪感所驱使也在支持她，那囊觉得自己对于这些人忍受的痛苦并非完全没有责任。但是，帮助病人的一切尝试都没有结果。没有任何办法可以帮助战胜疾病。相反，当公主的医生和僧人的努力都不起作用的时候，那些绝望的人们甚至拒绝住进大唐公主的医院。即使少数皈依了佛教的人又要离去，并追悔莫及地转向原来的旧信仰和苯教。有些人甚至公开地或私下里向金城明白表示，就是她应该对这种不幸负责。那囊精力充沛地保护她，尽管如此，一个声音警告金城，那囊这样做并非毫无私心。

在最后一个病人也由自己的亲人接走以后，金城深感疲倦失望，精疲力竭地回到宫殿。麦阿充蹲坐在她的卧室里，凝视着火盆。她看得出他非常绝望，因此她可以想象，他与大臣们的斗争耗尽了他的精力。她安慰地抚摸着他的脊背，紧贴着他。麦阿充在考虑，他是否还是干脆一言不发地和她一起度过这一夜，但他觉得，闭口不谈业已发生的令人压抑的事件是不可能的。就这样，公主渐渐地从吞吞吐吐的麦阿充口中获悉了全部真实情况。金城并不询问，她只是沉默着，就像一个知道现在既无希望也没有任何出路的人那样。她知道情况已无可更改，因而极度失望。在这种情况下，她绝对不能把自己原本愿意悄悄对他讲的事告诉他：那就是她怀孕了。一段时间以来她已经知道，但她把这个消息推迟到今天，为的是在他与大臣们做决定时不给他增加负担。难道现在她不必担心，他也会因为怯懦而泄露自己有孩子的事吗？莫非大唐公主的这个孩子现在也被判处了死刑？鉴于目前发生的紧急情况，她毫不犹豫地决定，不能再信托麦阿充的保护了，绝对不能让他知道这个孩子的消息。必须在他和世界面前永远保守这个秘密。

如今，在这个国家里，她本人已没有安全了。一旦这个孩子诞生，也许她能成功地带着孩子秘密地逃走。就让麦阿充认为，她因为他与大臣们商量的失败结果而谴责他。不论今后发生什么情况，这都应该是最后的分离，他们永远不应该再见面。在金城进行着激烈的思想斗争时，麦阿充却在耐心地等待她的回答。

虽然他已经做了最坏的打算，但是，当金城对发生的事情不但没有斥责、也没有号啕大哭的时候，他还是感到出乎意料之外。她只是用冰冷的声音请求道："根据目前的处境，您能不能开恩离开扎玛。这也完全是您的大臣们的想法。为了上天的缘故，您把这儿的国王扈从们也一起带走吧。要他们和这样一个危险的敌人生活在同一个屋檐下，实在是太过分了。"

麦阿充无言以对，他再次振作精神，怯生生地想安慰她，而金城却转过身去背对着他，以免让他看见自己在流泪，然后小声说道："设法让我们永远不要再见面吧。"

麦阿充被击倒了，一觉睡到早上才醒来，他希望她也许会再想一想，拦住他。天刚亮，他下令出发去拉萨。大臣们匆忙打点行李，大家都很高兴能离开扎玛，因为头一天晚上，金城的女仆中有两个死于黑死病，人们生活在恐惧之中，这个地方也该受到诅咒。当金城从塔楼上自己的秘密地点观察麦阿充出发的时候，她任凭自己的眼泪决堤似的流淌。麦阿充一次又一次地回头看，金城知道，为了她的某种表示，他不惜付出生命。看着他现在的样子，她肝肠寸断，

但是，对他们来说，没有任何别的出路。她要为这个尚未出生的婴儿做决定，现在无法帮助麦阿充。当一行人走了以后，金城、佩玛、两个原来的女仆和两个贴身侍卫留在宫里。自从金城出发到西藏以来，这两个侍卫就一直跟在她身边。只有这样，怀孕的事才能对外保密。

# 扎玛

## 兔年十一月
## 公元739年

金城处于临产的阵痛已经两天了，眼看着王妃受苦，佩玛几乎忍受不下去了。

"我年纪太大了，"金城哭着说。"四十二岁的年龄做母亲太大了，让我死吧，但是你们要发誓，如果这个孩子活下来，你们会照顾孩子。你们必须把他带出这个国家或者把他藏起来。否则没有机会了，没有人愿意看到一个大唐和西藏的混血儿登上王位。"

"您应该允许我去找人帮忙，至少请您的御医来。为什么您一定要他去拉萨，让他去关照那些已经没法救活的病人呢？"

但是，金城禁止任何人离开宫殿去请人帮助，即使她相信自己不能再忍受痛苦。

"如果我死了，你们可以去找苏发严，但不能在我死之前。对着你们无处不在的上天发誓，"正当金城一边喘息一边说的时候，刮进来一股风，一个人从门口走进来。这个不速之客站在那儿，身穿一袭黑色的长袍，看样子非常可怕。他是怎么越过侍卫进来的呢？他冷笑着，两个被他的目光吓得惊慌失措的女仆跑出了房间，他从吓呆了的佩玛身边走过，溜到金城跟前。公主正在想，这就是死神吧，当她认出此人就是那个从火里救出那囊的人时，马上安静下来。无论他带来什么，她都做好了准备，让她从人世间的一切痛苦中解脱出来吧。

"公主，"那个人用染黑的舌头轻声说道，"我虽然已经丧失了很多力量，但是我能够帮助您减轻痛苦，使您最终能把孩子生下来。"金城正被一阵新的剧痛疼得挺起身子，因而无法回答他的话。被吓得几乎瘫痪的佩玛不再干涉那个老人。

"快，把公主的镜子给我，"他命令道。

佩玛虽然知道这个苯教巫师打算用它来搞魔术，但是，在这个束手无策的节骨眼上，她对任何分担自己责任的人都是高兴的。任何帮助，即使是来自黑色魔术的领域，她也欢迎。在她去取镜子的时候，她想，死神已经在某个角落里窥伺着，还有什么可担心的呢。她刚把镜子递给他，就听见黑舌头上发出一道命令："快跑去准备水，小王子马上就要出来啦。"

佩玛犹豫不决地停顿了片刻。如果他的目标仅仅是为了孩子，那怎么办呢？但从另一方面看，这个小生命，如果母亲在他出生之前死去，他就没有活下来的希望了。所以她思前想后地看看老人，又看看金城。金城却对她点点头："让你去，你就去办吧，但是不要忘记我委托你的事情。"

佩玛迟疑不决地离开房间，同时听见老人说："您往这里面看，公主，看它给您显示了什么？"

金城向老人投去最后的怀疑的一瞥，然后看了看镜子，轻轻地念道："柔能克刚。"

她想重新放下镜子。这几个字她不知道看了读了多少遍！现在这句话怎么帮助她呢？她无力地放下镜子。苯教巫师从她手中接过镜子，在他的长袍上擦了擦，然后解开长袍，露出他自己的挂链上挂着的小镜子，再把两个镜面轻轻地合在一起摩擦了一下。他拿着镜子，使金城不由得又向镜子里看。"现在您再向里面看一看，您

真的不知道，在这面镜子里能看见未来吗？"

金城突然在床上直起身子。她想说什么，但却被镜子里的图像吸引，竟忘记了要说的话。活动的场景描述着僧人被赞普的士兵驱逐，他们逃亡，被迫害，被卑怯地谋杀。接下来是寺庙被毁坏的景象。她看见自己心爱的瓜曲寺被焚毁，她毕生的事业成了火焰的牺牲品。她相信自己就站在火焰中，她的身体在炽热地燃烧。镜子好像被烧得通红，但是她的弯曲的手指却不能松开。她正绝望地试图把镜子扔掉，但这时候，巴·赛囊却托着一个孩子出现在眼前，那囊站在他身旁。他们那么高兴地逗着小孩玩，小家伙那么漂亮。

"我的儿子……"她难以置信地轻轻说道，想问一问老人，可是她的目光离不开孩子。老人点点头。不过，即使没有他的确认，对她来说也是没有疑问的，这一定是她的孩子，他那么像父亲和母亲。她看见他将长大，学习走路、骑马。可是，后来图像又变了，她不得不接着看麦阿充怎样被引诱进入一个陷阱并被谋杀。她想大声喊，警告他，但他离她太远，根本听不见。下一幅图像压倒了刚才的震惊。她看见自己的儿子在年迈的巴·赛囊身边，看见他们怎样勇敢地和谋杀者战斗，为父亲赞普报仇。镜子明显地变凉了，只显示出一些淡淡的图像，比如她的儿子怎样被宣布为国王，被许多僧人簇拥着，在为一座奇妙无比的佛教寺庙举行落成典礼，巴·赛囊始终陪伴着他。

"他很漂亮，您的儿子，您瞧……"她听见，仿佛是从远处传来的佩玛的声音，另外一个声音说："这才是预言所说的真正的赞普。您的不幸，公主，是您看不到这一点，而我的不幸，是我因此把许多不幸加到您的头上。这个孩子将会成功地把我们的神灵联合在一起，而且，我们两人必须在另一世界里对这一切做出解释。但是，在您我的力量失去之前，要委托佩玛，把这个对国家如此重要的孩子交给那囊，日后这孩子将会赞美您崇高的德行。到某个时候，佩玛就再也无法保护这个孩子，那囊知道，一切都必将这样发生。"然后，那个老人像来时一样，无声无息地消失了。

这一切，佩玛也都听见了，所以身体虚弱的金城也不必再多说什么。佩玛悲伤地看看母亲，又看看孩子："也许，不得不把这个孩子交给那囊，虽然让我的心都碎了，但是我必须承认，他们的计划安排得极其周密。事已至此，孩子在狮子洞里是最安全的。"

金城示意佩玛到她跟前来，她几乎连说话的力气也没有。"尽管如此，你要向我发誓，永远不离开这个孩子。巴·赛囊和僧人总有一天会回来。他们将帮助您。当他长大以后，他将实现母亲的梦想：化干戈为玉帛。"

# 扎玛

## 蛇年四月
## 公元741年

信使刚刚从扎玛骑马飞奔而来，国王一字一句地听了他带来的消息，感到极其惊愕。"告诉藏人的赞普，我，那囊王妃，也称玛香，要让他知道，我给他生了个儿子。"几个月之前，王妃因秋天闷热而回到气候较好的扎玛。在那儿，她自豪地宣布，面对尚未灭净的瘟疫，她和尚未出生的孩子也许会更安全。可是麦阿充和宫里的所有人都以为，这可能又是她的许多小把戏之一，自从她身体恢复以后，经常跟周围的人开各种玩笑。

也许她是逃避宫廷里年轻人的嘲讽，但也许是为金城治丧期间，宫里禁止一切娱乐感到无聊。赞普留意到，她甚至对死去的大唐公主仍然心怀嫉妒。赞普无所顾忌地公开表现悲伤使她很难接受。她把红宫对面为纪念和敬仰公主而建造的那三座外国式的宝塔视为眼中钉。她并未掩饰心中的恼怒。尽管如此，她还是试图用越来越热烈的、使他厌倦的爱情游戏拴住他的心。所以，当她在秋初出行的时候，麦阿充非常高兴。他估计她随时都可能突然回来，因为他知道，她和她的家族不会让他长时间得到安宁。更令他惊异的是整个冬天和初春她都没有给他送来任何消息。谁知道她现在又在

打什么主意。这个消息肯定又是她让麦阿充注意她的尝试之一。只是她并没有十足的把握。

自从他和金城的关系破裂以后，他总算又和她睡在一起了，虽说他的情份只不过是一个寂寞者为了安慰自己而寻求亲近和温暖。那囊心里十分明白，因而一再地想出新花样以激起他的欲望。她肯定也担心他现在会重新娶一个女人当王妃，她故意装出来的母爱也可能与此有关。值得注意的是，当他和宫里大多数人一样只是报以嘲笑的时候，她也全然不觉得委屈。而是无所谓地容忍大家的想法，以为她这个年龄的女人有时候心血来潮，会得一些奇奇怪怪的病。让你们吃惊的事还在后面哩！无论如何，她知道自己扮演的角色，现在她终于达到了自己的目标。

麦阿充干脆不再注意她的怪异行为。他的烦恼够多的了。现在僧人以及跟随他们来的所有人员全都离开了这个国家。除了让他们自由地离去之外，他不能为他们做任何事情。此时，在为金城公主举行的隆重葬礼和服丧结束几个星期之后，恰好是国王重建他和帝王家族的威望的时候。情况当然还是有点儿扑朔迷离。不过，那囊能撒这样一个无耻的大谎吗？这整个行为会不会只是诱使他在寒冷的四月离开王宫而设下的一个陷阱呢？他得分外小心才是。如果不去，他必定会受到谴责，因为那囊氏家族依旧强大，他不能再犹豫了，得毫不迟疑地去看望母亲和孩子。他下令，去扎玛要比平时加倍准备侍卫和马匹，他严令随行人员要特别小心谨慎。几乎无须下令，士兵们都明白他为何这样警告。国家因为连年战争而财力枯竭，人民贫困不堪。在此时期，城外的道路和城里的大街小巷都是吸引各种盗匪的目标，所以要提高警惕。

那囊对赞普的到来做了认真的准备。她让人把床和整个房间都用贵重的丝绸装饰起来，把头发梳妆打扮得闪光发亮，她把自己的胸部塞得鼓囊囊的，直到看起来就像母亲波动的乳房那样。一听见国王和他的全副武装的随从到来，她就立刻把野蜂蜜涂抹在乳头上。当麦阿充大步进来的时候，小男孩正在安静地吃奶，津津有味，满意地吧唧着嘴巴。那囊也没有问候麦阿充，只是小心地把孩子从怀里抱起来，送给孩子的父亲看。抱刚生下来的孩子，麦阿充有点儿畏缩。他们那么柔弱，他怕伤着他们，可这个小男孩却很特别，他相当沉，黑色的头发卷曲着，这让人想到他有一头漂亮的头发，他圆圆的营养良好的小脸蛋儿像个一岁半的婴儿。他惊讶地低头看着臂弯里的孩子。小孩看到靠近自己的胡须有点儿害怕，此外也因为刚从甜蜜的乳房上被抱起来而有点生气。他大哭起来，开始拼命地乱蹬乱踹。大大张开的嘴里已有了好几颗牙齿，同时小脑袋也猛烈地左右摇晃，那浓密的黑发被笼成发卷儿。麦阿充这时除了把反抗的小家伙放在他母亲床前的地上之外，一点办法也没有。孩子立刻在那儿寻求保护，在毛皮褥子上向母亲爬去。这真是一副可爱的景象，但这却迫使麦阿充想提出一个几乎不敢提的问题。

"你想说，这孩子是你刚刚生下来的？"

那囊生气地把小孩子抱起来轻轻地摇着。

"你不是看见了，我在喂奶！"

"是的，但是，"国王惊诧地接着说："这个小男孩肯定有一岁了，如果不是更大的话。"

"你看见了，"那囊神采焕发地回答道："这是一个不同寻常的孩子。你还记得去年夏天我们在一起的时候吗？我们第一次玩骑士和马的游戏，你那么快乐。"她红着脸继续说道，"就在那天夜里我做了个梦，文殊师利，知识和智慧之神，从大唐帝国的五台山向拉萨飞来，落在我的房中，当时我正沉浸在你给我的快乐之中。他在我身边躺下，温柔地抚摸我，说道：'你将会生一个极不寻常的儿子，一个神一样的、天使般的生命。他将作为我现身的一道高贵的光芒，他将使教义在这个国家最后取得胜利。'然后，我突然看见一道五彩光束，光束的顶端坐着一个很小的小男孩。那束光射入我的腹中，温暖并充满了我的全身。当我第二天早晨醒来的时候，我看见窗外有一道彩虹，于是我知道自己怀孕了。在漫长的怀孕期间，我总是感到很轻松，全身都被彩虹的光温暖着。任何恶心的感觉都没有折磨过我，而别的女人怀孕时总是抱怨恶心、难受，所以没有一个人相信我的话。现在，在蛇年的头一个月里，我的星座认为是吉利的时辰，他诞生了，而我没有受一点点痛苦。你好好看看他，难道他不是非同寻常吗，不是那么漂亮吗？他很像你，你不觉得吗？"当她看到麦阿充一直沉默不语时，便担心地说道："你不感到高兴吗？在这个困难的时期你有了一个继承人，麦阿充……"

但是赞普仍然怀疑地陷入沉思。这个所谓的新生儿和编造出来的故事，肯定是一个显而易见的谎言，那一定是她在佛教传说中看到的故事。因为她本人不相信新的教义也根本不相信菩萨，这是她特地为他布置好的假象。多么聪明，把文殊师利，菩萨都搬出来了，而孩子则是文殊菩萨的化身！显然她是在欺骗他，这是长期计划好的。可是这个小男孩那么漂亮，这会儿离得稍远、正在更安全的地方快乐地向他微笑，还露出小小的牙齿，他不得不去把他抱起来。她那么有声有色地描述这个孩子出生的故事，肯定连那囊自己都不相信，她虔信旧的神灵。难道她是企图用这个谎言提供一种可能性，而且参与了隐瞒这个孩子的真实出身，送给他一个他能够承认的儿子吗？他逐渐明白过来了。

"真的，他是神送来的一个礼物，"他对那囊微笑着说。一个王位继承人，这是命运的一个幸福的转折。他为什么不就此接受下来呢？他想起，当时他在塔楼上怎样劝告金城，他们走上这条道路，只能耐心地走。现在，他能否通过这个孩子在遥远的将来实现持久和平的希望呢？一个儿子，此外还是一个神奇的男孩，他有可能因此而做出贡献，温暖他的臣民的心。他不是比以往任何赞普都更需要臣民的支持吗？这是一个多么幸福的安排，无论如何，只要使用得当，也许从那囊这个狡猾的故事中真的可以引出某种实实在在的东西。

　　年迈的佩玛悄悄地走了进来。她瘦骨嶙峋的双手微微颤抖地捧着一把壶，为麦阿充斟上青稞酒。他隐约地觉察出这个老妇的出现意味着什么。这孩子只能是金城生的，这两个女人出于不同的原因想把他救下来。佩玛，她一辈子都在侍候中国公主，她的出现只能是为了保护公主的孩子。而那囊呢？那囊终于有了她想要的东西：一个儿子和因此而享有的权力。他算了一下：金城大约死于十五个月之前，不像狂热的苯教信徒们到处散布的那样，是受到惩罚而死于黑死病，而是死在产床上。他本可以询问佩玛。但他迅速掂量了一下，觉得继续装作不知道更好。他为这两个女人的聪明而惊叹，她们在困境中放弃了彼此的敌意并且采取了行动，没有任凭命运的发展。在这段时期里，一直有那么多人死去，有些人被饿死，人们都把责任归罪于大唐，在这种情况下，人们大约愿意让一个中国女人生的孩子悄无声息地消失。人们绝对不能容忍她的儿子充当王位继承人。难道金城就是为此事才打发他从扎玛走开吗？不能让他发现她怀孕的事，她想必是担心他会泄露她和这个未出生的孩子。他连自己的妻子和孩子都不能保护，他算是一个什么丈夫，是什么国王呢！

　　他很动情地把这个安安静静玩着的孩子紧紧地抱在胸前，久久地看着他那黑亮的使人联想到金城特别有神的眼睛。真的，这双眼睛和她的眼睛一模一样，像潭水那样深，像大海那样广。无疑，这是他的继承人，他默默地向他许诺，永远不会因为说话不小心而使他陷入危险。为了保护这个孩子，他要坚强起来，永远别让人看出来他不承认这是那囊的孩子。所以他转过身朝向两个女人盟誓般地说："我感谢您为我生了这个儿子，感谢您为我为他所做的一切。为此我要尽一切所能使这孩子幸福。伟大的松赞干布的遗嘱业已预

先定好，他的名字叫做赤松德赞。当他写下遗训的时候，伟大的赞普指的是他，而不是我：四代之后，我的后代里将有一位名字里含'赤'和'德'的国王来统治他的臣民。也可能，他有一天会有幸娶一个大唐皇帝的女儿为妻。这里也许有翻译的错误，不是'四'（vier）代，而一定是'许多代'（viele）。也可能他就是松赞干布所写的文殊师利化身的赞普。由于虚荣心，我不愿意承认他指的不是我。"

他悲哀地看着他的小儿子，他很乐意把一个繁荣的王国传给他，他把自己的全部希望和梦想都寄托在儿子身上。他注意到那囊审视的目光，所以他很快地又转向她并说道："谁知道呢，也许是我的朋友巴·赛囊恳求文殊师利向您飞来，因为他确实在五台山这位菩萨跟前寻求庇护。无论今后发生什么，你们一辈子都要感谢这位智慧之神，他使您这么晚还能当母亲。您会很好地保护他，这一点我确信无疑。一切都如您讲述的那样，这一点不容任何人怀疑。我愿意骄傲地宣布我和那囊的奇妙的儿子已出生。为了能在你们身边，我将再次把宫廷迁到扎玛。这期间我将下令在这里给你们增加护卫，但是，您要好好注意看护他，当今世界上十分混乱，他时刻生活在危险之中，尤其是，不要让有关他身世的哪怕一丝怀疑从宫里传出去。"

那囊大大地松了一口气，她完全明白他这么说的意思，他虽然已经看透了这一切，但是他接受了这个故事。虽说她感到很为难，因为从现在开始必须做的是，好像她十分感谢新的神灵，尤其是文殊师利菩萨，她对生命中这个转折感到无限欢喜。她乐意付出这个代价。她现在再也不用为自己在这个国家里的地位担忧了。有了这个孩子，她无可指责地登上了最高等级，由于有了共同的秘密，她将能够比以往任何时候更多地把赞普掌控在手中。从现在开始，她的家族就是这个国家最强大的家族，而且是在人们毫不知情的情况下保护一个中国的王位继承人的福祉。

两人的目光现在都感动地转向小男孩，孩子正坐在一堆柔软的丝线团之间。他喜欢丝绸，正忘情地在那儿玩着母亲的镜子。那囊为此大吃一惊，想起了苯教巫师的话，每一个占有这面镜子的人都将遭到毁灭。必须设法把镜子从宫里弄出去，而且不要引起麦阿充的注意。说不定他纯然出于情义会把它作为对金城的纪念而留下来。她小心地试图把小男孩的注意力从危险的玩具上转移开，所以她就用他的新名字逗引他："赤松德赞，来，到我这儿来。"但是，孩子却那么专心致志地观察着光滑的镜面，以至于忘记了周围的世界。可是，这孩子的小手却突然拍了一下镜子中的影像，好像他认出了什么，他快活的响亮的笑声充满了房间。从他的欢呼声中，大家清清楚楚地听见了一个一再重复的词，是用大唐的语调喊出来的："妈——妈！"

这就是将领导西藏进入一个新时代的未来的赞普说出的第一句话。他被称颂为雅砻王朝第二位伟大的国王。在他的统治下西藏拥有历史上最大的疆域。为了给大唐留下深刻印象，他甚至于公元763年占领了长安，把他的舅舅、金城的哥哥置于金銮宝座之上达三个星期之久。他将邀请著名的佛学大师到他的王国去，建立最重要的寺庙，使新旧神灵和解，比如怒冲冲的神祇阎王变成了佛教里的保护神。为了纪念他父母亲的毕生事业，——他们曾经勇敢地尝试把新教义引进自己的国家——他将重建金城付出那么多心血建立的瓜曲寺。直到今天，那儿在正殿中还供奉着彩绘的八尊泥塑菩萨和两尊保护神，一尊佛祖等身像以及赤松德赞父母亲的雕像。

# 参考文献

<hr>

《天子之宝》，联邦德国艺术和展览大厅有限公司，波恩，2003 年

巴起勒，S.：《西藏》，因斯布鲁克，1993 年

保墨，CH.：《苯教》，格拉茨，1999 年

贝克威斯，C.：《中亚西藏帝国》，普林斯顿，1987 年

贝恩包姆，E.：《世界的圣山》，旧金山，1990 年

鲍里斯，v. M.：《白度母文成公主——中国的公主，西藏的王妃》（即中译本《文成公主入藏纪》），美茵兹，1999 年

张，噶尔玛 C.C.：《密勒日巴的千百首歌》，波士顿，1977 年

车慕奇：《丝绸之路》，北京，1989 年

丘道格，T.：《西藏》，北京，1991 年

大卫·尼尔，A.：《藏传佛教的密宗》，施塔特尔多夫，1998 年

埃维尔丁，K.H.：《西藏》，科隆，1997 年

菲尔斯特，H.：《西藏》，格纳斯，1999 年

弗朗克，A.H.：《中华帝国》，柏林，纽约 2001 年

格尔内特，J.：《中国的世界》，法兰克福美茵兹河畔，1987 年

格鲁施克，A.：《西藏的圣地》，慕尼黑，1997 年

哈尔，E.：《雅砻王朝》，哥本哈根，1969 年

**D**

海因，E. 和波尔曼，G.：《西藏》，拉廷根，1994 年

赫尔曼斯，M.：《西藏民族史诗》，雷根斯堡，1965 年

黑斯，D.：《益西沃》（YesheÖ），苏黎世，1998 年

霍夫曼，H.：《西藏苯教历史渊源》，美茵兹，1950 年

卡普施坦，T. M.：《西藏的佛教同化》，纽约，2000 年

库恩，D.：《中国的黄金时代》，海德贝格，1993 年

《东方智慧学百科全书》，慕尼黑，1994 年

佩里欧特，P.：《西藏古代史》，巴黎，1961 年

理查森，H.：《高高的山峰，清净的世界——西藏王国的大臣们》，《西藏通讯》1998 年第 3 卷。

萨克亚帕·索纳姆·加尔森：《明镜》，伯克莱加利福尼亚，1986 年

施密特，I. J.：《中亚民族形成的历史》，圣彼得堡，1824 年

施密德—格林策尔，H.：《中国历史……》，慕尼黑，1999 年

施密德—格林策尔，H.：《中国文学史》，伯尔尼，1990 年

舒斯特，G.：《古老的西藏》，法兰克福，2000 年

施华兹，E.：《镜子里的菊花》，柏林，1988 年

斯奈尔谷如夫，D.：《印度—西藏佛教》，伦敦，1987 年

索纳姆·加尔森：《西藏古代史》，加利福尼亚，1986 年

施坦因，R. A.：《西藏的文化》，柏林，1993 年

祖德坎普，H.：《西藏历史摘要》，苏黎世╱里孔，1998 年

塔茨，M.：《唐朝对西藏早期佛教传播的影响》，《西藏通讯》1978 年第 3 卷

陶贝，M.：《关于西藏医学文献的研究》，圣奥古斯丁，1970 年

图奇，G. 海西希，W.：《西藏和蒙古的宗教》，斯图加特，1970 年

图奇，G.：《西藏的画卷》，罗马，1958 年

图奇，G.：《西藏》，慕尼黑，1973 年

特维切特，G.：《剑桥中国史》第三卷，剑桥

乌里希，H.：《西藏》，比利时格拉德巴赫，1986 年

华伦，W. 施密斯：《西藏民族》，牛津/科罗拉多，1996 年

《益西措嘉，莲花生》，法兰克福，1996 年

齐勒尔，O.：《蒙古风暴》，姆尔瑙，1960 年

# 中文主要参考书目

《资治通鉴》。

张岂之主编：《中国历史》（隋唐宋卷），高等教育出版社。

中国史学会主编：《中国通史》（彩图版），海燕出版社。

范文澜主编：《中国通史》，人民出版社。

《中国大百科全书》，大百科全书出版社。

《不列颠百科全书》，中国大百科出版社。

恰白·次旦平错等：《西藏通史》，西藏古籍出版社。

陈庆英、高淑芬主编：《西藏通史》，中州古籍出版社。

崔明德：《中国古代和亲通史》，人民出版社。

石硕：《吐蕃政教关系史》，四川人民出版社。

马大正主编：《中国边疆经略史》，中州古籍出版社。

扈石祥译：《西藏简明历史》，西藏自治区档案馆。

索南坚赞：《西藏王统记》，民族出版社。

林冠群：《唐代吐蕃史论集》，中国藏学出版社。

尕藏加：《吐蕃佛教》，宗教文化出版社。

武振华主编：《西藏地名》，中国藏学出版社。

陈观胜、安才旦主编：《常见藏语人名地名词典》，外文出版社。

［瑞士］米歇尔·泰勒：《发现西藏》，中国藏学出版社。

才让:《吐蕃史稿》,甘肃人民出版社。

马丽华:《风化成典》,中国藏学出版社。

杜继文、黄明信主编:《佛教小词典》,上海辞书出版社。

廖东凡:《雪域西藏风情录》,西藏人民出版社。

袁行霈主编:《中国文学史》,高等教育出版社。

吉布:《唐卡中的度母、明妃、天女》,陕西师范大学出版社。

# 我的感谢

　　**在**我的两部书先后问世的许多年里，许多朋友一直陪伴着我，对这些朋友一一道谢难以做到。但是我一如既往和他们心连着心。

　　我特别感谢德中两国友协的朋友们对我的支持和建议。是他们给了我勇气，在多次旅行中陪伴着我。我想举出杨黎华作为所有这些朋友的代表。多年以来，美好的情谊把我同她联系在一起。

　　所有这些友谊极大地丰富了我们的生活。我也要感谢我的小朋友们，我在姚县收养的许多孩子们，他们不久前对四川地震灾区的捐赠和爱心教育了我，让我认识到，即令在最黑暗的时刻也不能慌乱，要维护纪律，他们始终温暖着我的心，提醒我记住，什么才是生活中最重要的东西。

　　对于杜文棠教授的成就，我怀着深深的感激、尊重和敬仰。他满怀热情地投入了这项翻译任务，付出了许多时间。这位受到过崇高褒奖的翻译家赋予本书特殊的光彩。

　　他能够承担这项工作，使我感到十分荣幸，我也将之视为友谊之举。

　　最后，我也要感谢我的家人，他们往往只能放弃对我的要求。我衷心地想到我的丈夫，他不仅是我的最重要的对话者，最尖锐的批评者，还始终关心我怎样才能在浮想联翩之后采取切实的行动。

318

**莫尼卡·封·鲍里斯伯爵夫人**

# 译后感言

～～～～～～～～～～～～～～～～～～～～～～～～～～～～

本书从接手到完稿用了近三年的时间，由于不懂藏文，缺少必要的工具书和有关的知识，因此在动笔前用了一多半的时间搜购、阅读国内已有的书刊，向有关学术部门的专家请教。

如今，本书即将出版，我既感到欣慰，也十分忐忑，深恐辜负了作者的重托和许多朋友的厚望。

现谈一些浅见，请读者朋友们指正：

一、本书的内容和历史背景

本书叙述大唐公主金城的故事。十四岁的美丽少女金城于公元710年，受大唐天子的委派，辞亲远嫁，由繁华的大唐首都长安到达遥远的雪域高原之都拉萨，成为吐蕃王妃。在那里，语言不通，自然条件严酷，习俗殊异，而且人事关系复杂、凶险，王室内相互猜忌、倾扎，她饱尝了屈辱和辛酸，几度陷于绝境，但她牢记促成唐蕃和好的崇高使命，坚信"精诚所至，金石为开"、"上善若水"、"柔能克刚"的教诲，挣扎奋斗，不屈不挠，终于"云开雾散"赢得了吐蕃上下的理解、信任和爱戴，成为藏民心中美丽智慧的象征、善良慈悲的圣母。

金城公主短暂的一生印证了汉藏一家、血脉相连，而她作为一位出色的和亲公主，同中华民族历史长河中那些美丽的女性王嫱、蔡琰、文成，先后辉映，留下了千古佳话。

**D**

西藏地处世界屋脊，处处是高山峻谷，与内地交通阻隔，而且宗教习俗殊异，被视为梦幻之境神秘之地，一般人望而生畏，然而也正因如此，它也是历代旅行家、探险家、宗教家和民俗学家们心向往之的圣地，是一片远离尘世的净土。他们不辞辛劳，冒着风险，前去探幽访胜，一些人将自己的见闻记载下来，虽然其中不免有猎奇和片面之处，但也有严肃的学者对那里的山川河流、人文景观、历史遗迹进行了细致的考察，形成了有价值的史料，久而久之形成了西藏学这门独立的学问，迄今已是蔚为大观。

本书作者鲍里斯夫人曾七访西藏，到过西藏的许多地方，和众多寺庙的高僧智者以及各地的普通农牧民深入接触，探访学习。吸引她的不仅是西藏的雄奇壮丽，更重要的是她要借此了解这片土地上生活着怎样的人民，他们有着怎样的历史，他们独特的文化是怎样形成的。正因为她抱着这样严肃而虔诚的态度考察西藏的今天，探询它的昨天，所以，她才能在书中为我们展现出吐蕃民族产生、发展的绚丽的历史画卷。

散布在青藏高原之上的众多的羌族部落，随着生产的逐步发展渐渐接近和融合。雅砻部落崛起之后，逐步由藏南移向藏中腹心地区，将诸部落统一为一个松散的部落联盟。后来，在雄才大略的松赞干布的率领下，建立起称雄一世的幅员广大的吐蕃王朝，影响遍及西亚和南亚广袤地区，作者细心地考察了并在书中表述了这一崛起过程。

吐蕃从崛起到解体的近三百年的历史过程中，它和中原王朝的关系是一个关键性的外部因素，决定了它的发展走向和结局，它们之间的互动关系可以说是"难解难分"，时而兵戎相见，时而和亲交好，最终走向了统一。有了唐蕃关系紧密的基础，西藏终于走进中华民族这一民族联合体的大家庭，成为其中重要的、出色的一员，为中华民族灿烂文明的形成和发展做出了一份独特的贡献。

以汉族为主体的中原王朝和周边民族政权的关系绵延千载，错

综复杂，其中，最重要的关系之一就是唐蕃关系。依陈寅恪先生所言，它关系到中国中古史的走向和发展全局。可以认为，唐蕃关系史是整个中华民族形成史、中国边疆史上重要的篇章。

各地区、各民族、各国家在形成过程中都有对外关系问题，而且，无一例外地采取大体可以分为两类的基本策略，或直接冲突，武力征讨，或暂时妥协，怀柔结盟，而"和亲政策"正是这种怀柔政策的运用。自先秦以来，中国就有"和戎之策"，即联姻与和亲之策，据崔明德先生的统计，中国历史上竟有360多次和亲。拿破仑也曾跑到维也纳去和奥地利公主鲁易丝成婚，可见"和亲""联姻"是古今中外普遍采用的政策，是一种国家行为。

就中原王朝本身而言，"和亲"因情势不同又有主动和被动的区别，但无论主动被动，和亲政策的体现者或执行者都是"和亲公主"，即辞亲远嫁的年轻妇女们，她们担负的具体使命各异，遭遇也各不相同，其中一些女性的命运演变成了动人的故事，代代流传，一曲昭君怨传遍了大漠草原，一曲十八拍令闻者泪下。

当时，大唐是亚洲最强大最重要的国家，生产水准最高，物质富庶，文化繁荣，它像一块巨大的磁石吸引着周边正在形成中的民族政权。向大唐靠拢，向大唐吸取营养，分享它的文明成果便是一种很自然的普遍要求，和大唐联姻示好正反映了这一客观要求。

和吐蕃的关系关乎西北边疆的安宁，关乎陆上丝绸之路的畅通，经由吐蕃，大唐西通大食，南连天竺，形成一条文化交流的通道，我们在这条崎岖、漫长、风光瑰奇而又险象环生的道路上可以看见一长串布道先驱们的身影，所以，有唐一代，始终重视和吐蕃的关系，两次把皇室公主下嫁吐蕃。

两位和亲公主的使命相同，有一个先后承继的关系，但由于时移事迁，两人的命运却迥然不同。

文成赴藏时，大唐处于兴盛时期，一派蓬勃向上气象。太宗把文成下嫁给吐蕃的民族英雄、号称"百变神王"的松赞干布，是强

强联合，相得益彰，故而文成很快开创了唐蕃友好的局面，全面促进了吐蕃社会的发展，为藏传佛教的创立奠定了基础，文成的影响无处不在，受到万民景仰，被尊为救世度母，大量的雕塑、绘画、唐卡、藏剧、藏舞都在歌颂她辉煌的业绩。

七十年后，金城入藏时，情况就大不相同了。

太宗逝世后，大唐盛世不再，国内第一次出现了深刻的社会危机。武氏临朝于前，韦氏窃国于后，变局迭起，骨肉相残，刀光剑影，一派恐怖血腥。仅武氏之后不足十年，竟发生了六次政变，这种凶险的政治局面无疑大大削弱了大唐的国力。金城临别时，凄凄惨惨，无限悲凉，和文成当年的风光不可同日而语。其时的吐蕃也处于动荡不宁的危急时刻。松赞干布去世后，境内各部族争夺最高权力的内斗愈演愈烈。赞普夭亡，新君难立，只能暂时由没庐氏王妃摄政，苦撑局面。保守势力、守旧的部族首领们趁机卷土重来，反对与大唐和好，主张以武力向大唐和周边小国扩张，并且主张保存原有的苯教，抵制文成时代开始兴盛的佛教。金城成了他们的眼中钉，他们把她看成危及吐蕃安危的不祥之物，于是，围绕着对金城的"处置"展开了凶猛的斗争，金城的生存受到威胁，她作为被武氏废黜的"罪臣"之后，从大唐也得不到当年文成得到的充分理解和强有力的支持，金城就在恶势力的包围之中苦苦挣扎了担惊受怕孤单寂寞的三十年。她虽然痛苦，有时感到绝望，但她始终没有屈服，她义无反顾坚忍不拔，把整个青春和生命都献给了自己承担的崇高使命，走完了一个殉道的圣女的不平凡的一生。

二、本书的两个故事情节牵涉的史实问题

本书是一部历史小说，不是学术著作，也不是记实文学作品。因此，它的内容应当是以史实为基础进行的艺术创造，是史实和虚构的有机结合。歌德把自己的自传名之为《诗与真》，道理正是这样。"诗"就是指虚构、艺术想象力，"真"就是真相或事实，二者不可或缺。

在译书过程中，我查阅了《资治通鉴》、《唐书》、《西藏通史》等著作，也检索了几部《百科全书》、《佛教词典》等工具书，以及近期出版的《风化成典》等相关的专业书刊，我得出的结论是，本书遵循了历史小说不能脱离历史框架任意发挥杜撰这一写作原则，是经得起推敲的。本书在行文中，凡涉及重要史实时，均注有外文参考书的出处。鉴于这些注释主要适用德文本的读者，对中文译本读者并无实际需要，故悉数删去，在书后附上了引用过的西文参考书目，以备少数读者查对。书中引用了不少中文参考书，但系根据所用引文的基本意思重新表述，并非原文本身直译，我们在译书时是依据德文译出，并未使用原文。

经过反复对比，本书的叙述和《资治通鉴》等中文著作的行文在基本史实上并无出入，是忠于史实的。做到这一点，虽属必要，但对一个外国人来说，并不容易，证明作者下了切实的功夫，写作态度是严肃认真的。

三、关于本书的两个重要情节

西藏全民信奉宗教，积累下来的典籍很多，但其内容绝大部分同宗教、即藏传佛教有关，主要叙述教义、教规、教派、佛教及原始宗教的佛、神、诸天、鬼、魔，以及寺庙、宗教艺术、圣地、名山以及重大事佛活动的记载，没有严格意义上的历史著作。近年来，国内藏学界加强了研究，出版了一批基本著作，其内容和已有的藏文经典不尽相同，这些著作后来居上，得力于后来发现的敦煌文书，又综合了《通鉴》等汉文经典，是极为可喜的成果，把藏学研究推到一个更高的阶段。但亦应承认，已有的记载和传说也是历史长期演进的产物，反映了当时的认识和广大藏民的情感和愿望，二者虽不应混同，但应并存而不悖。国内史学界，并未执一端而求一律。

书中两个重要的情节是：

1. 金城入藏下嫁对象问题

2. 金城在藏有无子嗣问题

**D**

关于第一个问题：一说为金城原来要嫁给王子江擦拉温，在迎亲过程中，王子不幸中箭身亡，后由王祖母做主，改嫁麦阿充。

近年来的研究表明，此说有误。大唐公主出嫁的对象就是麦阿充。本书采取第一说，其根据是外文书籍的论述和部分藏文经典及民间流传的传说。

关于第二个问题，近人著作认为金城无子嗣，藏文记载的民间传说及《巴协》等著作认为金城在藏生有子嗣，即赤松德赞。这是吐蕃历史上一位极为重要的人物，被尊为三大法王之一，对于吐蕃王朝的巩固和扩展以及弘扬大乘教义起了关键作用。任继愈先生主编的《佛教小词典》中称赤松德赞当众认金城为生母的故事广为流传，"脍炙人口"。

本书采取第二说，应被视为"有本之谈"，反映了广大藏民对金城的挚爱，印证了唐蕃友好、汉藏一家的亲情。

**衷心的感谢**

在本书翻译过程中，曾得到许多人的鼓励、帮助和支持，士勋同志后期加盟，勇挑重担，不仅加快了译事进程，彼此互校，也提高了译文水平。我对朋友们感到由衷的感激。我的朋友杜敬波同志赐赠由他支持出版的《西藏简明历史》，并转达了阴法唐同志等"老西藏"对本书翻译出版的支持。中国藏学研究中心的马丽华教授赐赠她的新作《风化成典》并解答我提出的问题。藏学专家安才旦教授惠赠他的新作《常见藏族人名地名词典》，帮我解决了一些翻译中的难题，藏学出版社的王红、仵君魁、邱昊江三位同志不仅提供他们馆藏的全部图片供选用，还把他们在西藏实地拍摄的数码图片制成光盘无偿相赠，并说："为学者办事，不收报酬"。他们和我均是"萍水相逢"，为了学术鼎力相助，其精神感人至深。尊敬的老友胡孝宣兄主动介绍曾在西藏长期工作的老同志为我介绍情况、解难释疑，其情可感。

说来惭愧，我不会使用电脑，全部稿件的打字、修改都由我的

妻子承担，她退休前一直当编辑，应我的请求她对译文始终从编辑和读者的角度"严格把关"，她不断提出"严厉批评"和修改意见，虽然辛劳，她始终"甘之若饴"，说这是"为了金城"。

全国友协的杨黎华同志和中国社科院的郝贵远同志是我多年的老友，还有王眉小朋友，他们对本书的出版给予了许多关注和鼓励。

中国社会科学出版社副总编辑曹宏举同志在出版《中国的大时代》一书时和我有过愉快的合作，这次他和责编张林同志审阅书稿，严格把关，提出不少宝贵意见，令人感佩。

我曾请李皓小朋友参与设计封面，他很快提出设计初稿，因客观原因未能由他继续作完，但他的热情支持亦应铭感。

顾斌同志为本书设计封面，精益求精，反复修改，令人感动。

特别应该提到的是，北大资深教授、尊敬的老师和朋友赵宝煦同志为本书提写书名，他那优美、儒雅、遒劲的书法令本书别具光彩。

所有这些都令我铭感，特书以志之。

**杜文棠**

2009 年 11 月 18 日于北京